昭和の銀行員

第1巻

支店遍歴篇

上杉幸彦 Yukihiko Uesugi

1965-1971年

花伝社

昭和の銀行員　第1巻　支店遍歴篇――1965―1971年◆目次

序章　5

第一章　名古屋支店　13

一　新入行員研修（一九六五年四月）　13
二　名古屋支店赴任（一九六五年四月）　30
三　歓迎会（一九六五年四月）　45
四　楽しい週末（一九六五年五月）　56
五　北アルプス登山（一九六五年七月）　71
六　延滞管理（一九六五年八月）　77
七　片山津社員旅行（一九六五年一〇月）　86
八　年の暮（一九六五年一二月）　100
九　年賀状（一九六六年一月）　108
一〇　管理係卒業（一九六六年四月）　118
一一　融資係配属（一九六六年四月）　126
一二　住宅ローン開始（一九六六年六月）　132
一三　剣岳登山（一九六六年八月）　145
一四　初めての貸付申請（一九六六年一〇月）　151
一五　赤伝（一九六六年一一月）　158
一六　二年目研修（一九六七年一月）　166
一七　計算係配転（一九六七年三月）　170
一八　本部検査（一九六七年六月）　184
一九　決算処理（一九六七年八〜九月）　193
二〇　社内旅行（一九六七年一〇月）　200
二一　結婚決意（一九六七年一〇月）　210

二二　新婚生活（一九六八年五月）　221
二三　定期預金証書紛失（一九六九年一月）　227
二四　二度目の本部検査（一九六九年四月）　234
二五　試験制度反対（一九六九年六月）　247
二六　支店最後の日々（一九六九年八月）　252

第二章　金沢支店　263

一　金沢支店着任（一九六九年一〇月）　263
二　歓迎会（一九六九年一一月）　278
三　事務合理化（一九六九年一一月）　284
四　マイカー購入（一九六九年一一月）　287
五　フォートラン作成（一九六九年一二月）　291
六　金沢の冬（一九七〇年一月）　295
七　頭取就任パーティ（一九七〇年二月）　305
八　組合代議員選挙（一九七〇年四月）　315
九　友来る（一九七〇年五月）　326
一〇　魚釣り（一九七〇年五月）　330
一一　組合キャンプ（一九七〇年七月）　339
一二　債券勧奨係（一九七〇年八月）　344
一三　雄琴温泉の夜（一九七〇年一一月）　356
一四　金沢最後の日々（一九七一年一月）　365

あとがき　377

序章

昭和四〇年三月中旬、武田俊樹のもとに不動産銀行から卒業証明書、成績証明書、身元保証書を提出し、四月一日午前九時に本店へ出勤するよう通知があった。社会人としての旅立ちの日が近づいていた。

武田は昭和一八年、父真一郎と母洋子の長男として生まれた。父は盛岡で生まれ、中学二年のとき父親が病死した。中学卒業後上京し、働きながら夜間大学を卒業した。母洋子は山梨県の塩山で生まれ、母子家庭だったので貧しい暮らしぶりだったようだ。学校の成績はよかったが女学校には進めず、高等小学校を卒業後、甲府の国立病院で看護婦になった。その後東京で働くことになり、知人の紹介で父と結婚し、港区の長屋で生活を始めた。父が二度目の出征で満州へ行っている間に武田が生まれた。敗戦後、父は生き延びて復員した。二年後に妹の恵子が生まれた。戦後混乱期に父は職を転々とし生活は楽ではなかった。もっとも多くの国民が食うや食わずの暮らしだったから、武田は貧しさを感じることもなく焼け跡で遊び回っていた。武田は本を読むのが好きだった。小川未明の童話に魅せられ、寓話の中に人間の温かさ、優しさ、愚かさを感じとっていた。

小学校六年になると父は武田に区内の私立進学校を受験するように命じた。父は武田を東大に進学させたがっていた。自分が果たせなかった夢を息子に託しているようだった。武田には迷惑なことだった。権力者の養成所のような東大に行きたくなかった。しかし父に抵抗するすべもなく中高一貫の麻布学園に入学し、六年後に東大に入学した。

大学入学により父の抑圧から解放された。大学は武田にとって自由の楽園だった。武田は今までできなかった運動と政治活動をすることにして、ワンダーフォーゲル部と、「暴力闘争を否定する民主的な理論研究会」を標榜するサークルに入った。前年の安保闘争で暴力的活動傾向があった全学連に否定的だったからだ。ところがこのサークルに民社党の大物議員が関わっていることが分かり、一年ほどで止めてしまった。駒場時代はもっぱら山に明け暮れることになった。それでも政治的暴力行為防止法や大学管理法に反対するストライキやデモに参加して廃案に追いこんだ。安保闘争後の敗北感が漂っていた中で、国民と団結して闘えば勝てるという確信を得た貴重な体験だった。

駒場から経済学部に進むと、マルクス経済学をもう少し真面目に勉強しなければという焦りを感じるようになった。三年の夏、ワンゲルの先輩に「経済学研究会」に誘われて入会した。一〇名ほどの勉強会だった。勉学に集中するためワンゲルは退部した。

その後、「経済学研究会」は民青系の勉強会であることが分かってきた。武田は共産党を全面的に支持していたわけではなかったが、戦前過酷な弾圧に遭いながらも最後まで戦争反対を貫いた不屈の精神には畏敬の念を禁じ得なかったので、特に違和感はなかった。研究会のメンバーの中で文学好きで、ちょっと無頼派的な雰囲気を持っている城島と妙に気が合って、彼に誘われ自治会民主化などの活動を手伝うようになった。だんだん活動が忙しくなり、ろくに試験勉強もできないまま何とか学期末試験を終えた。

春休みになって武田は長野県小谷《おたり》村で開催された青年交流スキー学校に一人で参加した。一〇〇名ほどの労働者や学生が参加していた。最終日、スキー学校の幹事から夜行列車で帰京したいという女性がいるので送ってくれないかと頼まれた。幹事が連れてきたのは直前の雪上運動会で武田が綺麗な人がいるもんだと遠くから眺めていた女性だった。たまたま東京に夜行で帰るのは武田だけだったという偶然から、私立女子大学二年生の岩崎真理子と新宿駅まで夜汽車の旅を共にした。

帰京後、武田は文通を求めて真理子に手紙を出した。一か月ほどして真理子の返信があった。真理子は両親に活動を止めるように説得され動揺しているということだった。真理子は兄の影響で民青に入ったが、兄が就職して大阪に行ってしまい一人で悩んでいるようだった。武田は五月祭に真理子を招待した。真理子を案内していくつか展示を見た後、正門前の喫茶店に真理子を誘った。武田はそこで真理子に城島を引きあわせた。真理子が抱えている問題のアドバイス役としては城島が最適だと思ったからだ。城島がズバリと真理子自身の弱さを指摘すると、意外にも真理子は城島の指摘に感銘を受けたようだった。

その後、武田は真理子と月に一度ほど会って政治的な問題や、お互いの活動状況などを話しあった。彼女の存在は武田の活動を希望に満ちたものにしていた。

六月になると四年生は就職活動一色になった。サラリーマンになることの意義を見出せずにいた武田は大学院に行けないか、ゼミの教官に相談した。新進の加藤助教授は、「学者になっても収入は大企業のサラリーマンに遥かに及ばないですよ。唯一のメリットは好きな勉強を好きなだけできることですかね」といった。武田は勉強が好きになるとは思えなかったのでスゴスゴと大学院志望を撤回した。就職するしかないと諦めて会社回りを始めたころには就職戦線は半ばを過ぎていた。幾つかの会社ではもう遅いといわれ、ある大手都市銀行では役員面接で不採用となった。ゼミの仲間はあらかた就職先を決めていた。

心配した加藤助教授が不動産銀行の採用担当者から誰か紹介してくれと頼まれているので行ってみないかと声をかけてくれた。新しい銀行で元気があり、債券を発行する特殊な銀行なので預金集めをしなくていいようだということだった。武田に否やはなかった。加藤助教授は自分の名刺に短いメッセージを書きこみ武田に渡した。翌日武田は不動産銀行に行き、経済学部の先輩である人事部採用担当者の面接を受けた。数日後、役員面接があり内定を得た。その日、不採用となっていた都市銀行から採用したいという電話があったが、内定先があるのでと断った。

一〇月に学士会館で不動産銀行の内定者懇談会があり、学生服姿の二四名が集まった。自己紹介があったので同期生の顔と名前は覚えた。

秋になって武田は真理子との関係を一歩進めたいと思い、御茶ノ水駅近くの喫茶店で共に人生を歩んでいきたいと告白した。真理子は一瞬はっとしたような表情を浮かべた後、うつむいて黙りこんでしまった。しばらくして真理子は「私には理想の男性像があります。それを大切にしていきたいのです」と絞りだすようにいうと目から涙が溢れた。武田は真理子の思いを尊重し、今まで通り友人として付きあっていくことにした。

そのころ、城島は高校時代から交際を続けていた女性が突然姿を消し、非常に落ちこんでいた。ほどなく彼女は、職場の上司と同棲していることが分かった。城島は多忙な活動と苦学生ゆえの栄養不足に失恋の苦しみも加わり体調を崩してしまった。武田は真理子に城島の状況を話し、一度城島を見舞ってくれないかと頼んだ。数日後、本郷の喫茶店で三人で会った。真理子はバターや缶詰を見舞いに持ってきた。五月祭以来の対面だった城島の憔悴した姿にショックを受けたようだった。城島は真理子の見舞いを喜んでいた。

年の暮れに武田が真理子と会ったとき、武田は会話に気乗りがしないような真理子の様子にふと、真理子は城島に思いを寄せているのではないかという疑念が湧いてきた。武田は真理子に自分は貴方の友人として付きあっているのだから悩んでいることがあったらどんなことでも相談してくれといった。

元日に速達で真理子の手紙が届いた。武田への申しわけなさと、城島への追慕の情の葛藤が書かれていた。武田の取るべき道は一つしかなかった。武田は真理子に自分のことは気にせず、城島に自分の思いを告げるように励ました。城島には真理子と一度会うように説得した。そして城島と真理子は付きあいはじめた。

二月末、期末試験を終えて家に帰ると真理子からの手紙が届いていた。冒頭に「今度は私がその立場になったとき、初めて自分のやってきたことに気が付き、恥ずかしさで顔が熱くなってしまいます」と書かれていた。城島のことには何も触れていなかったが、彼女と城島の交際が破局したことが読み取れた。真理子は武田の気持ちを裏切り続けてきたことを詫び、武田の心遣いにいい尽くせぬほど感謝していると綴っていた。武田は真理子の失意が痛ましかった。慰めの手紙を書こうかと迷ったが、結局武田は手紙を出さなかった。手紙を出せば、会いたくなる。会えばまた真理子に対する思いが募ってくるだろう。そういう惨めなことは二度としたくなかった。それに酷なようだが失恋の苦しみは自分で乗り越えていくより他はないのだと思った。

三月二七日に卒業式があり武田は四年間の学生生活を終えた。

翌日、城島から電話があり、午後三時に本郷の喫茶店で会った。城島は財閥系の総合電機メーカーに就職していたが、実家のある大分には帰らず、月末に、新人研修が行われる大阪に行くということだった。

しばらく雑談した後、城島は居住まいを正して話しはじめた。

「今日お前を呼び出したのは謝っておきたいことがあってな。岩崎嬢とは別れることになった。どうしても前の彼女の穴を埋めることができなかった。これ以上付きあっても彼女を傷つけるだけだから、大阪勤務になったのを機に別れることにした。結果としてお前にも岩崎嬢にも済まないことをしてしまった」

「そうか。僕らが卒業して、彼女一人が残されることになったな」

「岩崎嬢のことは心配いらん。彼女はしっかりしている。きっといい教師になるだろう」

武田はうなずいた。そして話題を変えた。

「昨日、卒業式で大河内総長が『諸君は出世コースを順調に走るより社会の病理学を追究してほしい、たとえ貧乏暮らしをしてもそのような生き方が諸君にもっともふさわしい』といっていたね」

「いいことをいってくれたな。しかしほとんどの奴には馬の耳に念仏だっただろうな」

「そうかもしれないが、こういう話ができるのは経済学部教授の大河内さんしかいないだろうな。みんな自分の力で東大を卒業したと思っているんだろうが、国民の税金を使って学べたということを忘れてはいけないと思うよ。僕は四年間、どう生きるべきかを考える機会が与えられたことに感謝している。だから僕は大学で学んだことを自分の利益のためだけに使ってはならないと思っている」

「お前らしい真面目な心がけだ」

「僕は最近まで企業で働くことの意義を見つけられなかった。だから単にパンのみのために働くと割りきっていた。しかしみんなと議論しているうちに多少前向きな展望を持てるようになってきた」

「ほう、どういうことだ」

「マルクス主義では労働は人間の本来的な活動であり、人間の精神的、肉体的な成長に不可欠なものとされている。強制された労働は苦役だろうが、自発的に働ける環境であれば労働は成長の糧となり、楽しみになるだろう。そういう職場にしてゆくのも僕らの立派な活動だと思うようになった」

「その通りだな」

「憲法に『すべて国民は、勤労の権利を有し、義務を負う』と定められているだろ。だから僕らはその義務を果たすために就職するわけだから、企業は憲法や労働法を守って従業員を雇用しなければならないんだ。僕らも堂々と憲法を遵守する立場で働けばいいんじゃないかと思う」

「それはそうだが、『うちの会社に憲法はない』なんてうそぶく経営者もいるぞ」

「そこが問題だよね。銀行の場合はそこまで酷いことはないようだけど。メーカーはもっと厳しいかもしれないね」

「工場はまさに搾取の現場だからな。学卒は管理部門に配属される可能性が高いから、いろいろストレスもあるだろうな。面従腹背でしたたかにやっていかんとな」

「僕は仕事は人並み以上、給料以上に働き、出世は望まず、上役と過度に親密にならず、もし銀行が労働者の人権を踏みにじるようなことをしたら声を上げようと思っている」

「お前のプチブル的正義感は一貫しているから立派なもんだ」

城島は苦笑まじりにいった。

「不動産銀行がどんな環境か分からないが、まあ同じ働く仲間がいる限り、僕の居場所はあると思う」

「その通りだ。いざ『ブ・ナロード』だな」

城島は「人民の中へ」という意味のロシアの革命スローガンを口にした。

第一章　名古屋支店

一　新入行員研修（一九六五年四月）

目覚まし時計の音に目が覚めた。武田俊樹は慌てて時計を手探りしてベルを止めた。見慣れぬ白い天井に一瞬どこにいるのか分からなかったが不動産銀行中河原寮の一室であることに気づいた。

武田は昨日、葛飾区青戸にある自宅からこの寮に引っ越してきた。父の会社の運転手が引っ越しを手伝ってくれた。府中市中河原にある独身寮は四階建ての真新しい建物で、管理人に指定された部屋は二階のまんなかあたりにあった。六畳ほどの広さで木製ベッドと書棚付きの机があった。なかなか機能的な造りで大いに満足した。何回か往復して布団袋と衣類や本を入れた段ボール箱を部屋に運びこんだ。それから荷を解き、荷物の整理を終えたことを思い出した。

そして今日は一九六五年四月一日、武田のサラリーマン初日であった。武田はすぐに飛び起きスリッパを引っかけるとタオルと歯磨きセットを持って洗面所に向かった。左右に長いステンレス製の流し台があり、蛇口が並んでいた。歯を磨き、備えつけの洗面桶に水を張って顔を洗った。ヒゲ剃りは昨夜済ませておいたので省略した。部屋に戻るとポマードで整髪した。かなり強い匂いがする。手がベトベトになったのでもう一度洗面所に行って石けんで洗った。それから着替えを始めた。背広、ワイシャツ、ベルト、ネクタイ。ネクタイは母とデパートに行って買った。ネクタイの結び方も母に教わった。ワイシャツの襟を立て、ネクタイを巻き、襟の前で輪を作って表側を中に通して結び目を締めると、後ろ側が長くなってしまった。やり直すと今度は表の方が長過ぎた。何度かやり直して表が裏より二センチほど出るようになってようやく満足した。最後に上着を着て服装が整った。

そのころになると他の寮生も起きだし、廊下をパタパタ歩く音が聞こえてきた。

朝食の時間になったので武田は一階の食堂に入った。厨房のカウンターに朝食を載せたトレイが並んでいた。トレイを取ってテーブルの端に座って食べはじめると、同期の連中が相次いでやってきた。昨年一〇月に内定者懇談会があり、互いに顔は見知っていた。二四名のうち一〇名が入寮していた。

食事を終えると同期生は揃って京王線中河原駅に向かい、一〇分ほどで駅に着いた。

到着した電車はかなり混んでいた。都心に近づくにつれてドンドン乗客が増えてきた。武田は車両の連結部まで押しこまれ、隣の車両から押されてきた乗客に押しもどされ身動きできなくなった。不規則に動く連結板の上でじっと耐えた。新宿駅に到着すると乗客はホームに押しだされ、津波のように改札口に向かった。連絡通路を人の流れに任せて歩き、階段を登ってようやく国鉄中央線のホームに出た。中央線は京王線よりいくぶん空いていた。

飯田橋駅で降りると昨年暮に九段下まで開通した地下鉄東西線の飯田橋駅に向かった。地下鉄への通路は蛍光灯で明るく照らされプロムナードを歩いているようだった。

九段下で下車して出口に向かって階段を上ると交差点の一角に出た。寮を出てから一時間二〇分かかっていた。靖国神社方面から坂を下ってきた都電がガタガタと交差点を渡っていた。不動産銀行の本店は竹橋方面に歩いて二分ほどの所にあった。時代がかった煉瓦壁の建物で五階建てだった。就職活動時に二度訪問したが、狭い階段は潜水艦の階段のようだった。銀行の中ではもっとも見劣りのする本店だった。本店が手狭なせいか新人研修は九段下交差点の反対側にある分室で行われることになっていた。武田らは人事部から送られた地図を見ながら分室に向かった。裏通りを少し入った所に新築の三階建てビルがあった。人事部が移転していて、二階の会議室が研修室になっていた。奥に黒板があり、その前に講師用のテーブルがあって、向かいあって折り畳み式テーブルが二列に六つ並んでいた。各テーブルに名札が置かれていた。武田は自分の名札を見つけて座った。定刻までに二四名が揃った。大手都市銀行は一〇〇名以上の大卒入行者がいるようだから、こぢんまりしたものである。

研修を担当する人事部厚生課長飯島と部下の豊川が部屋に入ってきた。飯島が冒頭挨拶を行い、豊川が入行に必要な手続きの説明を行った。入行者は幾つかの書類にハンコを押して提出した。豊川は就職活動中に面接を受けた経済学部の先輩だった。

一〇時に辞令交付が行われるというので入行者は人事部職員に先導されて本店に向かった。本店建物の奥に別館があり、エレベータで頭取室のある五階に昇った。一番奥にある頭取室の前に待機していた人事部職員が入行者を「あいうえお」順に並ばせた。

一〇時きっかりに頭取室の扉が開かれ、入口にいた人事課長が先頭の入行者の名前を呼んで中に入れた。二〇秒ほどで最初の者が出てくると入れ替わりに二番目の者が呼ばれた。武田の番がきて部屋に入ると、頭取が大きな執務机の横に立っていた。小柄でいかにも頭のよさそうな顔をしているが、案外好々爺然としていた。隣に控えている人事部長が武田の辞令を頭取に渡した。武田はへりくだる必要もないと思ったが儀式と割りきって卒業証書を受けとるときのような仕草で頭取から辞令を受けとった。辞令はＢ６サイズの小さなもので、「人事部附見習職員に任ずる　俸給二万三千円」と書かれていた。

昼食時に本店の向かいにある九段会館で新入行員歓迎会が開催された。短大、高卒行員約八〇名も加わり、そのほとんどが女性なので華やかな雰囲気だった。窓際のテーブルに役員が居並び順番に歓迎の挨拶を行った。武田は挨拶より目の前に並べられた豪華な弁当の方に興味があった。挨拶が終わり食事が始まった。男女を区別せずに席を割りふられていたので武田の両脇は女子行員だった。黙っているのも気づまりなので話しかけてみた。左側の女性は高卒でまだあどけなさを残していたが、右側の女性は短大卒で化粧をしていて落ちつきがあった。彼女らはすでに各部に配属され現場で実務を習っているということだった。女子を含めた新入行員全員を呼んで九段会館で歓迎会を開くのは、経営者が行員を大切にしているというメッセージのように思えた。

午後から実質的な研修が始まった。冒頭は笹岡人事部長の講話だった。がっちりとした体格で、白髪一つない髪をポマードでオールバックに固めている。容貌魁偉である。おまけにパイプを燻らしながらの講話だったから話の内容より笹岡のパイプの吸い方に見とれていた。背広のポケットから革製の煙草入れを取り出し、中から刻み煙草をつまんでパイプの火皿に詰め、それを先端が円盤になっている小さな真鍮の棒で軽く押しこむ。それからパイプを咥え、ライターを点けて火皿に近づけ、吸口からスパスパと吸いこむと、刻み煙草が真っ赤に燃えた。笹岡がうまそうに煙を吐きだすと紫煙とともにパイプ煙草特有の強い匂いが部屋中に漂った。笹岡はパイプを吸いながら話を続ける。

「我が行は昭和三一年創業の我が国でもっとも新しい銀行であるが、その前身が戦前の朝鮮における中央銀行であった朝鮮銀行であるという伝統と格式を持つ銀行である」

笹岡は旧朝鮮銀行出身ということなので思い入れもあるのだろうが、今時それで箔が付くわけでもないだろうと武田は思った。

「どの会社にも社訓があり、社風というものがある。当行には星清治会長が創業時に定められた『誠実　奉仕　協和　進歩』というモットーがあり、これが行是となっている。金融機関は公共性があり社会の信用が基盤となるので、業務運営に当たっては常に誠実でなければならない。また、顧客に対してはもちろん、一般社会に対しても奉仕の精神を忘れてはならない。仕事を進めるに当たってはチームワークが肝要だ。行員諸君は日頃から愛行心を涵養し、同僚と親しみ、小異を捨てて大同に付き、協和の精神を忘れてはならない。また、今日の社会は急激な勢いで進歩発展しているので当行行員は常に研鑽と工夫を重ね、業務全般にわたって改善を加え、他行に先んじて進歩していかなければならない」

武田は銀行は株式会社であるにもかかわらず会社といわず銀行ということに気が付いた。社是は行是といい、社員は行員であり、社長は頭取という。銀行は普通の会社とは違うといいたいのだろう。武田は上が決めた規則などには反発するのが常だったが、笹岡が挙げた四つの徳目についてはそれほど抵抗感はなかった。むしろ銀行が本当にこの行是を実践しているのかが気になった。儲けを第一に考えると、顧客に「誠実」に「奉仕」するのは難しいと思ったからだ。額縁に飾られているだけの行是では意味がない。

笹岡は続いて人事の基本方針について語った。

「我が行の人事の基本は『少数精鋭主義』である。我が行はもっとも新しい銀行であるから他行と比べ行員数は格段に少ない。だが少数ではあるが一人一人が精鋭である。我が行では若くして責任ある地位に就くことになり、課長、部長になるのも他行より一〇年ほど早いのである。若くして役職に就き、実力を発揮できるのが我が行の特徴である」

武田はものはいいようだなと苦笑した。まだ生まれて間もない銀行である。先進行より優秀な人材が集まっているとは思えない。武田自身三菱銀行を訪問したとき「優」の数が足りないといわれ門前払いだった。「少数精鋭」というより、「精鋭少数」なのかもしれない。だが学業成績のいい者が会社でも優秀であるという保証はない。笹岡のいうように若くして責任のある地位に就けばそれなりに実力がついてくる可能性はあるだろう。

一時間ほどの講話が終わると、次は研修係のオリエンテーションだった。日程表が配られ研修期間は三週間であることが分かった。

二日目の午前中は竹越人事部次長の「銀行での生活」だった。竹越は笹岡部長とは対照的な真面目な秀才タイプで、話しぶりは理路整然としていた。

翌週から数字の書き方と札勘定が各三〇分、算盤が一時間の実技練習が毎日行われるようになった。

数字の書き方については不動産銀行所定の字体があった。やや斜めの字体で、数字ごとに上端、下端の位置が違っていた。その通りに書かなければいけないというのでちょっと驚いた。だが各人がそれぞれの書き癖で数字を書いていたら見間違いすることもあるだろうが、全行員が同じ字体で書けば見間違いはなくせる。数字の見本と五線譜のような練習用紙が配られ、見本通りの数字を書く練習を繰りかえした。

札勘定の講師は出納課のベテラン女性行員だった。札勘の練習用に一万円札大の白紙百枚を束ねた模擬紙幣が各人に配られた。数え方には「縦読み」と「横読み」の二方法があり、講師が実演して見せた。その鮮やかな手付に感嘆の声があがった。縦読みは左手で札束を挟み右手で一枚一枚めくって数えてゆく。横読みは札束の下の方を両手の親指を上にして挟み、親指を当てたところを扇の要のようにして数回上下に煽りながら左右にずらすと札束が扇型に開いてゆく。じゅうぶん開くと右手の親指で端から三枚、二枚、三枚、二枚と区切りながら枚数を数えてゆく方法だった。札勘は縦読みと横読みの二回読みが原則であるということだった。練習が始まった。縦読みはゆっくりとなら数えられた。しかし横読みは模擬紙幣を扇型に開くことが難しかった。何度も上下に煽っても紙束は一向に開いてくれない。左手と右手の動きを微妙にずらして捻りを加えるのがコツのようだったが、なかなか一枚一枚を均等にずらして開くことができなかった。みな横読みには苦労していた。講師は一千万円単位の現金を集金することもあるが、「現金その場限り」といって、後で数え直して足りなかったとしてもお客には請求できないので注意するようにということだった。

算盤の講師は人事部の若手女性だった。日本商工会議所の検定で二段の資格を持っているそうだ。

算盤は銀行員として必須の技術なので最後に級位検定試験があるということだった。算盤を習ったことがない武田は気が重くなった。算盤は今まで見たこともない二三桁もある長いものだった。桁数の少ない足し算から練習が始まった。周りを見るとほかの受講生も武田と同じくらいのレベルだったのでほっとした。それでも毎日練習していると少しずつ指の動きもスムーズになってきた。

講義の方は、「金融機関に占める当行の位置づけ」、「長信銀行のあり方と今後の方向」、「当行の沿革と組織」などが続いた。講師は三〇代から四〇代前半の若手次長、課長クラスで、いずれも自信とエネルギーに満ちていた。中でも「長信銀行のあり方と今後の方向」の講師を務めた井岡は精悍な顔つきだが話しぶりは穏やかで、講義内容も理路整然としていて説得力があった。武田はこういう人は出世するだろうなと思った。

また「当行の沿革と組織」の講師浅倉も迫力があった。柔道選手のような体躯で左眉が四五度近く吊りあがり、左の唇の端は逆に下がっていた。浅倉は缶入りピースをテーブルの上に置き、一本取り出すと火を点け、スパスパと吸う。その半分も吸わないうちに灰皿に突っこみ揉み消す。そして二分と間を置かず次の一本を取り出し火を点ける。まさにチェーンスモーカーだった。ピース缶を持ち歩いているのも頷けた。それにしてもピースは一番高い煙草だ。それを半分も吸わないで捨てるのは何とももったいない。よほど金持ちなのかと思った。ちょっと個性的過ぎると武田は思った。

井岡や浅倉の講義は飽きなかったが、中には退屈な講義もあった。そんなときはいつの間にか真理子の面影を追っていた。今でも失恋の苦しみから逃れられないのである。武田は講義内容をメモしているノートの余白にそっと真理子の顔を描いていた。目鼻立ちの整った西欧的な顔立ちだった。だが描きあげたスケッチは真理子と似ても似つかぬものだった。真理子の写真は一枚も持っていなかった。もう真理子の顔を再現するよすがはないと気が付き武田は愕然とした。

研修も半ばを過ぎたころ、東大出身者の新人歓迎会が本店近くの料理屋で開催された。武田ら四名は定刻前に連れだって料理屋二階の大広間に入り、指定された席に並んで座った。仕事を終えた先輩たちが次々と現れ、在京の東大出身者三〇名ほどが集まった。会長、頭取は欠席だった。幹事の司会で長老の役員二人が挨拶と乾杯の音頭を取って宴会が始まった。ひとしきり料理を食べたところで新人の自己紹介となり、出身地、出身高校、趣味などを話した。その後、先輩が順番に自己紹介と新人に対する歓迎の言葉を述べた。役員や部長レベルの年配者は朝鮮銀行出身者や大蔵省から天下りした者、他の金融機関などから転職してきた者が多かった。一期生以下のプロパーは三〇歳前半より若くて元気があった。

宴もたけなわになったとき、新人研修の講師だった井岡が発言を求めた。井岡は自己紹介で旧制高校出身で銀行設立準備の段階から開設準備に当たっていたといっていた。

「たいへん盛りあがっているときに恐縮ですが、東大出身者が集まるというのは今回を最後にしたらどうでしょうか。この銀行に入ったからにはどこの大学を出たかなどはどうでもいいことです。我々が集まれば不銀には東大閥があるんじゃないかなどと誤解されかねません。我々が率先して大学ごとの集まりを止めてみませんか」

賑やかに歓談していた参加者は戸惑ったように口を閉じた。

井岡と同年代の黒縁眼鏡をかけた男が反応した。

「それは正論だと思うけど、年に一回、新人の門出を祝ってやるくらいのことはいいんじゃないかな。ほかの大学もやっているんだから東大だけやらないのは可哀想じゃないか」

人事部の若田が物怖じせずに先輩の話に割って入った。

「新人の歓迎会は各大学でやっているようです。出身行員が少ない大学が歓迎会をやっても目立ちませんが、東大、京大、慶応、早稲田なんかは人数も多いからあまりおおっぴらに集まるのは好ましくないかもしれませんね。でも他の大学に同調を求めるのはちょっと難しいでしょうね。特に慶応は同窓の結びつきが強いですからね」

浅倉が研修のときと同じようにピースを吸いながら議論に加わった。

「京大もけっこう結束が固いよ。何しろ正田さんが京大だからな。人事部長の笹岡さんも京大だし、人事部も優秀な京大生を取るように相当プレッシャーかけられているんじゃないのか」

「いや、人事部は京大に限らずどの大学も優秀な人材を採用するように努力していますよ」

竹越人事部次長が苦笑しながら模範解答を述べた。

先輩の話では正田常務取締役は将来頭取になるのは間違いないといわれている実力者だそうだ。

出席者の中で最長老の常務取締役がおもむろに発言した。

「確かに出身大学ごとに集まって学閥を作るようなことは銀行として好ましいことではない。東大が率先して同学の集まりを止めるというのはいいことじゃないか。当行では東大卒の看板は何の役にも立たないと自覚して、各人が実力を高めるように努力すべきだね」

常務の発言に異を唱える者はなく、東大卒の新人歓迎会は今年が最後ということになった。武田は慣習を一気に覆してしまった井岡の見識と発信力に感心した。また不動産銀行自体も案外自由闊達な気風を持っているようだと思った。学閥を否定し、集まることさえ避けるというのは東大卒のノブレス・オブリージュ意識なのかなと武田は思った。

歓迎会の最後は旧態依然としてみんなで肩を組み『ああ玉杯』を歌った。

三週目には、「与信業務」、「受信業務」などの業務研修が中心になった。銀行業務全般に亘って一通りの知識を修得させようという狙いのようだ。それぞれの業務の担当本部から講師が派遣されてきた。専門用語が多くなり、講師が一方的に説明するだけなので武田は睡魔に襲われることもあった。

それから、行員の親睦組織「行友会」の紹介があり、野球部やテニス部、囲碁部、コーラス部、絵画部、茶道部などのサークル案内があった。

週末に珠算のテストが行われた。見取り算、掛け算、割り算の順でテストが進んだ。武田は足し算と引き算は最後の何問かが時間切れになり、掛け算、割り算は半分もできなかった。結果は二級だった。行内限りの級位であるが、平均的な水準ということだった。

研修の最後は銀行の保養施設仙石山荘での泊まりがけの合宿となった。飯島課長と豊川に引率されて銀行を出発し、新宿から小田急のロマンスカーに乗って箱根に向かった。仙石原にある山荘は一年前に完成したばかりだった。後発銀行である不銀がようやく開設した保養施設だった。玄関を入り右手に食堂、左手にラウンジがあった。二階の部屋で一休みし、昼食後、ラウンジで講義が再開された。テーブルが長方形に並べられ、入口側に飯島と豊川が座り、三方に入行者が席を選んで座った。武田が座ったのは、飯島、豊川が座っている正面から見て右側の一番遠い席だった。

飯島が「就業規則と職場規律」をテーマに講義を始めた。武田は大学で労働法の単位を取っていたので「就業規則」については興味があった。しかし「職場規律」について長い話が続くと武田は次第に眠くなってきた。武田は大学の大教室を使った九〇分授業では居眠りするのが普通だった。新人研修中も何度か睡魔に襲われたが何とか堪えていた。だが研修も最後になって多少気が緩んだのか眠気に勝てなくなっていた。何秒間か意識が消えた。

「武田君……」と遠くから呼ぶ声が聞こえ、はっと我に返った。

「入行初年度の年休日数は何日だったかな」

飯島が武田に質問しているのが分かった。突然の質問は武田の居眠りを咎めようとしているのだと気がついて武田は冷やっとした。はっと顔を上げれば居眠りしていたことがバレるので武田はゆっくりと顔を上げ飯島に視線を向けて「八日です」と答えた。年休が何日取れるかは武田の関心事だったのではっきり覚えていた。飯島は武田をとっちめようとした魂胆が外れ、いまいましそうな顔をしていた。飯島はいつもはニコニコしていたがそのときの目の冷たさにぞっとした。向かいのテーブルの栗田が武田を見てニヤッと笑った。人事部課長の講義中に居眠りするなんて間抜けな奴だと笑われたような気がした。

五時にすべての研修が終了した。受講生は三々五々地下一階の浴室に向かった。武田も大きな浴槽にゆったりと浸かって研修が終わったことを喜んだ。

打ち上げの懇親会は二階の大広間で行われた。竹越次長もやってきて挨拶をし、飯島が乾杯の音頭をとった。研修を終えた安堵感からか同期生はビールを注ぎ合って賑やかに歓談した。

宴会の中締めで人事部職員は退席し、後は同期生だけの宴会となった。幹事を決めようという提案があり、最年長の高林を押す声があった。高林は「俺は幹事という柄ではないから勘弁してくれ」と断ったが、「君は指令を出すだけでいい。後はみんなでフォローするから」といわれると満更でもなさそうに引き受けた。高林は九州の大学で二年間学んだ後、早稲田に入学した変わり種だった。酒好きで麻雀が強く、相手をした同期はだいぶカモられているようだった。囲碁は五段ということで、休憩時間に三段だという東大卒の内川と対局していた。勝負事には強かったが意外に性格は温厚だった。学生時代にコンピュータの勉強をしていたのでその分野の仕事をしたいといっていた。武田は見かけによらず勉強家なんだなと感心した。

高林はさっそく誰か歌でも歌って景気をつけろと指令を出した。栗田が真っ先に立ちあがり、坂本九の『上を向いて歩こう』を大げさな身振りで歌い、喝采が沸きおこった。栗田の父親は朝鮮銀行出身で地銀の役員をしているそうだ。栗田は不銀の内部事情に通じていて、自信に溢れていた。

高林が「俺も歌うぞ」と立ちあがり歌いだした。

「赤とんぼ　赤とんぼ　羽根が取れたら柿の種」と奇妙な歌詞で、おまけに調子外れだったので、みな腹を抱えて笑った。武田は音痴も真面目に歌えば芸になると感心した。

慶応出の宮本が「俺はボディービルを披露するぞ」といって上半身裸になってポーズを決めた。ボディービルの選手ほどではないがけっこう筋肉が盛りあがっていたのでこれも拍手喝采を浴びた。一緒に風呂に入っていたのか三村が宮本の一物がデカいと暴露したので哄笑を引きおこした。宮本は調子に乗って「それじゃ拝ませてやろうか」とパンツを下ろそうとしたので周りの者が慌てて「止めろ止めろ」と何とか押しとどめた。三村はさらに「宮本はエテマスに違いない」と付け加えた。みんなキョトンとして「エテマスって何だ」と聞きかえすと、三村は「えっ、知らないの。うちの大学だけの隠語かな」と呟いた。三村と同じ一橋大学卒の村山が「僕は聞いたことがないよ」と異議を申したてると、三村は「それじゃ俺のいたホッケー部だけではやっていたのかな」とますます後退したが、「要するにエテマスっていうのはエテ公のマスターベーションっていう意味だ。猿にマスを教えると、その快感にはまって死ぬまでマスを掻きつづけるということだ」と説明した。珍説に大爆笑が起こった。エテマスと名指された宮本は怒りもせずに笑っていた。

足かけ三週間にわたる研修でそれぞれの気心も分かってきて、今では互いに呼びすてにする間柄になっていた。同期というのは不思議な紐帯だ。仲間であると同時に、いずれは出世を争うライバルになるのだろう。

早大卒の加瀬は趣味が絵画、写真という品のある文化人だった。京大卒の野川は小柄で額が秀でていて、栗田や三村らと一緒になって磊落に笑っていたが、その目は笑っていなかった。武田は野川が一番出世するのではないかと思った。

最後に肩を組んで『同期の桜』を歌い、宴会は終わった。

週明けの一九日に大卒新入の配属先を決める辞令交付があった。武田らは入行時と同じように頭取室の前に並んだ。今回はアイウエオ順ではなかった。武田は列のまんなかあたりだった。何日か前に希望する配属先についての調査票が配られ、武田は札幌支店を希望した。就職試験を受けたころは真理子と離れたくないので東京で勤務できる可能性の高い銀行を選んだのだが、今は東京を離れたかった。山もスキーもできる札幌支店が一番だった。辞令交付が始まった。辞令を手に出てきた者に、順番を待っている者が「どこだった」と小声で聞いていた。なかには一人一人に辞令を見せながら通ってゆく者もいた。本店各部に配属される者が続いていた。武田は組織の建制順（部室店の席次）に呼ばれているようだと気がついた。一歩一歩頭取室に近づき武田の番になった。頭取が「武田君には名古屋支店に行ってもらう」といいながら辞令を手渡した。武田は札幌支店でなくてがっかりした。人事部に趣味で勤務地は決めませんよといわれたような気がした。

本店の出口で先に出ていた連中が待っていた。本店各部に配属されることになった者はこれから配属先に挨拶に向かうということだった。武田の後ろにいた三村が「おい、武田、どこだった」と聞いてきた。「名古屋だ」と答えると、「じゃ一緒だな」といった。三村は岐阜の出身だったから名古屋支店は希望通りであったらしい。武田は仙石山荘の打ちあげ会での「エテマス」発言の印象が残っていたので、賑やかな三村とうまく付きあっていけるかなと少々不安だった。だが三村は笑うと目尻が下がって人がよさそうに見えた。寡黙な武田とは対照的だったが、まあ何とかなるだろうと思った。最後尾に並んでいた慶応ボーイの南が急ぎ足で追いついてきた。「金沢支店だったよ。金沢って何県だったかな」といかにも心細げだった。高林が「俺は高松支店だ。一人だけだがまあ頑張ろうや」と慰めていた。高林は高松出身だったから希望通りだったのだろう。

同期二四名の配属先は本店一〇名、大阪支店三名、名古屋、福岡、広島、仙台は二名、札幌、高松、金沢は一名だった。

武田は本店配属者のように挨拶に行く先もないので研修室に戻ろうとすると、三村は「大学の先輩にちょっと挨拶してくる」といって本店内に入っていった。研修室に戻ると誰もいなかった。みな挨拶回りをしているようだ。多少でも縁がある先輩には挨拶に行くのがサラリーマンの常識のようだった。武田も就職活動時に会った先輩や、東大の歓迎会で見知った先輩がいないわけではなかったが、東大の集まりは止めようということになったのでその趣旨に沿って挨拶回りはしなかった。

武田と三村の赴任日は翌々日の二二日と決まった。「旅費概算渡請求書」を渡され、「交通費」、「日当」、「宿泊料」、「仕度料」、「家財運送費」欄に人事部の規定通りの金額を書いて提出した。締めて二万五千円だった。仕度料が六千円も出るのはありがたかった。

支店に赴任する者は早退を許されたので武田は寮に戻って引っ越し作業を行った。布団袋に布団と衣類を詰めこみ、本や雑貨は段ボール箱二箱に収まった。荷物は一階の玄関ホールに運んでおけば夕方運送業者が来てくれるということだった。後は管理人に任せて退寮した。

実家に帰ると、名古屋に転勤になったと知った母はがっかりしていた。翌日は出行しなくていいので久しぶりにゆっくりと過ごした。午後になって母に付きあってもらって上野の松坂屋に背広を買いに出かけた。背広は毎日着るものなので仕度料で二着目を買うことにした。

翌日、二一日は給料日だった。全員定時に研修室に集まり、初めての給料袋を受けとった。それから旅費概算渡金二万五千円が支払われた。転勤に要する費用をすべて支払っても一万円くらいおつりが出そうだった。新幹線の乗車券も渡された。武田と三村は明朝、新幹線で名古屋に行くことになった。

その日の夜、母がすき焼きを用意してくれた。父はまだ帰ってこなかったので母と妹の恵子と三人で食事をした。狭いけれど実家はやはり一番落ちつける。三月末から家を出ていたが同じ東京だからいつでも会えるという安心感があった。名古屋ではそうはいかない。母は武田が遠くに行ってしまうのが淋しいようだった。武田も淋しさはあったが名古屋での新しい生活への期待の方が大きかった。母から、親戚から預かった餞別一万円と母の分一万円を貰った。母は「餞別を頂いた方にはちゃんとお礼状を書きなさいよ」といった。

翌朝、家を出るとき父は玄関で「体に気を付けてな」といった。武田は「うん、それじゃ」と会釈して外に出た。ボストンバッグと背広のケースを持って四階から階段を降りた。母は一階まで付いてきた。武田は「もういいよ」といって歩きだした。曲がり角にきて振りかえると母はまだ武田を見ていた。武田は最後に軽く手を振って角を曲がった。駅に向かって歩きながら後ろ髪を引かれるような気分だった。

二　名古屋支店赴任（一九六五年四月）

四月二二日、木曜日の九時前、東京駅の新幹線ホームは人で溢れていた。武田が指定席のある車両に近づくと、三村と大阪支店に赴任する栗田、野川、松山の三名がいた。研修で世話になった人事部の職員や大阪組の見送り客が乗車口の前に集まっていた。武田は前年秋に開通した新幹線に乗るのは初めてだった。扉が開き中に入ると広い車内に驚いた。車両の中ほどに指定席を見つけ三村と並んで座った。大阪組はすぐ後ろで座席を向かいあわせにして座った。見送りの人たちが窓のそばまで来て何やらしゃべっている。密閉された窓なので声は聞こえない。定刻九時になって列車が動きだした。手を振っている人々が見えなくなると武田はほっとした。リクライニングシートを後ろに傾けると寛いだ気分になった。学生時代は特急列車に乗ったこともなかったので、学生と社会人の違いを実感した。新幹線の走行音は在来線とはまったく違った。ガタンゴトンという懐かしい音と振動はなく、ただシャーと風を切る音がした。車窓に近い電柱はビュンと瞬間的に視界を横切り、民家や工場は飛ぶように通りすぎてゆく。圧倒的なスピード感だった。日本の技術もたいしたものだと感心した。

後ろの席から大阪組の賑やかな声が聞こえてくる。周りの乗客はみな静かにしている。武田は小声で三村と話していた。陽気な三村は大阪組と一緒にいた方が楽しいだろうなとちょっと申しわけないような感じがした。

二時間半ノンストップで名古屋駅に到着した。武田と三村は大阪組と「元気でな」と挨拶を交わし出口に向かった。プラットホームに下りると、「武田君、三村君歓迎　不動産銀行名古屋支店」と書かれたボードを掲げた三名の男が待っていた。階段に向かう人々がチラチラとボードを覗きながら通りすぎてゆく。武田は予想外の出迎えにびっくりした。武田と三村が近づいて挨拶すると、三名の先輩がそれぞれ名乗った。昨年入行の前田、山井、紫藤だった。一年先輩が新入行員を出迎えるのが名古屋支店の伝統だそうだ。もう一人の同期石川は出張中で来られなかったという。

先輩の先導で改札を出て広くて長いコンコースを抜け、タクシー乗場で二台に分乗した。タクシーは桜通という広い道を走りだした。幾つか信号を通りすぎるとすぐにUターンして支店の前に着いた。歩いても来られる距離だった。

九階建てビルの一階に支店の正面玄関があった。ドアを開けると奥に向かって長いカウンターが続いていた。その前を通り、カウンターの端から事務フロアに入り、庶務係の島倉支店長代理の許に案内された。出迎えの役目を終えた先輩たちは仕事に戻っていった。

島倉は武田と三村を支店長応接室に導いた。壁には油絵が飾られ、テーブルを挟んで高級そうな椅子とソファが並んでいた。島倉はソファに座って待つように指示すると部屋を出て行った。しばらくして支店長と二人の次長がやってきた。苦み走った志摩支店長はがっしりした体を両袖椅子に深く沈めた。向かいのソファに細身で長身の佐藤次長とかなり年輩で腰の低い迫田次長が座った。受付の女性が恭しく茶を運んできて配った。佐藤次長が武田は管理係、三村は預金為替係で働いてもらうといった。横に座った島倉代理が「受命簿」を差しだし印鑑を押すようにいった。入行以来、印鑑は常に携帯するように教育されていたので二人はその場で判を押した。

それから佐藤が支店の概要を説明した後、支店長の発言を求めた。支店長は、「慣れない土地で最初はたいへんだろうが、健康に気を付けて頑張ってくれ」と短くいって立ちあがった。支店長、次長への挨拶はそれで終わった。武田は支店長代理というのは支店長の代理だから二番目に偉いのかと思ったが、どうやら次長が二番目で、その下が支店長代理のようだった。

一二時を過ぎていたので島倉は二階にある食堂に二人を案内した。数人の行員が食事をしていた。島倉は賄いの中年女性に二人を紹介すると、ニコニコとトレイに主菜とご飯、味噌汁を載せてくれた。島倉と一緒に空いている席に座って食事を始めた。

食事が済むと島倉は二人を連れて各係を回った。一階の融資係、鑑定係、管理係、代理貸付係、債券係、預金為替係、計算係、出納係、庶務係を順次回ると、守衛室、運転手控室、二階の電話交換室まで回って顔見せを終了した。支店長以下七〇名以上に挨拶した。相手にとってはたった二名だが、こちらは七〇名もの顔と名前を覚えなければならない。武田は配属先となった管理係の係員は何とか覚えたが、その他の係のメンバーは半分も思い出せなかった。

挨拶回りが終わると庶務係で入寮手続きを行った。島倉は「それでは独身寮まで案内しよう。君たちの上司の了解を得ているから今日は早く帰って荷物の整理をしたらいい」といった。二人は手荷物を持ち、島倉に連れられて支店裏口にある駐車場で行用車に乗りこんだ。たかが新入行員を車で送ってくれるのはありがたかった。地方支店だからこそできるサービスなのだろう。

フロントガラスに雨粒が落ちてきた。二〇分ほど走って市電半僧坊《はんそうぼう》駅の先で右折し、坂を登った住宅地にある独身寮に着いた。三階建ての新しい建物で、規模は小さいが本店の中河原寮とよく似た外観だった。島倉は玄関口で寮の管理人安西に武田と三村を引きあわせると、銀行に戻っていった。

管理人室の入口横の壁にボードがあり赤字の名札がずらっと並んでいた。管理人は外出するときは赤字に、寮にいるときは裏返して黒字にするようにといった。武田と三村の名札もできていた。玄関脇の物置部屋に二人の引っ越し荷物が置かれていた。安西は寮内を案内してくれた。管理人室に続いて二間続きの和室があった。廊下を挟んで向かい側に洗面所と浴室があった。週四日入浴できるということだった。廊下の突きあたりは食堂とラウンジだった。それから居室のある二階に上った。安西は現在空室になっている部屋のドアを開けて中を見せてくれた。備えつけベッドのある洋室だった。三階は畳敷きの和室だった。安西は空室の中から好きな部屋を選ぶようにいった。三村は三階の一番奥の部屋に、武田は二階のまんなかあたりの部屋に決めた。

それから引っ越し荷物を部屋に運んだ。六畳ほどの部屋は中河原寮とそっくりだった。武田は布団をベッドの木枠の中に拡げ、本を机の前面に取りつけられた書棚に置いて引っ越しを終了した。三村の部屋を訪ねると、三村もあらかた荷物の整理を終えていた。畳敷きの和室はベッドがないので洋室より広く見えた。

「夕食まで時間があるからちょっと付近を偵察してみないか」と武田がいうと、「そうだな、喫茶店でもあれば寄ってみよう」と三村が応じた。

冷たい雨が降っていた。新緑の緑が煙っている。通勤経路を辿って坂を下り市電通りに出た。市電が走っている通りなのに人通りはない。付近に喫茶店も食堂も見当らなかった。しばらく歩いてみたが、雨脚が強くなり肌寒くなってきたので帰ることにした。名古屋は中心街を少し離れるとずいぶんと寂しくなるようだ。

その日は夕食の開始時間に食堂に下りて一番乗りで食事を取った。

翌日、雨は上がっていた。目覚まし時計で起きあがり、緑色の分厚いカーテンを開けると朝日がパッと射しこんできた。

洗面、着替えを済ませ、朝食の開始時間に一階の食堂に入った。入口に一八名の寮生の名前が書かれた新聞受けがあった。武田の受け口には昨日管理人に頼んでおいた朝日新聞が入っていた。武田以外はすべて日経新聞だった。サラリーマンは日経を読むのが常識のようだが、武田は企業寄りの記事が多いといわれる日経を読む気はしなかった。

三村と食事を済ませ一緒に玄関を出た。坂道を下っているとタクシーが追い越していった。寮の先輩四人が相乗りしていた。毎日タクシーで通勤しているようだ。入行三、四年の給料でそんな贅沢ができるのだろうか。親から資金援助してもらっている資産家の息子たちなのだろうと思った。

市電と地下鉄を乗り継いで四〇分もかからずに銀行に着いた。電車もそれほど混んでいないので、立っていても新聞を読めた。通勤は東京より遙かに楽だった。

裏通りから駐車場を通り、行員通用口から店内に入った。カウンターの端に出勤簿が置いてあった。女子行員が出勤簿にハンコを押してカウンター内に入っていった。武田もそれに倣って自分の欄を探して判を押した。それが出勤の証となるようだ。

武田がカウンターの中に入ろうとしたとき、「武田ちゃん、一〇円玉ある?」と後ろから声がかかった。振りむくと三年先輩の増井だった。色白小肥りで慶応卒だった。寮を出たとき追い越していったタクシー通勤組の一人だった。

「はい、あります」

武田は小銭入れをズボンのポケットから出した。

「一〇円玉でちょっと遊ぼうよ」

怪訝な顔をしている武田を尻目に増井は幅七〇センチほどのカウンターの端に自分の一〇円玉を少し外にはみだして置いた。

「これをね、向こうの端にできるだけ近づけるんだ」

増井は右手の掌でポンと一〇円玉を打った。弾かれた一〇円玉はカウンターのまんなかあたりで止まった。

「どっちが遠くに行くかやってみようよ。向こう側に落ちたらアウトだよ。勝った方が一〇円玉を頂く」

武田は賭事はしないことにしていたが、断るのも気まずくなるので受けることにした。

「それなら君が先に打っていいよ」

武田は一〇円玉を四分の一ほど端から出してポンと弾いた。すっと滑りだした一〇円玉は半分を過ぎた所で止まった。続いて増井が弾くと武田の一〇円玉を越えてカウンターの四分の三ほどの所に止まった。

「僕が勝っちゃったね。次は僕が先に打つよ」

増井は武田の意思を確かめず一〇円玉を打った。今度は反対側の縁から一〇センチくらいの所までいった。武田は仕方なく一〇円玉を取り出して打った。今度は一回目より前に進んだが増井には及ばなかった。

「うん、君もだんだんコツを掴んできたね。もう一回やろうか」と増井がいったが、武田は馬鹿らしくなって「一〇円玉がなくなりましたので終わりにします」と切りあげた。

仕事始めの日につまらない賭事に付きあわされていい迷惑だった。増井に馴れ馴れしく「ちゃん」付けで呼ばれたのも気色悪かった。

事務フロアの中ほどにある管理係は島型レイアウトでカウンターに二席、その後ろに向かいあわせに三列机が並んで、その頂点に支店長代理の机があった。グレーのスモック型制服を着た丸顔でチャーミングな小川由紀が代理の机を拭いていた。ほかにはまだ誰も来ていなかった。武田は「お早う」と声をかけて代理席の右側まんなかの自席に腰を下ろした。小川はすぐに武田の傍に来て机を拭いてくれた。武田が礼をいうと恥ずかしそうに微笑んだ。

武田の机は片袖のスチール机で、椅子はビニール張りで背もたれの付いた平行員用のものだった。支店長代理席はスチール製両袖机で、椅子も肘掛けが付いた大きな椅子だった。その後ろの支店長、次長席は木製の大きな机で、椅子も布張りで高い背もたれが付いていた。仕事をするためというより権威を象徴するための道具のようだった。机や椅子でステータスを可視化して行員の競争心を煽っているのだろう。

机の上には緑色のゴムマットが敷かれていた。机の引出しを開けてみた。算盤や朱肉入れ、ハンコ立て、スタンプ台、デート判、ボールペンなどが入っていた。武田の名刺も用意されているのには驚いた。銀行は実に手回しがいいと感心した。

「何か足りないものがありますか」

小川が聞いた。

「いや、至れり尽くせりでびっくりしたよ」

武田が上着のポケットから印鑑を取り出しハンコ立てに立てると小川がいった。

「武田さん、豆印お持ちですか」

「豆印ですか。持っていませんね。どんなハンコですか」

「五、六ミリの小さな印ですが、訂正印などでよく使うんですよ」

「それじゃ作らなければならないな。近くにハンコ屋さんありますか」

「庶務係で取りついでくれますから、後で注文書を貰ってきます」

「それはありがたい。よろしくね」

小川はニコッと笑った。

しばらくして小川が出入りのハンコ屋のパンフレットと注文書を持ってきてくれた。パンフレットを見ているうちに武田は豆印と一緒に認印も新調することにした。今持っている認印は木製の三文判だった。銀行員にとって印鑑は武士の刀のようなものだろう。ちょっと奮発して印材は黒水牛の角にした。形状は小判形に、書体は認印は篆書体、豆印は判別しやすい隷書体にした。注文書を書いて小川に渡した。

紫藤がゆっくり歩いてきて武田の向かいに座った。紫藤は京大卒で昨日名古屋駅に出迎えてくれたうちの一人だった。小柄でおっとりした性格のようだったので、武田は先ほど巻きこまれた一〇円玉賭博のことを話してみた。紫藤は「名古屋支店は昔から賭事の好きな人が多いんだよ。麻雀、高校野球のトトカルチョ、卓球も金を賭けてやっているよ」と教えてくれた。武田はたいへんな所に来てしまったなと思った。

続いて二年先輩の槙原がやってきて武田の斜め前、代理席の横に座った。長身痩躯で鼻筋が高くエキゾチックな顔立ちをしていた。蝶ネクタイをしているのもユニークだった。

次に三〇歳代の整った顔立ちの清水久江と、ほっそりとした長島晴子が並んでやってきて、「お早うございます」とみんなに挨拶した。清水はカウンター席に、長島は武田の左、代理席の隣に座った。

支店長代理の木村が悠然とフロアを闊歩して席に着いた。ダブルの背広を着て、強そうな髪をポマードで固め、日に焼けた血色のいい顔だった。銀行員というより建設、土木業の方が似合いそうな風貌だった。

始業時間を告げるチャイムが鳴ったとき丸山があたふたとやってきて武田の右隣に座った。丸山は高卒で年齢では武田の二年下だった。なかなかのハンサムボーイだった。

小川が茶碗を載せた盆を運んできて新聞を拡げている男性に茶を配った。ほかの係でも女性行員がお茶配りをしていた。男性行員は当たり前のような顔をして茶を啜りはじめた。武田は大学のワンダーフォーゲル部で男女平等に慣れていたのでちょっと違和感を覚えた。ワンゲルでは女子部員が少なかったから大切にされていたという面もあるが、女子部員も平等意識が強かった。うっかり「女の子」といおうものなら厳しく咎められた。「女性」または「メッチェン」と呼ばなければならなかった。そんな環境に慣れていたから女性がお茶汲みをする姿におやっと思ったが、「ありがとう」といってサービスを受けた。

茶を飲み終えた木村が武田を呼んだ。武田は木村の横に立った。

「君には火災保険関係の仕事をやってもらう。槙原君が指導するからその指示に従ってくれ」

「分かりました」

「ところで君は法科か」

「いえ、経済です」

「そうか。管理係の仕事は金融法務の知識が不可欠だ。経済だと法務は不案内だろうから分からないことがあったら僕に聞きにきたまえ。僕は昔法律事務所で働いていたことがあるんだ」

「そうなんですか。よろしくお願いします」

「火災保険を担当してもらうが、係全体の仕事も積極的に手伝うようにしてくれ」

武田は木村の話が終わると、すぐに槙原の許に行った。槙原は横の二段キャビネットから六法全書を取り出しページをめくった。

「ここに『質権設定』の規定があるからよく読んでおいてちょうだい」

槙原は六法全書を武田に手渡し、すぐ自分の仕事に戻った。武田は開いたままの六法全書を受け取り自席に戻った。六法全書から勉強しろとはずいぶんアカデミックな現場教育だなと思った。武田は大学で憲法、民法、労働法を習ったことがあるが、「質権設定」というのはなじみのない言葉だった。

さっそく六法全書の民法第二編第九章の「質権」を読みはじめた。半ページにも満たないが、漢字とカタカナの条文はちんぷんかんぷんでまるで意味が分からない。質屋の権利でもなさそうで、これは困ったと思った。木村が分からないことがあったら聞きにこいといっていたが、こんな初歩的なことを教わりにいくのも気が引けた。

一一時半になると昼休みになった。二交代制で早番は一二時一五分までで、遅番はそれから一時までだった。武田は丸山と交代で今週は遅番になった。丸山が少し遅れて戻ってきた。武田が食堂に入るとすでに遅番の行員がいくつかのグループに別れて食事を始めていた。奥のテーブルに人がいなかったのでその端に座った。食事を終えた後、どうやって時間を費やそうか迷ったが、天気がいいので屋上に行ってみることにした。九階建てのビルは銀行の子会社が所有していて、昼休み時間中は屋上が開放されていた。武田は店内を出てテナント用のエレベータで屋上に昇った。塔屋から屋上に出た瞬間、武田はさえぎるもののない眺望に息を呑んだ。まわりに高いビルがないので周囲を一望できた。北西に雪を被った伊吹山が思いのほか近くに見えた。北に目を転じると白い雪をまとった独立峰が見えた。武田は御岳《おんたけ》に違いないと心が躍った。その右に見える連山は中央アルプスであろう。その右端は木曽駒ヶ岳だろう。名古屋から中部山岳地帯の山々が見られるというのは驚きだった。武田は屋上を一周して早春の澄んだ空気と展望を欲しいままにした。

屋上は胸壁に取りつけられた高さ一メートルほどの鉄柵で囲われていて、鉄柵にもたれて談笑する人びとがいた。武田は塔屋の近くの胸壁に腰掛けて一人で文庫本を読んでいる銀行の制服を着た女性を見つけた。確か預金係の女性だった。武田は彼女も仲間とおしゃべりするより一人でいる方が気が楽なタイプなのかなと思った。何を読んでいるのか聞いてみたい気もしたが、気軽に女性に声をかける度胸はないので近づかなかった。

昼休みが終わり再び六法とにらめっこが始まった。眼光紙背に徹してページを睨んでみたが、分からないものは分からない。法律とは何と持って回った言い方をするのだろうと思った。この調子では何度読んでも理解できそうもない。本屋で参考書を探してみようと思った。そのうちについウトウトしてしまった。

「武田さん、お茶どうぞ」

はっと目が覚めると、机の上に茶碗が置かれていた。振りむくと小川が笑顔を浮かべていた。眠そうにしている武田を見かねて眠気覚ましに茶をいれてくれたに違いない。武田は恥ずかしかったが感謝の気持ちを込めて頭を下げた。気立ての優しい娘だなと思った。

実戦配備の初日は六法全書とにらめっこで終わった。

この日の五時半から支店の新人歓迎会が二階の会議室で行われた。ビールや寿司、乾き物がテーブルに並べられ、支店長の挨拶の後、武田と三村と高卒七名の新人が前に並んで自己紹介をした。高卒新人は三月下旬から支店で研修を受けていて、早くもそれぞれの係で戦力になっているようだった。

三日目の土曜日、槙原は自分の仕事が一段落したのか火災保険の実務を教えてくれた。管理係の仕事は貸付金の管理をする部署で、貸付金の回収が主業務であるが、貸付金の保全も担っている。建物を担保に取った貸付では必ず火災保険をかけてもらい、火災保険証書を預かる。そして火事になった場合は貸付先に代わって銀行が保険金を受け取れるように、保険金請求権に質権を設定し、質権設定承認書を徴求《ちょうきゅう》しておくのである。この手続きは新規貸付時に行うが、火災保険の保険期間は一年なので、一年目以降は同様の手続きを管理係が行うことになる。このため管理係は保険の満期の二ヶ月くらい前に火災保険更改《こうかい》の案内を貸付先に送ることになっていた。期日管理用に小型のキャビネに火災保険内容を記したカードが期日順に並べられていた。一通り火災保険の管理について槙原に説明してもらってだいたいのことは理解することができた。

一二時にシャッターが閉められた。しかしそれから伝票の締め作業などがあって管理係の仕事が終わったのは一時半を過ぎていた。武田は書店で質権の参考書を探してみようと思い、槙原に近くに書店はないか聞いてみた。栄町の星野書店に行ってみたらと場所を教えてくれた。

毎日一緒に帰っていた三村は預金係の集まりがあるというので一人で銀行を出た。武田は地図を頼りに伏見通から広小路通を栄町方面に歩いた。東西南北に整然と道が作られているので目的地を探すのは容易だった。歩道も広く歩きやすい。栄町は名古屋で一番の繁華街だそうだ。何ブロックか歩くと左側に東海銀行本店があった。都市銀行だけあって堂々たる建物だった。さらに進むと道路の反対側に丸栄百貨店があった。これもまたモダンな外観の八階建てビルで、銀座の百貨店と比べても遜色がない。広小路通から左に少し歩くと星野書店があった。さして広くはないが、びっしりと書棚が並んでいた。法律関係の書棚で質権関係の本を探したが見つからなかったので、代わりに金融法務の入門書を一冊買った。それから小説が並んでいる棚を見てヴェルコールの『海の沈黙』を購入した。

栄町を少し見物することにした。広小路通に戻って栄町の中心に向かい、栄町の交差点に出た。対角線上にオリエンタル中村百貨店があった。シックな外観の立派な建物だった。交差点を渡る人々も多く賑やかだった。さらに直進するとすぐに広い通りにぶつかった。一〇〇メーター道路といわれる久《ひさ》屋《や》大通《おおどおり》である。この通りの広さにはびっくりした。もっとも全部が道路ではなく、まんなかは公園のような緑地帯になっている。北の方に大きな名古屋テレビ塔が見えた。それにしても名古屋の道路の立派さには驚かされる。広くて真っ直ぐで、東京のせせこましい道路とは比べものにならない。テレビ塔の近くまで歩いて、栄駅から地下鉄に乗って寮に帰った。

この日は寮で武田と三村の歓迎会が開かれた。夕食を済ませた後、テーブルにビールとつまみが並べられた。寮長の黒田が歓迎の挨拶をした。寮長は五年先輩で融資係のベテランだった。それから武田と三村が自己紹介した後、先輩寮生が一人ずつ歓迎のスピーチを行った。寮生は総勢一八名だった。年齢の差はあったが、大学体育会のような上下関係はなく、後輩を呼び捨てにする者はいなかった。後輩も先輩に対しては敬意を持って接しているようで和やかな雰囲気だった。

翌日の日曜日は洗濯をして過ごした。ワイシャツは寮に出入りするクリーニング屋に出したが、下着や靴下、ハンカチは週末に洗濯するほかはない。武田は朝食を済ませるとすぐに洗濯物を持って洗面所にある電気洗濯機に向かった。一番乗りだったが、ちょっと遅れれば順番待ちになる。洗濯物はベランダの物干し紐に吊した。

寮では昼食がないので外食する寮生が多かった。デートに出かける者もいるようだ。武田は三村と食堂を探しに外に出た。市電通りに出て通勤時とは逆方向の八事《やごと》に向かった。半僧坊の隣の駅が八事で終点だった。左側に興正寺境内の森が見えてきた。かなり大きな寺だった。四つ辻の手前に軽食を出す喫茶店があった。コーヒーとカレーライスを頼んでゆっくりと食事をした。食事の後、興正寺の境内を散歩した。新緑の木々の中を歩くのは気持ちよかった。

寮に戻ると武田は部屋に籠もり金融法務の本をパラパラとめくったが、プライベートな時間に仕事関係の本を読むのは馬鹿らしくなり、ヴェルコールの『海の沈黙』を読みはじめた。一階の和室でジャラジャラと麻雀牌をかき回す音が聞こえてくる。テニスコートからも歓声が聞こえてくる。寮生はそれぞれに休日を楽しんでいた。

夕食時になると寮生は食堂のテーブルに集まってきて、そそくさと食事を済ませると、奥のラウンジのソファに陣取ってテレビを見はじめる。古参の寮生が指定席のように正面のソファに陣取っている。武田と三村は食堂のパイプ椅子をソファの後ろに移動させて腰かけた。六時から『てなもんや三度笠』が始まった。藤田まこと演ずる渡世人あんかけの時次郎と、白木みのるの小坊主珍念の二人組が諸国を漫遊するコメディである。藤田まことのいかにもコメディ役者らしい顔が面白かった。脇役で登場する南利明の名古屋弁や、財津一郎の独特のイントネーションで発する「ひじょーに厳しい」という決めセリフにみな腹を抱えて笑っていた。六時半になるとテレビの近くにいる者がチャンネルを回し『シャボン玉ホリデー』が始まる。双子の歌手「ザ・ピーナッツ」の歌と、「ハナ肇とクレージーキャッツ」のコントが売物だった。植木等が場違いのシーンに登場して、「お呼びでない？　こりゃまた失礼致しました」と引っこむ定番のコントに大笑いである。三村も「あははは」と声をあげて笑っている。武田は初めて見る番組だったがみなと同じように笑っていた。

三　歓迎会（一九六五年四月）

週明けの月曜日、昼休み中に武田以外の男性がいないときだった。来店客の応対をしていた小川が「照査」をしてくれと武田に伝票を回してきた。銀行では担当者が起票した伝票は、他の者が「照査」し、最後に決済権限を持つ役席者が「検印」するという三鑑体制になっていた。武田は小川が持ってきた貸付金の回収伝票が機械打ちだったので間違いはないだろうと「照査」欄に判を押して木村に検印をもらいに行った。

「ちゃんと見たのか」

木村は疑わしげに武田を見た。新人の照査に不安を感じている様子がありありだった。

「はい、私なりにちゃんと見ました」

木村は不承不承ハンコを押した。武田はそんなに心配なら自分でチェックすればいいじゃないかと思ったが、どうやら木村は計理処理は苦手のようだった。

武田の火災保険関係の業務はそれほど忙しくはなかったので、暇なときは計理処理を勉強することにした。木村に信用されないのも癪だったからだ。武田は伝票の書き方、記帳の仕方を隣に座っている長島に教わることにした。長島は伝票を起こすときは一つの取引を貸方、借方の要素に分解して起票するといった。この作業を「仕訳」といい、この手法を「複式簿記」と呼ぶのだそうだ。例えば百万円の貸付を実行して普通預金に入金するという取引の場合、「借方伝票」の科目名を「貸付金」とし、「貸方伝票」の科目名を「普通預金」とするのである。借方伝票は青色で印刷されており、貸方伝票は赤色で印刷されていた。どちらの伝票を使うかは、まずその勘定科目が貸借対照表の「資産」なのか「負債」なのかを判別する。「貸付金」は「資産」であり、「普通預金」は「負債」である。次に「資産」科目の場合、増加する取引は「借方伝票」、減少する取引は「貸方伝票」を用い、「負債」科目の場合、増加する取引は「貸方伝票」、減少する取引は「借方伝票」を用いるということだった。

これで仕訳を覚えたと思ったら、銀行で採用しているのは本来の「複式簿記」ではなく、「現金式仕訳法」であるということだった。銀行では現金を伴う取引が圧倒的に多いが、「現金」という科目は金額だけ分かれば用が足りるので、「現金」という伝票を省略する仕訳法が編み出されたということだった。

武田は長島に教わったルールを丸暗記して「仕訳」ができるようになった。簿記というのは面倒臭いものだと思っていたが、幾つかのルールを覚えれば案外論理的で分かりやすいことが理解できた。

この日は一年先輩の石川、紫藤、前田、山井が歓迎会を開いてくれた。これも毎年の恒例だそうだ。五時半に揃って広小路通を歩き八千代というレストランに入った。テーブル席に陣取りこの店の名物だという豚カツを注文した。皿に乗っていたのは円錐状の豚カツだった。こんがりと揚げられ三センチほどにカットされている。ピンク色のヒレ肉の断面が鮮やかだった。特製のソースをつけて口に入れると衣のサクッとした食感の後に軟らかい肉から旨みが拡がった。こんな豚カツは初めてだった。寮の部屋が隣の石川は慶応大学の釣りクラブ出身で、名古屋でもちょくちょく釣りに行っているという。前田は戦国武将の末裔だそうで、品がよくスマートだった。卓球は支店で敵なしだそうだ。山井は学習院大学山岳部出身で本格的な岳人だった。みな先輩風を吹かすこともなく紳士的で楽しかった。

翌日、午後になって武田が退屈していると、長島が窓口から回ってきた確定日付手数料の入金伝票を武田に渡し、照査と記帳をやってみるようにいった。武田は伝票をチェックして照査印を押し、「雑受け入れ手数料」の元帳を開いた。元帳には今までの取引が一件一行で記入されていた。武田は前取引の次行に伝票を見ながら日付、金額、摘要と新残高を記入した。慎重にチェックしてから長島に見てもらった。元帳を一瞥して長島は困ったように呟いた。

「武田さん、万年筆で書いちゃったわね。銀行では黒のボールペンで書くことになっているのよ」

武田はパーカーの万年筆で書いてしまったのだ。それまでの取引はすべて黒のボールペンで書かれており、武田の書いた行はブルーブラックで異様だった。人事部研修で黒ボールペンで書けと教わった記憶はないが、それ以前の常識ということだったのだろうか。武田はどうすればいいか長島に聞いた。万年筆で書いた行を抹消し、次行に書き直すこともできるが、たまたま二行しか書かれていない元帳だったので新しい用紙に書き直した方がいいだろうという。武田は前の取引の記帳者だった丸山に事情を説明して、新しい元帳に二件分を書き直してもらった。その後に今日の分をボールペンで書きくわえた。そして木村にも事情を話して検印を押してもらった。みんなに迷惑をかけてしまい、さんざんな記帳事始めだった。

長島には計理処理をいろいろ教わっていたが、長島が席を離れたとき、隣の丸山が小声でいった。

「武田さん、長島さんに手を出しちゃいかんよ。融資係の赤川さんに決まっているからね」

武田は丸山の見当違いの忠告に苦笑した。丸山はどこか憎めない男だった。


水曜日に管理係の歓迎会が開かれた。着替えをする女性陣を待ち、全員揃って銀行近くの料理屋に向かった。一週間ほど一緒に働いてきた仲間との集まりなので武田は楽しみにしていた。二階の一間を借りて歓迎会が始まると、武田の挨拶を求められた。もう何度も自己紹介をしてきたのでマンネリにならないように、また少人数の集まりで時間もあるので少し詳しく趣味の話をした。それから他のメンバーも武田に向けて自己紹介をしたので、係の人々のことをより深く知ることができた。

支店長代理の木村は大学卒業後二年間法律事務所に勤務した後、不動産銀行設立時に転職してきたということだった。武田より一〇歳年長だった。趣味はゴルフで相当の腕前のようだった。

槙原は京大卒で、大学では演劇をやっていたという。いわれてみるとなるほど演劇人の雰囲気を持っている。槙原は武田に「僕も山登りが好きなんだ」といった。演劇をやっていた槙原が山好きというのはちょっと意外だった。武田は槙原が非常に優秀なことは分かっていた。仕事をしているときは人を寄せつけぬようなオーラがあった。木村もそんな槙原に全幅の信頼をおいているようだった。

紫藤も京大卒だったが槙原とは対照的にいつも穏やかにマイペースで仕事をしていた。紫藤は仕事に疲れると給湯室に行って自分で茶をいれ、茶碗を自席まで運んできてのんびりと啜っていた。紫藤は学生時代に司法試験合格を目指していたようで、今でも弁護士になる夢を捨ててはいないという。紫藤木村代理がそんな紫藤を好きなようにさせているのは、自身が若いころ法曹界を目指していたからではないかと武田は当て推量した。

丸山は昭和三七年高卒入行なので武田より一歳年下になる。一宮出身で高校時代は野球部で甲子園を目指していたというのが自慢である。仕事は早いが適当に息抜きをしている。調子がいいが憎めないところがあり、先輩からは「マル」と呼ばれてかわいがられている。

女性陣は清水が一番年長だった。不動産銀行が昭和三三年に名古屋支店を開設するとき東海銀行に斡旋してもらって入行した四名のうちの一人だった。目鼻立ちの整った美人で、料理を作るのが好きだといっていた。結婚しているが子どもはいないという。

長島は丸山と同期で竹久夢二の美人画のような女性で、おっとりした性格だった。桑名《くわな》に住んでいて、週に一、二度、庭に咲いた花を切ってきて机の上の花入れに飾っていた。

小川は昨年入行の若手で、いつもニコニコしていて、ふくよかで愛らしかった。カウンターで並んで仕事をしている清水は小川を妹のようにかわいがっていた。

自己紹介が一巡して自由歓談となった。さっそく槙原が武田に、「今度一緒に山に行こう」といった。武田は「機会がありましたらぜひ誘って下さい」と応じた。銀行で山仲間ができるとは思っていなかったのでうれしかった。小川が「武田さん、スキーに連れて行って下さい」といった。若い女性に頼まれて嫌とはいえない。まだシーズンはだいぶ先で、本気かどうかも分からないが、「いいですよ」と答えると女性陣が歓声を上げた。

清水が真面目な顔をしていった。

「武田さんは将来大物になるわよ。だって支店長の目の前で堂々と居眠りしているんだもの」

女性陣が清水の説に声を揃えて同調したので武田は慌てた。管理係は支店長席のまんまえにあるので、支店長に居眠りを見られた可能性は大いにあった。まずいなと思ったが今さら後悔しても始まらない。早くその話題が終わらないかと思っていると、木村が大真面目で清水に反論した。

「いやいや、支店長の前で居眠りしたからって大物であるとはいえんよ。それに居眠りは褒められたものではないからね」

清水が反論しなかったので、その話題は打ち止めになった。木村がムキになって武田大物説を否定したのは、日ごろ大物ぶっている手前、武田が居眠りごときで将来の大物とされたことが心外だったのだろう。

歓迎会がお開きとなり、女性陣を見送った後、男性陣は二次会に繰り出すことになった。武田は懐ぐあいの心配もあり行きたくなかった。しかし歓迎会をしてもらったのに二次会を断るのは失礼だと思い、一緒に行くことにした。タクシーに乗って一〇分ほどで融資先だという六階建ての立派なホテルに着いた。ホテルの正面玄関の横に地下一階に下りる階段があり、「ブルーコースト」と描かれたネオンサインのアーチがかかっていた。階段を下りてゆくとボーイがサッとドアを開けた。絨毯を敷き詰めた広々としたフロアに武田は度肝を抜かれた。U字型のボックス席に案内されるとすぐにおしぼりや水割りのセットが運ばれ、ホステスが四人やってきた。

一番奥に座った木村の横に顔見知りらしい和服のホステスが座り、順番に五名の間に割りこんできた。一番若いホステスがソファの端に座っている武田と紫藤の間に座ろうとしてバランスを崩し、武田の膝の上に腰かけるような格好になった。腕や肩が露わなドレスを着たホステスの柔らかい体の感触と香水の匂いに武田はどきりとした。二人の間に収まったホステスは平気な顔でウィスキーの水割りを作りはじめた。木村は和服のホステスと親しげに話をしている。武田の向かいにいる丸山は隣にいるホステスに「おっぱい触らせてちょー」と名古屋弁で話しかけたが、「ここはそんな下品な店ではありませんから」と軽くいなされていた。名古屋でもトップクラスのキャバレーのようでホステスの気位も高い。しかし丸山は一向にめげることなくきわどい話をしている。ホステスの方も案外楽しげである。丸山は少々品に欠けるが若くてなかなかハンサムだから若いホステスにはモテるのかもしれない。武田は隣に座ったホステスとどんな会話をしたらいいのか分からなかった。ホールの奥にステージがあって小編成のバンドを背に女性歌手が歌っていたが、聴いている客は見当たらない。

少しずつ客が増えてきた。ボーイが武田の隣に座っていたホステスを呼びにきた。「ご免なさいね、ご指名が入ったのでちょっと失礼します」といって別の席に移っていった。女性歌手の歌が終わってまばらな拍手があった。続いてダンスタイムになった。客とホステスがペアになってダンスフロアに集まっていく。木村と槙原が隣に座っていたホステスとダンスフロアに出ていった。残ったホステスが「踊りましょうよ」と三人に声をかけた。紫藤は「僕は飲んでる方がいいから」といい、武田もダンスはできないからと断った。丸山はしめたとばかりホステスの先に立って踊り場に向かった。ダンスフロアは満員になった。天井のミラーボールから出る極彩色の光芒を浴びて密集した男女のペアがゆっくり回っている。武田は何となく手持ち無沙汰でグラスを傾けていた。

しばらくして木村、槙原、丸山が戻ってきた。丸山と踊っていたホステスが今度は武田を誘った。「ダンスはしたことがないんで」と尻ごみすると、「私が教えてあげるから」と武田の手を引いた。仕方なくダンスフロアについていった。曲が始まり、武田はホステスにいわれるままに左手を組み、右手を相手の腰に回し、四角形の辺をなぞるように回った。すぐに踊れるようになった。キャバレー特有のボックスダンスというものだそうだ。

武田が踊り終わって戻ると、木村が和服のホステスに声をかけて立ちあがった。まだ一時間も経っていなかった。キャバレーには引きあげるころあいがあるらしい。木村が精算を済ませ、ホステスたちに見送られて外に出た。槙原に幾ら払えばいいか聞くと、「後で木村さんから請求があるだろうから、そのとき払えばいいよ」といった。

後日、木村から三千円の請求があった。各人の給与に比例した割り勘のようだった。初任給二万三千円の武田にとってはかなりの出費だった。美人揃いのホステスにちやほやされても一時のこと、しょせん虚飾の世界に過ぎないと思った。

翌二九日は天皇誕生日の休日だった。武田と三村は代理貸付係の篠塚が企画した御在所岳ハイキングに誘われていた。武田は久しぶりに山に登れるので二つ返事で応じたが、三村も参加することになった。篠塚は三年先輩だった。三人は早朝寮を出発し名古屋駅に向かった。地下鉄名古屋駅から地上に出ると春の日差しがビルの谷間に射しこみ、見上げる空は青く澄んでいた。近鉄名古屋駅の入口に代理貸付係の杉田と女性二人が待っていた。そのうちの一人は武田が着任直後の昼休みに屋上に行ったとき、本を読んでいた預金為替係の水嶋裕子だった。総勢六名は切符を買ってホームに向かった。近鉄特急はオレンジ色と紺色のツートンカラーで車内も高級感があった。座席は深々としたリクライニングシートで快適だった。

四日市駅から支線とバスを乗り継ぎ、登山口に着いた。登りはじめるとかなり急な山道で、本格的な登山道だった。山頂の標高も一二〇〇メートルほどで、東京の高尾山の倍もあった。三時間で頂上に着いた。山頂は少し曇っていたが麓の方はかなり遠くまで見えた。四日市方面は最近公害で有名になっていたがやはりスモッグに覆われていた。頂上付近は特異な形状の花崗岩が散在していて、なかなかいい山だった。


四月三〇日は武田が初めて迎える月末だった。銀行では月末が一番忙しい日だった。管理係でも貸付金の回収が月末に偏在しているので窓口の清水、小川は大忙しだった。店頭に現金や小切手を持ってくる会社もあれば、為替で送金してくる会社もある。三時の閉店時間が近づくと、まだ入金していない取引先に丸山が督促の電話をしていた。うっかり返済を忘れていた取引先が閉店間際に大慌てで現金を持ってきた。一日でも返済が遅れれば月末締めの計表でその先は「延滞先」と分類され、以後の取引にも影響が出てくる。また支店にとっても延滞先が増えれば業績面でマイナスとなるのだ。ふだんは適当に仕事をしている丸山もいつになく真剣だった。

三時にシャッターが閉まり当日の店頭回収分の入金処理が終わると清水や小川はほっとしているようだった。その後、為替送金分の回収処理を行い、六時ごろにはすべての処理を終了した。武田はそれで帰れると思っていたら、月末には「残取り」という月次の作業があった。管理係が主管している勘定科目の残高を記録した残高照合帳と、個別元帳の合計金額が一致するかチェックする棚卸しのような作業である。また保管している手形の額面を集計し、照合帳と一致することも確認しなければならなかった。残取りは主に丸山と女性陣で行っていた。

六時半ごろ、丸山が遅くなりそうなので出前を取らないかと男性陣に声をかけた。槙原と紫藤が同意したので武田も付きあった。丸山は近くの中華料理屋にラーメンを注文し、しばらくして出前が届いた。めいめいで代金を払い、応接テーブルで一緒に食べた。月末の風物詩のようで何やら楽しげだった。武田は自分の仕事は終わっていたので丸山に何か手伝える仕事はないかと聞いてみた。丸山は手形の集計を手伝ってくれといった。

仕事に戻ると丸山は仕切りのある蛇腹の収納ケースを机の上に置いた。手形併用貸付金の手形が日付ごとに収められていた。丸山は自分は月末の方から数えていくので、武田は月初の方から数えていくようにいった。武田は月初日の手形を取り出し、枚数を数え、額面金額を集計した。手形の枚数は月末の方が多いので丸山の方がたいへんである。商業高校出身の丸山は算盤が達者で手形をめくるのも速かった。高校球児だったとは思えない器用さだった。武田は算盤の速さではかなわないがせめて間違わないように慎重に作業した。武田が月の半分にも行かないうちに、丸山が最後に残った日付の手形を取りだし、あっという間に集計した。最後に丸山が日ごとの集計額を合計し、残高照合帳と照合するとぴったり合ったので武田はほっとした。

清水と小川は日付ごとに黒表紙のファイルに綴じられたコンピュータ打出しの貸付金元帳の残高集計を終え、丸山に報告した。丸山は「よーし、一発で合ってちょーよ」といいながら残高照合帳の貸付金残高と照合すると、「いかん、いかん、合っとらんがなー」と大声を出して頭を抱えた。貸付金元帳の残取りは振出しに戻った。武田と丸山も手伝って貸付金元帳の再計算を行った。三〇分ほど経ったとき、丸山が大きな声を上げた。

「分かった。ゆきチャン、違っとるがな」

小川が計算した部分で間違いがあったらしい。

「私が間違っていたの？　ご免なさい」

小川は顔を赤らめてみんなに謝った。丸山もそれ以上小川を責めず、勘定が合ったことを喜んでいた。それから後片づけをして九時少し前に仕事を終えた。

女子行員は九時を過ぎるとタクシーで帰らせるのが支店の慣例のようだった。木村が管理しているタクシー券を女性三人に渡した。木村は桑名に住む長島を一人で帰すのは心配だからと寮生に送って行くようにいった。武田はずいぶん女性に気を遣うもんだと感心した。相当の寄り道になるようだが武田も槙原、紫藤と一緒にタクシーに乗りこんだ。桑名の自宅に長島を送り、寮に帰った。思わぬ深夜の長時間ドライブだった。

武田は残業は好きではなかったが、残取りをしていて嫌な仕事をやらされているという感じはしなかった。むしろみんなで協力して仕事をするのは楽しいものだと思った。「強制されない労働は楽しみである」と大学時代の友人がいっていたことを思い出していた。

四　楽しい週末（一九六五年五月）

五月一日の土曜日は出勤日だった。月初日でけっこう忙しかったが明日からゴールデンウィークの後半なのでみな浮き浮きと仕事をしていた。寮生の多くは四日を年休とし五日までの四連休として帰省するようだった。武田は名古屋に来てまだ一〇日ほどなので実家には帰らないつもりだった。しかし飛び石連休中は寮の食事が出ないと知らされ、三日の憲法記念日まで東京に帰ることにした。

定時に仕事を終えて名古屋駅に向かった。新幹線は贅沢なので在来線の準急東海に乗った。東京駅まで六時間近くかかったが、座席に座れたので案外楽だった。九時半に実家に着いた。久しぶりに母の手料理を食べてやはり実家はいいなと思った。

翌日、登山用具を寮に持っていくことにして、色あせたキスリングザックにシュラフ、携帯ストーブ、飯ごう、コッフェルなどを詰めこんだ。

三日にはもう名古屋に戻らなければならなかった。母は切符代を出してあげるから新幹線で帰りなさいといったが、武田は東海道線の急行で帰ることにした。九時過ぎに背広に不似合いな大きなザックを担いで東京駅に向かった。東京駅の東海道線ホームに上がると急行「なにわ」の乗車口には長い行列ができていた。客車が入線してきて、押されるように車内になだれこんだが座れなかった。ようやく豊橋で座ることができた。寮に辿りついたときはさすがにぐったりしたりした。

五月の連休が終わってまもなく槙原が火災保険業務引継ぎの仕上げとして武田を名古屋公証人役場に案内した。先月に満期になって更新された火災保険の新証券と、銀行と取引先が連署して保険会社に依頼していた質権設定承認書が揃ったので、これに確定日付を押してもらうためだった。確定日付を取っておかないと第三者に対抗できないのだそうだ。武田は公証人役場と聞いて都会にも役場があるのかと不思議に思った。タクシーで東新町近くの公証人役場に着いた。確かに村役場のような小さな事務室に何人かの職員がいた。確定日付の担当者はワイシャツに黒い腕カバーをした中年の男だった。武田が提出した一〇組ほどの火災保険証券と質権設定承認書をチェックし、帳簿に何やら記帳していた。それから大きな丸いゴム判を質権設定承認書に押しつけた。赤字で日付と公証人役場名が印されていた。最後に一通三〇円の確定日付料を払って手続きは終わった。

ヤレヤレと役場を出ると槙原が喫茶店でちょっと休んでいこうといった。表通りに面した喫茶店でコーヒーを飲み、二〇分ほど休憩して、バスで銀行に戻った。

その日、武田が定時に仕事を終えて行員通用口を出たとき、後ろから鑑定係の松田が追ってきて、ちょっと飲みに行かないかといった。名古屋支店で東大卒の先輩は松田だけだったので、同窓のよしみで誘ってくれたようだ。

松田は広小路通を歩いて、東海銀行本店を過ぎたあたりで左に曲がってすぐのキャバレー「夜桜」に入った。松田とキャバレーは不似合いだなと武田は思った。店内はキャバレーというより喫茶店のような雰囲気だった。時間が早いせいかガラガラだった。ボックス席で松田と向かいあって座るとホステスが一人やってきた。温和《おとな》しそうな中年の女性だった。ビールで乾杯した。ホステスは控え目で松田と武田が話しているときは口を挟まなかった。松田は鑑定士を目指し、土曜、日曜も食事をしているとき以外は部屋にこもって勉強していた。松田は槙原と同期だったがタイプはまったく違っていた。真面目だが口が重く人づきあいは苦手のようだった。しかしビールを飲みながら話していると、付きあっている彼女がいて、いずれ結婚するつもりだと口を滑らせたので武田はびっくりした。明るく活発な女性だという。松田は真面目一方でストレスを貯めやすいタイプのようなので、そういう明るい伴侶を得れば心強いだろうと思った。勘定は松田が払った。武田は割り勘を申し出たが、「ここはそれほど高くないんだよ」といって取りあわなかった。武田はあまり社交的とは思えない松田が歓迎会をしてくれたことがありがたかった。武田は素直におごってもらうことにした。

五月九日、日曜日、武田と三村は寮の長老である玉川が企画した室生寺《むろうじ》見物に参加した。玉川は昭和三六年入行で温厚で女性陣への気配りもあるので人望があった。それにしても次から次にレクリエーションの誘いがあるのには驚いた。寮生四名は早めに朝食をとり、市電と地下鉄を乗り継いで名古屋駅に向かった。快晴の旅行日和だった。待ちあわせ場所の近鉄名古屋駅入口には着飾った女性陣五名が待っていた。管理係の長島と預金係の水嶋も参加していた。近鉄特急は乗心地がいいので列車に乗っているだけでも楽しくなる。県境を越えて室生口大野《むろうぐちおおの》で下車した。駅前からバスに乗って室生寺前に着いた。

室生寺は女性の参詣が許されていたので「女人高野」とも呼ばれているが、優しくきれいな寺だった。至る所にピンクのシャクナゲが咲いていた。金堂も本堂も時代を感じさせる落ちついた建物だった。その奥に小ぶりの五重塔があった。木部が朱色で四角い屋根の縁は白く塗られてその対比が鮮やかだった。信仰心に薄い武田だったが、この五重塔には見とれていた。

翌週、武田が早番の昼食を終えて戻ってくると、隣の代理貸付係の渡瀬が近づいてきた。背が高く色白でほっそりしている。女性行員の中ではベテランの方だ。

「武田さん、労音と名演に入らない？」といってチラシを武田に手渡した。労音は「勤労者音楽協議会」の略で、会員になるとよい音楽を手ごろな値段で鑑賞できるということだった。名演は「名古屋演劇同好会」の略で、同じような仕組みで演劇を安く鑑賞できるという。チラシには公演予定演目の広告が載っていて、俳優座や民芸などの有名劇団の演劇が四〇〇円から五〇〇円で観劇できた。武田は今まで音楽会や演劇には縁がなかったが、料金も安いので行ってみようかという気になった。

「支店で何人くらい参加するんですか」

「七、八人かな」

「面白そうな演目があったら申しこみますよ」

「ぜひ参加して下さい。それから支店のコーラス部にも入ってくれませんか」

「コーラスは勘弁して下さいよ。僕は歌は苦手でね。中学校の音楽の授業で『コールユーブンゲン』を歌わせられ、調子外れで恥をかきました。それ以来オタマジャクシを見ると気分が悪くなるんです」

「符を読めなくても大丈夫ですよ。そんなに難しい曲はやらないし、みんなで歌ってハモればうれしいというレベルですから」

「それにしたって高い声は出ないし、歌の才能はまったくないんでね」

「コーラスはみんなで歌うものだから、誰でもできるんですよ。水曜日の五時半から会議室でやってますから一度見にきて下さい」

渡瀬はなかなか押しが強い。頼まれればいやといえない武田は仕方なく一度だけ顔を出してみることにした。

その日、寮に帰って夕食を食べていると、篠塚が食堂に現れ、武田の向かいに座った。御在所岳に一緒に登ったので気楽に話しあえる先輩である。篠塚は三年先輩だが真面目でちょっとなよなよしたところがあった。麻雀や飲みに行くことはないようで、御在所岳ハイキングを企画したように若い者に何かと声をかけてきた。代理貸付係は残業が少ないようで、武田と夕食が一緒になることも多く、銀行の内輪話をいろいろ話してくれた。篠塚は食事には手をつけずに、いかにも秘密の話のように声をひそめて、「武田君、渡瀬さんは民青だから気を付けた方がいいよ」といった。篠塚は昼に渡瀬が武田と話しているところを見ていたようだ。武田は「ああ、そうなんですか」と軽く受け流した。渡瀬が民青だとしても武田がとやかくいう筋合ではないので、それ以上コメントするつもりはなかった。篠塚は武田の素っ気ない反応に気勢を削がれたようだった。

これまで人事部研修中も、名古屋支店に来てからも、管理職から民青に注意するようにいわれたことはなかった。篠塚のヒソヒソ話が名古屋支店上層部の意向を忖度したものなのか、篠塚の個人的な思いなのかは分からなかった。篠塚としては民青と付きあっていると出世に影響するよと善意のアドバイスだったかもしれないが、思想信条の自由を弁えていない人物のようでちょっと失望した。

名古屋支店に民青同盟員がいるとしても支店上層部は表立った排除工作はしていないようにみえる。東京のS信金のように共産党や民青に対する露骨な昇給差別や村八分を行っている職場もある中で、不銀は表面的にはかなり抑制的であるように武田には思えた。


翌日の水曜日、武田は仕事を終えて五時半に会議室に顔を出した。女性が数名と男性二名がすでに集まっていて、外部の指導者が来ていた。渡瀬が武田を新メンバーとしてみなに紹介した。見学のつもりだったので会員扱いには面食らったが、まあいつでも止められるからいいかと文句はいわなかった。指導者は名古屋大学の学生だった。さっそく譜面を渡され練習が始まった。男性は杉田がテノール、高城がバスで、武田はバスを希望した。女性は六名参加していて水嶋もいた。ポピュラーな曲だったので、何とか声を合わせることができた。うまく和音が出ると、「ハモった、ハモった」とみんなで喜んでいる。杉田は美声で声量も豊かだったので感心した。また女性陣では野沢咲子の高く澄んだ声が素晴らしかった。

一時間半ほど練習した後、近くの喫茶店に行くというので武田も付きあった。支店から文化・レクリエーション活動に補助金が出ているようで、渡瀬が指導者に謝礼金を渡していた。指導者といっても学生なのでみな仲間のようにしていた。大卒のメンバーは以前紫藤がときどき顔を出していたが、今はいないということだった。コーラス部は渡瀬が中心となって活動している。篠塚のように渡瀬に近づくこと自体を気にしてコーラス部を敬遠する大卒行員が多いのかもしれない。そんなことが分かってくると、武田は一回だけで止めるとはいいだせなくなった。結局武田は毎週水曜日の練習に参加せざるを得ない羽目になった。

六月一日に女子行員はグレーの半袖シャツの夏服に衣替えした。割烹着のようなスモック型の冬服より爽やかに見えた。

六月中旬、ボーナスが支給された。しかしボーナスの査定期間は前年一〇月から三月までとされ、新入行員には支給されなかった。武田はがっかりした。ボーナスを受けとってニコニコ顔の先輩行員が羨ましかった。このところ給料日の一週間くらい前になると財布の中はほとんど空っぽになった。寮の食事は給料日払いなので最低の生活はできるが、やはり心細く侘しいものだった。

ようやく二一日の給料日になりほっとした。しかし二万三千円の月給では寮費、新聞代、クリーニング代を払うとそれほど余裕はなかった。丸山は給料日払いとなっている麻雀の賭金集めに支店中を回っていた。勝った者が負けた者から徴収するというので今月は勝ったのかなと思ったらそうではなかった。丸山はかなり負けたようで、その損を少しでも減らすために勝った者から回収を請負い、多少の手数料を得ているようだった。丸山は下手な割には高いレートで学卒のベテラン連中と打っていたからいいカモになっていた。丸山が集金から戻ってきたとき、武田は「マルちゃん、賭麻雀なんて止めたらどうだい」といってみた。

「いや、賭けなければ面白くも何ともないよ。賭けるからスリルがあるんだ。麻雀は賭けないと絶対強くならないからね」

「それならもう少し安いレートで楽しんだらいいじゃないか」

「レートが高い最強のグループでやっていないと強くなれないんだ。それより今月はだいぶ負けちゃったから武田さん飯をおごってよ」

「今日は寮の連中と飯を食うんでね」

まったく図々しい奴だ。一宮商人はケチで有名だそうだが丸山もその血を引いているようだ。丸山は何かにつけておごれといってくる。おごる筋合はないが、丸山にはどこか憎めないところがあるので、たまには飯やコーヒーをおごることもあった。武田は人におごられないようにしているが、丸山は平気でおごれという。そのくせおごってもらって感謝しているふうでもない。それでもたまにはおごってやるのは我ながらお人好しである。

給料日は寮の夕食がない。休日のない管理人にせめて給料日の晩は楽をしてもらおうということのようだ。武田は仕事を終えると槙原、紫藤と一緒に栄町で食事をした。それから地下鉄に乗って今池《いまいけ》で降りたとき、行きつけのバーに行かないかと誘われた。五分ほど歩いてバー「ひろ」に着いた。薄暗い店内にカウンターとボックス席が三つほどあった。室内装飾もソファも古びている。槙原はまんなかのボックス席に座り、紫藤と武田は向かいあいに座った。カウンターにいた六〇歳前後の恰幅のよい和服のママがやってきた。

「マキちゃん、シトちゃん、今日は給料日だったね」

ママが気軽に声をかけながら槙原の隣に座った。

「今日はうちの係の新人武田君を連れてきたよ」

槙原が武田をママに紹介した。

「あら、いい男だね。武田信玄の末裔かい」

武田は苦笑しながら否定したが、ママは意に介さずその後も武田を「信玄君」と呼び続けた。

槙原が武田にいった。

「こんな小汚い店だが気楽に飲めるし、ボーナス払いだからカネがないときでも飲めるよ」

槙原がずけずけというとママはワハハと太った身体を揺らせて笑った。

「ボーナス出たから精算してよ」

槙原が頼むとママはカウンターの奥に戻り眼鏡をかけて掛帳をめくっていた。ママがいない間に奥のボックス席で先客に付いていた若いホステスが移ってきて武田の隣に座った。

「ミキでーす、よろしく」というと武田の名前を聞いてきた。色白で可愛い娘だった。

「僕は武田。今年銀行にはいった新人でね」

「そうなんですか。私も先週このお店にきたばかりなの。新人同士、よろしくね」

武田は元来寡黙な質なので美樹のおしゃべりを聞く方に回った。美樹は富山の出で、ママとは遠縁に当たるそうだ。この店は水商売には違いないがママの人柄を知る両親が安心して預けたということだった。

ママが戻ってきて槙原と紫藤に金額を書いたメモを渡すと、二人は財布を取り出し支払った。精算が済んだ槙原はママと賑やかにしゃべっていた。名古屋支店の行員がよく利用しているようで、ママは支店勤務を終えて東京に戻っていった行員の武勇伝を懐かしそうに話していた。紫藤はあまり口を挟まず穏やかにグラスを傾けている。自然に武田は美樹と話すことになった。武田は美樹の暮らしぶりや故郷のことを聞いたりしていた。

だんだん客が増えてきて、ボックス席も埋まったので退散することにした。武田は現金で精算を済ませた。「ひろ」の前でタクシーを待っているとき、美樹が武田の耳元で囁いた。

「また来てね」

「うん、また来るよ」

美樹はママや槙原、紫藤の目を盗んで突然キスをしてきた。一瞬のできごとだったので誰にも気づかれなかった。武田は美樹の大胆さに驚いた。

武田はその週末に槙原が企画した宇賀渓ハイキングに参加した。管理係の長島とほかの係の女性二名も加わった。武田はキスリングザックに飯ごうやコッフェルを詰めこみ、渓流の岸辺にかまどを作り、飯ごう炊さんを担当した。調理は女性に任せた。サラダも付いてワンゲルで作る食事より豪華だった。河原で車座になっての食事は楽しい。食後はたき火を囲んで歌を歌った。

翌週、武田は一人で「ひろ」に行った。美樹との約束を早く果たしておきたかった。バーに一人で入るのは初めてだったので扉を開けるときはドキドキした。六時前の早い時間だったので客はいなかった。すぐに美樹が武田を認めてうれしそうに近づいてきた。

「来てくれてありがとう」

「うん、約束だからね」

ママともう一人のホステスはまだ来ていなかった。武田がカウンター席に行こうとすると美樹は空いているからとボックス席に座らせた。ビールを注文すると瓶とグラスとつまみを持ってきて隣りに座った。二人で乾杯した。美樹は本当にうれしそうにしているので武田の心も和んだ。しばらくするとママが現れた。

「あら、信玄君、一人で来たのか。感心だね」

褒められて武田は苦笑した。ちょうどそのとき三人連れの客が入ってきたのでママはそちらの席に移った。武田はいつまでも美樹を占有することはできそうもないので次の客が来たら席を立つつもりでいた。

「今度の日曜日空いている?」

美樹が武田の顔を覗くようにいった。

「うん、空いているよ」

「私、日曜日は退屈しているのよ。デートしてくれない?」

女性に誘われるのは初めてだった。誘われれば断れない。

「いいよ。午前中は洗濯しなければならないから、昼からでいいかな」

「えっ、洗濯するの」

「当たり前だよ。先週洗濯をサボったらパンツが足りなくなっちゃって、最後は海水パンツを穿いて仕事をしていたよ。あれは不便でね。前が開かないからいちいちずり下げないと用が足せないんだ」

「いやーだ」と美樹は笑い転げていた。

日曜日の昼に今池の交差点で待ちあわせることにして、次の客が入ってきたのを潮時に武田は「ひろ」を出た。

七月最初の日曜日、武田は洗濯を済ませ、時間を見計らって寮を出た。市電に乗って今池で降り、美樹と会った。白い半袖に黄色の短いスカートを穿いた美樹は暗い照明のバーにいるときより清楚で華奢な感じがした。まず食事をすることにしたが、美樹はまだ今池にどんな飲食店があるのか知らないようだった。しばらく食事場所を探して歩き回ったが、結局交差点近くのビルの二階にあるレストランに入った。美樹が海老フライ定食にするというので武田もそれにした。食事中も美樹は楽しそうにしゃべり続けていた。

食事が済んで武田はこれから何をしたいか美樹に聞いてみた。美樹は特に行きたい所はないようだった。武田が「映画でも見ようか」というと、「あまり見たいのがないわ」と乗り気ではなかった。武田が思案顔でいると、「それじゃパチンコしよう」と美樹がいった。美樹がしたいならそれもいいだろうと思った。美樹に案内されてパチンコ店に入ると武田はその騒々しさに圧倒された。玉を買い、美樹が座った台の隣で打ちはじめた。武田は二、三回パチンコをしたことがあるが素人が勝てる遊びではないと思っているので、時間潰しと割りきり、玉を一発づつ入れては弾いていた。美樹の様子を窺うと、受け皿の球を左手で一つかみすると掌を発射口に当て親指で玉を一つずつ送りこみ、それに合わせてレバーを操作していた。機関銃のように玉が打ちだされてゆく。玉が入賞口に入ると狭い入口がパカッと扇型に開いて玉が入りやすくなる。美樹はそこを狙って玉を打ち、連続して玉が入った。受け皿にひっきりなしに玉が出てきて溢れそうになった。武田は感心して見ていた。しかしそれがピークだったようで、その後玉は見る見る減っていった。美樹は打つのが速いので減るのも早い。美樹は玉がなくなり、玉を買いに席を立って別の台に移っていった。武田の方も玉がなくなったが、美樹がまだ続けているので、もう一度玉を買ってゆっくりと打っていた。美樹がやってきて「今日はついていないわ。もう止めようか」といった。

それから喫茶店に入った。若いウェーターが注文を取りにきた。武田がホットコーヒーを頼むと、美樹は「私はレイコー」といった。聞き覚えのない飲料だったが、ウェーターはにっこりとうなずいた。武田はレイコーは業界の隠語で、「冷コー」すなわちアイスコーヒーのことだろうと見当が付いた。ホットコーヒーとレイコーが運ばれてきた。美樹はミルクとシロップを加えストローでかき混ぜるとグラスに顔を近づけストローを吸った。そして武田の顔をまじまじと見た。

「武田さん、睫毛が長くて素敵」

武田はただ苦笑した。

「マッチ棒何本乗るかな」

美樹がマッチ箱からマッチ棒を取り出そうとしたので武田は慌てた。

「そんな実験無理だよ。瞬きしたら落ちてしまうだろ」

美樹は残念そうにマッチ棒をしまった。まったく美樹は天衣無縫だ。

「君の睫毛の方がカールしていて魅力的だよ」

「武田さんに褒めてもらうとうれしいわ」

武田は相手の容貌を話題にすることは避けてきたが、今回はお返しなのでいいだろうと思った。

「君は富山から来たといっていたけど富山のどこなの」

「じょうはな」

初めて聞く地名だった。

「どういう字？」

「城の端って書くのよ」

「何かロマンチックでいい地名だね。富山県のどの辺にあるの」

「県の西南部にある街よ」

「僕の小学校時代の担任が砺波郡の出身だったな。チューリップで有名なんだって？」

「そうよ。砺波はすぐ近くなのよ」

美樹はうれしそうにいった。実家には両親と弟がいるという。「ひろ」のママは母親の従姉ということだった。

「ふるさとがある人は羨ましいな」

「武田さんはどこ？」

「東京。東京はどんどんふるさとがなくなっていくんだ。僕が小さいころ住んでいた家はとっくに取り壊され、遊び回っていた空き地や広っぱも建物に変わってしまった」

「淋しいわね。城端はこれからもあまり変わらないと思うわ」

たわいない話をして時間も経った。あまり長居をするのも気が引けて喫茶店を出た。だいぶ日も傾いていた。武田はデートを切りあげることにした。美樹はもっと遊びたいと思っているかもしれないが食事代とコーヒー代を払って手持の金も少なくなっていた。

「家まで送ってゆくよ」

「ありがとう」

美樹は素直にうなずいて歩きだした。美樹は「ひろ」の二階で暮らしていた。以前はママが住んでいた部屋を従業員用にしているそうで、今は美樹が一人で使っているという。「ひろ」の扉の反対側に小さな入口があり、美樹がドアを開けて中に入った。後ろに階段が見えた。振りむいた美樹が武田の目を見ていった。

「ちょっと上がっていかない」

武田は誰もいない部屋で美樹と二人だけで向かいあうシーンを想像した。その先も一瞬頭をよぎったが辛うじて理性を保った。

「君の部屋を見てみたいけど、そろそろ寮に帰らないとね。今日はありがとう。楽しかったよ」

彼女はうなずいて手を振った。

武田は市電の停留所に向かって歩きながら漱石の『三四郎』を思い出していた。三四郎は上京する汽車で隣りあった女と駅前旅館の同じ部屋に泊まることになったが何もしなかった。翌日女に「あなたはよっぽど度胸のないかたですね」といわれた。武田は自分もよっぽど度胸がなかったのかなと思ってちょっと残念だった。

七月初旬の週末、従業員組合主催の組合キャンプが行われた。土曜日の仕事が終わってから近鉄で湯の山のキャンプ場に向かった。支部長の黒田以下男子一一名、女子九名が参加した。槙原、三村、丸山や、水嶋、小川などもいた。その日は沢沿いのキャンプ場で飯ごう炊さんをした。車座になっての夕食は楽しいものだった。それからキャンプファイヤーが始まった。コーラス部が音頭を取ってロシア民謡や革命歌、労働歌も歌われた。武田はワンゲルで山の歌、学生運動で革命歌、労働歌を歌っていたので懐かしさを覚えながら声を合わせていた。不銀の組合は労使協調路線のようだったが、「インターナショナル」が堂々と歌われていることに武田は少しばかり感動した。管理職一歩手前の支部長黒田がどう思っているか分からないが、組合としての建前を守っているようだった。歌の意味がどうであれみんなで歌を歌うのは楽しいことだ。その中でも杉田と野沢咲子の美声は抜きんでていた。

五　北アルプス登山（一九六五年七月）

不銀では七月から月一回の土曜休暇制が始まっていた。槙原と武田は管理係内で調整して二四日に土曜休暇を取れたので、その後に年休を取って山に登ることにした。五日間の山行計画は武田に任された。槙原は女性を含め何人かに声をかけたようだが、テントでの山行と聞いて尻ごみしたのか、参加することになったのは水嶋だけだった。武田は本格的な登山経験のない水嶋のことも考え、北アルプスの中から岩場が少なく安全に登れそうな縦走路を探した。そして有峰から太郎兵衛平に登り、黒部五郎岳、三俣蓮華岳《みつまたれんげ》、双六岳、笠ヶ岳を縦走して槍見温泉に下るコースに決めた。

七月二三日金曜日、仕事を終えた武田と槙原は寮に帰り山の支度をして名古屋駅に向かった。駅のコンコースには夜行列車に乗る乗客の長い行列ができていた。水嶋は先に着いていたので三人揃って列の後ろに並んだ。二時間くらい待ってホームに誘導され、列車に乗りこんだ。何とか三人とも座席を取れた。

翌朝、富山駅から富山地方鉄道とバスを乗り継ぎ折立峠に着いた。一一時に登りはじめたが、テントや食料などで武田のザックの重さは三〇キロに近かった。武田は色あせた幅二尺二寸のザックで、槙原は比較的新しい二尺、水嶋は新調した一尺八寸のザックを背負っていた。歩きだして五分もしないうちに汗が吹きだしてきた。ゆっくりと歩き、東大ワンゲル流の五〇分歩いて一〇分休むというピッチにした。ブナの原生林の中を適度な斜度の登山道が続いた。二ピッチ目で昼食休憩にした。水嶋が作ってくれた握り飯を食べた。

二時に登山を再開し、針葉樹林帯を過ぎて、広々とした草原の緩やかな登りとなった。睡眠不足とザックの重さでコースタイムより遅れ気味だったが、一面のニッコウキスゲの群落の中で小休止して元気を取りもどし、何とか太郎小屋に着いた。黒部五郎岳方面に少し歩いて雪渓の傍にザックを下ろし、銀行から借りた五人用の黄色いテントを張った。雪渓の下で水を汲み、夕食を作った。雪渓の点在する草原での食事は格別だった。

翌朝、七時に出発した。今日も天気はよかった。ハイマツと草地の幅広い尾根にチングルマが咲き乱れ何とも気持ちがよい。谷間から白い雲が湧いてきて空中を歩いているようだ。左手に緑の絨毯を敷きつめた秘境雲ノ平が見える。全員快調に眼前にそびえる黒部五郎岳に取りついた。一歩一歩詰めてようやく頂上に達した。展望は素晴らしく、足元深く切れこんだカールが豪快だった。

下りはカールに飛びこむように急降下してどんどん高度を下げ、しだいに緩やかな斜面になった。振りかえるとカールは見上げるほど高く、カール底にいる武田たちはアリのように小さく感じられた。巨岩が無造作に散らばり、ハイマツの緑に雪渓の白さが眩しかった。

五郎平に出て、黒部五郎小屋の前にテントを張った。夕食後に雨がパラパラと降りだし、雷が近づいてきた。暗闇に稲妻が跳梁し始めたので小屋に避難した。激しい雷雨は八時ごろに遠ざかっていったのでテントに戻った。

翌日は快晴だった。樹林帯を直登し森林限界を越えると三俣蓮華岳のどっしりとした山容が見えてきて、九時に山頂に着いた。裏銀座縦走路の山々がよく見えた。稜線通しにテクテク歩き、双六岳を越えて、双六池のほとりにテントを張った。

翌朝、槍ヶ岳に向かう人気の裏銀座縦走路と別れ、朝焼けに染まる分岐尾根を弓折岳に向かった。右側に自分の影が伸びたり縮んだりして付いてくる。朝露に光る草葉が山道を覆い、膝下が濡れてくる。左手に槍ヶ岳の黒いシルエットが見える。天を突く槍の鋭鋒はいつ見ても感動を覚える。足取りも軽く弓折岳の頂に出た。小池新道の合流点を過ぎて、しばらく登り、やがて秩父平に出た。その美しさに武田は息を呑んだ。一面の緑の絨毯に百花咲き乱れ、雪渓が白く輝いていた。濃紺の空に圏谷を取りまく稜線がくっきりと刻まれている。陽は高く昇り、深く澄みわたった空は一点の曇りもない。しんとした静寂の中に大自然の精気が満ちていた。武田は太古の地球にタイムスリップしたような錯覚を覚えた。人の手の及ばぬ自然の美しさに畏怖と憧憬を感じ、ザックを下ろして大休止した。

いつまでもいたい誘惑を振りきって、カールに付けられた道を攀《よ》じ登り稜線に出た。谷越しに槍穂の稜線が刻々と形を変えながら付いてくる。抜戸岳を越え、岩塔の林立する地帯を抜け、岩石の重なる急斜面を登って笠ヶ岳山荘に着いた。

槙原が今日は小屋に泊まろうといった。小屋で素泊まりの申しこみをして、笠ヶ岳山頂に登った。遙か西方に大海に遊ぶ巨鯨のような白山が見えた。

翌朝、目が覚めると窓の外が微かに明るくなっていた。御来光が近い。武田は槙原と水嶋を起こし、「まもなく御来光が始まりますよ」と小声で知らせた。やがて槍ヶ岳の後ろから真っ赤な太陽が昇ってきて、小屋の中をバラ色に染めた。

最終日は高度差一九〇〇メートルの下りが待っていた。まずは巨大なケルンの林立する笠ヶ岳山頂に登って四周の景観を脳裏に刻んだ。錫杖《しゃくじょう》岳への尾根をしばらく歩き、左側の樹林帯の急斜面を一気に下りはじめた。容赦のない下りが続く。ようやく水場に出会い、冷水をガブガブ飲んだ。やがて傾斜も緩やかになり、右手の樹間に錫杖岳の切り立った岸壁が見えてきた。延々と樹林帯の道が続いた。槍見温泉が見えてきたときはさすがにほっとした。

ようやくバス停に着き、発車時刻を調べるとまだ十分時間があった。槙原が近くの旅館に温泉に入れてくれるよう交渉に行った。しばらくすると槙原が出てきて手招きをした。中居が二階の広々とした部屋に案内してくれた。三人はザックから替え下着を取り出し浴室に向かった。誰もいない広い浴槽に湯がコンコンと溢れていた。五日分の垢を洗い流して体も気分もさっぱりした。

座敷に戻るとビールとそうめんが運ばれてきた。すべて槙原の手配である。武田はさすがにエリート銀行マンは違うと感心した。ビールを注ぎあって乾杯し、一気に飲みほした。そうめんも実にうまかった。料金は槙原がほとんど払ってくれた。

それからバスで高山に出て、名古屋行きの始発列車に乗った。登山経験のない水嶋にはハードな山行だったが、一度も遅れなかった。武田はしっかりした女性だなと感心した。

山から帰ってきた翌週の日曜日、支店主催の海水浴があった。早朝、独身寮の前に観光バスが迎えに来て、寮生がぞろぞろと乗りこんだ。それから支店長社宅に寄り、最後に支店前で残りの参加者を乗せ、総勢四七名となった。バスは一路、鳥羽《とば》に向かい、大きなホテルの玄関に着いた。大広間に案内されて、水着に着替えた。ホテルの裏側のプライベートビーチに出ると波静かな内海が広がっていた。泳いではビーチパラソルの下で休んだ。昼食は大広間で弁当が出た。取引先観光ホテルへの営業協力という面もあるのだろうが贅沢な海水浴だった。

週明けの月曜日の午後、武田は両腕に発疹が出て、そのうち全身が猛烈に痒くなってきた。昼食に食べた鯖の味噌煮にあたったのかなと思った。ほかに誰も食中毒を訴えていないので武田が過敏だったのだろう。半袖なので発疹が目立つし、痒いのも不快だったが、そのうちに治るだろうと我慢した。

その日の寮の夕食は大丈夫だろうと食べてみたら、痒みと発疹がさらに酷くなった。鯖だけでなく他の食物にも反応するようだった。

翌朝は飯と味噌汁だけを少し口に入れて出勤した。昼食は銀行の食堂を敬遠して近くのうどんやに行った。素うどんでは寂しいので卵とじにしたのが失敗で、また発疹が出た。もう絶食するしかないのかと不安になってきたので、銀行の嘱託医をしている内科医院で診てもらうことにした。定期検診で一度会ったことのある丸川医師は武田の説明を聞くと注射を打ってくれた。とたんに身体中がカーッと熱くなってきたのでびっくりした。しばらくすると元に戻ったのでほっとした。飲み薬を処方してくれたのでもう大丈夫だろうと思った。

その日の夕食後から薬を飲みはじめ、食事も魚、肉、卵は食べないようにした。するとしだいに症状が軽くなり、二日もすると普通に食事ができるようになった。なぜふだん大丈夫な食材で蕁麻疹になったのか不思議だった。登山や海水浴の疲れが溜まっていたからだろうか。初めて経験する名古屋の暑さにも参っていた。冷房が効いている昼間はともかく、寮で夜寝るときに蒸し暑くて眠れなかった。それらが重なって身体に変調を来したのだろうと思った。

何とか蕁麻疹は治まったが次に金の心配が出てきた。ハイキングや登山、労音や名演のチケット代、キャバレー、バーなどの支払いで、赴任手当や餞別で多少はあった預金残高が心細くなっていた。新入行員に夏のボーナスが出ないことも痛かった。七月の末に遅れていたベア交渉がまとまり給料は二千円上がっていた。ベアというのはベースアップの略で、四月の定期昇給とは別に組合が毎年銀行と交渉して実現する賃金引き上げのことだった。八月二一日の給料日には四月からのベアが上乗せされて三万五千円が支給されるはずだったが、それまで持ちそうもなかった。背に腹は代えられず武田は母に速達で三千円の借金を申しこんだ。母からさっそく速達で三千円が送られてきた。同封の手紙には「貴方はレクリエーション部長のようなことをしているようですが、体には十分気を付けて下さい」と書かれていた。武田は誘われたレクリエーションに参加しているだけだったが、相手変われど主変わらずなので、母が誤解するのも無理はないと苦笑した。

六　延滞管理（一九六五年八月）

不銀では二月と八月に定期人事異動があった。人事異動は行員にとって最大の関心事のようだ。支店勤務の任期はだいたい三年から五年程度だったので、在任期間の長くなった行員は八月になるとソワソワしていた。武田は当分異動はないので何も変わらないだろうと思っていた。ところが下旬までずれこんだ人事異動で融資係のベテランが本店に移動となり、その補充として槙原が融資係に移ることになった。管理係には補充はなく、木村は武田に槙原の業務を引き継ぐように命じ、席も槙原が座っていた木村代理のすぐ横に移った。槙原の後を継ぐのは悪い気はしなかったが、年次からいえば紫藤がその任に当たるのが自然だった。木村はマイペースを崩さない紫藤より武田の方が御しやすいと思ったのだろうか。槙原から引き継いだ業務は延滞管理と各種報告計表の作成だった。その代わり火災保険業務は紫藤の担当となった。

延滞管理は約定《やくじょう》通りの返済ができなくなった貸付金の回収を図る業務である。入金督促を続け、最終的には担保処分をして債権を回収する。不良債権は収益悪化に直結し、銀行の信用不安に繋がる。延滞管理が重要な仕事であることは間違いないが、分かりやすくいえば取立屋のような仕事ではないかと思うと少し気が重くなってきた。槙原からの引継ぎで現在名古屋支店には六件の延滞があり、それぞれについて簡単な説明を受けた。詳しくは延滞先との交渉を記録した面談記録を読むようにということだった。武田は延滞先の貸出申請書と面談記録を読んで延滞発生の経緯や現在までの交渉経過を頭に叩きこんだ。

九月になるとすぐに八月分の延滞状況報告書を作成し、本部に送った。

それから二次予想に取りかかった。銀行は半年決算で、六月末時点の一次予想に続き、八月末に二次予想を行っていた。決算では損益勘定の期間補正処理を行う。例えば長期貸付で年四回の分割償還の場合、八月に三ヶ月分の利息を前取したとき、一〇月一日以降の日数分の利息は未経過利息として今期の利息から控除するのである。二次予想の資料として本部から八月末時点で打ち出した「貸付金補正利息明細表」が送られてきた。約定通りに返済されている貸付金についてはそのデータを使えばよかった。これに九月に実行予定の貸付金のデータを加算しなければならない。武田は融資係の申請担当者に今月実行予定の貸付金の金額、実行予定日、金利、分割償還額、償還期日などを聞きとり、手書きで補正利息明細表に一件一件記入した。最後に両者を合計して二次予想報告計表を完成させ、本部に送付した。

二次予想が一段落すると、木村と延滞先を回ることになった。

最初に訪ねたのは七尾ゴム工業だった。熱田区にある平屋建ての小さな町工場だった。屋内は静まりかえり製造機械は稼働していなかった。建物の奥にある事務所で応対した社長は作業服を着た純朴そうな初老の男だった。疲れた表情の女性が茶を出してくれた。社長の奥さんのようだった。近年売上げが伸び悩んでいたが、信頼していた納入先が倒産して一気に資金繰りが悪化、連鎖倒産してしまった。社長は経営の意欲を失っているようだった。少数の従業員は円満に辞めていったそうだ。現在、事業を引き受けてくれる先を探しているということだった。

不銀の残債権は二百万円弱だった。工場の土地、建物に第一順位の抵当権を設定していたから、最終的な債権回収に問題はないようだった。木村は今しばらく事業引受先を探すことを認めたが、それが不調に終わった場合は担保処分により債権を回収せざるを得ないといった。社長は力なくうなずいた。武田は現場に出て初めて世の中の厳しさを実感した。木村は延滞管理には自信を持っているようだったが、武田も木村の強面と大物振った風体は債権取立てにぴったりだと思った。武田はもっぱら記録係に徹していた。

中小企業経営者の多くは必死に会社を存続させようとする。従業員を守らなければという責任感もあるのだろう。しかし引き時を誤ると悲惨なことになる。切羽詰まって悪徳金融業者の餌食になったらそれこそ一家離散や心中に至る場合もある。七尾ゴム工業の場合は工場を処分すれば不銀の借入金を返済してもおつりが出そうなのが救いであった。

次に訪問したのは東新町の裏通りにある木造二階建ての連込み旅館桜荘だった。待っていた社長に入口近くの六畳の部屋に通された。武田はこの種の旅館に入るのは初めてだったが、この部屋で男女が睦みあっていたのかと思うと座布団に手を触れるのも不潔な気がした。六〇がらみの社長は最近新しいラブホテルが増えてきて、そちらに客を取られていると嘆いた。銀行としてもアドバイスのしようがない感じだった。残債務が少ないのが救いだった。

数日後、ホテル・ドリームから木村に貸付金の繰上げ返済をしたいという申し出があった。業績が好調で手元資金に余裕ができたので残債を一括返済したいということだった。武田が元帳を調べてみると期間五年の貸付で四年経過したところだった。期限前返済というのは延滞と違って債権保全上の問題はまったくないが、銀行としては手間をかけて審査し貸出したのだから約定通りに返済してもらうのが一番なのだ。

翌日、木村と武田はホテル・ドリームを訪問した。名古屋一の繁華街である栄町の裏通りにある鉄筋コンクリート三階建ての大きな建物だった。周りは高いコンクリート塀で囲まれている。一階部分は駐車場で、入口にカーテンが付いていて車のナンバープレートが隠せるようになっていた。左側にあるホテル入口の自動ドアから中に入ると正面にフロントがあった。照明は暗く、受付の中年女性は来意を告げた武田に伏し目がちに応対した。客の顔をジロジロ見ないように教育されているようだ。すぐにフロントの奥の応接室に通された。

まもなく横のドアからダブルの背広を着た恰幅のいい五〇代なかばの男が現れた。木村とは面識があるようで親しげに挨拶していた。武田は初対面なので名刺交換した。社長の大島だった。木村と大島はしばらく民社党の大物議員、春日井一輝の動静について雑談を交わしていた。社長は春日井のことを「おやじ」と呼んで親密さを匂わしていた。社長は春日井後援会の顔役のようだった。不銀のホテル・ドリームへの貸付は春日井の口利きで始まったようだ。春日井は国会では反共で知られていたが、地元では中小企業主のために銀行などにこまめに融資の口利きをしているようだった。日本の政治は地元に密着した利益誘導型の政治家によって動かされているようだ。

木村が本題に入り、銀行は約定通り返済する取引先を一番信用するので、今後のことを考えれば繰上げ返済をしない方が得策ではないかと説得した。さらに資金繰りに余裕があるなら無記名の割引債で運用したらどうかと提案した。大島は木村が強調した税務当局に補足されにくい無記名債券ということに興味を惹かれたようだった。結局、大島は繰上げ返済の申し出を取りさげ、割引債を三百万円購入することになった。不銀にとっては望外の結果であった。最近力を入れている割引債の売上げに貢献することになり、武田も期限前償還の申請書を書かずに済んだ。それもこれも木村の巧みな交渉によるものだった。武田は木村を少し見直していた。

面談が終わると社長はホテル内をみずから案内してくれた。日中は客が少ないようで客室の中も見せてくれた。ベッドの上にまるで舞台のようにスポットライトが当てられている。肌の色が美しく見えるのだろう。ベッドの横の壁は鏡になっていた。社長は声を潜めて客室内を監視するカメラもあるといって、武田に「こういう所を利用するときは注意した方がいいですよ」と冗談のようにいった。このような最新設備のラブホテルが出現したのでは桜荘のような連込み宿は淘汰されてゆくだろうなと思った。それにしても性関連業界でも客のニーズに応えようと創意工夫するのは日本人の特性であるように感じた。

名古屋支店には春日井一輝の口利きによる貸出先が数件あり、今のところ焦げついた先はないということだった。

　九月も中旬になってようやく暑さも収まってきた。武田は初めて体験する名古屋の暑さを何とか乗りきりほっとしていた。ある日、寮の夕食時に槙原から志摩支店長が御岳に登りたいといっているので付きあってくれないかと頼まれた。出発予定の一八日は土曜休暇を取っていたので同行することにした。その場にいた石川も参加することになった。支店長は旧朝鮮銀行出身で、苦み走った顔に戦中、戦後を生きぬいてきたたくましさが見てとれた。志摩は単身赴任で、毎週のようにゴルフや旅行に出かけている。また取引先を出張訪問するときは、八ミリ撮影機を持って名所を訪ねているという。今回の山行も高山に出張することになったので行務の後に御岳に登りたいということだった。武田は五〇代なかばを過ぎて三千メートルの山に登りたいという志摩に感心した。

　九月一八日、土曜日、槙原、石川、武田は名古屋駅から高山線の列車に乗った。高山駅で支店長と合流し、バスで濁河温泉に向かった。三時間もかかった。バスを降りると、観光客の多さに驚いた。武田が四年前に登ってきたときは人も疎らな秘湯だった。今は旅館が立ちならび、人で溢れていた。不銀一行は濁河山荘に宿をとった。

　翌早朝、武田がトップに立って出発した。支店長は三千メートル級の山に登るのは初めてといっていたが、一度も遅れることはなかった。御岳は五つの峰と五つの池がある広大な山頂部を持っている。飛騨山頂を越えると眼下に二の池が俯瞰できた。雲一つない秋晴れのもとで山頂部に点在する池の畔を歩くのは気持ちがいい。最高峰の剣が峰に登り弁当を使った。支店長も山頂からの眺めに感動していた。銀行では厳めしい顔をしている支店長だったが、意外に気さくで偉ぶったところがなかった。登山では職場の地位は関係ないということを弁えているようだった。

山頂から王滝コースを下った。右側の巨大な爆裂火口が凄絶だった。黄色に染まった断崖の底から噴煙が噴きだし硫黄の臭気が漂ってくる。王滝頂上を過ぎると広大な山麓が眼下に拡がった。やがて大きな鳥居が見えてきて、木曽福島行きのバス発着所に着いた。木曽福島駅で特急に乗り名古屋駅に着いたのは七時過ぎだった。

支店長が食事に誘ってくれた。タクシーに乗って木造二階建ての料亭の前に着いた。鳥料理の老舗「鳥久」だった。日曜日の夜なので客は少なかった。中居は支店長と顔なじみのようで、登山の帰りと聞いて驚いていた。突然の利用にもすぐ部屋を用意してくれた。格式を感じさせる造りの玄関に登山靴は場違いだった。靴を脱ぎ、靴下の汚れを払い、ツルツルに磨かれた廊下から広い階段を登って二階の部屋に案内された。突出しとビールが運ばれ、無事下山を祝して乾杯した。名古屋コーチンの水炊き鍋が運ばれてきた。名物料理はさすがにうまい。最後に雑炊にして鍋を空にした。

週明けの月曜日午後、武田の電話が鳴った。

「はたのさんからお電話です」

交換手が告げた名前に覚えはなかった。不審に思いながら繋いでもらった。「武田ですが」と名乗ると、「ひろのみきです」と女性の声が返ってきた。バー「ひろ」の美樹だった。銀行に電話をかけてくるとは思っていなかったのでびっくりした。交換手からバーの女性と付きあっていることが漏れたら女性陣に総スカンを食うだろうなと一瞬動揺した。美樹とは七月初めにデートして以来会っていなかった。蕁麻疹になったり、仕事の担当替えで忙しくなったり、それにゲルピン（文無し）だったから「ひろ」には行けなかった。

「やあ、ちょっと忙しくなってなかなか行けなくて悪かったね。元気かい」

「それがね、八月になってから体調崩しちゃって」

店に来てくれという催促の電話だと思っていたのでエッと思った。

「それはたいへんだったね。僕も名古屋の暑さには参ったけど、君は北国育ちだからもっと辛かったろうな。でもだいぶ凌ぎやすくなってきたからよくなっているんだろ」

「ずっと治らないのよ。お医者さんにしばらく安静にしていた方がいいといわれたの。それで実家に帰ることにしたわ」

「そんなに悪かったのか。まったく気が付かなくて申しわけなかった。君がいなくなるのは淋しいけれど、体を治すことが一番だからね。実家でゆっくり養生して早く元気になってもらいたい」

同じころに名古屋に就職した美樹には何となく親近感を抱いていた。希望に満ちて地方から大都会に出てきたのだろうが、体の具合が悪くなって故郷に帰らざるを得なくなった。武田は美樹の心情を思うと胸が塞がった。だがあえて明るい声で付けくわえた。

「それじゃ送別会をしなくちゃな」

「ありがとう。でももう時間がないの。今、名古屋駅から電話しているのよ。最後に武田さんにお別れの挨拶ができてよかったわ」

武田は唖然とした。

「何でもっと早く連絡してくれなかったんだよ。見送りに行ったのに」

「ごめんなさい。でも武田さんの声が聞けてうれしかったわ」

美樹の声はしんみりとしていた。

「本当に何もしてあげられなくて悪かったね。今さら後悔しても始まらないけど。実家で早く体を治して戻っておいでよ」

「うん、武田さんも元気でね」

電話が切れてしばらく武田はボーッとしていた。互いに故郷を離れて一人で働いている者同士だった。大人ばかりの世界で働く美樹に対する労りのような感情もあった。もう会えないと思うとやはり淋しかった。


九月三〇日の木曜日は決算日だった。月末なので貸付金の回収も多く、てんてこ舞いだった。六時ごろ、残業する者には仕出し弁当が配られた。決算弁当といって銀行が支給するそうだ。管理係の女性は弁当を希望しないで仕事を続けていた。男性陣は仕事を中断して応接テーブルで弁当を食べた。食べたからには相当の残業をしなければならないだろう。ほかの係でも応接室や自席で弁当を拡げていた。支店全体にお祭のような雰囲気があった。

管理係は決算日に貸付金利息の期末補正を行わなければならなかった。武田は融資係で当日実行した貸付金を含めて補正額を計算し、補正伝票を起票して計算係に提出した。決算処理を間違えると本部にも迷惑をかけるので慎重に作業を進めた。武田は決算で確定した貸付金利息と二次予想の数字を比べてみた。ほとんど差がなかったので一安心だった。

預金為替係や債券係は九時半ごろに仕事を終えた。管理係と融資係は一一時ごろようやく業務を終えた。帰りがけに係の照明を消してゆくので、店内はほの暗くなり、奥の方の計算係だけに照明が点いていた。計算係では各係から提出された補正伝票をもとに補正後の貸借対照表や損益計算書を作らなければならないのだ。武田は計算係はたいへんだなと思った。

七　片山津社員旅行（一九六五年一〇月）

一〇月一日、始業直後に新卒採用者は支店長から正式採用の辞令を手渡された。今までは「見習」だったので不都合があればクビになっても文句をいえない立場だった。これで一人前の行員となった。

武田が月末、期末の各種報告書を本部に提出して一息ついたある日の昼食時だった。武田がトレイを持って席を探すと、三村の隣が空いていたのでそこに座った。後ろのテーブルにいた今年入行の西田希実が武田と三村に声をかけた。

「今週の日曜日、私たちの同期で犬山公園に遊びに行くんですが一緒に行きませんか」

武田が「僕は予定もないから行こうかな」と応じると、三村も「それじゃ僕も行こう」といった。

武田は三村が同調してくれてうれしかった。三村は陽気で賑やかだから楽しいハイキングになるだろうと思った。

ハイキング当日は秋晴れだった。名古屋駅に集合し、名鉄バスに乗りこんだときから女性たちは楽しそうにおしゃべりをしていた。犬山城の天守閣に登ると眼下の長良川が遥か下流まで悠然と流れていた。雄大な景色だった。それから公園で弁当を拡げた。武田と三村は手ぶらで参加したが、女性陣が握り飯やサンドイッチを分けてくれた。

今年の高卒入行者は女子六名、男子一名だった。稲田はしっかりしていて、小林はタイトスカートが似合い、佐藤は赤いベレー帽を被ってチャーミングだった。西田ははっきりと自分の意見をいうタイプでリーダー格だった。牧田はほっそりとして茶目っ気があり、山崎は控えめで真面目だった。唯一人の男子である高城はいつもニコニコと女性陣のペースに合わせていた。算盤の名人で、入場料や飲食代をまとめて払っても一人当たりの割り勘額をパッと暗算できた。高卒新人たちは一日中賑やかに遊んでいた。武田と三村は学校の先生が生徒を見守っているような感じだった。彼女たちは武田、三村を含めた同期入行組でこれからもハイキングをしたいようだった。

一〇月中旬、石川県の片山津温泉に一泊する支店の懇親旅行が行われた。行員はこの旅行の費用を毎月積立て、銀行も補助金を出す支店の一大イベントだった。武田は休日くらい会社のことは忘れて過ごしたいと思っていたが、欠席を申し出るのも気が引けて、結局参加することになった、
土曜日の業務終了後、行員は支店前に駐められた二台の観光バスに分乗した。乗車時にくじ引きで座席が決められ、菓子袋と缶ビールにガリ版刷りの歌集を手渡された。七月に小牧インターチェンジ

から西宮インターチェンジまで全線開通した名神高速道路を走るのも今回旅行の目玉の一つだった。バスも時速百キロで走れる最新の車両で乗り心地がよかった。米原までは高速道路で快調だったがその先が長かった。夕闇が迫るころようやく宿に到着した。

ホテルのロビーで部屋割りが発表され、武田は同室となった四名と一緒に指定の部屋に入った。浴衣と丹前に着替え一風呂浴びて宴会場に向かった。入口で座席の番号札を引いてその席に座った。座布団の前に漆塗りの足付き膳が二つ並び、豪華な料理が載っていた。七〇名ほどがずらっと並んだ大広間は壮観だった。個人旅行が十分普及していない戦後のサラリーマンにとって、社員旅行は一番の楽しみだった。

幹事の司会で、最初に支店長の挨拶があった。続いて次長が乾杯の音頭をとって酒宴が始まった。初めのうちは料理を食べ、両隣と酒を注ぎあって談笑していたが、そのうち中堅行員が支店長や次長の許にビール瓶を持ってご機嫌伺いに行った。司会の指名で隠し芸が始まった。芸達者が次々に舞台に上がり演歌や軍歌を歌った。あらかた料理を平らげた男性陣はいくつかの小集団に別れ、車座になって酒を酌み交わしている。武田は酒を注いで回る気になれず早く宴会が終わらないかなと思っていた。ようやくお開きとなり幹事が麻雀用の部屋と二次会用の部屋の案内をした。武田はやれやれと自室に戻った。布団が敷かれていた。同室者は麻雀か二次会に行ったようで誰も戻ってこなかった。武田はテレビを点けてぽつねんと見ていた。二次会に行く気はないが、一人で部屋にいるのも何となく淋しかった。一〇時には消灯して布団に入った。夜中の三時ごろ、三村たちが麻雀から戻ってきてゴソゴソ布団に潜りこんだ。

翌日は快晴だった。東尋坊で観光船に乗って見上げた柱状節理の断崖絶壁は迫力があった。次に永平寺を見学し、不銀の一行は若い雲水の案内で境内を巡った。青々と頭を剃った雲水は武田と同年代のように見えた。堂宇を繋ぐ幅の広い階段状の回廊や廊下がツルツルに磨かれているのには感心した。長い歴史を感じさせる佇まいには粛然となった。だが雲水にご本尊に拝礼するように促されると、物神に頭を下げるのが嫌いな武田は一行と離れ、廊下の窓から外の景色を眺めていた。深い木立が僧坊を囲んでいる。七百年の歴史を持つ曹洞宗大本山の凛とした佇まいであった。七堂伽藍や庭園と向きあっていると不信心の武田もそれなりに感ずるところはあった。

一行は次の堂宇に移動を始めた。武田は付かず離れず後を追った。ふと水嶋裕子が最後尾を歩いているのに気づいた。武田は裕子も自分と同じように感じているのかなと思いながら裕子に追いつき声をかけた。

「ガイドの雲水がハンサムだから女性陣は興味津々のようだね」

振りむいた裕子は「そのようですね」と微かに笑った。武田は夏休みに一緒に山に登ってから裕子に関心を持っていた。

「次の土曜日、僕は出勤日だけど、仕事終わってから会わないか」

裕子は一瞬驚いたようだったがすぐにうなずいた。二時半に栄町の星野書店で待合わせすることにして、武田は裕子から離れた。

帰りのバスでは夜更かしをした男性陣はみんな眠っていた。武田は気が進まない懇親旅行だったが、好天に恵まれ、北陸の名所をいくつか見物できたので不満はなかった。

その週の土曜日、順調に勘定も合って、裕子は定時に事務フロアを出ていった。武田は少し遅れて銀行を出た。広小路通を歩いて星野書店に向かった。店内に入り書棚を回っていくと文庫本の棚の前に裕子を見つけた。

「何か買いたい本があるの」

「いえ、今日はいいです」

「近くに喫茶店はあるかな」

「丸栄デパートの裏に琥珀という喫茶店がありますが」

「じゃそこへ行こう」

二人は書店を出て、広小路通を渡って丸栄の裏側にある琥珀に入った。かなり広い喫茶店で満席に近かった。店の中ほどに空席があったのでそこに向かいあって座った。洒落たインテリアで、名古屋で一番の繁華街栄町にふさわしい喫茶店だった。客は若いカップルが多く、手ごろなデートスポットになっているようだった。コーヒーが運ばれてきて二人の前に置かれた。裕子は砂糖壺のスプーンを取って「何杯入れましょうか」と聞いてきた。そういう余計なサービスは好きではなかったが断れば相手も傷つくだろうから二杯入れてもらった。ミルクは自分で入れてコーヒーを飲んだ。

「君は本を読むのが好きなようだが、今どんな本を読んでいるの？」

裕子は困ったような顔をして口ごもった。武田は軽い気持ちで聞いたのだが教養水準を試されているとでも感じたのだろうか。武田は自分の方から話すことにした。

「僕は最近読んだ本の中ではヴェルコールの『海の沈黙』がよかったな。フランスのレジスタンス文学の代表作の一つといわれている作品でね。ドイツ占領下のフランスで家主の男と姪が住む家の二階にドイツ軍将校が宿泊するようになったが、家主と姪は両国の融和を唱える将校に沈黙で対峙するという小説なんだ。将校は個人としては善良な人物だけど、占領して融和を唱えてもフランス人としては受け入れられないよね。二人は最後まで徹底的に沈黙で抵抗するんだ。やはりフランス革命を起こした国だけのことはあるなと感心したよ」

武田は中学、高校時代、小説を読むのが一番の楽しみだった。いつも勉強する振りをして小説を読んでいた。大学に入ると山登りやスキーに夢中になり小説を読む暇がなかったが、学生運動にかかわるようになってからは革命小説やプロレタリア文学を読むようになった。学生の中では『鋼鉄はいかに鍛えられたか』や『紅岩』のようなソ連や中国の革命文学が人気だったが、武田はフランスのレジスタンス文学の方が好きだった。

裕子が『海の沈黙』を読んでみたいといったので、本を貸すことにした。

「預金係は忙しいですか」

武田は話題を変えて裕子の仕事について聞いてみた。

「私が入行したころと比べると少しずつ忙しくなっています。女子行員に対する管理もだんだんと厳しくなっているように感じます」

裕子が女子行員の職場環境について関心を持っていることに好感を持った。それから互いの家族のことなどを話しあった。最後に武田はこれからの交際について考えを述べた。

「僕はプライベートなことは職場に持ちこまない主義だから、銀行内で君と会っても今まで通り個人的な話はしないつもりだ。僕も君も職場の中ではみんなの存在でなければならないと思っている。その代わりにこれからは手紙を交換しようと思う」

裕子がうなずいたので、住所と電話番号を交換した。武田は裕子に差出人名は別名で出してくれと頼んだ。寮に届いた郵便物は玄関脇の受付カウンターに置かれるので、寮生に見られる可能性があったからだ。

二人が席を立とうとしたとき、武田は一本先の通路を丸山が債券係の女性を従えて出口に向かっているのを見つけた。そそくさと前を向いて歩いてゆく二人は武田に気づいていなかった。武田は裕子に目配せしてニヤッと笑った。

週明けの月曜日、いつものように始業時間ギリギリに丸山が席に着いた。武田はさりげなく丸山に近づいて小声で囁いた。

「土曜日は琥珀で楽しそうにしていたね」

丸山は明らかに動揺し、声をひそめて聞いてきた。

「ちょっとちょっと勘弁してよ。どうして知っているの」

「たまたま君らが琥珀から出てきたのを通りの反対側から見たんだよ。君もなかなかやるね」

「武田さん、頼むで内緒にしてちょー」

「飯でもおごってもらおうかな」

武田はちょっと揺すってみたが、丸山がその程度の弱みでおごるとは思っていなかった。それにしても丸山に裕子とのデートを目撃されなかったのは幸運だった。立場が逆だったらきっと丸山におごらされていただろう。東京と比べて名古屋のデートスポットは限られているから誰かに見られる可能性は高いようだ。

その何日か後の昼食時、窓口にいた清水久江が武田の許にやってきた。たまたま管理係に残っていたのは二人だけだった。

「武田さん、水嶋さんとお付きあいしているの？」

単刀直入に聞かれて武田は当惑した。裕子とのデートを誰かに見られたのかなと思ったが、そうではないような気もした。夏休みに裕子と山に登ったことは槙原が係のみんなに写真を見せていたから公知の事実だった。その中にはいかにも親しげに見える武田と裕子のツーショット写真もあった。それを見て清水は付きあっていると感じたのではないか。いずれにしろ隠すつもりはなかったが、交際を認めるのは少し早いような気がして返答に窮していた。清水はそれを肯定と受けとったようだ。

「小川さんがショックを受けているようなので可哀想で仕方がないのよ」

清水の口調には同じ係の小川がいるのにと武田を咎めるようなニュアンスがあった。清水は困惑している武田を見て、それ以上は何もいわずに席に戻った。

小川由紀が武田に好意を寄せていることは武田も分かっていた。武田も由紀が好きだったから自然なことだった。由紀はふっくらとしていてチャーミングで女性的な魅力があった。二人と付きあえれば一番いいのだが、結婚ということになればどちらかに決めなければならない。武田は銀行で出世しようという気はないから生活の豊かさを期待されるのは一番困る。銀行を辞めることもありうるから、そういう武田の生き方を理解してくれる人を求めていた。その点では裕子の方が適性があると思っていた。一緒に山に登り忍耐強いことも分かっていた。どちらかを選ばなければならないというのは辛いことだった。由紀がショックを受けているという話を聞けばなおさらである。武田自身今年の初めに痛切な失恋をしたばかりである。その喪失感は今でも時折甦ってくる。由紀に対しては図らずも自分が加害者となってしまうが、武田も由紀を諦めるのは淋しい。掌に載せた宝石を手放すような気がした。しかしもう由紀に気を持たせるような行動は許されないだろうと思った。由紀は愛らしくて気立てもいいから相手はいくらでも出てくるだろう。

一〇月一八日、本店で株主総会が開催され、頭取が交代した。朝鮮銀行出身の江藤副頭取が第三代頭取になり、正田常務が副頭取に昇格した。武田には雲の上の世界のことで誰が頭取になろうと関係なかったが、志摩支店長が本部の常務取締役に栄転したのはけっこうなことだと思った。

管理係では支店長交代に伴う事務はほとんどなく、ふだんと変わらぬ日々だった。

ある日、木村は武田に、潮見坂観光が返済期限延長を申し出てきたので申請を上げるよう命じた。武田は潮見坂観光がどんな会社か分からなかったので、貸出申請書を読んで会社の概要を把握した。そして木村と一緒に現地を実査することにした。

当日の朝、名古屋在住の鈴木社長がみずから社用のライトバンを運転して銀行の玄関前に迎えに来た。木村が社長の横に座り、武田は後部座席に乗りこんだ。社長は今池でかなり大きな料理屋を経営しているが、知人に頼まれて国道一号線の潮見坂にあるドライブインを買いとったということである。武田は社長とは初対面だったが、禿頭、小肥りで、期限延長の申し出をするのに恐縮する風もなく、まるでドライブを楽しむような感じでベラベラしゃべっている。中日ドラゴンズの選手の裏話から始まり、そのうち猥談じみた話を得々とするのには驚いた。

「今池の店の女将をやらせている女なんですがね、これがまた色っぽくてね、床上手というか、おつゆが溢れるように出てきて、しっぽりと何とも具合がいいんですな」

あまりの卑猥さに武田は呆気にとられた。社長は木村の顔をチラチラ見ながら話し続けている。武田は社長の脇見運転が気になってハラハラしていた。二人の話しぶりから木村はその今池の店に行ったことがあり、女将とも面識があるような感じだった。女将は社長の妾のような存在らしい。

豊橋を過ぎ、浜名湖に向かって潮見坂を下っていくと、左側に潮見坂観光のドライブインがあった。社長は潮見坂は旧東海道で京都から江戸に向かう道中で初めて太平洋を目にする名所だったという。広い駐車場に数台のトラックが駐車していた。奥に平屋の建物があり、食堂と土産物売場があった。武田たちが中に入ったとき、食堂に数名の客がいたが、広い食堂なので閑散とした印象だった。土産物売場では女性の売子が手持ちぶさたにしていた。社長は気軽に女性に声をかけると、売場の後ろにある事務室に入った。支配人が出迎え名刺交換をした。応接室で双方ソファに向かいあって座った。社長は支配人に最近の売上げはどうかと命令口調で聞いた。売上げや収支状況などを中心に一時間ほど支配人にヒアリングをして実査を終えた。武田はドライブインとしての立地条件は悪くないと思った。国道一号線沿いにあり交通量も多く、近くに競合施設もなかった。今は平日の昼前で閑散としているが週末にはもっと賑わっているだろう。二年ほど償還期限を延長して分割返済金額を減らせば延滞することなく完済できるだろうと思った。

ヒアリングを終わると、社長は待ちかねていたように木村と武田を車に載せ、潮見坂を下って浜名湖の湖畔に向かった。武田はドライブインで昼食を取って帰るものと思っていたので、名古屋から遠ざかって行くのが腑に落ちなかった。社長は相変わらずしゃべりながら運転を続け、建物もまばらな湖畔の一角にある割烹店の駐車場に車をいれた。

中居に案内されて二階の一室に通された。茶を出しながら中居は「お風呂に入ってさっぱりしてきて下さい」といった。料理屋で風呂に入れといわれて武田はびっくりした。勤務中に風呂に入るのはどうかと思い、「僕は遠慮しておきます」というと、木村は「ああ、そう。それじゃ僕は一風呂浴びてくるよ」といって浴衣に着替え、社長と一緒に部屋を出ていった。武田は好色漢の社長なのでこの店はまっとうな料理屋なのかちょっと心配になってきた。しばらくして二人が風呂から戻ってくると料理が運ばれてきた。仲居がグラスにビールを注ぐと木村と社長はいかにもうまそうに飲み干した。社長は車を運転するので一杯だけでコップを伏せた。料理は浜名湖名産の鰻料理で非常にうまかった。酌婦は出てこず武田の懸念は当たらなかったのでほっとした。鰻料理は作るのに時間がかかるので、風呂は待ち時間を退屈させないためのサービスだったのかもしれない。

一時間ほどで食事が終わると、木村が居住まいを正して「今日はどうもご馳走になりました」と丁重に礼を述べてお開きとなった。

木村と社長は背広に着替えた。帰りがけに直径三〇センチほどの平べったいブリキ缶に入った牡蠣を土産に渡された。武田は条件変更の依頼人から贈物を貰うことに抵抗があったが、木村が平然と受けとったので仕方なく木村に倣った。融資を実行した後で贈物を貰ったりすることはあるようだが、条件を緩めてくれという先から贈物を受けたくはなかった。だいたい返済期限を延ばしてくれという先がこんな過剰な接待で金を使っている場合かと思った。釈然としない気分で車に乗りこむと、社長は相変わらず賑やかにしゃべりながら帰途についた。

そのまま直帰することになり、武田は今池で車を降りた。社長は覚王山にある社宅まで木村を送っていくといった。武田は市電に乗って寮に帰った。土産の牡蛎は管理人の安西に進呈した。

その日の寮の夕食に牡蛎フライが追加されていた。安西夫妻には手間をかけてしまったが、寮生が大ぶりで濃厚な牡蛎フライが追加された夕食を楽しんでいたので多少気が晴れた。

翌日から武田は潮見坂観光の条件変更申請書の作成に取りかかった。銀行にとってリスクが高くなる条件変更は本部に申請しなければならなかった。申請書には条件変更しなければならない理由を述べ、かつ新条件での返済履行に懸念がないことを示さなければならない。それは新規の貸出申請と変わらない作業であった。返済能力を判断するための収支予想は最近の実績をベースに再計算した。当初の収支予想は売上高を過大に見こんでいたので、返済計画が甘かったといえる。新しい収支予想では二年間返済期限を延長すれば十分返済できる見込みだった。

武田は二日で申請書を書きあげ、三時過ぎにバインダーに挟んで木村の未決決裁箱に入れた。初めて書いた申請書だったが一発で通ると期待していた。

　木村は決済箱に貯まったバインダーを取り出し次々に検印を押して既決決裁箱に移していったが、武田の申請書は机の上に置いたままだった。どこか問題があったのかなと不安になった。木村はほかの案件をすべて決済すると、武田の申請書を目の前に置き赤ボールペンを手にして呻吟しはじめた。そして時折赤字を入れていた。武田は木村が額に皺を寄せて赤字を入れてゆくのをチラチラ見ながら失望感を味わっていた。

　五時ごろ武田に戻された申請書には数カ所の赤ボールペンの書きこみがあった。武田は修正箇所の多さにショックを受けた。文章表現にも論理構成にも自信があったので信じられない思いで赤字で汚された申請書を見つめていた。気を取りなおして修正箇所を調べてみると、文章の構成や誤字脱字、数値についての修正はまったくなかった。書き直されていたのは文章表現だった。「思われる」と書いた部分は「思料される」と直されていた。また申請書の結論として「以上の通り返済力は十分なので本件申し出を承認したい」と書いた部分は、「就いては償還能力に懸念なく、本件申し出応諾のこと致したい」となっていた。武田は拍子抜けした。意味は同じで単に表現が違うだけである。だが元の貸出申請書にもそんな表現があったことを思い出した。何となく堅苦しい表現だと思ったが、それが不銀流の申請書の書き方なのかもしれないと気が付いた。だとすればその伝統を踏襲すればよい。武田は木村の直したとおりに申請書を書きなおし、木村の決裁箱に入れた。

　その日のうちに武田の申請書は支店長印を押されて戻ってきた。武田はすぐに本部に申請書を送り、数日後に本部から承認書が送られてきた。好色社長のために汗をかくのは不本意だったが、鰻料理の供応を受けた借りは返した。

槙原の仕事を引き継いでから木村にあれこれ注意されることが多くなった。木村は新人の武田を鍛えてやろうと思ったのかもしれないがいい迷惑だった。木村にいつ何をいわれるかと構えていると、だんだんストレスが溜まってきた。常に緊張しているせいか胃の調子も悪くなってきた。そんな中での潮見坂観光の期限延長申請だった。派手に赤字を入れられたが基本的な論理構成にミスはなかった。それは武田の自信になった。木村が赤字で書いた文章は銀行特有の書き方で、それに従えば文章表現を推敲する必要はなくなる。それは一種の標準化だった。銀行で書く文書は文芸作品ではないのだからそれでよいと思った。そしてその通りに書けばもう木村に文章を直されることはないと確信した。そして木村も武田がいないと困るのだろうと思った。そう考えるともう木村にビクビクすることはなくなった。

それにしても木村は不思議な人物だった。名古屋出身でもないのに支店取引先以外の地場経営者に顔が広かった。会員でもないのに名門ゴルフクラブに顔が利くようで、ゴルフを通じて人脈を拡げていた。どこに出ても堂々としている。銀行の仕事はそこそこにして、銀行以外の人と付きあっている。銀行第一のほかの役席とはどこか肌合いが違っていた。ありがた迷惑だったが武田と取引先令嬢の出会いをアレンジしようとしたこともあった。木村は案外裏表のない人情派の人物なのかなと武田は若干認識を改めていた。

八　年の暮（一九六五年一一月）

朝晩肌寒さを感じるようになってきた一一月下旬の午後、庶務係から寮管理人の安西が交通事故で亡くなったという報せが寮生に伝えられた。唐突な死に武田は言葉を失った。当然夕食は欠食となり、武田は仕事を終えると紫藤と一緒に銀行近くで食事を済ませ急いで寮に帰った。続々と寮生が戻ってきて食堂に集まった。寮長の黒田が事故のあらましを話してくれた。午後四時ごろ、夕食の支度をしていた安西夫人がマヨネーズが足りないことに気づき安西に買物を頼んだ。安西は近くのスーパーでマヨネーズを購入し、その帰りに車に撥ねられた。すぐに救急車で運ばれたが病院に着いてまもなく死亡が確認されたということだった。夫人はまだ病院か警察にいるようで、庶務係の島倉代理が付きそっているという。みな深刻な表情で黒田の説明を聞いていた。しかしその後新しい情報は入らず、夫人も寮に帰ってこないので、寮生は何もできなかった。

翌日、午後六時から寮の一階和室で通夜が行われた。葬儀は銀行側が仕切っているようだった。祭壇には親族の供花と並んで頭取と支店長、寮生一同の供花があった。祭壇の近くに安西夫人と数人の親族が座り、その後ろに黒い式服を着た次長や代理が並び、寮生は部屋の後方に座っていた。僧侶の読経が始まり、続いて焼香となった。末席にいた武田と三村が最後に焼香した。遺影を見つめているうちに武田は半月ほど前に潮見坂観光から貰った土産の牡蛎を厨房にいた安西夫妻に渡したときの様子を思い出していた。夫妻は手間を惜しまずに牡蛎フライを作ってくれた。安西は寡黙だったが労を惜しまず庭の掃除や室内清掃をしていた。焼香を終えて夫人に礼をすると、ほっそりしてどこかポパイの恋人オリーブに似ている夫人は悲しみを堪えて頭を下げた。武田は思わず涙が溢れそうになった。

その後、安西夫人は桑名に住む長男の家に引っ越していった。

この間、寮の欠食が続いていた。一ヶ月後に銀行が募集した新しい管理人夫婦がやってきた。食事の内容、味つけが変わり、しばらくは違和感があったが、そのうち慣れてきて以前と変わりぬ寮生活に戻った。

武田は管理係での仕事に慣れてくると、忘れかけていた学習心を取り戻していた。寮に帰ってから毎日必ず机に向かうようにし、政治、経済、文学の著作を読んだ。また体力を維持するために仕事が終わった後に丸山と卓球をしたり、夕食後寮の周りを三〇分ほどランニングしたりした。

裕子との文通も続けていた。裕子は最近の手紙で女子ロッカー室では管理職、特に佐藤次長への不満が充満していると書いていた。ベテランの川島公子は支店を訪れた本部の浅倉に誘われ昼休みに外食したことを佐藤次長に咎められたと怒っていたという。浅倉というのは新入行員研修時に講師だったピース缶の男だ。浅倉は名古屋支店開設時の次長だったから川島とは開設以来の仲間である。昼休みに外出したからといって目くじらを立てることはないだろうと武田も思った。

また中堅行員の坪田は次長から「君を本の斡旋屋として雇っているのではないから今後本の注文は受けつけないように」といわれて憤慨していたという。坪田は星野書店の窓口になっていて、坪田に注文を頼むとすぐに支店に本が届けられるようになっていた。便利なので武田もしばしば利用していた。そういう仕組みができた経緯は知らないが、「本の斡旋屋」云々は次長のいい過ぎだろう。

同様の問題で女性行員が化粧品をまとめて電話注文していることも槍玉にあげられているという。これについては男性行員は地下一階にある理髪店に営業時間中に整髪に行っても問題にされないのはどうしてかという不満が出ているという。武田も先輩に倣って月に一、二度理髪店を利用していたが、これは男だけの特権だなと後ろめたさは感じていた。男性陣としては理髪の時間よりサービス残業をしている時間の方が多いのであまり堅いことはいうなということらしい。

次長はまた勤務時間中は行員間でお茶を出してはいけないといったようだ。支店の係では年休を取って旅行をした行員は旅先の銘菓を土産に持ってくるのが慣習になっていて、女性行員が三時過ぎにお茶と一緒に菓子を配るのである。だが武田もこれはちょっと厳し過ぎると思った。人間は機械ではない。シャッターを閉めた後で、土産の菓子を食べながら一休みするのは係の楽しみだ。そんなことまで禁止されては職場が無味乾燥になってしまう。そのくせ始業前のお茶汲みは女性行員の仕事というのでは女性陣が怒るのも当然だ。

裕子の手紙から女性行員が銀行の締めつけが強まっていることを肌で感じている様子が伝わってきた。武田は佐藤次長が先頭に立って女性行員の管理を強化しているのは銀行全体の方針かもしれないと感じた。不景気で銀行の収益環境も厳しくなっているのだろう。創業から一〇年、海の物とも山の物ともつかない銀行に集まってきた経営陣と従業員は、運命共同体的紐帯で結ばれ、厳格な管理体制より自由闊達で自発的な職場環境を容認してきた。一〇月に発足した新経営陣は今までの慣習を見直し、もっとドライに合理化を進めていこうとしているのではないかと思った。

一二月になって一段と仕事が忙しくなってきた。そんな中、武田が待ち望んでいるのはボーナスだった。六月にボーナスが支給されなかったので人生で初めてのボーナスである。このところ給料日前には預金が底を突くことが続いていたが、ボーナスが出ればもう少し余裕のある生活を送れるだろう。ボーナスのことを組合では「臨給(臨時給与)」といい、銀行は「賞与」と称し、その額については労使間の交渉で決めることになっていた。世の中の景気が悪かったので、組合側の要求額に対する銀行側の回答額は低かった。引き上げを求める組合との交渉は難航したが、結局組合執行部は要求貫徹を諦め、「早期妥結」という名目で各支部の意向集約を図った。名古屋支店の支部集会では「妥結やむなし」ということで執行部方針を支持した。各支部の意向を集約した執行部は早々に妥結して、上旬のうちにボーナスが支給されることになった。

九時過ぎに行員は支店長席の前に並んだ。新支店長の宮田は小肥りで温厚そうな顔をしている。行員の目を見ながら丁寧に「賞与」と書かれた封筒を手渡していた。みな頭を下げて恭しく受けとっている。武田は組合がいうように「臨時給与」、すなわち給料の後払いなのだから別に礼をいう筋合はないと思ったが、支店長が丁寧に封筒を差しだしたのでちょこっと頭を下げて封筒を受けとった。席に戻って封を切ってみると「賞与金明細表」と書かれた小紙片と現金が入っていた。賞与額は六万二千円で所得税と組合費を引いた手取りは五万六千円だった。給料の二ヶ月分より多いのでうれしかった。

武田は昼休みに近くの協和銀行の支店に行き、母に一万円を送金した。二、三度資金不足になって現金を送ってもらったのでそれを差し引けば仕送りをしたとはいえない金額だったが気は心である。すぐに母から礼状が届いた。ありがたく頂く、妹にも少し分けてやったと書いてあった。父の会社では部下にボーナスは出たが、役員である父には何も出なかったということで、母はよけいうれしかったようだ。中小企業の経営はやはり厳しいようだ。母は編み物の内職が年末まで続くが、それが終わったら武田のスキー用セーターに取りかかると書いていた。

支店ではクリスマスのダンスパーティに向けて一一月から週一回のダンス講習会が開かれていた。武田はダンスなどまっぴらだったが、同期の女性たちから男性の人数が足りないので参加してくれと頼まれ、三村と一緒に付きあうことにした。武田は若い女性がそんなに社交ダンスをしたいのかと驚いた。この年、倍賞千恵子の歌う『さよならはダンスの後に』が大ヒットしていたからその影響もあるのかなと思った。

講習会は六時から会議室で行われた。今年の新人のほかに数名が参加していた。講師は外部の女性指導員だった。左手でパートナーの手を握って持ちあげ、右手は相手の腰に当てるという基本の姿勢を教わってから、ワルツのステップを習った。いくつかのターンを指導員の見本を見ながら何度も繰りかえした。最後に女性と組んで踊った。社交ダンスは男性がリードするということだったが相手の足の動きに合わせないと足を踏んでしまうので恐る恐る踊っていた。顔と顔が接近するので息を吐くのも気を遣い、好きになれそうもなかった。ダンスパーティは銀行と組合の共催だったが、武田は組合が関与することもないだろうと内心ぼやいていた。それでも四回実施された講習は欠かさず出席し、ワルツとブルースの初歩的なステップは踊れるようになった。

二四日、金曜日の六時から地下一階にあるレストラン「フラミンゴ」を借りきってクリスマスパーティが開かれた。奥の方のテーブルが片づけられダンスフロアに変わっていた。入口側のテーブルに料理や飲物が並んでいた。女性は着飾ってヒールの高い靴を履いていた。支店長以下、役職員のほとんどが顔を揃えていた。支店長の挨拶でパーティが始まった。進行役は組合支部長だった。しばらくオードブルや寿司で腹ごしらえしてからダンスが始まった。男女はほぼ同数だったので踊りたい者は相手を見つけるのに苦労はしなかった。武田は講習会で習ったワルツとブルースの曲がかかれば同期の女性を誘って踊った。練習した通りのステップを踏むとほかの組とぶつかるので、そのときはキャバレーダンスのボックスステップで対応した。丸山は尖り帽子を被り金モールのレイを首にかけてお気に入りの女性を選んで意気揚々と踊っていた。紫藤は水割りのグラスを片手に壁際の椅子に座り、にこやかに踊る人々を見ていた。武田は曲が変わったとき、近くにいた小川を誘った。小川は伏し目がちに笑顔を浮かべて応じた。右手を小川の腰に当てるとスカートを透してふくよかな肉付きが感じられた。

ラストダンスとなった。ラストダンスは一番好きな相手と踊るものらしい。事前に約束している者同士もいるようで、次々とパートナーが決まっていった。裕子も武田とラストダンスを踊りたかっただろうが、銀行に個人的な関係を持ちこまないという約束だったから、武田はまだ相手が決まっていなかった同期の女性とペアを組んだ。裕子は預金係の男性と組んでいた。曲が流れだしてきた『テネシーワルツ』だった。武田はパティ・ペイジが歌った歌の意味を思いだす。ダンスパーティで恋人を奪われる失恋の歌だった。武田はその悲しみ、苦しみがよく分かった。真理子を失ってもう一年になる。だが今新しいパートナーができた。武田はようやく失恋の苦しみをほろ苦い過去の一ページとして閉じようとしていた。

昭和四〇年の大晦日、武田はいつものように寮を出た。市電も地下鉄も四、五日前から乗客が減りはじめていた。車内はがらがらで疎らな乗客が寒そうに身を縮めていた。ほとんどの会社は年末年始の休暇に入っていた。大晦日まで働かなければならない銀行に就職したことが恨めしかった。東海道新幹線が開通して今日中に東京へ帰れるのがせめてもの慰めだった。

銀行の様子はふだんと変わらない。大晦日は忙しいので休暇を取る者はほとんどいない。それでも明日から正月休みなのでみな浮き浮きしている。大晦日は早く家に帰りたいので、みないつも以上に集中して働いた。貸付先も年末休みに入る前に返済金を送金しているせいか順調に回収が進み、三時半にはすべての入金処理が完了していた。残取りも、手形在り高の照合も六時過ぎに終了した。丸山が後は自分たちでやるから早く帰れと武田にいった。武田は係のみんなに年末の挨拶をして、そっと銀行を抜けだした。

名古屋駅まで歩き、「みどりの窓口」で切符を買って新幹線に乗った。ほぼ満席だった。乗客の多くは眠っていた。

家に着いたのは一〇時過ぎだった。玄関のドアを開けてくれた母は居間の襖を開き、「お父さん、俊樹が帰ってきましたよ」といった。炬燵でテレビを見ていた父は上機嫌で「年末までご苦労さんだね」といった。以前にはなかった愛想のよさだった。社会人になった武田に一目置くようになったのだろうか。晩酌をしていたようで赤い顔をしていた。武田も無難に挨拶を済ませた。

食堂で母が武田の食事の支度をしていた。武田は着替えのために和室の襖を開けた。室内は以前と変わっていなかった。まんなかに間仕切りのカーテンが引かれ、手前で今年大学に入学した妹の恵子が本を読んでいた。

「お帰りなさい。お小遣い送ってもらってありがとう」

「ああ、少しだけどな」

妹と少し喋ってから、カーテンの奥に入った。武田の机とソファベッドがそのままになっていた。もうこの家に住むことはないので後で母に処分するようにいっておこうと思った。武田は着替えて食堂に戻った。母がすき焼き鍋に牛肉を入れていた。

「お腹空いたでしょ」

「うん、昼飯の後何も食べていないからね」

武田が食事をしている間、母は最近のできごとをあれこれしゃべっていた。武田はうんうんと相槌を打ちながら箸を動かしていた。

武田は食事を済ませると風呂に入った。母は後片づけを済ませると居間に戻った。そろそろ「紅白歌合戦」が終わるころだった。

ゆっくりと温まった武田は自室に戻り机に向かった。入行以来九ヶ月が経っていた。いろいろな経験をしたが、特段不満はなかった。自分としてはこんなものだろうという気はしていた。

九　年賀状（一九六六年一月）

年が明けて武田は久しぶりに家族四人で朝食のテーブルに着いた。母は家族が揃ってうれしそうだった。父も手酌で酒を飲みながら上機嫌である。もともと寡黙な武田は父がいるとなおさらしゃべらない。母は会話が途切れないように苦労していた。

食事が済むと部屋に戻って机に向かった。父は成田山に初詣に行った。一〇時ごろ、母が武田宛の年賀状の束を持ってきた。武田は一〇通ほどの年賀状を受けとったとき、もしかしたら真理子からの年賀状があるかもしれないという微かな期待があった。武田は年賀状の束をめくったが真理子の賀状はなかった。そして人間というものは何と自分に都合のよいことばかり夢想するのかと苦笑した。真理子の悲痛な手紙を受けとりながら、返信を出さなかったのは武田の方だった。来るはずのない年賀状だった。ただ真理子が今年希望通りに教師として旅立つことになったのかを知りたかった。

昨年一一月、免許証更新のために上京した折に会った、駒場時代の親友吉岡の年賀状には達筆で「道は違ってもお互いに頑張ろう」と書いてあった。吉岡は司法試験に合格し、裁判官を目指していた。

ゼミの後輩の白川は葉書全面に大きな筆書きの字で「あけくれば　なんじのあとに　われもまたりそうもとめて　たびにぞたたん」という和歌が認められていた。武田を買い被っているところは苦笑せざるをえないが、いかにも純朴な白川らしい年賀状だった。キャリア官僚への道を選んだ白川を待ちうける世界がどのようなものか見当も付かないが、初心を忘れずに活躍してほしいと思った。

年賀状を読み終えた武田は実家に置いたままの私物を整理しようと思いたち、まず書棚の本を整理することにした。もうこの家に住むことはないし、これから転勤を繰りかえす銀行員生活では多量の本は邪魔になる。しかしいざ処分するとなると未練が湧いてくる。一冊一冊手に取ってパラパラめくりながら取捨選択するので時間がかかった。結局、二日かけて、経済、政治、哲学、法律の書籍を残し、ほかの学術書は処分することにした。小説や詩歌の本はやはり捨てがたかった。裕子に読ませたい数冊の本は名古屋に持ち帰り、残りは段ボール箱に収納して、今しばらく預かってもらうことにした。代わりにスキー道具一式を取り出し名古屋に持ちかえることにした。また中学時代から使っていた愛着のある机とソファも処分するように母に頼んだ。

学生時代は早く家を出たいと思っていたが、やはり実家は居心地がいい。母が四日早朝の新幹線の切符を取ってくれていたので三日ものんびり過ごすことができた。

四日は六時前にスキーとスキー用ザックを背負い玄関を出た。一階まで付いてきそうな母を押し止め階段を降りた。実家を出るときはいつも後ろ髪を引かれるような思いがする。武田は母とともに封建的な父の振舞に耐えてきた。母とは同志のようなものだった。妹が残っているとはいえ、武田が家を出てから母は淋しいのだろう。それを思うと一人で逃げだしてゆく自分に後ろめたさを感じた。

東京駅で七時発の新大阪行きの列車に乗った。名古屋駅から歩いて支店に着いた。行員通用口から二階のロッカー室に行き、スキー用具を収めた。一階フロアに入ると店内は正月の飾りを施され、新年を祝う雰囲気が醸しだされていた。武田は女性行員の半分近くが着物姿なのに驚かされた。色とりどりの和服が店内の風景を一段と華やかにしていた。武田が席に着くとまもなく小川が振り袖姿でお茶を運んできた。

「明けましておめでとうございます。今年もよろしくお願いします」

「新年おめでとう。今年もよろしくね。由紀ちゃん、着物姿が似あうね」

小川ははにかむように微笑んだ。小川の笑顔を見ていると武田も明るい気持ちになってくる。長島は制服だった。武田が「今年はいい年になりますね」というとニコッと笑った。長島は三月に退職し融資係の赤川と結婚する。管理係では清水も制服姿だった。ベテランは和服を卒業しているようだ。武田は和服で仕事をしたら袖が汚れてしまうのではないかと心配になった。預金係の方を見ると裕子も和服を着ていた。

支店長、次長が席に着くと支店長代理やベテラン男子行員が新年の挨拶をしに支店長席の前に列をなした。武田は直接話したこともない宮田支店長に「今年もよろしくお願いします」というのは追従のように思えたので並ばなかった。別に支店長によく見てもらおうとは思っていない。チラチラ見ていると全員が挨拶に行くわけではなさそうで、新人の武田が挨拶の列に加わらなくても何ということもないようだった。

九時に正面玄関のシャッターが開いたが、管理係に来る客は少なかった。一〇時ごろになると融資係に引っきりなしに取引先の社長や重役が年始の挨拶にやってきた。支店長、次長、融資係代理らが来客を応接室に招き入れ酒を振るまっていた。賑やかな笑い声が聞こえてくる。年賀挨拶の客を除けば、まだ仕事始めを迎えていない会社が多いので取引は少なかった。四時ごろには仕事を終え、会議室で新年会が開かれた。支店長の短い挨拶の後、ビールで乾杯した。融資係の連中は年始回りの客と一日中屠蘇を酌みかわしていたので真っ赤な顔をしていた。一時間もしないで散会し、みな早めに帰っていった。

松の内は何となく正月気分で過ぎていった。

七日金曜日、武田は仕事を終えると寮に帰り、食事を済ませるとスキーを担いで名古屋駅に向かった。長野行きの急行列車を待つ行列に裕子と兄の正志、正志の幼なじみの大谷峰雄の三人が並んでいたので合流した。裕子と付きあいはじめてしばらくは喫茶店や映画館でデートをしていたが、昨年暮れに裕子の自宅で食事をご馳走になった。そのとき、両親と裕子の兄正志と会った。正志は二年前にスキーを始めたそうで、武田がスキー好きと聞いて、勤務先の山荘がある熊ノ湯に一緒に行かないかと誘ってくれた。雪質のよい熊ノ湯で滑れることは願ってもないことだった。

列車は満員だったが四人揃って座席に座ることができた。翌朝長野駅で長野電鉄に乗りかえ、湯田中からバスで熊ノ湯に向かった。熊ノ湯は志賀高原の南よりの一番奥にあるひなびた温泉である。バスは朝日を浴びて雪道を進む。久しぶりの雪景色に武田の心は躍った。熊ノ湯にはこぢんまりとした建物が散在していて、正志の会社の山荘もその中にあった。戦前に建てられた木造二階建ての宿だった。出迎えてくれた管理人の奥さんは正志と顔なじみのようで親しげに挨拶を交わしていた。

二階の部屋で一休みしてからスキーウェアに着替えた。正月に母が編んでくれたセーターはちょっと目立つデザインで気にいった。その上にキルティングの上着を着てゲレンデに出た。足慣らしに短いリフトのある斜面で滑りはじめた。晴天だが気温は低く雪質は最高だった。正志と大谷はまだパラレルはできないが、時々転びながらも中級ゲレンデを勢いよく滑っていた。裕子は昨年銀行の仲間とスキーに行ったといっていたが、まだおっかなびっくり滑っていた。武田が先に立ってボーゲンとシュテムターンを教えながら滑った。だいぶ慣れてきたところで裕子を長い方のリフトに連れてゆき、急斜面では斜滑降、キックターンを繰りかえしてゆっくり下った。斜面が緩やかになると少しスピードを出して連続ターンをした。裕子は何回か転んだが楽しそうにしていた。

武田がワンゲルでスキーを始めたころはスキーはまだそれほど普及していなかった。スキー用具は安くはないし、交通費、宿泊費もかかるので、学生の間ではブルジョワスポーツと見なされていた。しかし最近はスキーをする若者が増えてきた。正志や裕子も最近スキーを始めている。独身の会社員ならスキー費用を捻出するのはそれほど難しいことではなくなった。大自然の中で雪と戯れるのはストレス解消に最適だ。熊ノ湯の鄙びた山荘で二泊して、温泉と新雪のゲレンデに心を癒された。

スキーで鋭気を養った武田は決算の「一次予想」に取りかかった。今年の一月から三月までの貸付金利息額を予想し、これを昨年一〇月から一二月までの実績に加算して通期の利息額を予想するのである。決算予想は昨年九月に「二次予想」を経験しているので、特に難しいことはなかった。ただ「二次予想」は一ヶ月だけ予想すればよかったが、「一次予想」は三ヶ月分の予想をしなければならなかった。予想の手順は基本的には個別貸付ごとに積みあげてゆくが、これを全貸付の平均残高、平均利率などで算出した数値と比較して妥当性を検証するというプロセスもあった。その中で桁数の多い掛け算、割り算をしなければならなかった。算盤が苦手な武田はタイガー計算機を使うしかなかった。鋼鉄製で横幅三〇センチくらいの計算機は支店に二台しかなく、保管場所から両手で抱えて自分の机に運んだ。

計算機の中央部に〇から九までの刻みがある円盤状の歯車を一〇個並べたシリンダーがあった。このシリンダーに通された心棒を右端のクランクハンドルで回転させるようになっている。このシリンダーの上下に、乗数または除数をセットするシリンダーや計算結果を表示するシリンダーが平行してかみ合うようになっている。まるで歯車のお化けのような機械だ。中央部のシリンダーに一桁ずつ数値をセットし、クランクハンドルを一回転させると下部右側の表示部にセットした数値と同じ数値が表示される。もう一回ハンドルを回すと、二倍の数値が表示される。すなわち回転する度にセットした数値が加算される仕組みで掛け算ができるのだ。「五五」倍するときは五つ回して、桁上げし、さらに五つ回さなければならない。割り算はハンドルを逆回転して引き算を繰りかえす。機械だから計算間違いは絶対起こらないが、何回もハンドルを回さなければならないのでけっこう時間がかかる。また桁数の多い計算になると多数の歯車を回すのでハンドルが重くなる。それにジャラジャラ歯車が噛みあう音がうるさかった。ひたすら計算機を回す孤独な作業だったが何とか「一次予想」をまとめ本部宛提出した。

二月初め、一年先輩の山井に誘われ栂池《つがいけ》高原にスキーに行った。山井は山岳部出身なので冬期はもっぱらワカン（輪かんじき）やアイゼンで雪山に登っていた。スキーは銀行に入ってから始めたという。名古屋から南小谷行きの夜行急行があったので乗換なしで白馬大池に着いた。バスで栂池に行き、少し歩いて三角屋根の国鉄山の家に入った。小憩の後、ゲレンデに飛びだした。リフトが何本もあるだだっ広いスキー場だった。リフトに乗っていると右側に二年前に真理子と出会った若栗スキー場が見えた。真理子はまもなく卒業するころだ。希望通り教員になっただろうか。

名古屋の冬の寒さは東京の比ではない。スキー場で寒いのは平気だったが、都会での朝晩の寒さには閉口した。特に伊吹颪の吹く朝はつま先が凍えて痛いくらいだった。銀行で働いていることに虚しさを感じるときもあった。そんな毎日の中で裕子と会うとホッとした。だが武田は残業が多くなり、会えるのは月に一回ほどだった。その代わりに月に二度ほど文通をしていた。前回の裕子の手紙では、毎週火曜日に渡瀬が始めた勉強会に参加しているということだった。数人が集まって社会の仕組みや歴史の筋道を勉強し、日韓条約などの政治問題についても議論しているという。働きながら勉強会を続けるのは簡単なことではない。裕子は水曜日にコーラス部の練習に参加しているし、月に一回開催される「名演」や「労音」の例会にも参加していた。そして家に帰れば疲れていても必ず机に座って本を読んでいるという。それに比べ武田の方は残業が増えてきたこともあるが、コーラス部の練習にもほとんど参加せず、「名演」、「労音」にも足が遠のいていた。

三月の初めに武田は小川と同期の二名を連れて志賀高原発哺《ほっぽ》温泉にスキーに出かけた。昨年管理係の歓迎会で小川にスキーに連れて行ってくれと頼まれた。その約束は果たそうと思ったが、男性が武田一人では何かと噂になるだろうと思い、山井に声をかけてみた。山井が快諾してくれたのでさっそく初心者向きのゲレンデがある発哺温泉の宿を予約した。ところが直前になって山井が仕事の都合で休みが取れなくなってしまった。やむなく武田一人で女性三名を連れていくことになった。みな初心者だったのでスキーの履き方から、平地での進み方、緩斜面でのボーゲンと、文字通り手取り足取りで教えた。一部屋に男一人、女三人が寝泊まりするという、男なら誰もが羨むようなハーレム状態のスキー旅行だった。

三月になると名古屋の厳しい寒さも緩んできた。ある日、小川が小切手を手にして困り顔で丸山と相談していた。丸山は頭を抱えている。武田は気になって二人に近づき事情を聞いた。貸出先が明日の返済金に充てるため小切手を持参した。小川は小切手を貸出償還金という預かり金勘定に入金し、小切手を明日の手形交換に持ち出すために出納係に回した。ところがその小切手の支払地は大阪市だったので名古屋の手形交換所には持ち出せないといわれたという。小切手を見ると確かに支払銀行は大阪市内の支店で、振出地も大阪市だった。小川と照査した丸山がうっかり見落としていたのだ。今から小切手を速達で大阪支店に送っても、明日の手形交換に持ち出すのは不可能だ。明日の返済には間にあわず、延滞となってしまう。受付時に隔地決済となり期日には間にあわないことを説明していれば取引先も別の資金手当を考えただろう。一度受け取ってしまったので取引先にどう説明するか困っていたのだ。

武田は傍目八目で、速達で間にあわないのなら今から大阪支店に持って行けばどうかといってみた。

丸山は「そうか、その手があるか」と息を吹きかえしたようだった。さっそく武田は丸山と一緒に木村代理に事情を説明すると、木村は大阪支店の預金為替係代理に電話をして話を通してくれた。いいだしっぺの武田が急遽大阪支店に行くことになった。武田は急いで大阪支店への道順を調べ、小切手を背広の内ポケットにしまって出発した。二時ちょっと前だったが一時間半もあれば大阪支店に着くだろう。タクシーを拾って名古屋駅へ行き、新大阪行きの新幹線に飛びのった。

一時間もしないうちに新大阪駅に着いた。混みあう通路を掻き分け地下鉄乗場に向かった。淀川を渡ると地下に潜りやがて心斎橋に着いた。立派なドーム状のホームだった。地上に出ると方向が分からず少し迷ったが、順慶町通にある大阪支店に着いた。通用口から店内に入ると名古屋支店の倍はありそうな広さで行員も多かった。預金為替係の窓口に用件を伝えると話が通じていて代理の席に案内された。代理に挨拶して小切手を差しだすと、代理はベテランの女性行員を呼んで小切手の処理を命じた。女性行員は明日の手形交換に持ち出し、本支店勘定で送金しますと確約してくれたので武田はほっとした。

同期の栗田が武田を見つけてやってきた。「何しに来たんや」と不思議そうに聞いてきた。武田が事情を説明すると栗田はうなずき、応接室に案内してくれた。栗田は内線電話で同期の野川と松山を呼びだし、相次いで二人が現れた。昨年四月に同じ新幹線で東京を出発し、名古屋で別れて以来の再会だった。彼らはいずれもいっぱしの銀行員に成りきっていた。武田より遥かに職場に順応しているようにみえた。仕事が終わったら一緒に食事をしようということになった。武田は名古屋支店の木村に無事小切手を届けたので今日は直帰すると報告した。

終業時間の五時一五分に三人とも仕事を終え、揃って銀行を出た。みな京都の実家から通っていたので京都で食事をすることになった。地下鉄と京阪本線に乗って一時間ほどで京都の三条駅に着いた。栗田らは行先を決めているようでスタスタと歩きだし、鴨川にかかる三条大橋を渡った。武田は京都は初めてなので何もかもが物珍しかった。日が暮れて一段とネオンが目立つ街並みを歩き、「うどんすき」が名物の店に入った。ビールで乾杯し、うどんすきを食べた。なかなかうまかった。大阪組はみな話し好きで、職場や京都のことをいろいろ話してくれた。食事が終わり武田は割り勘で払おうとしたが栗田らは「京都に来たんだから地元の俺たちに任せろ」と譲らなかった。武田はそこで彼らと別れ名古屋に帰るつもりだったが、栗田はもう一軒付きあって俺の家に泊まれといった。武田は固辞したが結局押しきられてしまった。

そこからしばらく歩いて栗田がしゃれたバーの扉を開けた。中はそれほど広くはないがどことなく高級感があった。栗田の行きつけのバーのようで、カウンター越しに元舞妓だったというママが愛想よく出迎えてくれた。野川や松山も顔なじみのようだった。武田はこんな料金の高そうな店でよく遊べるなと驚いた。

その日の夜は栗田の家に泊めてもらった。左京区の閑静な住宅地にある大きな木造二階建ての家だった。案内された二階の和室にはフカフカの布団が敷かれていた。夜も遅いので武田はすぐに布団に潜りこみ熟睡した。

翌朝、栗田の母親が朝食を用意してくれた。出がけに栗田の父親に挨拶をした。恰幅のよい温厚そうな人だった。戦前、朝鮮銀行に勤めていて、現在は地元地銀の常務をしているそうだ。栗田と一緒に家を出て、途中で別れて京都駅から新幹線で名古屋に戻った。栗田らに歓待され、ありがたかったが、彼らに散財させ、栗田の両親にも迷惑をかけてしまったことをちょっと後悔していた。

三月末日は二度目の決算だったので多少余裕があった。決算弁当をみんなで食べ、九時ごろに補正伝票を起票して計算係に提出した。管理係は一〇時過ぎに仕事を終えた。紫藤と一緒にタクシーに乗った。人通りのない夜の街を走りながら、銀行に入って一年経ったんだなと思った。

一〇　管理係卒業（一九六六年四月）

四月一日、二年目の新年度が始まった。定期昇給があり、月給は三万円となった。

このところ三村の顔色が勝れず元気がなかった。日ごろ陽気な三村だけに武田はその変調が気になった。どこか身体の具合が悪いのかと聞いてみると、母親が心臓の病気で入院中なのだといった。父親は学校の校長を定年退職した後、脳梗塞の発作を起こし体が不自由だという。家族のことを考えると不安で眠れないときがあるということだった。武田はいつも明るく振るまっている三村がそんな悩みを抱えているとは思いもしなかった。ところが四月になってまもなく三村の体調は悪化し、出勤するのも辛そうだった。武田が医者に診てもらうように強く勧めるとようやくその気になって、銀行嘱託医の診断を受けに行った。銀行に戻ってきた三村は急性肝炎ですぐ入院するようにいわれたと悄然としていた。三村は上司の伊藤代理に二、三週間の入院が必要との診断結果を報告し、明日からの休暇を願いでた。伊藤は見るからにだるそうな三村が心配になったのか、武田に三村を寮まで送りとどけてくれないかといってきた。武田が木村に事情を話すと、もう三時を過ぎているからそのまま退行してよろしいといった。伊藤が行用車を手配してくれた。武田は銀行の行きとどいた配慮に感心した。二、三週間の欠勤は預金為替係にとっては相当負担が大きいが、労務管理が厳しいと裕子から聞いていた伊藤代理が嫌な顔一つせず病気欠勤を認めたのは意外だった。

銀行駐車場から行用車に乗りこんだ三村はぐったりとしていて口をきくのも辛そうだった。入院という診断結果にショックを受けているようだった。武田は何と声をかければいいのか分からなかった。寮に着いて三階の三村の部屋まで一緒に付いていった。武田が「横になった方がいいな」というと、三村はうなずいて自分で布団を敷いた。

「何か入院で必要なものがあるかい」

「洗面道具ぐらいでいいらしい。もし何か必要になったらそのとき頼むよ」

「分かった。何か食べたいものはあるか」

「いや、あまり食欲はないんだ」

「明日は一人で大丈夫か」

「ああ、大丈夫だ。入院するだけだからな」

入院先は名城病院だった。

翌日、出勤前に武田は三村の部屋を覗いた。相変わらず顔色は悪かったが、表情は穏やかだった。くよくよしても仕方がないと達観したような感じだった。

「丸川先生は二、三週間入院すれば治るといっているんで、ゆっくり養生してくるよ」

「そうだよ、仕事のことは忘れてゆっくりしてくればいい。永い人生でどうということはないからな。六時ごろに見舞いに行くよ」

武田は昨日より落ち着いている三村に少し安心した。

その日、武田は仕事を終えると名城病院に向かった。名古屋城の南向かいにある大きな病院だった。三村は六階の四人部屋にいた。病室に入ってゆくと入口側のベッドに三村が横になっていた。武田がベッド脇にあった丸椅子に腰を下ろすと、三村は「やあ、済まんな」といった。やや疲れたような表情で今朝より元気がないように感じられた。

「具合はどうだ」

「入院したばかりだから急によくなるわけないよ。だけど病院にいるから安心感はある」

「そうだな。どんな治療をするんだ」

「今日は検査ばかりだった。まあ基本は安静と食事療法のようだな」

「入院したことは実家に知らせたのか」

「いや、まだだ。あまり心配させたくないからな」

「そうか。お母さんの具合はどうなんだい」

「だいぶよくなっているようだ。まもなく退院できるようだ」

「それはよかった。一安心だな」

三村の心労の一つは解消されそうだった。

その週の土曜日は二時過ぎに仕事を終えて名城病院に向かった。入院当日に見舞ったときは夜で周りが何も見えなかったが、すぐ向かいの名古屋城がよく見えた。病院の外観もきれいだった。武田が病室に入ると、三村は横になって本を読んでいた。武田を認めるとベッドから起きあがって休憩所に行こうといった。六階の隅にテーブルと椅子が何組かあるコーナーがあった。見晴らしがよく、青い空が眩しかった。名古屋城の堀が眼下に見えた。

「具合はどうだ」

「もう倦怠感はなくなった。病室の中では俺が一番若くて元気そうに見えるんだが、検査の数値がよくならないと退院させてくれないようだ。今は退屈でしょうがないよ」

三村は肝機能検査項目の正常値と検査結果を教えてくれたが、まだ正常値とはだいぶ差があった。

「誰か見舞いに来たかい」

「ああ、みんな来てくれた」

武田は同期入行の女性たちに見舞いに行ってくれと頼んでおいたのだ。女性が見舞いにくれば三村も少しは気が晴れるだろう。

翌週、三村から電話がかかってきた。父親が亡くなったという。三村を襲う相次ぐ不幸に武田は言葉もなかった。三村は担当医の外泊許可を得て、葬儀のために実家に帰ることになった。母親は退院したばかりなので三村が喪主を務めるということだった。

名古屋支店から庶務係の島倉代理が葬儀に参列することになった。銀行は行員の両親の葬儀には遠隔地でも役職者を参列させるようだ。大卒同期会では、両親が亡くなった場合は弔慰金を送ることにしていた。武田は全店舗に散らばっている同期に三村の父が亡くなったことを知らせた。同期生から次々と香典の振りこみがあり、武田はそれをまとめて島倉代理に托した。

四月二二日、三名の新入行員が研修を終えて名古屋支店に赴任してきた。支店の慣例により一年先輩の武田が名古屋駅に出迎えに行った。出迎えは一人で十分だったが、歓迎会の方は、昨年は四名の先輩が武田と三村を持てなしたが、今年は武田一人で三名の後輩の相手をしなければならなかった。昨年と同じ栄町のレストラン八千代で歓迎会を行ったが名物の豚カツは好評だった。今年の新入生は相互銀行社長の御曹司という慶大卒と、新人とは思えぬ老成した感じの京大卒と、真面目そうな一橋大卒の三名だった。傍から見ればどちらが先輩か分からないような感じだったが、何とか先輩としての面子は保った。

四月二七日、新入行員の配置にあわせて店内異動があり、武田は融資係に移ることになった。一年で管理係を卒業するとは予想もしていなかったので驚いた。融資係は支店の中核組織なのでほかの係を二、三年経験してから配置されるのが普通だった。仕事のできる槙原でさえ融資係に移ったのは入行から二年半後だった。異動があった日、武田は一年先輩の石川に「何で君が融資係に行くのかな。俺も早く行きたいよ」とぼやかれて返答に窮した。しかし内心では悪い気はしなかった。銀行で出世するつもりはなかったが、結局自分もエリートコースに乗って喜んでいる俗物なのかなと思った。武田の抜けた管理係には預金為替係からベテランの高橋元と一橋大卒の新人が配属となった。

店内異動があってまもなく、三村が職場に復帰した。顔色もよくなり完全に回復したようだ。相次ぐ不幸にもめげずに少しも暗い陰を見せない。よほど精神力が強いのだろうと武田は感心した。


管理係では五月初旬の週末に銀行の保養施設「木曽駒山荘」に一泊する旅行を計画していた。武田は融資係に異動となったが参加することになった。

土曜日の午後、男性五名、女性三名の一行は名古屋駅から中央線で木曽福島駅に向かった。駅前でタクシーを拾い、雨の中を木曽駒高原に上った。木曽駒高原は名古屋財界が開発したゴルフ場を中心とした別荘地だった。前支店長の志摩が別荘地を借りて名古屋支店の保養施設を作ることを本部に認めさせ、昨年二月に山荘が完成していた。平屋建てのロッジ風の建物で、管理人は置かず、利用者は自炊かゴルフ場の食堂を利用することになっていた。

建物中央にある玄関から入ると正面に暖炉のあるホールがあり、左右に部屋が並んでいた。各自割り当てられた部屋で寛いだが、女性陣はすぐにホールの炊事場で夕食を作りはじめた。男性陣もホールに集まり暖炉の火を点けたり、風呂を沸かしたりしていた。

夕食ができあがるとホールのテーブルに集まり食事をし、その後は暖炉を囲んで歓談した。

翌日は雨があがり、晴れ間が広がってきた。木村は朝早くゴルフに行った。残りのメンバーは山荘の付近を散策して過ごした。昼食後に帰り支度をしてゴルフ場に向かい、ゴルフ場のマイクロバスに乗りこんだ。ゴルフ場に顔が利く木村がマネージャーに頼んで開田高原を一周してから木曽福島駅まで送ってもらうことになっていた。マイクロバスは木曽福島まで下り、そこから開田高原に向かって上りはじめた。開田高原は木曽川をはさんで向かいに聳える御岳山の麓にある。川沿いの道を上り、峠を越えると突如茫漠たる開田高原が眼前に拡がり、その先に白雪を冠した御岳が見えてきた。車内に歓声があがった。いつの間にか道路は砂利道になっていた。最近観光地として名前が上がるようになってきた開田高原だが、観光施設は見当たらない。農家が散在するだけである。しばらく開田高原を走っていると突然車がガタガタ揺れだした。運転手は慌てて車を止め、タイヤをチェックした。後輪の片側がパンクしていた。武田も車を下りてぺちゃんこになったタイヤを見た。若い運転手はスペアタイヤは積んでいないという。しばらく思案していた運転手は事務所に電話して応援を頼んでくるといった。しかし付近に人家は見当たらない。通りかかる車もない。運転手は電話がある家を探すといってスタスタと前方に歩きだした。人里離れた広大な高原のまんなかに取りのこされた一行は、帰りの列車に間にあうのか心配しながらじっと待つよりほかはなかった。武田は車内にいても退屈なので、ブラブラ歩いてみることにした。道ばたに腰を下ろすのにころあいの岩があった。武田は岩に腰かけて御岳を眺めた。真っ青な空に残雪をまとった御岳の稜線がくっきりと天地を刻んでいた。堂々たる独立峰でなだらかな裾野が拡がっている。武田はワクワクして山を見つめていた。ふと人の気配を感じて振りむくと小川が近づいてきた。

「隣に座ってもいいですか」

「いいよ。御岳が正面に見える絶好の展望台だよ。きれいな山だろ。由紀ちゃんは御岳に登ったことがあるかい」

「いいえ、登ったことはありません」

「この山はね、名古屋支店の屋上から見えるんだよ」

「そうなんですか、知らなかったわ」

「僕は五年前に岐阜県側から御岳に登ってこの開田村に下りてきてテントを張ったんだ。当時このあたりは日本のチベットなんていわれてランプ生活をしている家が多かったよ。電話がある家を探すのに苦労するほどだった。寒冷地だから米は作れず蕎麦や稗を作っていた。生活は楽ではなかったと思うけど薪を分けてくれたりみな親切だったな。広々とした素晴らしい風景が魅力的だった。最近ようやく観光地として注目されるようになってきたようだね」

「そうなんですか。私は初めて来ましたが本当に気持ちがいい所ですね」

「観光地になって村人の生活がよくなるのはいいけれど、あまり自然を壊さないようにしてもらいたいと思うよ」

「武田さんは本当に山が好きなんですね。私も武田さんに山に連れていってもらいたかったな」

「そうか、由紀ちゃんとはまだ山に登ってなかったね」

「そうですよ。でも本当はね、登山はちょっと自信がなかったんです」

「登山は誰でもできると思うよ。初心者でも登れるいい山は沢山あるからね」

「でもスキーに連れていってもらったんだからあまり欲ばってはいけないですね。初めてリフトに乗って、転んでばかりだったけど楽しかったな」

三月に武田は小川たちを連れてスキーに行った。そのスキーが楽しかったといわれて武田もうれしかった。武田はスキーを好きになるかどうかは最初に滑ったときの印象で決まると思っていた。急斜面やガリガリのアイスバーンで怖い思いをしたら二度とスキーに行く気にはならないだろう。武田は志賀高原の発哺温泉に連れて行ってよかったと思った。

「武田さんが融資係に行っちゃうなんて淋しいわ」

由紀がしんみりといった。

「僕も淋しいよ。管理係での一年間は楽しかったからね。でも転勤するわけじゃないんだから」

武田は慰めるようにいったが、やはり同じ係で毎日顔を合わせているのとは違うことになるだろうと思った。

四〇分ほどして代わりのマイクロバスがやってきて、一行を乗せるとすぐ出発した。運転手はかなりスピードを出して木曽福島駅に急いだ。駅前に着いたとき、駅前食堂の二階の窓から木村代理が手を振っていた。窓際の席で心配しながら待っていたのだろう。何とか予定の列車に間にあって名古屋に帰ることができた。

一一　融資係配属（一九六六年四月）

名古屋支店は開店以来順調に業容を拡大し、店舗が手狭になってきた。そこでビルの三階を借り増し、改装工事を行っていた。二階にあった食堂や会議室を三階に移し、二階には融資係、鑑定係、外国為替係が移ることになった。広い支店長室と来客用応接室が二室作られた。一階から二階への来客用階段も取りつけられた。一階の床は塩ビのタイルだったが、二階はフロアカーペットで柔らかく靴音も立たず高級感があった。三月一杯で工事は終了し、四月初めに引っ越しが行われた。

四月下旬、武田は管理係での引き継ぎを終えて二階の融資係に移った。二階フロアは来店客が少ないので非常に静かだった。融資係のレイアウトはカウンターに向かって机が縦三列、横六列に並び、その後ろに次長と支店長代理の席があった。ベテラン行員の隣には専属の秘書のような形で女性行員が席を並べていた。武田は右端の二列目の机をあてがわれたが、女性のアシスタントは付かなかった。武田はもともと女性行員に清書やコピーを頼んだことはないので別に不満はなかったが、入行四、五年の行員が専属の女性行員をあてがわれていることに驚いた。ベテラン融資担当者から清書やコピーなどの単純労働を切り離し、貸付の案件審査に集中させるということだろうが、女性の能力を発揮させる体制とは思えなかった。

融資担当の次長は安河で、二月の人事異動で融資係の支店長代理から次長に昇格していた。後任の代理には本店から田村が赴任してきた。田村は政府系金融機関の日本開発銀行から転入してきて間がないが、企業審査には絶対的な自信を持っているようで、言葉のはしばしに後発の不動産銀行に教えてやるという態度が現れていた。文字通り口角泡を飛ばして喋りまくり、食堂で昼食をとるときも融資係の部下たちを相手に仕事の話ばかりしていた。武田はそんな田村を敬遠していたが、たまたま武田が一人で食事をしているときに現れた田村は武田の前に席をとり、さっそく不銀の審査レベルはまだまだだと話しはじめた。休憩時間ぐらいは仕事を離れて過ごしたい武田にとってはいい迷惑だった。

「はあ」、「はあ」と適当に聞きながしていたが、とても好きになれそうもない人物だった。

武田の担当業務は貸付の実行処理と手形割引だった。

実行業務というのは、貸出申請が承認された案件について、契約書を作成し、抵当権設定登記などの所定の債権保全処理を完了させ、貸付金を交付するまでの事務のことだった。

一方、申請業務は借入申込みを受けつけ、貸付が妥当と認めたら「貸出申請書」を作成し、本部に承認を申請する業務である。申請担当者は貸付先の経営者と面談し、工場を実査し、会社の財務資料などを分析し、事業の採算性と貸付金回収の確実性を審査する。申請担当者には財務諸表の分析力、貸付先業界の動向、将来性についての見識、経営者を評価する力などが求められる。貸付は銀行の最大収益源であるが、万一回収不能となれば銀行に大きな損失を与えることになる。それだけに貸出申請業務は優秀な人材が集められる花形業務だった。

融資係では申請と実行を分業体制にしていて、申請はベテランが担当し、新人は実行からスタートさせているようだった。要するに実行は申請の前座であり、単なる事務作業といえなくもなかった。しかし武田はどんな仕事をするかは銀行の決めることだから一切文句をいわないと決めていた。与えられた仕事を人並み以上にやるだけである。

武田はまず貸付関係の規定集や手引きを読んで勉強し、分からないことは先輩に教わった。ミスをすれば貸出金の交付が遅れてしまうこともあるので、少しも気の抜けない業務であることが分かった。

五月になって最初の月曜日の朝、毎週開かれる係の定例会議に初めて参加した。支店長室に融資係の男性が全員集まった。支店長室の大きなデスクの前に応接セットがあり支店長、安河次長、田村代理、先任行員が応接テーブルを囲んで座り、若手はその周りにパイプ椅子を運んで座った。平行員で最古参の黒田が経済情勢、金利動向などを報告し、田村代理が当月の貸付実行目標などを説明した。それから各申請担当者が今月の実行予定案件について報告した。管理係ではこのような会議をしたことがなかったのでさすが融資係だなと思った。支店長も参加しているので銀行の動きも分かり、経済全般についての議論も興味があった。

五月の連休が終わってまもなく、槙原が結婚し、武田は京都大学の楽友会館で行われる披露宴に招待された。独身寮から融資係の黒田、増井、外国為替係の前田が出席することになり、前田のマイカーで行くことになった。

前田は寮生で初めてのマイカーオーナーだった。寮の前庭を駐車場とし、毎日の通勤にも利用していた。それまでタクシーで通勤していた黒田、増井らは前田の車に乗るようになった。前田の父は不銀の創業時からの役員だったが、前田自身は上品なスポーツマンだった。

日曜日の朝、武田らは前田のマツダファミリアに乗りこみ、寮を出発した。小牧から名神高速に乗りいれ、時速百キロで走行した。途中、サービスエリアで休憩して車に戻ったとき、前田が武田に運転を代わってくれといった。武田は運転免許を学生時代に取っていたが、車を運転する機会はほとんどなかったので、内心喜んでキーを受けとり運転席に座った。ファミリアを運転するのは初めてだったが、滑らかに発進できた。本線に合流するときは緊張したが、スムーズに合流できた。武田の運転に不安げだった同乗者もほっとしたようだった。時速百キロになるまで加速し、そのまま走行車線を走り、京都インターチェンジで下りた。そこで前田と運転を代わり、ロードマップと案内標識をたよりに京都大学の楽友会館に到着した。

楽友会館は白い壁の南欧風二階建ての建物だった。一階の待合室で休んでいると羽織袴を着た槙原が飄々と現れ、参列の礼を述べた。武田は槙原の袴姿に驚いたが様になっているのに感心した。

披露宴は二階の会議室で行われた。槙原はまだ入行して四年目なので、銀行関係者より学生時代の友人が多かった。参列者のスピーチも気どらずユーモアがあって、笑い声が絶えなかった。新婦は学生時代の演劇仲間ということだった。学生時代の愛を実らせたのは素晴らしいと思った。


貸付の実行は月末に集中した。中旬を過ぎると申請担当者からポッポッ武田に実行処理依頼が回ってきた。五月の実行は六件だった。それぞれの案件の申請書や鑑定評価書を参考にして、まず契約書を作成した。契約書は取引先の業種や担保の種類ごとに一〇種類ほどの印刷された契約書用紙が揃えられていた。不動産担保貸付の場合は「金銭消費貸借および抵当権設定契約証書」という表題の用紙を選び、会社名、貸付金額、資金使途、最終期限、返済方法などを、項目名の右側記入欄にボールペンで書きこんでいった。これに抵当権設定契約部分を書きくわえるが、その記入がたいへんだった。

担保物件の表示は登記簿謄本の表題部を見ながら、土地は一筆ごとに所在地、地番、地目、地積を、建物は一棟ごとに所在、家屋番号、種類、構造、床面積を記載しなければならない。中小企業ではまだ工場の土地、建物を工場財団にまとめていない場合も多いので、担保物件が数十件におよぶ案件もあった。契約書は銀行分と顧客分の二通作らねばならない。担保物件の一覧はB４の用紙を二つ折りにして横書きで書いていくのだが、最後の方で字を間違えると悲劇だった。間違った字に二本の平行線を引き、その側に正しい字を書いて「一字抹消、一字挿入」と付記し、訂正印を押してもいいのだが、やはり見ばえが悪い。泣く泣く初めから書き直すこともあった。ボールペンを握りしめて書いていると、手が痛くなってくる。二階のフロアは天井が低いので蛍光灯が明るすぎ、真っ白な紙面を見つづけていると目がチカチカしてきた。武田は契約書を書くときはサングラスをかけることにした。誰かに注意されるかと思ったが何もいわれなかったので助かった。契約書を書きおえると、全部を綴りあわせて袋とじで仕上げた。

契約書ができあがると、貸付金領収書や抵当権設定登記に必要な書類一式のリストを同封して貸付先に送付した。

貸出先は契約書に印紙を貼って消印を押し、借主欄に署名、押印し、さらに武田が鉛筆で描いたマル印のところに割印、捨印をベタベタ押さなければならない。領収書にも記名押印する。それから抵当権設定登記に必要な土地、建物の権利証や資格証明書、印鑑証明書などをあわせて銀行に返送する。

取引先から書類一式が送られてくると、武田は支店長席から印鑑箱を借りてきて、契約書の貸主欄に支店長署名判と支店長印を押印して、契約書を完成させた。それから担保物件に抵当権を設定するため、出入りの司法書士を呼んで、登記事務の手続きを依頼した。

司法書士は登記簿の置かれている地方法務局に出むいて、登記申請を行うのである。

四、五日で登記が完了し、司法書士が登記済となった契約書と新しい登記簿謄本を届けに来る。武田は正しく登記されているか、謄本をチェックしなければならない。謄本の乙区欄に記入されている内容が契約書と違っていないか、一字一句照合していくのだ。またその物件に過去何度も抵当権が設定されている場合は、過去の分がすべて抹消されているか確認するのがたいへんだった。なかなか根気のいる作業だった。

担保となる建物には、火災保険に質権を設定する手続きも必要だったが、これは管理係で経験していたのでお手の物だった。

複数の案件を並行処理して、月末までには仕上げなければならないので、月の後半は残業が続いた。管理係にいたころより遥かに忙しくなった。

実行処理をしていて気がついたのは、貸付業務ではすべてが銀行に有利な仕組みになっていることだった。貸付金の領収書は事前に預かることになっていた。普通に考えれば、まだ資金を受けとっていないのに領収書を出す必要はない。また契約書に貼る収入印紙や、抵当権設定の登記費用はすべて借り手側の負担だった。火災保険の質権設定時に必要な確定日付料も五年間分を前払いさせていた。戦後一貫して資金不足の状況が続き、貸手有利な慣行が続いていた。

一二　住宅ローン開始（一九六六年六月）

五月下旬の月曜朝会で、六月から取扱いを始める「一般長期住宅ローン」の対応が協議された。不動産銀行では今年の四月から宅地建物分譲業者と提携し、業者の開発した分譲物件購入者に対し、貸付期間一五年の住宅ローン融資を開始していた。これに続いて六月一日から購入物件に制限のない長期住宅ローンの開始を新聞発表した。民間金融機関では初めてのことだったので大きな反響を呼び、全店に寄せられた問いあわせは三千件を超えていた。名古屋支店にも多数の問いあわせがあり、受付開始日の六月一日には多数の申込者が来店することが予想された。田村代理はその応対要員として申請担当の若手二名と武田を指名した。武田は個人ローンではあるが、初めて貸付の申請を担当することになった。

会議が終わると武田は「一般長期住宅ローン」制度についての通達を調べてみた。すると不銀の住宅ローンは、貸手有利の時代背景もあり、借手には敷居の高いものであることが分かった。一番の問題は顧客が購入する土地、建物に抵当権を設定した後でなければ貸付金を交付しないということだった。住宅が完成し、保存登記をして抵当権設定が済むまでは資金を支払わないというのだ。ということは、借手はつなぎの資金を用意するか、建設業者に融資が実行されるまで支払いを猶予してもらうしかなかった。非常に厳しい条件といわざるを得なかった。

六月一日、開店と同時にふだんは静かな二階のカウンターに次々と住宅ローン申込み客がやってきた。武田ら三名はカウンターに並んで応対した。武田が予想した通り、条件が揃わない先が多く、がっかりして帰って行く客を見送るのは辛かった。

結局一週間で三〇件ほどの申込みがあったが、最終的に取り上げ可能となったのはたった二件だった。申請書は武田が上げることになった。

長期住宅ローンの申請は、土地、建物の実査は不要だったので、必要書類を提出してもらって審査した。申請書は住宅ローン専用の書式が用意されていたので、そこに指定されている事項を書きこめばよかった。

一件目は最初の受付相談から武田が担当した案件だった。申込者は自動車部品メーカーに勤務する河田という三〇代半ばの実直そうな人物だった。自分の土地に自宅を建てることになり、その資金を借りに来たのである。

二件目は先輩が受付をして、取り上げ可となった案件だった。申込人は大手水産会社の部長をしていた人物で、つい最近退職して水産卸しの会社を起業したばかりの稲垣社長だった。恰幅のよい、やり手の営業マンという感じの五〇代の男だった。

武田は二件の申請書を順次書きあげ、支店長の決裁を得て本部に送付した。

数日後、河田から電話があり、いつごろ資金が出そうかと聞いてきた。武田は本部に申請済みだが、一週間くらいかかるのではないかと答えた。武田も気になっていて、今か今かと本部の承認を待っているところだった。本部では金額の大きい法人貸付先の審査を優先しているのかなと思った。

それから一週間後、河田が予告もなく来店した。

「先日、一週間くらいで資金が出るということでしたが、まだでしょうか」

「まことに申しわけありませんが、ただ今本部に申込み申請が集中しているようで、ちょっと滞っているようです。もう少しお待ち願えませんでしょうか」

「実はつなぎに借りた資金の返済を迫られていますので、早く出して欲しいのですが」

河田はかなり憔悴しているようで、いくぶん顔が赤らんでいた。少しアルコールが入っているのではないかと思った。酒の力を借りて催促にきたのだろうか。

「分かりました。すぐに本部に督促してみますので、もう少しお待ち下さい」

武田はそう答えるよりほかはなかった。

河田が帰った後、武田は業務部で名古屋支店担当の植野に電話をかけた。本部に電話するのは初めてで、八年先輩に当たる植野とはまったく面識がない。武田は植野に十分な敬意を込めて、一〇日ほど前に申請した河田の住宅ローンの承認がいつごろ下りそうか聞いてみた。植野は「順番にやっているんだからガタガタいうな」とけんもほろろだった。住宅ローン案件などで催促するなという感じだった。武田はそれでも「お忙しいところまことに申しわけありませんが、河田さんはつなぎ資金を無理をいって借りているようなので、できるだけ早く実行してやりたいのです」と訴えた。聞きおわると植野はガチャンと電話を切った。

武田は植野に催促したのは逆効果だったかなと心配したが、翌日承認通知があったのでほっとした。植野は言葉は乱暴だったが河田の案件をすぐに通してくれたようだ。

武田は河田に電話をして、承認が下りたことを伝えた。それから急いで実行処理を行い、貸付金を送金した。

数日後、河田が銀行にやってきた。武田はまだ何かあるのかなと訝りながらカウンターで応対した。河田は包装紙に包まれた細長い箱状のものを差しだした。今回お世話になったお礼だといった。武田は仕事でやっていることだから、そんな気遣いは不要であると断った。しかし河田は譲らず、そそくさと立ちあがって階段に向かった。武田が追いかけるかどうか迷っているうちに階段を降りていってしまった。カウンターの上に残されたのはネクタイのようだった。物を贈られることなど想像もしていなかったので武田は当惑した。仕方なく箱を席に持ちかえり、槙原に相談してみた。槙原は「相手の好意なんだから、貰っておけばいいよ」といった。武田は苦労して家を建てた河田から贈物を貰うのは気が進まなかった。取引先から物を貰うのはよくないことだと思っている。だが結局武田は、ネクタイを送りかえすのは河田の気持を踏みにじるような気もして、ありがたく受けとることにした。

もう一件の稲垣の案件は、六ヶ月前に完成して現に居住している建物についての借入申込みだった。提出された建物の写真を見ると、鉄筋コンクリート造りの白亜の豪邸だった。武田はすでにできあがっている建物に資金を出すことにやや違和感を覚えたが、受付協議で取り上げ可となっていたので、先輩に疑問をただすこともなく申請書を上げた。稲垣社長は資金交付が抵当権設定後になるという点について、まったく気にしていなかった。申込金額は住宅ローンにしては異例の高額だったが、すんなりと本部の承認が下り、武田は貸付を実行した。

ところがこの貸付は一年後に延滞となってしまった。稲垣が起こした水産卸し会社がうまくいかず、返済資金に窮したのだった。管理係で邸宅を処分させて資金を回収し、銀行の損害は回避できた。しかし延滞回収に当たった管理係の高橋には、「一年も経たないのに延滞するとはな」と冷やかされた。武田はこの件については大いに反省した。担保にとった豪邸に抵当権は付いていなかったので、自己資金で建てたのだろう。たまたま不動産銀行の長期住宅ローンの記事を見て、これを利用して長期資金を調達し、水産卸し会社の事業資金に当てようと考えたのだろう。資金使途は「住宅建設」ではなく、「事業資金」だったのだ。また償還原資は稲垣のそれまでの年収を見込んだのだが、個人事業主になっていたのだから、水産卸し会社の審査を行わなければならなかったのだろう。いずれにしても「住宅ローン」として扱うべき案件ではなかったのだ。また豪邸に住んでいようが、大手水産会社の部長という経歴があろうが、そういう外形的なことにとらわれてはならないということを痛感した。その一方、事業に失敗し家屋敷を失った稲垣には同情を禁じ得なかった。

不動産銀行の「一般長期住宅ローン」は借入条件が厳しくて誰でも利用できるものではなかったが、時代の先鞭を付けるものだった。それまでは資金を貯めてからでないと家を建てられなかったが、住宅ローンにより若い年代でも自宅を建てることが夢ではなくなってきた。戦争により都市部では多くの家屋が焼失した。被災者にとって戦後の復興は焼け野原に建てた掘っ立て小屋から始まった。昭和三一年、日本住宅公団が二ＤＫの賃貸住宅を作り、入居者の募集を開始した。風呂、トイレ、キッチンのある機能的な住宅は庶民にとって夢のような住まいだった。入居希望者が殺到し抽籤になった。地方から出てきて東京で結婚した武田の両親はずっと長屋住まいだった。母は何度目かの住宅公団の抽籤に当たったとき、本当にうれしそうだった。武田も銭湯に行かずに済むので大いにうれしかった。戦後第一の住居革命だったと武田は思う。それから一〇年、さらにステップアップして一戸建て住宅や分譲マンションを所有できる時代が始まろうとしていた。極度に劣悪だった戦後の住宅事情は着実に改善されつつあった。不銀の住宅ローンも初めてのことなのでかなり条件が厳しかったが、今後実行条件を緩和すればもっと多くの人に利用されるようになるだろう。

六月中旬、正田副頭取が名古屋支店にやってきた。正田は次の頭取になるのは確実といわれていた。正田を迎える支店上層部はピリピリしていた。武田のような末端行員にも支店上層部の緊張ぶりは伝わってきた。男性行員には午後五時から副頭取の訓示があるので会議室に集まるようにという回覧が回っていた。五時前に男性職員はゾロゾロと三階の会議室に向かい、指定されているわけではないが、自然に職位順、年次順に譲りあって席に座った。武田も末席の方に腰を下ろした。定刻には全員集まっていた。時間に遅れようものなら副頭取の厳しい叱責を受け、一生出世できないという噂が流布していた。上席者の緊張している姿を見ていると、まんざら嘘の話ではなさそうだった。

定刻を少し過ぎて、副頭取が宮田支店長に案内されて会議室に入ってきた。武田は入行初日の新人歓迎会のとき、遠くから眺めたことがあるが、間近に見るのは初めてだった。両次長が起立したので、全員立ちあがった。長方形に並べられたテーブルの入口側に副頭取と支店長の席があった。副頭取の椅子だけ両袖つきの大きな椅子が用意されていた。副頭取はたいぎそうにドッカリと腰を下ろした。武田はその巨体に驚いた。頭頂部にわずかに毛髪を残した丸く大きな顔は好々爺然としていた。武田にはみんなが怖れているような強権的な人物には見えなかった。

支店長が着席するのを待って、みんな座った。最初に支店長が挨拶した。

「本日は副頭取にご光臨頂きまして誠に光栄でございます。副頭取におかれましては、ご多忙中のところ、直接、支店のみなさんにご訓示を頂くこととなり、恐悦至極でございます。みなさんご承知の通り、副頭取におかれましては、当行創立以来経営の中枢におられ、経営全般のご指導を頂いております。これから副頭取のご訓示を賜りますので、みなさん謹んで拝聴されるようお願いします」

正田はしばらく無言で出席者を一瞥した。視線を当てられた者は一様に伏し目になった。温厚そうに見えた表情が消えていた。

「名古屋支店の前期の実績については、はなはだ遺憾に思っている。貸出の店別シェアが低下している。他店より努力が足りないということだ」

くぐもった声でそれだけしゃべると、反応を確かめるようにまた出席者を見回した。会議室の空気は一瞬で凍りついた。その反応を見とどけてから、正田は言葉を継ぎ、他店との比較や名古屋支店の貸出額の伸び率の低さなどを数分間に亘って指摘した。正田は理路整然と話すのではなく、むしろボソボソという感じで、本質的なことだけを断定的に話すので迫力があった。武田は融資係に配属されたばかりなので、名古屋支店の成績が悪いといわれてもピンとこなかった。武田は「訓示」と聞いていたので、当行の現状、今後の進み方などの話があるのかと期待していたが、正田の話は訓示というより叱責だった。正田の話が終わってしばらく重苦しい沈黙が続いた。支店長が遠慮がちに口を開いた。

「ただ今、副頭取からたいへん厳しいご指摘を頂きました。支店長と致しましてまことに申しわけなく思っております。当地における金融機関の競争は年々厳しさを増しており、今までと同じことをしていては、業務運営計画を達成することはできません。今後いっそうの努力と創意工夫が必要です。私も率先して奮闘するつもりですが、みなさんにもなおいっそうの努力をお願いしたいと思います。そして今期は必ず目標を達成しましょう」

武田は昨年秋に着任したばかりの支店長にそれほど責任があるわけではないだろうと思った。正田もその辺のことは承知のうえで名古屋支店全体に一発かましてやろうというのが今回支店訪問の狙いだったようだ。しかし武田は、名古屋支店の不振は必ずしも努力不足によるものではないと思っていた。武田はつい最近、長期信用銀行の調査部にいる学友から、中京経済圏の地盤低下について書かれた調査部報を入手していた。それによると、東海道新幹線が開通して以来、名古屋は東京から日帰り圏内になり、本社機能を東京に移す企業が増えている。その影響から、全国の一〇%程度といわれた中京経済圏の規模は八%程度に低下している、というものだった。だとすれば名古屋支店の貸出シェアが低下しているのは中京経済圏そのものの地盤低下が原因ではないかと思った。しかしさすがに正田に反論する気にはなれなかった。「いいわけをするな」と怒鳴られるのが落ちだろう。中京経済圏が縮小していようが、他行のシェアを奪えば目標を達成できるといわれればその通りだ。だが他行も一生懸命やっているのだから他行のシェアを奪うのはそう簡単なことではない。

支店長は貸付を増やす具体的な方策について安河次長に意見を求めた。安河は今までは特に営業活動をしなくても十分な借入申込みがあったのでそこに安住していた。これからは積極的に既往取引先に融資拡大を働きかけ、また新規の貸付先開拓にも取り組んで行くと答えた。

続いて田村代理が具体的に融資拡大が期待される取引先や業種などを挙げた。

正田は叱咤の効果があったと思ったのか、少し表情を緩めて発言した。

「状況が厳しいことを十分認識して、がんばってくれ。私の話はこれくらいにして、今日は諸君の意見も聞いてみたい。貸付の話に限らずどんなことでもいい」

すぐに手を上げる者がいなかったので、支店長が付けくわえた。

「副頭取と直接お話しできる貴重な機会ですから、みなさん積極的に発言してください」

支店長に促されて代理が三人、それぞれの担当業務についての課題と改善策、本部に対する要望などを述べた。支店長以下役席で事前に想定問答を行って準備していたようだ。

これらの意見や質問に対し、正田は短く的確なコメントで応じた。曖昧な回答はなく、なにごとも自分で決めるという自信が溢れていた。

役席者の発言が続いた後、正田が注文を出した。

「若い諸君の意見も聞いてみたい」

すぐには誰も手を挙げなかった。武田は発言を求められているのに沈黙を続けるのは好きではなかった。会議で譲りあってしゃべらないのは日本人の悪い癖である。武田は手を挙げた。支店長は不安げな顔で武田を指名した。

「融資係の武田です。銀行業務の機械化についてですが、貸付金の回収事務はコンピュータで打ちだされた元帳、伝票により、事務の正確性、処理時間の短縮が図られています。しかしほかの業務は未だに手計算で行われています。私は他の業務についてもコンピュータ化を推進してゆく必要があると思います。当行における今後のコンピュータ化の方針はどのようなものでしょうか」

正田は武田を見つめると我が意を得たりという感じで肯いた。

「いい質問だ。実は当行のコンピュータ導入を提案したのは私なんだ。今後コンピュータの活用が重要であるというのは君のいうとおりだ。ただしコンピュータは非常に高価で、コンピュータの設置場所を作るのも金がかかる。だから今は外部の計算センターに処理を委託しているが、新本店竣工時に合わせて自前のコンピュータを導入する予定になっている。コンピュータ化に必要な投資は積極的に行っていくつもりだ」

武田の質問がまともなものだったので支店長はほっとしたようだった。

もう一人の質問があって、会議は終了した。

武田は末端の平行員なので別段正田を怖いとは思わなかったが、上の者ほど異常に神経を使っていた。武田は正田がコンピュータについて卓見を有していることには感心した。ただ周りの者が過剰に気を遣うことが正田のカリスマ化を助長するのではないかという気がしてならなかった。


六月一五日に資格制度導入による新たな人事制度が発表され、武田は事務三級の辞令を交付された。人事部の説明では、従来の人事制度は待遇と職位が混然としていたので、新制度では待遇は能力と実績に応じた資格によって定め、職位は組織上の職制を表わす名称を用いるというものだった。要するに職位は役職名で、待遇は新たに定めた資格に応じた給料にするということのようだった。

新しい資格制度では男女を問わず事務五級から事務一級までの事務職と、副主事、主事、副参事、参事の管理職を合わせて九等級となった。高卒入行者は事務五級から、大卒は事務三級からスタートする。管理職の資格には、求められる能力の要件が定められていて、それを満たさなければ資格は上がらないことになった。銀行側の意図するところは、従来の年功序列的な賃金体系に一定の歯止めをかけ、人件費増大を防ぐということであろう。

新人事制度についてはこの半年間、組合でも議論されてきた。新制度が導入されれば今後昇格が頭打ちになる者が出てくると予想されたが、反対意見は多くはなかった。

また新制度は男女差別をなくすというふれこみだったが、これについてはベテラン女子行員から不満が噴出した。清水ら支店開設時に東海銀行から移ってきたベテラン女性陣らは大卒新人と同じ事務三級だったからだ。清水は武田を捕まえて、「私たちは九年間働いても大卒新入行員と同じなのよ」と怒りをぶちまけた。確かに高卒男子は四年で事務三級になっているので、銀行が本当に男女差別をなくそうとしているとは思えなかった。支店では女性行員は結婚したら退職するというのが慣例になっていた。名古屋支店では毎年、退職女性行員の補充として高卒女子を四、五名採用していた。退職者が出ないと新規採用はなく、平均年齢が上がって若い女性が少なくなる。銀行は若い女性の方が給料が安く済むので、結婚したら退職という慣例を当然視し、また多くの男性行員も若い女性への新陳代謝を歓迎しているようだった。女性はあくまでも補助的な戦力として位置づけられていた。

今年のベアについて討議する支部集会が開かれ、中央執行委員会の書記長が参加していた。融資係では集会の開始時間になってもみな黙々と残業を続けていた。ベアについては満額回答ではないもののそこそこの水準だったので、武田もまあいいかという感じで溜まっている仕事の処理を優先した。

数日後、裕子から手紙が送られてきて、組合集会の様子が書かれていた。書記長が中執の方針を説明したが、何だか経営者と話しているような感じがしたという。書記長は銀行のベア回答は最大限の努力をしたものと評価していると強調し、妥結已むなしとした。資格制度については、支部から厳しい意見が多数出されたが、書記長にノラリクラリと逃げられてしまったそうだ。新制度では女子にも主事、副主事への道が開かれたと人事部は宣伝していたが、現実はそうなっていないと指摘されると、「男子は定年まで勤めるが、女子の勤続年数は平均三・八年である。機会均等の原則から女子が不利に考課されるのはやむを得ない」といったそうだ。これに対し、「組合がそういう不当な考課を認めるのはおかしい」と抗議すると、「それは立場の問題で、我々は銀行員であって組合員でもあるという立場だから、別におかしいとは思わない」と答えたそうだ。

裕子の手紙を読んで、武田も書記長の発言はおかしいと思った。清水や川島のように長く働いている女性が同じ勤続年数の高卒男子より低いことは、女子の平均勤続年数とはまったく関係ないことだ。「機会均等の原則」などまったく意味不明である。制度の上では男女の区別はなくなったが、資格認定の考課で厳然とした差別があるのは明らかだ。それは男性は企画、申請、営業、管理職などに就くが、女性は事務、接客要員としてしか見ていないからだ。

武田は、それにしても今年の書記長はかなり銀行寄りだなと思った。中執メンバーは毎年総入れかえするようだが、委員長、副委員長、書記長は銀行側が関与して決めているのだろう。武田は中執に選ばれたからにはせめて建前だけでも組合としての矜持を示せないものかなと思った。

結局、名古屋支部ではベアについては「妥結やむなし」となった。

七月になって月末の繁忙日を除き各係ごとに半数を残して四時に退行できる「夏時間」になった。融資係の男性平行員の間に、夏時間の開始に合わせて蝶ネクタイ着用で出勤しようという密かな触れが回ってきた。先輩の誰かが遊び心でいいだしたのだろう。武田はその企みに乗った。銀行の服務規定ではネクタイ着用となっているが、蝶ネクタイがだめとは書かれていない。武田は丸栄デパートに行って蝶ネクタイを購入した。結び方の説明書が付いていたので寮に帰ってから練習した。蝶結びの部分が左右均等になるようにするのはなかなか難しく、鏡を見ながら何度も練習した。
夏時間開始当日、武田は蝶ネクタイを締めて出勤した。バーテンダーになったような気分だった。銀行では融資係の男性が揃って蝶ネクタイで出勤してきたので、みな呆気にとられていた。支店の連中を驚かせてやろうという先輩のもくろみは大成功だった。武田も平凡な日常の中にちょっとした変化をもたらした企みを悪くはないと思った。蝶ネクタイ着用は当初計画通り、一週間継続した。武田はこれを黙認した支店上層部も案外粋だなと思った。

ボウリングがブームになっていた。手軽に女性も男性も一緒に楽しめるので支店でも盛んになっていた。午後六時を過ぎるとボウリング場は満員になり、予約をしないと二時間、三時間待ちになった。市内に雨後の筍のようにボウリング場が開設された。取引先の倉庫会社がボウリング場をオープンしたので、融資係の先輩たちは足しげく通っていた。武田もたまに誘われて付きあうこともあった。始めてまもなくスコアが一八〇を超えたことがあったが、その後は一二〇から一五〇くらいのスコアに終始したので、ボウリングに対する熱意は薄れた。それでも麻雀とは違い一応スポーツなので誘われれば付きあっていた。

一三　剣岳登山（一九六六年八月）

名古屋の夏は暑い。朝八時を過ぎるともう気温は三〇度を超えていた。工場の煙突から煙が真上に昇っている。まったく風がない。寮を出て市電、地下鉄と乗り継いでいるうちに額に汗が滲みでてくる。ネクタイをしているので体の熱が閉じこめられ、下着がじっとり濡れてくる。堪らなくなってポロシャツで通勤することにした。ワイシャツは紙袋にいれて運び、銀行のロッカー室でワイシャツに着替えてネクタイを締めた。背広の上着はロッカーに置きっぱなしにした。追随する者はいなかったが、通勤時の不快感が軽減されて大満足だった。

夏の楽しみはやはり夏期休暇を利用した登山だった。槙原は去年のメンバーで山に登ろうといっていたが、結局、夫人と瀬戸内海の海辺でバカンスを過ごすことになった。新婚早々なので当然のことだろう。武田と裕子だけで行くのは何かと支店の噂になるだろうと思い、武田は一人で行くことにした。裕子はがっかりしたようだが何もいわなかった。単独行になったからには厳しい山に登りたくなる。武田は剣岳に登ることにした。テントは重過ぎるので登山用具店に行ってツェルトを購入した。

八月四日、木曜日の夜、名古屋駅のホームで裕子の見送りを受け、夜行列車に乗りこんだ。翌朝、富山駅から富山地鉄、ケーブルカー、バスを乗り継いで室堂に着いた。バスを降りるとサッと山の冷気に包まれた。下界は雲海に隠れて何も見えないが、雲の上は眩しいほどの青い空が拡がっていた。まずは腹ごしらえとバス停脇の斜面にザックを降ろし、裕子が差入れてくれた弁当を使った。

ザックを背負って歩きはじめる。六月に槙原と木曽駒山荘から木曽駒ヶ岳を往復していたので、コンディションは上々だった。一ノ越までは幅の広い遊歩道が続き、観光客が列を成していた。雄山《おやま》へは本格的な山道で、一ピッチで山頂に着いた。運動靴とトレパン姿の高校生の一団で賑やかだった。

山頂の喧騒を嫌い、大汝岳《おおなんじ》まで足を伸ばした。大汝岳には数人の登山者が休んでいるだけだった。明日登る剣岳の人を寄せつけぬ峻険な山容が間近に見えた。登山者も途絶えた稜線を足早に歩き、別山乗越を越えると剣沢キャンプ場のテント群が見えてきた。走るように下り二時に剣沢小屋のテントサイトに着いた。サイトの上隅に場所を決め、ザックから二千円で買ったツェルトを取り出し張ってみた。三角錐を横に倒したような形状で、中に潜りこめばなんとか寝られそうだった。ピッケルを立てて支柱にしたが低過ぎて頭がつかえた。雨に降られたら悲惨なことになりそうだった。

　愛用のスベア社の石油携帯コンロで飯とカレーを作った。食べおえて茶をすすっているころにはあたりは暗くなっていた。ツェルトの中にシュラフを拡げて潜りこんだ。

　翌朝、明るくなるまでシュラフの中でヌクヌクとまどろんでいた。ツェルトで夜を過ごせたことが痛快だった。青色のツェルトの中に青色の光が差しこんでくる。外に出てみると空は澄みわたり、幾筋もの谷を刻んだ剣岳の岩壁が眼前にそそり立っていた。山頂は登山道があるとは思えぬ垂直に近い岩に囲まれている。まさに人を寄せつけぬ岩の殿堂だった。武田は逸る心を抑えてゆっくりと朝食をとった。それからサブザックにパンと缶詰とポリタン（ポリエチレン製の水筒）を入れ、九時五〇分に出発した。

　ほどなく稜線に出て一服剣《いっぷくつるぎ》に着いた。前剣が眼前に立ちはだかる。ちょっと下って前剣に取りかかる。空身に近いので登りは快調だ。ガレ場を登って前剣を越え、鞍部《あんぶ》から五〇メートルほど断崖をトラバースした。難所には鎖や針金が取りつけられている。最大の難所「カニの縦ばい」と呼ばれる垂直に近い壁をよじ登り、最後の難所「カニの横ばい」と呼ばれる一枚岩の崖を横切り、一一時一〇分に本邦最北の三千メートル峰剣岳の山頂に達した。ノンストップで一時間二〇分の登高だった。身軽でバランス感覚には自信があったので切り立った岩場にも恐怖心はまったくなかった。岩を登るのが楽しくて仕方がなかった。

頂上には一〇名ほどの先着者がいて、思い思いに寛いでいた。折悪しく谷間から薄いガスが昇ってきた。百パーセントの眺望は得られなかったが、憧れの剣岳に立った喜びはこの上ないものだった。山頂の写真を撮り、ミカンの缶詰とパンを食べながらガスが晴れるのを待った。一向に改善の兆しがないので、一〇分で下山することにした。せっかちな武田はつい先を急いでしまう。

下りは慎重に歩き、一時過ぎにテントサイトに戻った。

予定通り剣岳に登れたので、帰路は剣沢を下って二股で一泊し、明日仙人峠を越えて欅平《けやきだいら》に出ることにした。ツェルトやシュラフを手早くザックにしまい、二時に剣沢小屋を出発した。剣沢大雪渓をピッケル片手に走るように下った。雪渓で冷された風が心地よかった。広い雪渓に人の影はない。緩やかに右に曲がると雪渓が消えた。真砂沢の出会いを過ぎて、沢沿いの灌木の中の道を大股で歩いた。剣沢本流と北俣が出会う「二股」に開けた岸辺があった。河原は広く明るく絶好のキャンプサイトだったので、ここに泊まることにした。三時四〇分になっていた。

一抱えほどある岩の傍にツェルトを張り、今宵のねぐらとした。周囲に人はまったくいない。この谷間の河原は武田のものになった。それから食事の支度を始めた。スベアに点火してコッヘルを載せた。気化した石油が噴きだすゴーという音はいつも安心感を与えてくれる。米が炊きあがると、クリームシチューを作った。うまくできあがり腹一杯食べた。満ちたりた気分で紅茶をすするころ、夕日が剣岳の背後に沈んだ。その途端、剣岳の稜線がコロナのように鮮やかなオレンジ色に輝きだした。息を呑むような景観だった。刻々と変わる得もいわれぬ色彩の乱舞に見とれていた。肌寒さを感じてセーターを着こんだ。ハーモニカを取り出し吹いた。単独行だからこそ誰はばかることなく自由に時間を過ごせる。次第に剣岳の尖峰からオレンジ色の縁どりが消え、黒いシルエットが暮れゆく空にしばし残影を留めていた。ハーモニカの音色が嫋嫋《じょうじょう》と谷間をさまよった。いつの間にか夥しい星が瞬いていた。武田は今まで見たこともない夕景の中にいることに感動していた。

あたりが暗くなってきて、武田はシュラフに潜りこんだ。砂地の寝床は柔らかく快適で、いつの間にか深い眠りに落ちていた。

ふと眠りから覚めた。ツェルトの中がボーッと明るくなっていた。まだ夜明けには早いと不審に思い、シュラフから抜け出してみた。満月が煌々と中天に輝いていた。谷間の木々の黒い影が見える。岸辺の砂が白く浮かびあがり、水の流れが月光に照らされてキラキラと光っていた。あまりにも幻想的な光景に息を呑んだ。武田は靴下のまま沢に向かって歩いた。月明かりの中を石から石に伝い歩いて水辺に着いた。しゃがんで沢の水を掬い口に含んだ。冷たくてうまい水だった。それから手近の石の上に腰かけて沢の流れを眺めていた。二股から先、十字峡まで人跡未踏となる剣沢とは思えぬ穏やかな流れだった。何という明るさだろうか。武田はなぜかシェークスピアの『真夏の夜の夢』を思い出していた。月夜の森のせせらぎに妖精たちが現れて歌い踊っているような錯覚を覚えた。遠くで雪渓が崩れるような音がした。月光に照らされた深い谷間に武田は独りぼっちだったが孤独も不安も感じなかった。武田は時を忘れて佇んでいた。

翌朝、北俣を渡り朝日を浴びて向かいの尾根に取りついた。足どりは軽い。一時間半で仙人峠に着いた。仙人池まで足を延ばし、水面に逆さに映る剣岳の姿を写真に収めた。

峠から仙人谷に入ると、狭い谷は北向きで残雪がびっしりと詰まっていた。アイゼンを持ってこなかったので慎重に下った。細い急斜面の雪渓を踵でステップカットしながら、うんざりするほど歩き、ようやく枝沢の合流点で雪渓が途切れていた。雪渓末端の手前で右側の地面に飛びうつった。雪渓の横を通って枝沢を渡り振りかえると、雪渓の末端は下部が融けてアーチ状のトンネルになっていた。高さ五メートルほどの真っ暗な空洞の底をゴーゴーと水が流れ、冷たい空気が吹き出ていた。大きく口を開けたシュルントを見て、こんなに薄くなった雪渓の上を歩いていたのかと思うとぞっとした。もう少し雪渓を離れるのが遅れていたら踏み抜いてただでは済まなかっただろう。

雪がなくなると途端に暑くなった。仙人湯あたりから左岸を捲き気味に支尾根を乗り越え、樹林帯の急坂を下ると、黒部川本流との出会いにある阿曽原小屋が見えてきた。小屋の前に水場があったのでガブガブ飲んだ。急な下りは終わりやれやれだった。

黒部川の左岸に付けられたおおむね平坦な道を飛ばしてゆくと、黒部の谷底はみるみる深くなっていった。谷底の遥か上の崖に細い道が続いている。途中で、人一人がようやくすれ違えるほど狭くて長いトンネルに出くわした。真っ暗なので懐中電灯を取り出した。頭がつかえそうなトンネルは出口も見えず圧迫感があった。ようやく出口の明かりが見えてきてほっとした。

水平歩道は支流が流れこむたびに大きく湾曲し遠回りとなる。残る力を絞りしぼり、遂に欅平《けやきだいら》の上部に着いた。ここからがまた最後の試練で、高度差二五〇メートルのコンクリートの階段を下って欅平の駅に着いた。

欅平はもう観光客の領分になっていた。日曜日の午後なので、下りの客車は満員だった。武田は大きなザックを抱えておもちゃのような黒部渓谷鉄道の客車に乗りこんだ。黒部川にかかる鉄橋を何度か渡っては返して宇奈月に着いた。富山地鉄に乗換えて富山駅に着いたころには、スッポリと夜のとばりに包まれていた。

名古屋駅までの切符を買うと、財布には三百円しか残っていなかった。交通費が予想外に高かった。残金で弁当を買い、夜行汽車に乗りこんだ。

一四　初めての貸付申請（一九六六年一〇月）

融資係で初めて迎えた九月の決算は何事もなく過ぎた。一〇月初めは仕事も少なく、武田もいくぶん余裕をもって仕事をしていた。

「武田君」と応接室のドアを開けて、安河次長が手招きしていた。武田は急いで応接室に入ると、ダブルの背広を着た中年の男がソファから立ちあがり、武田と名刺交換をした。東邦商会の黒川社長だった。安河は武田に黒川社長から融資の相談があったので一緒に聞いてくれといった。武田は実行担当の自分がなぜ呼ばれたのか分からなかったが、手帳を取り出し面談内容をメモすることにした。

黒川は社有地に大手石油元売りのS社向けに単身寮を建築中で、その建設資金二千万円を借りたいといった。すると安河は検討するので会社の財務資料を武田宛に提出するように黒川にいった。安河は黒川の案件を武田に担当させるようだった。

黒川との面談を終えて武田は席に戻った。融資係に配属されて半年経っていた。実行担当だったので、企業向け融資を任されるのは初めてだった。融資係のメイン業務である貸出申請を経験できるのはうれしかったが、安河が未経験者の武田を指名したのは何かいわくがありそうな気がしていた。また安河と黒川がどのような関係なのか気になった。旧知の間柄という風には見えなかったので、最近どこかで知りあったのだろう。田村代理を同席させなかったので、既往取引先からの紹介ではなさそうだった。どうも武田に貸付申請を経験させてやろうというより、武田なら自分のいうとおりに動くだろうと思われているようだった。

数日後に郵送されてきた東邦商会の財務資料は薄っぺらなものだった。貸借対照表を見てみると、総資産は一千五百万円で、そのうち七百万円が「車両」となっているのに驚いた。事業目的は雑貨輸入販売業となっていたが、車にこれほど金をかけて利益をあげられるのだろうかと心配になった。ただ今回の資金使途である寮の建設については、寮の外観を写した写真が何枚か同封されており、完成間近の寮が間違いなく存在しているようだった。提出された資料を読みおえた武田は、黒川に電話をかけて、担保となる寮の実査をしたいと申しでた。黒川は了解し、迎えに行くということだった。武田が安河に実査に行くことを報告すると「任せる」といった。

実査当日、銀行の玄関前に横づけになった車を見て武田は仰天した。フォードのリンカーン・コンチネンタルだった。GMのキャデラックと並ぶ米国の最高級車だった。貸借対照表で車両七百万円となっていたのはこの車のことだったのだ。こんな高級外車が商売に必要とは思えなかった。黒川は武田を後部座席に座らせて、運転席に着いた。それにしても馬鹿でかい車だ。運転席との間が広い。革製の座席はフカフカで座り心地はよかったが、こんな高級車の後部座席でふんぞり返っているのは居心地が悪かった。

市街地を抜け、畑も混じる郊外の丘陵の裾に鉄筋コンクリート造り三階建ての寮があった。武田が住んでいる寮より大きかった。周りはまだ土のままだったが、建物はほぼ完成していた。黒川は車を降りると武田を案内して建物の中に入った。六畳ほどの個室がズラッと並んでいた。黒川は昨日、正式にS石油と全室一括借上げ契約を締結したといった。武田は契約した賃貸料が毎月入ってくるのであれば、貸付金の返済はまったく問題ないと安心した。

寮を実査した後、近くにある東邦商会本社に寄った。小さなオフィスで壁際の棚に中国製と思われる陶器や雑貨類が並べられていた。個人商店に近い商いのようだった。黒川に追加して提出してほしい書類のリストを渡し、バスで帰ろうとすると、黒川は武田を押しとどめてリンカーンに乗せ、銀行まで送ってくれた。

帰行後、安河に寮はほとんど完成していて、すでにS石油と全室一括借上げ契約を締結したので、返済に問題はないだろうと報告した。安河はうなずくと、至急申請書を上げてくれといった。武田は黒川の経営者としての資質については多少疑問が残ったが、明確な根拠もないので、安河の指示に従うことにした。

武田は地下の書庫に行って、最近の申請書の中から似たような建築物件融資の申請書を見つけ、それを参考にして申請書を書きあげた。借入目的である単身寮の建設については、間接的ではあるが産業の発展に役立つものであり社会的な意義も認められる。当該土地建物に第一順位の抵当権を設定するので担保力に不安はない。S石油に一括賃貸するので償還財源も問題なかった。本業の雑貨輸入販売については利益を見こまず、あくまでも寮建設というプロジェクトそのものに焦点を当てた申請書だった。

二日後に申請書を清書して、田村代理の机上にある決裁箱に置いた。

その日の夕方、田村が武田を呼んだ。

「この申請書は何だ」

「次長に申請書を上げろといわれました」

「僕は聞いていないよ」

田村は口をとがらせていった。

「そういわれましても私も困ります。私は次長の指示に従ったまでですので、ご不審の点がありましたら次長にお確かめください」

武田は一礼してそのまま席に引きあげた。田村がカッカとしているのは分かったが、武田としてはどうしようもないことだった。

その後、安河と田村の間でどのような折衝があったのか、武田は知らない。翌日、次長印、支店長印が押された申請書が武田のもとに戻ってきた。担当代理印は逆さまに押されていた。それは押し間違えて上下逆になったということではなく、田村がこの案件に反対であることの意思表示であるように思えた。武田は田村の印が逆さまであったが、支店長が承認しているので、そのまま申請書を本部に送った。

設立して一〇年に満たない不動産銀行では、三〇代、四〇代の中堅管理者クラスの大部分は各種金融機関からの中途採用者だった。安河は地方の相互銀行出身だった。日に焼けた顔に黒縁眼鏡をかけた風貌はスマートとはいえないが貫禄があった。叩き上げの営業マンという感じで、訪問客の応対を見ていると、取引先はいかにも親しそうに挨拶している。相互銀行出身者らしく、中小、零細企業の案件にも力を入れていた。田村は開発銀行出身でプライドが高く、大企業向けの融資を好んでいた。東邦商会のような案件はうさん臭いと見ているのだろう。武田は両者の肌合いの違いが今回の案件に対する見解の相違に繋がっているのではないかと思った。

田村が武田の態度に不満を持っただろうことは容易に想像がついた。武田が「実は僕もこの案件には多少懸念するところがあるのですが、なにぶん次長から命じられましたので……」などと相談していれば不興を買うこともなかっただろう。だがそんな二股をかけるようなことは武田の流儀ではない。副頭取が来名して融資拡大の発破をかけたばかりである。多少リスクのある案件も拾っていないと目標は達成できない。安河と田村の連携不足で飛んだとばっちりを受けてしまったが、武田は心情的には安河の肩を持っていた。

まもなく本部の承認が下りた。武田は融資の実行にあたって、独断で黒川に一つの条件を出していた。それは不動産銀行が申し出た場合は不動産銀行に賃貸料の代理受領を認めるという念書をS石油から取ることだった。武田は東邦商会の事業実態に多少不安を感じていたので、事業が失敗した場合に備えて債権保全に万全を期して置きたかったからだ。武田の念書徴求の要望を黒川は特に渋ることなく受け入れ、数日後にS石油の念書が提出された。これにより東邦商会の資金繰りが行きづまっても、S石油から賃料を代理受領して返済に充てることができるようになった。

念書を徴求したことにより東邦商会の貸付金回収に不安はなくなったが、この念書をどこに保管するかが問題だった。本来は契約書や念書などは大判封筒状の契約書類袋に入れて金庫に保管するのが原則だだが、今回の念書は申請書では徴求すべき念書とはされていないのである。本部検査が行われたとき、この念書は何だということになる。武田が勝手に徴求したと分かれば問題にされかねない。結局武田は自分のキャビネに仕舞っておくことにした。万一東邦商会が延滞したら、実はこんな念書がありますよと申し出ればいいやと思っていた。

ところが一年半後に、万が一のことが起こった。管理係の高橋から東邦商会が延滞したという連絡があった。武田が念書があることを説明すると、高橋はすぐにS石油と連絡を取り、毎月の賃貸料を不動産銀行の預金口座に入金するようにしてもらった。これにより東邦商会は約定通りの返済を継続することになった。

いろいろ考えさせられた案件だった。念書については、本部の決裁が下りた後で思いついたので、潜りの念書にしてしまったが、やはり上司に報告し、契約書類袋に収納しておくべきだったと反省した。武田にとっては記憶に残る申請案件だった。

一〇月一七日、裕子と鑑定係の坪田が本店で開催される中堅女子研修会に参加するため上京した。裕子によれば二人が選ばれた基準は、「当分結婚しそうもない独身の事務四級」ということだったらしい。裕子より一年上の坪田は、「これで結婚したくても当分できなくなったわ」と苦笑していたそうだ。裕子も「当分結婚しそうもない」人物と判定されて複雑な気持ちだったようだ。裕子はもともと内気なので、研修には行きたくないようだった。

裕子が研修の二日目に書いた手紙が届き、研修の様子が簡潔に書かれていた。

月曜日に坪田と一緒に本店に寄ってから、市ヶ谷にある寮に集合した。オリエンテーションを受けた後、五時から懇親会が行われた。人事部次長から女性職員の意識について相当厳しい指摘があり、みな意気消沈して懇親どころではなかった。寮は夜間外出禁止だったが、寮のおばさんが親切で、他支店の人たちと話すのは楽しかった。今日はテストが行われ貸出残高、債券発行残高、代理店数とか、日常の業務では意識することもない問題ばかりだった。銀行側は女性にも企業意識を持たせようと躍起になっているようだ。金曜日の五時に解散と思っていたら、その後に人事部長の懇談会があるというので、金曜も泊まることになってしまい、がっかりした。

武田は研修中にもかかわらずよく手紙を書いたものだと感心した。銀行側が主要業務計数のテストを行ったようだが意地の悪いことをするものだ。女性には事務的、補助的な仕事しか与えていないのに、テストで経営全般の知識を要求するのは不公平だと思った。

そのころ、中国で不可解な運動が起こっていた。「紅衛兵」と呼ばれる少年たちが実権派とされる年輩の男たちをひざまずかせて糾弾する姿が報道されるようになっていた。その糾弾が「文化革命」と称されているのも釈然としなかった。年端もいかぬ紅衛兵たちが、無抵抗の老人たちを容赦なくいたぶるのはおよそ「文化」とはかけ離れている。紅衛兵たちは「毛沢東語録」を掲げているので、熱狂的な毛沢東信奉者なのだろう。圧倒的多数の青少年が暴走しはじめている。武田は毛沢東は晩節を汚していると思った。

一五　赤伝（一九六六年一一月）

一一月初旬、融資残高が五千億円を超えたので支店長から全職員に「金一封」が手渡された。一万円入っていた。武田は五千億円といわれてもピンとこなかったが「金一封」は大歓迎だった。

一一月下旬、武田は朝からイライラしていた。実行関係の作業が山積しているのに矢作川製鉄から一〇枚ほどの約束手形が持ちこまれ、割引を依頼されたからだ。武田は仕掛り中の契約書作りを中断して、矢作川製鉄の商業手形元帳を取り出し、手形一枚一枚について手形要件をチェックした。つぎに算盤で手形の合計金額を計算し、同社に設定した極度額を超えないことを確認した。それから一枚ずつ割引料の計算を始めた。約束手形は、商品を仕入れた業者が、納入業者に通常三ヶ月ほど先の期日に支払うことを約束した手形である。納入業者が手形期日より前に現金化したいとき、銀行に持ちこんでくる。銀行は手形金額から、当日から期日までの利息を差し引いた金額で買いとるのである。手形割引契約を結んでいるのは数社に過ぎなかったが、すべて武田が担当することになっていた。手形は商品の納入ごとに発行されるので金額は端数の場合が多く、計算がたいへんだった。算盤の苦手な武田はいつも苦労していた。何とか計算を済ませ、照査、検印を受けて実行した。

その翌日の午後のことだった。計算係の石川から電話で呼びだされた。

「割引手形の割引料違っていたよ。これ金額が一〇万円未満だから、適用割引率が違っているだろう」

石川は一枚の手形を取り出し武田に見せた。何かうれしそうな顔をしている。武田はすぐに間違いに気がついた。矢作川製鉄との契約では、一〇万円未満の手形は利率を少し高くしていて、その一枚だけが一〇万円未満だった。

「そうでしたね。訂正します」

「これは赤伝だから精査簿に載せるよ」

間違った伝票の訂正は、まず貸借を逆にした伝票を起こして原取引を相殺し、次に正しい伝票を作り直すのである。この原取引を取り消す伝票は赤ボールペンで記入するので赤伝と呼ばれていた。赤伝は検印漏れとか、日付違いなどのミスに比べて、より重大なミスとされ当然精査簿に記載される。

計算係は取引の翌日に、すべての伝票を精査し、指摘事項があれば精査簿に記入する。精査簿は黒表紙の分厚い帳面で、一日ごとに指摘事項等を書きこみ、その横に当事者の認印を押させる。精査簿は月末時点で締めて、支店長まで回覧される。精査簿に書かれたミスの担当者は、度重なれば事務能力を疑われ、人事考課に影響する。精査簿に書かれることは不名誉なことだった。一方、ミスを見つけた石川にとっては大いなる戦果であり、立派に職責を果たしていることの証しとなる。石川がうれしそうにしているのは無理からぬことだった。

武田はすぐ「赤伝」と正しい伝票を起こし、照査、検印者にも判を押してもらって訂正処理を終了した。武田はその日は終日暗い気分で過ごした。赤伝を切ったのは初めてだったが、まさか自分が赤伝を切るとは思ってもみなかった。

翌日は勤労感謝の日だった。昨日の赤伝のことが思い出され、苦い思いが甦る。朝食を済ませ、自室に戻り新聞を読んでいると、同期の女性たちがテニスをしにやってきた。武田と三村は一緒に相手をすることになり、トレパンに着替えてコートに出た。テニスをしているうちに気分がすっきりしてきた。久しぶりに身体を動かして気持ちがよかった。

昼になり和室で女性たちが作ってきた握り飯やサンドイッチをご馳走になった。賑やかに食事をしているうちに、一二月の第二週に木曽駒山荘でクリスマスパーティをやろうということになった。

その週の土曜日、武田と三村は丸栄デパートに行ってパイプを購入した。クリスマスパーティのとき、パイプをくゆらせてみんなを驚かせてやろうという魂胆だった。三村はマッカーサーが厚木飛行場に降りたときにくわえていたようなコーンパイプを買った。武田はアインシュタインが使っていたパイプ部分が湾曲したものを選んだ。パイプ煙草と煙草を詰めるコンパニオンも揃えた。寮に帰って三村の部屋でパイプ煙草の練習を始めた。パイプ煙草の封を切って、刻んだ葉を摘まんでパイプの火皿に入れた。コンパニオンで軽く押しこみ、マッチの火を火皿に近づけて吸いこんだ。煙草の表面がパッと真っ赤に燃えて、煙が口の中に勢いよく入ってきた。思わずむせた。パイプを口から離すと煙草は消えてしまった。もう一度マッチで火を点ける。スパスパ吸いつづけていないと煙草の火は消えてしまう。パイプ煙草の入門書には火皿に炭化した層ができないと火持ちがよくならないと書いてある。買ったばかりのパイプは火持ちが悪いようだ。一生懸命吸いつづけているうちに頭がクラクラしてきた。三村も悪戦苦闘している。いつの間にか部屋中に煙が拡がり強い臭いが充満していた。二〇分ほどで武田はギブアップした。気分が悪くなってきたので自室に戻り、ベッドに横になった。パイプをくゆらせるのは簡単ではないことが分かった。

武田と三村はクリスマスパーティの準備を着々と進めていた。同期の参加は決まっていたが、それを聞きつけた今年入行の女子四名が参加させてくれといってきた。来る者は拒まずで受け入れた。男性陣は三名しかいないので武田は紫藤にも声をかけた。紫藤は快く応じてくれた。

武田は木曽駒山荘のラウンジにバーカウンターがあったので、バーテンダーになってカクテルを作ることにした。三村は女性陣と相談してダンスパーティの準備をすることになった。料理は女性陣に任せることにした。

武田はカクテルの作り方の本を買ってきて、作れそうなカクテルを探した。そしてスクリュードライバー、ブラディーメアリー、マティーニ、ピンクレディー、ジンフィーズ、バイオレットフィーズの六種類とした。ジンフィーズ以外は飲んだことがないので、彩りのよいカクテルを選んだ。次に必要な酒とカクテル作りの道具をリストアップし、週末にデパートに寄って買いそろえた。それから寮の自室でシェーカーの振り方を練習した。本格的なカクテルなど作れるわけがないが、雰囲気を楽しんでもらえればいいのだ。

一二月初旬にボーナスが出て、懐も豊かになった。母に二万円送金した。それ以上のものを送ってもらっているのだが母は喜んでくれた。

一〇日の土曜日は土曜休暇を取っていた。出勤する寮生が出はらった後、近くのスーパーでレモンやサクランボ、オレンジジュース、トマトジュースなどを購入した。キスリングザックに買いそろえたカクテル用の材料と道具を詰めこんだ。それからザックを背負って寮を出発、名古屋駅で土曜休暇を取った先発組に合流した。中央線特急に乗って木曽福島駅で下車。氷を調達して、タクシーで山荘に着いた。

しばらく寛いでから女性たちは夕食の仕度を始めた。武田は暖炉に薪をくべ、火を点けた。それからバーカウンターにカクテル作りの道具と材料を運んだ。

仕事を終えた後発組が到着し、みんなでクリスマスの飾りつけをした。

六時にバーカウンターの前のテーブルで夕食をとった。みんなで賑やかに食べるのは楽しい。後片づけしてからいよいよパーティが始まった。武田はワイシャツに蝶ネクタイというバーテンダー風に着替え、カウンターの内側でスタンバイした。

カウンター前のラウンジの奥にあるフロアでダンスが始まった。ダンス曲のレコードがプレーヤーにかけられ、リズミカルな音楽が流れはじめると、女性陣がツイストを踊りだした。みなけっこうさまになっていた。新人の片岡聖子がずば抜けてうまかった。三村や紫藤も一生懸命片岡の動きをまねて腰を左右に振った。しかしなかなかテンポに付いていけないのでみんな大笑いしていた。

ひと踊りした紫藤がカウンターにやってきて、ジンフィーズを注文した。武田はアイスペールの氷をタンブラーに入れ、メジャーカップで測ったジンと、レモンを絞ってシェーカーに注ぎ入れた。砂糖小さじ二杯と氷を加え、シェーカーに蓋をした。それからおもむろにバーテンダーの見せどころであるシェイクを始めた。両手の手の平でシェーカーを包みこむようにして八の字状に振った。シャカシャカと小気味いい音がして我ながら様になっていると思った。ところが手の平が冷たくなってきて痛いくらいになった。何とか二〇回ほど振って、蓋を外し、タンブラーに注いだ。ソーダ水を加え、バースプーンで軽く回し、最後にレモンの輪切りを加えて紫藤の前に差しだした。面白そうに見ていた紫藤はどれどれという感じで一口飲むと、「おお、なかなかいけるじゃないか」といった。武田は内心してやったりという気分だった。

ダンスの合間に女性たちも次々にカウンターにやってきた。そのときになって女性たちのほとんどが未成年であることに気が付いたが、いまさら断るわけにはいかない。武田も大学に入学したときのコンパでビールを飲んだ。彼女たちは立派な社会人である。武田はアルコールを少なめにしたピンクレディーやブラディメアリー、スクリュードライバーなど色のきれいなカクテルを勧めた。カクテルを飲むのは初めてという女性たちは興味津々で、「おいしい」と口々にいった。バイオレットフィズだけは少し味がきついようだったが、そのほかは好評だった。

ダンスも次第に佳境になり、今はやりのゴーゴーダンスが始まった。モンキーダンスという腰をやや落として両手を前に出して交互に上下に動かしている。全員が憑かれたように激しく踊っているのは迫力がある。やはり片岡の踊りが目立っていた。基本の動きに独自の振りが加わり、恍惚、忘我の境地で踊っている姿に武田も思わず見とれていた。

カウンターに居続ける紫藤が女性たちのダンスを見ながらいった。

「年の差を感じるねえ。さっきちょっとやってみたが一人で踊るダンスは難しい」

「そうですね。僕もあんな踊りは恥ずかしくてできませんよ」

紫藤はカクテルを三杯飲んだ後はウイスキーの水割りをチビリチビリと飲んでいる。

「君も三村君もよく女の子たちの面倒みているね」

「女の子たちとワイワイやっていると僕たちもけっこうストレス解消になってるんですよ」

「そうかもしれないが、そういうエネルギーがどこから生まれてくるのかね」

「僕自身、一日中銀行で働いているとやっぱり仕事が嫌になるときもありますよ。そんなとき仕事を忘れて銀行の仲間と集まって遊んでいるとまた元気が出てくるんです」

「そうか、君でも仕事が嫌になることがあるんだな。それでも仕事とレクリエーションでメリハリつけてちゃんと仕事をしているんだから立派なもんだ」

「仕事をすること自体は嫌いではありません。労働は人間が生きてゆくための本来的な活動ですから、強制された仕事でない限りみんなと一緒に仕事をするのは楽しいもんです。でも銀行員が一番やりたい仕事かといわれれば、そうでもないですけどね」

「君は銀行員に向いているよ。僕は銀行員には向いていないとだんだん分かってきたけどね」

「紫藤さんは京都大学在学中に司法試験を受けられたんですよね。法律の勉強は続けているんでしょ」

「うん、勉強はしているんだけどね」

紫藤はおっとりしていて仕事振りもマイペースだった。正田副頭取が京大卒ということもあって不銀では京大卒は特別な学閥だったが、紫藤は出世しようという気はまったくないようだった。武田はそんな紫藤に親近感を抱いていた。

「僕がいうのもなんですが、夢を捨てるのは早過ぎると思いますよ」

紫藤は苦笑した。

「もう一杯、カクテルを作ってもらうかな」

「マティーニはどうですか」

「うん、それにしよう」

まるでバーテンダーと客が会話しているようだ。武田がマティーニを作りおわったとき、ちょうどゴーゴーのレコードが終わって一休みとなった。ほてった顔の女性が何人かカウンターにやってきた。武田は薄めのスクリュードライバーを作ってやった。

ダンスタイムの最後はフォークダンスだった。紫藤と武田も一緒に踊ろうと誘われた。武田は「フォークダンスはやったことがないんだよ」と尻ごみしていると、「簡単だから」とみんなにいわれカウンターの中から引っ張りだされた。曲が流れだし、みんなで踊りだした。周りの動きをまねするだけなのでワンテンポ遅れがちになる。三村は楽しそうに踊っていた。武田はそんな三村を見ていてありがたいなと思う。四年下の女性たちと同期会を作り、兄貴分としてハイキングなどを行ってきた。こういうことをやっても何ら出世の役には立たない。武田はそれを使命と考えてやっているが、三村はどのように考えているのだろうか。いつも一緒に付きあってくれる三村は得がたい友だった。

ラストダンスは「ジェンカ」だった。全員で輪になって前の者の肩に手を置いて踊りはじめた。武田も慣れてきて、みんなで踊るのはけっこう楽しいものだと思った。

最後にクリスマスパーティらしく、ろうそくに火を点けて、左右に振りながらクリスマスソングを何曲か歌ってパーティを終えた。

みんながそれぞれに協力して作りあげたパーティだったので全員が満足していた。武田はこのパーティがみんなの想い出として残ればいいなと思った。

一六　二年目研修（一九六七年一月）

年が替わった一月二九日、武田は朝食を済ませると一人で近くの学校に衆院選の投票に行った。三度目の国政選挙だった。自民党議員の不祥事が相つぎ、「黒い霧解散」といわれた自民党逆風の中での選挙だった。武田は野党の躍進を期待して一票を投じた。しかし結果は自民党が安定多数を維持した一方、野党は議席を減らし、佐藤首相に勝利宣言される始末だった。政治への無関心、何をいっても始まらないという諦めや無関心が自民党政治を後押ししているようだった。

銀行で選挙の話題が出ることはなかった。政治向きの話はしないという暗黙の了解があるような気がした。大学とはまったく違う雰囲気である。そもそも大卒行員の大部分は自分が労働者であるとは思っていない。むしろ自分も経営者になれるかもしれないと思っている。少なくとも同期の何人かは取締役になれるのだ。自民党批判など口に出せるわけがない。そういう環境で武田ができる唯一の政治活動が選挙の投票だったが、今回は死票になった。

一月末に昭和四〇年大卒入行組と昭和三六年高卒入行組の研修が本店で行われるという通知文書が武田のもとに回覧されてきた。研修は二回に別れて実施され、武田は二月一三日から始まる一回目に、三村は翌週の二回目に組みこまれていた。武田は日程を見てがっかりした。一一日から一四日まで、裕子の兄正志たちと熊ノ湯にスキーに行くことになっていたからだ。もっと早く日程を知らせてくれよと人事部に文句をいいたかった。

その日の夜、裕子に電話して行けなくなったと伝えると、裕子もがっかりしていた。結局、正志は今回のスキー行そのものを中止した。みんなの楽しみを奪ってしまい申しわけないことになった。

武田は二月になると、申請担当者に一三日から四日間本店研修に行くので、できるだけ早めに案件を回してくれるように頼んだ。そして毎日残業して実行作業を続けた。

研修前の金曜日、武田は上京の支度をして寮を出た。翌日の土曜日はこの年から建国記念日として祝日になっていた。昼食時間も削って何とか終業時間までに仕事を終えた。

帰りぎわに武田は田村代理に出張の挨拶をした。

「月曜日から本店で二年目研修がありますので、木曜日まで四日間休ませて頂きます」

田村は一瞬きょとんとしていたが、すぐに口を尖らせて怒りだした。

「そんなこと聞いてないよ。急に四日間も休むなんていわれても困るじゃないか」

武田は田村の反応に驚いた。二年目研修の通知文書には田村の判も押してあったはずだ。

「二年目研修の通知文書はご覧になったと思いますが」

「そういうことは、ちゃんと本人の口から前もって報告してもらわんと分からんじゃないか」

静かな室内に田村の大きな声が響いた。武田はだんだん腹が立ってきた。スキーに行けなくなった無念さも甦ってきた。

「研修は私の都合で行くわけではありません。銀行の命令により参加するのですから、上席者が知らないといわれても私の方が困ります」

田村は根っからの仕事人間で、いつも口角泡を飛ばしてしゃべっている。武田は好感を持てない人物に理不尽な叱責を受けてへいこらするつもりはまったくなかった。怒りを抑えて冷静に反論した。田村は入行二年目の若造に反抗されるとは思ってもみなかったのかしばらくポカンとしていた。やがて顔を真っ赤にして怒りだした。

「銀行の命令といったって人事部が決めたことだろ。僕は知らんよ。この忙しいときに一人でも欠けたらみんなが迷惑するんだ。だからちゃんと事前に休むことを申し出るのが礼儀だろう」

「みなさんには事情をお話しして、今月実行分については早めに申請条件をお聞きして、今日までにあらかた目途を付けています」

「そういうことじゃなくて、なにごとも報告、連絡、相談が必要なんだといってるんだ。君はいつもそれが欠けている」

武田は田村とこれ以上不毛の議論をする気にはなれかった。

「申しわけありませんが、新幹線の時間もありますので、今日は失礼させて頂きます」

武田は一礼すると、憮然としている田村を尻目に、自席に戻って机とキャビネの鍵を閉めた。

「お先に失礼します」と周りに声をかけて事務室を出た。

新幹線がスピードをあげ、名古屋市街の明かりが消えてゆくころ、田村との諍いで波立っていた心も鎮まってきた。「俺も相当気が短いな」と我ながら呆れていた。母から聞いた話だが、父は若いころ、会社の上司と喧嘩しては会社を辞めていたそうだ。それでいつも貧乏していたという。武田は父を軽蔑し、父を反面教師として成長してきた。その父から短気という遺伝子を引き継いでいるのは皮肉なことだった。今回のことは人事考課にマイナスになるのは間違いないだろう。しかし武田は後悔していなかった。たとえ上司であろうとも理屈に合わないことには反論するのが自分流だと思っていた。そのうちに眠くなってきたので目を瞑った。

九時前に実家に戻り、母の給仕で夕食をとった。

月曜日の朝、本店の研修室に向かった。今まで高卒同期と一緒に集まったことはなかったので、自己紹介から始まった。高卒行員は支店で採用試験を受け、その支店で働きはじめる。出身支店の様子も垣間みえて興味深かった。

研修カリキュラムは、「チームワーク」や「自己啓発」をテーマにした講義と討論が中心だった。ずっと缶詰状態での研修だったが、建設中の新本店見学が組みこまれていたので息抜きになった。九段下交差点の一角に一四階建ての新本店ビルがほぼできあがっていた。武田が入行したときは、まだ野々宮アパートが建っていた所なので、その変わりようには驚かされた。本店建設事務室の責任者に案内され、ヘルメットをかぶって工事用のエレベータで屋上に出た。まだ建築資材があちこちに散らばっていた。眼下に北の丸公園や九段会館が見え、靖国通りの先に神保町、神田方面の町並みがよく見えた。新本店は一〇月に営業開始予定だった。銀行を立ちあげて一〇年、近代的で機能的な新本店ができることは経営陣にとって誇らしいことだろう。入行して間もない武田も古色蒼然とした現在の本店建物から、きれいで広い新本店で仕事ができるようになることはうれしかった。ようやく都市銀行として恥ずかしくない本店になるだろう。

二年目研修は武田にとって特段役に立つ知識を得られたわけではないが、久しぶりに同期に会って話をするのは楽しかった。銀行が新入行員のフォローアップに力を入れていることは分かった。不銀に限らず、日本の企業は、即戦力となる新入社員を求めるのではなく、協調性やバイタリティなどを重視しているようだった。企業は素のままの人材を受け入れ、その企業の色に染めあげる自信と余裕があるのだろう。終身雇用を前提とする日本の企業は人事も長期的な視点で行っているようだ。

一七　計算係配転（一九六七年三月）

研修を終えた武田は何事もなかったかのように職場に戻った。田村からも何もいわれなかった。

二月初旬に定期人事異動があり、槙原が人事部に、松田が鑑定部に異動になった。入れ替りに同期の内川が鑑定部から、大卒換算同期の竹本が庶務部から赴任してくることになった。槙原は出世コースといわれる人事部への栄転だったから本人も不満はないだろう。松田も不動産鑑定士として鑑定部に行くのだから順当な異動であろう。

松田は武田が名古屋支店に着任したとき、同学の先輩としてキャバレーで歓迎してくれた。その後結婚して社宅に移ったときも、招かれて若い夫人の手料理をご馳走になったことがある。槙原と松田にはたいへん世話になった。武田は人事部研修中だったので二人の送別会に出席できなかったのは本当に残念だった。

二月最後の週末、武田は裕子と岐阜県の流葉スキー場に行った。仕事が忙しくて年休が取れず、近場のスキー場での一泊旅行だった。急斜面のゲレンデもあり、まずまずのスキー場だったが、雪の状態はあまりよくなかった。人事部研修がなければ熊ノ湯に行けたのにと今さらながら恨めしかった。

三月八日に店内異動があり、武田は融資係から計算係へ移ることになった。融資係は支店での仕上げのキャリアパスと見なされていたので、わずか一〇ヶ月で他の係に移るのは、融資係失格と見なされた人事であろうと武田は思った。武田にはその理由が分かっていた。人事部研修に出かけるときの武田の態度が田村の気にさわったのだろう。原因が分かっていたので淡々と受けとめた。

武田に代わって計算係の石川が融資係に異動になった。石川はうれしそうだった。

三村も預金係から外国為替係に異動となった。三村は預金為替係に二年もいたので、そろそろ他の業務もやってみたいと思っていただろう。外国為替業務は、金融の国際化を展望して銀行が強化を図っている分野である。三村もやりがいがあるだろう。

定期異動により名古屋支店勤務になった内川と竹本が相次いで赴任してきた。これで名古屋支店の大卒同期は三名となった。武田は出納係に配属となった竹本とは初対面だったが、換算同期なので、名古屋支店の同期会に誘ったところ快く参加してくれた。

計算係への受命簿に判を押した武田は、担当代理の木村の許に挨拶に行った。木村は武田が名古屋支店で最初に配属された管理係の代理をしていたが、半年前に計算係、出納係の代理になっていた。木村は武田を見ると笑いながらいった。

「役席会議で田村君が君を使いこなせないっていうもんだから、それじゃ僕が引き受けようということになったんだ。君もだいぶ喧嘩っ早いようだな」

やはりそういうことだったのかと納得がいった。木村は自分なら武田を使いこなせると大物ぶっているところは相変わらずだが、武田を拾ってくれたようなので、そこは感謝しなければならないかなと思った。

武田は融資係での残務整理を終えて、発令日の二日後に一階の計算係に移った。

計算係の島はカウンターから一番奥まった正面玄関側にあった。カウンター側は預金為替係の島で、テラー席に座っている裕子の後ろ姿が見えた。

計算係は木村代理の席を頂点とし、その左側に武田と田辺浩之が並び、向かいに小池綾子と大出いずみが座っていた。田辺は商業高校卒で算盤の名人だった。昭和三八年入行で計算係のベテランだった。小池は田辺より一年上で、タイトスカートにハイヒールを履いて店内をさっそうと歩く姿が印象的だった。仕事もよくできると聞いていた。六月に寿退職することになっていて、相手は二月に本店に異動していた。大出は入行一年目の新人だがほぼ一年間計算係にいるので立派な戦力になっているようだ。

武田は計算係の仕事はまったく分からないので、田辺に仕事を教わることになった。田辺は計算係のベテランだが、大卒換算年次では武田の方が上になるので、武田が係のまとめ役にならなければならなかった。一日も早く業務をマスターしなければならないが、幸い田辺はいつもニコニコしている好青年で、丁寧に計算係の業務内容を説明してくれた。

田辺は計算係の最も重要な業務は資金繰りであるといった。銀行では債券、預金、貸付などの業務で頻繁に資金の出し入れが発生する。これらの取引は現金、小切手、為替などを通じて行われ、毎日これら資金の出し入れの帳尻を合わせるのが資金繰りである。資金繰りの調整は主として日銀当座預金を通して行われるので、資金繰りの要諦は日銀当座預金の残高が絶対にマイナスにならないようにすることである。ただし日銀当座預金には利息が付かないので、残高はゼロに近づけるのが望ましい。それで支店では一〇万円未満にするように本部である経理部から指導されている。もっとも準備預金制度というのがあって、預金や債券残高の一定比率を準備預金として日銀当座預金に積みたてなければならないが、その調整は経理部が日銀本店の当座預金で行っている。田辺の説明はそのようなものだった。総論の後に、田辺は具体的な資金繰り処理の説明を始めた。田辺は「資金繰り日報」と書かれた用紙を武田の前に置いた。B５サイズの書式の上部に数行の出納帳のような表があり、一行目に日銀当座預金の前残高欄があり、以下、手形交換尻、為替交換尻、現金など日銀当座預金の増減にかかわる項目名が続き、最後に日銀当座預金の新残高欄があった。それぞれの項目に当日の金額を記入すれば日銀当座預金の新残高が出るようになっていた。

田辺はまず手形交換尻の説明を始めた。

「手形交換は毎日一〇時に銀行協会の手形交換所で行われます。今、出納係が手形交換に出かける準備をしています」

隣の島の出納係では本店から転勤してきた竹本が、前日に入金された手形、小切手類を金属製のアタッシュケースに仕舞っているところだった。竹本は本店で出納業務の経験があるのか、みずからキビキビと作業をしていた。手形、小切手は前日中に支払銀行別に仕分けられているようだった。最後に算盤を収めてパチッとケースの蓋を閉め、部下の高城と一緒に席を立った。

田辺は手形交換の説明を続けた。「手形交換所は外堀通りにある銀行協会の中にあります。行用車で行きますから、ここから二〇分もかかりません。交換所に着くと、持ち出す手形・小切手を支払銀行に配って回ります。他行も当行支払いの手形・小切手を持ってきます。これを持ち帰り手形といいますが、その合計を計算します。持ち出し手形の合計と持ち帰り手形の合計の差額を手形交換尻といいます。そして各行の手形交換尻のトータルがゼロになれば交換尻が確定します。たまに合わないことがあるんですが、そうなるとたいへんなんです。間違っていた銀行は始末書を書かされることもありますから。僕は一度だけ違算に遭遇したことがあります。まず各行で再鑑するんですが、たいていこの再鑑で間違っていた銀行が分かるんですが、そのときは再鑑しても合いませんでした。そうすると次の段階として隣同士の銀行と交換して再鑑するんです。ところが隣は東海銀行なんですよ。物凄い量の手形や小切手なんです。東海銀行は数人のチームで来ていますが、こちらは二人だけですからね。あのときは必死でしたね」

田辺は算盤の達人だったから何とか対処できたのだろう。武田は出納係に配属されていたらと思うとぞっとした。

一〇時一〇分ごろ電話が鳴り、田辺が受話器を取った。手形交換所にいる竹本からだった。田辺は数字を書きとめ、「勝ちの一億二五六四万三二六〇円ですね」と復唱した。持ち出し金額の方が多ければ「勝ち」、持ち帰りの方が多ければ「負け」というそうだ。

武田はさっそく「資金繰り日報」の手形交換尻の欄に、田辺のメモに書かれた数字を記入した。

次の為替交換尻は、預金為替係の係員が毎日午後一時に銀行協会の為替交換所に行って、為替の交換尻を確定している。為替交換尻の資金決裁は翌営業日となるので、すでに昨日の為替交換で金額は確定していた。武田はその金額を為替交換尻欄に記入した。この日は為替交換尻も勝ちで、その他の項目の取引はなかったので、手形交換尻と為替交換尻を合計した金額が日銀当座預金に入金されることになった。

最後に当座預金の残高を、一〇万円未満の端数を残して、日銀本店の不銀の当座預金口座に回金する。逆に当座預金残高がマイナスになったときは、本店から不足分を送金してもらうことになる。武田は「資金繰り日報」のその他の項目を田辺に教わりながら記入し、「資金繰り日報」を木村の決済箱に入れた。

資金繰りが確定すると、本店経理部に電話で回金額を報告した。

それから日銀に送金依頼をするための準備を始めた。まず回金する金額の日銀小切手を作成した。小切手用紙にチェックライターで金額を打刻し、木村代理に支店長の署名判と支店長印を押してもらった。続いて日銀本店の口座への振替依頼書を作成した。日銀小切手と振替依頼書を小型のアタッシュケースに入れ、武田と田辺は日銀名古屋支店に向かった。

多額の現金や日銀小切手を行用車を使わずに運ぶときは二人で行くことになっていた。日銀名古屋支店は伏見通を渡った角にあり、歩いて五分もかからなかった。桜通と伏見通に面した広大な敷地に、まだ新しい大きな建物が建っていた。田辺は裏門を通って店内に入った。一階の広々としたロビーを進み、長いカウンターの中ほどに当座預金窓口があった。民間銀行の窓口とは大違いで、まったく愛想のない男性係員が座っていた。武田が「お願いします」と振替依頼書と小切手を差し出すと、黙って受け取り、厳しくチェックしていた。問題なかったようで、偉そうに「はい」といって処理を終えた。武田は無愛想を競っても不愉快になるだけなので、「どうも」と軽く会釈した。

ヤレヤレと外に出ると、田辺が「一休みしていきませんか」といって、すぐ近くにある喫茶店に入った。武田が「僕たちがいなくても大丈夫なのかい」と聞くと、「小池さんがいるから大丈夫ですよ。何かあったらここに電話するようになっていますから」と答えた。木村代理には内緒のようだが、係員同士では暗黙の了解事項のようなので、武田はニヤッと笑って喫茶店に入った。さすがに長居はできず二〇分ほどで引きあげた
この後、午後一時に、手形交換所から日銀に届けられた各行の交換尻金額が、日銀名古屋支店の各行当座預金に入金または出金された。この午後一時に行われる資金移動は交換尻決済と呼ばれている。

午後二時頃、名古屋短資の榎木が武田を訪ねてきた。応接テーブルで田辺と一緒に応対した。名古屋短資は金融機関同士の短期資金貸借を仲介する業者だった。田辺によれば名古屋支店では交換尻で

大幅に勝ったときなどに経理部資金課に申し出て、一千万円程度のコールローンを組んでいるという。コールローン利息は支店の収益になり、名古屋短資も喜ぶということらしい。榎木は手帳を見ながら金融市場の動向や他行の様子などを淀みなく話す。これからもちょくちょく顔を出すのでよろしくということだった。

午後三時に正面玄関のシャッターが閉まると各係で当日の取引を締め、その日に起票した伝票を計算係に運んでくる。伝票が出そろったのは三時半過ぎだった。計算係のもう一つの主要業務である日締め作業が始まった。小池と大出がテキパキと仕事を始めたので武田は見学に回った。伝票を机の上に拡げ、青色の借方伝票と赤色の貸方伝票の二つに分けた。小池が借方伝票を、大出が貸方伝票を引き受け、科目ごとに机の上に並べはじめた。すべての伝票が科目ごとに分けられると、それぞれをクリップで留めた。

それからクリップで留めた伝票束の集計を始めた。左手で伝票をめくって金額を一瞥すると、右手の指がしなやかに算盤の珠を弾く。その早さは見ていて惚れ惚れする。集計が終わると伝票束を裏返して伝票の裏に鉛筆で金額を書きこむ。次に同じ束の現金取引だけを集計し、伝票の裏に内書きした。すべての伝票束の集計を終えると、二人は伝票を交換して再鑑を行った。武田は大出の伝票束のいくつかの再鑑を手伝った。武田は伝票の金額を読んでから算盤に目を移して珠を動かす。しかも桁数の多い金額の場合は二度、三度と確かめながら算盤を入れるので大出の二倍くらい時間がかかった。

伝票の科目ごとの集計が終わると、田辺は「日記帳の作成は僕たちでやってみませんか」といった。

田辺は「借方日記帳」と「貸方日記帳」と書かれた用紙を取り出し、武田に借方日記帳と借方の伝票束を渡した。日記帳の科目欄に同じ科目の伝票束の裏に書かれた数字を転記するのだという。すべての伝票束の転記が終わると、日記帳の科目金額を合計した。武田の計算が終わると、田辺は貸方日記帳の合計と武田の借方日記帳の合計額を照合した。幸い一致したので武田はほっとした。それは当日の全取引の勘定が合ったということだった。

小池が各係に勘定が合ったことを知らせていた。勘定が合うまでは伝票を出している係は待機していなければならない。だから勘定が合うとみんなほっとする。

計算係の日締め作業はさらに続く。武田は引き続き田辺に教わりながら貸借対照表を作成し、総勘定元帳の記帳を行った。

最後に各係の提出した「残高照合帳」と総勘定元帳の残高が一致していることを確認し、当日の日締め作業が終了した。武田は算盤もろくにできないのに計算係はきついなと思っていたが、スピードは遅いが何とかなるかなという感じもしてきた。

三月一九日、会議室で創立一〇周年の記念式典が行われた。支店長挨拶の後で、勤続一〇年となった第一期生の表彰があり、管理係の高橋が賞状と副賞の金メダルをもらっていた。一〇万円くらいの価値があるということだった。ちょっと羨ましかったが、できたばかりの銀行に飛びこんだ勇気の代償なので妬む気持ちはなかった。全職員に金一封が渡されたので武田もホクホクだった。

昭和三二年創業当時の資本金は一〇億円、役職員は一九四名、それから一〇年、資本金は一二〇億円になり、貸付金は五五〇〇億円、役職員は一〇〇〇名になっていた。他の銀行も成長しているので依然として都市銀行では最下位であるが基盤はしっかりしてきた。日本の経済も四〇年不況を乗り越え、再び成長軌道に乗りつつあった。

計算係に移って慌ただしい日々を送っているうちに三月末の決算日を迎えた。管理係でも融資係でも決算日は遅くまで残業をしたが、計算係は別格だった。当日中に決算処理を行い、期間補正後の期末バランスシートを作成しなければならない。田辺に徹夜に近い残業になるだろうといわれていた。

日中はふだんとさして変わらず淡々と過ぎた。だが五時を過ぎてもなかなか伝票が上がってこなかった。なかでも融資係が遅れていた。預金為替係も融資係からの入金伝票を待っていた。田辺が二階の融資係に行って様子を探ると、本部の承認待ちの貸付が二件あるということだった。待っている間にみんなで決算弁当を食べた。ようやく伝票が揃ったのは七時過ぎだった。それから日締めを始めたが八時になっても終わらなかった。女子行員の残業は八時までという慣習だったが、小池も大出も仕事を続けていた。勘定が合ったのは八時をだいぶ過ぎていた。武田は女性二人に帰るようにいった。しかし六月に退職する小池は、最後の決算だから日締めの終了まで手伝うといって、貸借対照表と総勘定元帳を仕上げてくれた。非常にありがたかった。九時半に小池は帰っていった。

一〇時を過ぎると他の係は期末処理を終え、補正伝票を計算係に提出すると、「お先に」といって帰っていった。一階フロアに残っているのは武田と田辺だけになった。店内は暗くなり、計算係の上だけに照明が当たっている。決算を間違えるとおおごとになるので、念には念をいれて処理した。期間補正後の貸借対照表、損益計算書を完成し、決算処理を終えたのは午前四時だった。それから三階の和室で仮眠をとった。

翌朝、始業二〇分前に席に戻ると、行員が続々と出勤してきた。今日は四月一日、新年度の始まりだった。裕子がカウンターのテラー席に着く前にチラッと武田を見た。武田の元気そうな姿を見て安心しただろう。

小池と大出が出勤してきて、今期のテレックス発信第一号として、前期利益金を本店に付け替える電文を打った。これで決算処理は終了した。

期初日の処理は日締めで前期末補正勘定の戻し入れ伝票を加えるだけなので特段難しいことはなかった。土曜日だったので二時過ぎに仕事を終え寮に帰った。それから一眠りすると疲れも取れた。

四月初めに組合代議員選挙があった。定員は三名だったが、立候補する者はいないので誰が選ばれるか分からなかったが、裕子が選ばれていたので武田は驚いた。あまり表に出て仕切るタイプではないので苦労するだろうなと思った。支部長ともう一人の委員は男性だった。支店上層部が代議員選挙に関与しているかは分からなかった。女性は渡瀬を中心にまとまった勢力があり、今回は裕子を選んだようだ。

一三日に第一回目の支部集会が開かれたが、武田と田辺は日締めが終わらず出席できなかった。

翌々日、裕子から手紙が送られてきて支部集会の様子が伝わってきた。五〇名近くが出席して大盛況だったようだ。今期の運動方針については、人員不足解消と時間外労働の削減が最重要課題とされたという。組合が行った支店の実態調査では、一月に一二〇時間超の残業をした行員が六人いるという報告もあった。しかし肝心の男性中堅行員には諦めムードが漂っていて、積極的な意見は出なかったようだ。裕子は管理職に近い行員は冷やかし半分で参加しているようだったと憤慨していた。また女性も配られた菓子を黙々と食べているだけで、組合員としての義務といわれていやいや出席しているような人も多いと嘆いていた。

武田は五〇名という出席者には驚いた。今までの支部集会では三〇名がいいとこだった。武田は支部集会が渡瀬らのペースにならないように支店上層部がベテラン行員に動員をかけたのではないかと思った。武田が融資係にいたころ、先輩たちはほとんど組合集会には出なかった。組合活動に無関心という者もいるが、忙しくて支部集会どころではないという者も多かった。残業が一二〇時間を超えていた六名のほとんどは融資係だろう。だが彼らが残業を苦痛に思っているかというとそうでもないようだ。残業はすればするほど収入は増えるからだ。残業削減といってもなかなか全員の気持ちが一つにはならないのだ。出席人数の割に議論が低調だったのはその辺にも原因がありそうだった。

その週の土曜日に裕子は本店で行われる組合大会に出かけて行った。例年夜の一〇時過ぎまで続く長時間の会議になるようだ。

計算係に移って一ヶ月もすると、だいたいの仕事はできるようになった。余裕ができると気が付くことも出てくる。武田は終業時間が近づくと、各係から勘定は合ったかと聞きにくる者が多いのに気が付いた。小池などは勘定が合うと周りに「勘定合いました」と自席から声を出していたが、離れた係や二階には声が届かない。そこで武田は館内放送でオルゴール曲を流して知らせればいいだろうと思った。田辺に相談してみると、「それはいいですね」と賛成してくれた。武田は庶務係と交渉してオルゴールの購入費用を出してもらうことにした。それから館内放送の設備がある三階の電話交換室を訪ね、二人の交換手に勘定が合ったときに、館内放送でオルゴールの曲を流してくれないかと頼んだ。交換手は快く引き受けてくれた。

関係者の了解を得たので、武田は丸栄デパートに行ってオルゴールを探した。ドボルザークの『家路』という名で親しまれている曲のオルゴールがあった。勘定が合ってさあ帰ろうという合図としてはぴったりだ。箱形でちょっとかさばったがそれを購入し、交換室に持ちこんだ。

翌日、各係に本日より勘定が合ったときは館内放送でオルゴールの曲を流して知らせると文書で通知した。

そして三時過ぎに勘定が合ったとき、小池が交換室に電話してオルゴールの曲を流すように頼んだ。すぐに館内放送で『家路』のメロディが流れてきた。隣の預金係から、「あっ、勘定が合ったみたいね」という声が聞こえてきた。

出納係は計算係のすぐ横にあって、兄弟分のような間柄である。木村代理が両方を見ていた。武田は出納係の竹本と手形交換尻や現金残高について連絡しあっているうちに親しくなっていた。竹本は本店採用の高卒で、同じ本店採用の先輩寮生二名と親しい間柄のようで、よく三人で遊んでいた。その一方で大卒換算同期の武田や三村、内川とも気さくに付きあう社交家だった。ある日、定時に仕事が終わると竹本がちょっと飲んでいかないかと誘ってきた。武田が「いいね」と応じると、竹本は新栄町のバーに案内してくれた。二月に名古屋に来たばかりなのにもう行きつけのバーを見つけたようだ。ママが一人で切りもりをしていた。

「竹本さんは確か去年の二月の人事異動で名古屋支店に来ることになってたんじゃないですか」

「そうなんだよ。俺は夜学に通っていてね、卒業はまだ一年先だったんだ。名古屋に転勤となれば大学を中退しなければならなくなる。高卒の俺たちに大学に通うのを奨励していたのは人事部なんだ。だからそんな辞令受け取れねえって人事部に文句いったんだ。そしたら人事部は一度出した辞令を撤回した前例はないので、とにかく一度名古屋に行ってくれと泣きついてきた。俺はどうしても行けっていうなら銀行辞めるっていってやったんだ。本気だったよ。そしたら俺の上司の次長も『この辞令はおかしい』って人事部と談判してくれたんだ。結局人事部が折れて辞令は撤回されたんだ」

「へえ、そんなことがあったのか。知らなかったな。確かに人事部が人事異動を撤回するなんて前代未聞だったね」

「俺の卒業が一年後だということをうっかり見おとした人事部の単純なミスなんだ。面子に捕られずにすぐ取り消せばよかったんだよ」

武田は理不尽なことには敢然と抵抗する竹本に共感を覚えた。

「君は江戸っ子だね」

「まあね。もっとも三代続かないと本当の江戸っ子じゃねえという奴もいるけどね。その伝でいけば俺は祖父さんが明治時代に名古屋から東京に出てきたんで生粋の江戸っ子とはいえねえな」

「何代続いても江戸っ子らしくない奴もいるし、要は江戸っ子の気風を持っているかどうかだよ。筋の通らない話には相手が銀行であっても尻を捲るところは立派な江戸っ子だよ。僕は両親は田舎出だけど生まれ育ったのは芝だったんで、自然に江戸っ子気質になったたな。朝日新聞はアサシ新聞、日比谷公園はシビヤ公園なんて発音していたな」

互いに江戸っ子と認めあって大いに意気投合した。竹本の家は代々織物を業としてきたが年々仕事が減り、今はアパートの賃貸が中心だそうだ。高田馬場の一等地に土地を持っているようで相当の資産家のようだった。彼がなぜ大学に行かなかったのか不思議だった。夜間大学を卒業したのだから勉強が嫌いというわけではないだろう。親の意向があったのかなと思った。夜間大学を卒業しても銀行では高卒として扱われる。不公平というべきだろう。

竹本に支店の同期会で旅行するときは参加してくれと頼むと、気軽に「ああ、いいよ」といった。

一八　本部検査（一九六七年六月）

武田が日銀での交換尻決済手続きを終えて戻ってくると、竹越次長に呼ばれた。竹越は新人研修のときに人事部次長をしていたから顔見知りだった。東大卒で大蔵省から不動産銀行支援のために派遣され、そのまま天下りしていた。昨年名古屋支店次長として赴任してきた。いかにも頭がよさそうな顔をしている。尊大なところはなく、理性的で真面目な性格のようだった。五月に着任したばかりの笹岡支店長は新人研修のとき人事部長だった。当時の部長と次長が名古屋支店で再び支店長と次長になったのは珍しいことだろう。

次長席は支店長席をはさんで手前が竹越、奥が安河の席だった。支店長も安河も不在だった。武田が竹越の前に立つと、机の上に黒表紙の精査簿が開かれていた。それは計算係が伝票や帳簿を精査して見つけたミスを記録する帳簿で、前月分をまとめて回覧中のものだった。

「精査簿のことだがね、最近、『特記事項なし』の日が多いね。本当に『特記事項』がないのならご同慶の至りなんだが……」

次長の口調は穏やかだったが、武田が計算係になってからチェックが甘くなっているのではと疑っているのは明らかだった。確かに武田の前任の石川は二、三日に一度は指摘事項を記入していたが、武田が担当になってからは「特記事項なし」の日が多く、ミスの指摘は月に二、三件しかなかった。

「はあ、精査についてはきちんとやっているつもりですが」

「それならいいが、指摘事項が少ないと、ちゃんと見ていないんじゃないかと思われるからね」

「はい。精査簿はともかく、本部検査が来たときには絶対に事務ミスを指摘されないように念をいれて精査してまいります」

武田がしっかりと竹越の目を見て答えたので、竹越はそれ以上追及することなくハンコを押して、精査簿を支店長決裁箱に回した。

武田は「やっぱりな」と思いながら席に戻った。精査の主任が武田に代わってから指摘事項が減っているのは明らかだったので、いつか誰かが問題にするだろうと予想はしていた。指摘事項が少なくなったのは武田が精査簿に記録するミスの基準を重大なミスに限定したからだった。しかしそのことを次長に説明すれば今まで通り軽微なミスも記入しろというに違いない。武田はそうしたくなかったのであえて減った理由を説明しなかった。武田は次回の本部検査で事務ミスをゼロにして精査は完璧に行われていることを証明しなければならないなと思った。

計算係が行う「精査」という業務は、前日発生したすべての計理取引について間違いがないかチェックすることである。いわば計算係は計理ミスを防ぐための最後の防波堤なのだ。間違いがないと認めた場合は伝票の隅に豆印を押した。武田は長径五ミリに満たないハンコを押すとき、その伝票について全責任を負うという気持ちで臨んでいた。精査は計算係の全員で分担して行うので武田が精査しない伝票もあった。だが伝票をもう一度精査する機会があった。それは一日分の伝票を製本した「日記帳」を認証するときだった。日記帳の鑑には決裁欄があって、照査、検印が必要だった。個々の伝票は精査済みなので、伝票が科目順に漏れなく綴じられているかなどの形式的なチェックを行うものだった。しかし武田はこのときに、自分以外の者が精査した伝票についてチェックした。するとたまに精査で見逃したミスを発見することもあった。仲間の精査を信用していないと思われるのもいやなので、武田はその担当者には知らせずに訂正処理を行っていた。武田は「日記帳」作成時に全伝票に目を通すことにより支店全体の計理処理に全責任を負うつもりだった。伝票を一枚一枚チェックするのは集中力と忍耐力のいる単調な作業だったが、武田は案外そういう仕事が嫌いではなかった。

人間はミスをするものだ。武田自身、融資係にいたとき、割引手形の実行でミスをして精査簿に書かれたことがある。精査簿に書かれたときにどんな気分になるかよく分かった。だから単純な検印洩れや、日付判の間違いなどの軽微なミスは精査簿に記入しないことにした。全伝票に目を通すようにしたのでミスの発見は以前より増えているという自信はあった。また以前の精査簿ではミスを大袈裟に表現する傾向があった。「権限外支払」と書かれているので担当者が勝手に支払ったのかと思ったら、単なる検印漏れだった。預金為替係や債券係の支店長代理は伝票が束になって回ってくるので検印を漏らすことも多いのだ。

精査簿に書かれれば起票担当者はしゅんとなる。暗い気分で仕事をするのは生産的ではない。武田は行員ができるだけ楽しく仕事ができるようにしたかった。だが支店上層部は精査に検査的機能を求めがちだ。誰がミスしたのか、どの係にミスが多いか知りたがる。武田は精査は「計理ミスを防ぐための最後の防波堤」という本来の役割を果たしていればそれでいいと思っていた。精査簿の指摘件数が少ないと次長に嫌みをいわれようと、武田は精査簿に「特記事項なし」のゴム印を押しつづけた。

六月二〇日、融資係の貸出実行が遅れ、伝票提出が四時過ぎになった。この日は名演の公演があり、支店から数名が参加することになっていた。武田はこのところ名演をサボっていたが、久しぶりに参加することにしていたので急いで締め作業を開始した。四人で手分けして順調に集計作業が進んだが、貸借が一五〇円合わなかった。そこでまず隣り同士で伝票の束を交換して再度集計してみたが、やはり同じ結果だった。伝票の一部が提出されない「片伝」の可能性が高まった。勘定が合わないときに、いかに素早く原因を突きとめるかは計算係の腕の見せどころだった。違算金額が九で割り切れる数字だったら「けたち」を疑った。一〇〇〇円を一〇〇円と桁を間違えて書いたような場合である。今回はけたちではない。武田は確定日付料の五年分が一五〇円なので、そんな伝票がなかったか管理係に聞いてみた。しかしそのような取引はなかったという。仕方なく最終手段である「カルタ取り」をすることにした。科目ごとに束ねた伝票を崩し、原取引の伝票組みあわせを再現し、貸借の一致をチェックするのだ。一枚の借方伝票を取り出し、その伝票に記されている振替科目名と取引先名を頼りに対になる貸方伝票を見つけるのだ。トランプのババ抜きのようなので「カルタ取り」というのだろう。一組、一組、貸借を合わせた伝票を取りのぞき、最後に貸借の合わない伝票を見つけだすのだ。三〇分ほど作業してようやく貸借の合わない伝票セットを見つけた。それは貸付実行取引で、確定日付料五年分一五〇円を天引きし、残りを当座預金に入金する取引だった。この受入手数料の伝票が提出されていなかった。起票した融資係の担当者に問いあわせると、管理係に伝票を回したという。管理係に行って聞いてみると誰もそんな伝票を受け取っていないという。そんなはずはないと調べてもらうと、キャビネにしまった伝票入れのカゴの中に探していた伝票が紛れこんでいた。伝票カゴに入れた担当者は時間も遅かったので締後の伝票と思いこみキャビネに入れてしまったようだ。融資係と管理係のコミュニケーション不足によるミスだった。武田が確定日付手数料の伝票ではないかという推理は当たっていたので、あのとき融資係にも聞いておけばよかったとほぞをかんだ。四時四〇分になっていたが、勘定は合ったので他の係は何とか定時退行ができそうだった。名演に行く女子行員も化粧する時間が取れるだろう。だが計算係は定時に終われそうもなかった。武田は名演の開演時間には間にあわないだろうなと思いながら日計表の作成に取りかかった。

六月下旬、小池が退職し、代理貸付係から渡瀬が移ってきた。渡瀬は組合で女性の待遇改善を求めるリーダー的存在だった。武田は以前先輩行員に「彼女は民青だから気を付けた方がいいよ」といわれたことがある。支店管理職の中には渡瀬の動向にピリピリしている者もいるようだったが、木村はあまり気にしていないように見えた。武田は民青がざらにいた東大経済学部にいたので、民青を警戒する管理職は意識過剰だと思っていた。渡瀬らが行員の立場に立って、気持ちよく働ける環境を目指して主張することは当然のことだ。武田は渡瀬がきちんと仕事をしてくれれば文句はない。ただ渡瀬は計算係は初めてというので、熟練の小池の後を継ぐのはたいへんだろうなと思っていた。しかしそれは杞憂だった。さすがにベテランである。すぐに計算係の業務を覚え、ずっと計算係にいたかのように堂々と仕事をしていた。

七月初めの月曜日、武田が出勤すると、行員通用口にいた守衛が本部の検査官が来ていると知らせてくれた。いつごろ来たのか聞いてみると八時ちょうどにやってきたという。まだ誰も出勤していない時刻だ。六名の検査官はすぐ一階と二階に別れて、キャビネや机の施錠状態を点検し、それが済むと三階の会議室に入ってテーブルを並べかえ、臨時の検査官室にしたという。

検査部の臨店検査は一、二年に一回、抜きうちで行われる。武田は何となく緊張しながらフロアに入った。一階に検査官はいなかったが、席についた男子行員はどことなく落ちつかないようだった。

八時四〇分、金庫を開く時間になった。竹本が立ちあがり、「行ってくるよ」という感じでチラッと武田に目くばせした。いつになく表情が硬い。高城と一緒に地下一階の金庫室に通じる階段に向かった。金庫当番の支店長代理を先頭に、出納係、管理係、債券係の数名が階段を降りていった。開扉に立ちあう検査官が後を追った。現金在り高の検査は本部検査の冒頭に行われる。

地下には金庫室と書庫が向かいあっている。特に金庫室は堅固な造りで、頑丈な外扉と鉄格子の内扉で守られている。広い金庫室の左右に鉄格子で仕切られた内室がある。出納係が管理している左側の内室に現金類が収納されているキャスター付きキャビネが置かれている。武田は金庫室が開けられ、検査官が内室にあるキャビネを調べているのかなと想像した。

数分後に現金を収納したキャビネが小型の荷物昇降機に載せられて一階に上がってきた。竹本と高城が一階に戻ってきて、キャビネを昇降機から取り出し、出納係の横まで運んできた。ずっと見張っていた検査官はさっそくキャビネを開けて現金を数えはじめた。竹本は手形交換の準備をしながら、チラチラと検査官の動きを見ていた。間違いはないと思っていてもやはり気になるのだろう。しばらくして現金残高が帳簿と一致して、あっけなく現金検査は終了した。竹本の表情が緩んだ。

臨店検査の結果は最高意思決定機関である常務会に報告され、その内容によっては支店長の首が飛ぶこともあるといわれていた。役席がピリピリするのもうなずける。検査官の多くは検査役という特別職だった。支店長、部長のポスト待ちという者もいるが、ラインの長としては疑問符がつく個性的な人物の方が多いようだ。検査官には権限があり、相手が誰であろうとズケズケ指摘する者が多い。そのため検査を受ける方は、あらを探していかにも重大なミスであるかのようにいいつのる検査官を内心では苦々しく思っているようだ。

初日、武田は検査官に呼びだされることはなかった。支店全体ではキャビネの施錠漏れ二件、机の施錠洩れ一件、申請書が机の上に放置されていた一件が指摘された。検査官としてはまずは得点をあげて幸先のよいスタートとなったようだ。

翌日、始業まもなく渡部検査役から武田に電話があり、精査簿や日記帳などを検査官室に運ぶようにいってきた。武田は田辺と一緒に地下の書庫に入り、指定された日付の日記帳を段ボール箱に詰めて、三階会議室の渡部に届けた。

午後になって武田は渡部に呼びだされた。三階の会議室に顔を出すと、でっぷりとした体躯でかなり年配の渡部が待ちかまえていた。テーブルを挟んで座ると、渡部は老眼鏡を鼻の中ほどにずらし、上目づかいに武田を見つめ、精査簿の指摘事項について聞いてきた。

「ここに書いてある『為替交換持ち出し遅延（指導）』というのはどういうことかね」

武田は渡部の用件がミスの指摘ではなかったことにほっとしながら答えた。

「為替で入金があった場合、通常翌日の為替交換に持ち出すんですが、大口の電信為替が午前中に送られてきた場合は、その日の交換に持ち出すように指導しています。資金化が一日早くなり、その分得するわけです」

「なるほど。それはどうやって見分けるんだ」

武田は渡部が見分け方を知らないということにちょっと驚いたが、支店長になってもおかしくない年輩の渡部が為替の実務を知らなくても当然だなと思った。同時に親子ほど歳の差のある武田に知らないことを聞く渡部の態度に好感を覚えた。武田は日記帳の為替の伝票を指さして説明した。

「電信為替の受電時刻は一〇時一五分となっています。ところが為替交換に持ち出したのは翌営業日になっています。この時間に受電していたのなら午後一時の為替交換に持ち出すことは十分可能なんです」

「なるほど、そういうことか」

渡部は感心したようにうなずいた。

「ですから受電時刻が昼前なのに翌日交換になっている伝票を見つけたら『為替交換持ち出し遅延』として精査簿に載せて注意喚起しているんです。この伝票の場合、金額は一千万円ですから日歩一銭五厘でコールローンに出せば一万五千円儲かるんです。そういうことを事務方の女性にも意識してもらいたいと思いましてね。ただ計理処理上は翌日に持ち出してもまったく問題ありませんから、指導ということで精査簿に載せているんです」

「なるほど」

渡部は軽くうなずいて用件を終えた。渡部は今後の臨店検査で「為替交換持ち出し遅延」をチェック項目に加えるのかなと武田は思った。

その後、計理担当の検査役渡部は相当熱心に伝票類を検査しているようだったが、結局計理面での指摘事項は一件もなかった。

武田はこれで精査簿の指摘事項が少ないと文句をいわれることはないだろうと思った。


本部検査も無事に終わり、ヤレヤレと思っていると、「債券増強運動」の案内が回ってきた。一人頭の目標額が示達され、達成状況を表にして回覧すると書かれていた。成績優秀者には賞品が授与されるということだった。武田は嫌なことが始まったなと思った。昨年、本店に続き大阪支店、名古屋支店に割引債販売に特化した「自売班」が作られた。不銀では従来資金調達は五年物の利付債が中心だったが、近年調達金利の低い一年物の割引債を重視しはじめた。自売班の要員は事務要員を削減して充てるという方針のようだった。そして今度は債券営業を自売班だけでなく、行員全体に担わせようという運動が始まった。武田は就職時にゼミの教官から不銀では都銀のような預金集めのノルマはないようだといわれたが、飛んだ当てはずれだった。金持ちの親族がいる行員には楽な目標だろうが、そうでない者には相当プレッシャーになる。個人別の目標達成状況は公表しないということだったが、武田は憂鬱になってきた。

一九　決算処理（一九六七年八〜九月）

七月になってまもなく、内川が夏休みに山に行こうといった。武田は今年の夏は裕子と山に登るつもりだったので、一緒でいいかと聞いてみた。すると内川は自分も連れて行きたい女性がいるといった。それで二組のアベックで出かけることにした。

計画を任された武田は尾瀬に決めた。尾瀬は戦後まもなく江間章子作詞の『夏の思い出』が歌われるようになって知られるようになった。多くのハイカーが訪れるようになったのはごく最近のことだった。武田は大学一年の六月にワンゲルで奥鬼怒《おくきぬ》から尾瀬に向かい、訪れる者もいない小松湿原や花沼湿原を探索した。一面に咲く水芭蕉と根元を流れる水の美しさに心を奪われた。以来、尾瀬は武田のもっとも好きな山域の一つとなっている。今回は女性連れではあるが、できるだけハイカーの溢れるコースを避けて、燧ケ岳《ひうちがたけ》、景鶴山《けいづる》、至仏《しぶつ》山に登ることにした。

八月初旬、武田と裕子は新幹線で東京に向かった。上野駅のホームで内川と松本美子に会った。美子は内川と同じ部で働いていたそうだ。武田も裕子も美子とは初対面だったが、同じ銀行に勤めている者同士なので、すぐに打ちとけて話せるようになった。東北本線のホームは旅行客で一杯だったが、何とか座ることができた。郡山で磐越西線に乗換え、会津田島で桧枝岐《ひのえまた》行きのバスに乗り、桧枝岐に宿を取った。平家の落人伝説が残る山あいの静かな旅籠だった。

翌朝、御池行きの一番バスに乗り、御池から登山を開始した。森林帯の急な登りが続き、女性陣が音をあげないか心配したが、元気についてくる。登りきると池塘が点在する湿原が広がっていた。

「わあ、きれい」と女性陣が歓声をあげた。木道を歩いて湿原を過ぎ、森林帯の中を登ると、次の湿原に出た。広い湿原の中ほどに二つの池が並んでいた。そのまんなかを突っ切る木道を周りの景色を見ながら渡る。シラビソやダケカンバの樹林帯に入りひたすら登り、燧ヶ岳山頂に着いた。

頂上からの展望は素晴らしかった。眼下に見える尾瀬沼は緑の大地にはめこまれた青い宝石のようだ。広い尾瀬ヶ原の先にピラミッド型の優美な至仏山が見えた。

山頂でゆっくり昼食休憩して下山開始。温泉小屋への急斜面を一気に下った。ハイマツ帯から笹原、針葉樹林帯、ブナの原生林と樹相が変わり、尾瀬ヶ原北端にある温泉小屋に到着した。

小屋で荷を解き、三条ノ滝を見に行く。只見川を下流に向かうと岩の上を白い糸のように水が流れる平滑ノ滝があった。さらに下流に進むと重低音の滝の音が聞こえてきて、三条ノ滝の展望台に出た。突如大地の支えを失った膨大な水が落差九〇メートルを落下していた。凄い迫力だった。

翌朝、温泉小屋を出発すると尾瀬ヶ原は靄に覆われていた。ヨッピ川沿いの木道を進むころ、靄が上がり青い空が拡がってきた。右側に景鶴山登山口があった。ザックをデポして登りはじめた。右手の支尾根に取りつき、急斜面を攀じのぼる。シャクナゲのピンクの花が咲き乱れている。ひょっこりと潅木に囲まれた景鶴山頂に出た。武田がその特異な山容と山名に憧れていた景鶴山はひっそりと孤高を持していた。眼下に、川に沿って拠水林が連なる尾瀬ヶ原が一望できた。

デポ地に戻ると、後はゆっくり尾瀬ヶ原のまんなかを貫く木道を歩いた。ハイカーが多く、誰もが笑顔で「こんにちは」と挨拶して通り過ぎる。至仏山が近づき、山ノ鼻小屋に到着した。

翌日、小屋の前から至仏山登山道に入った。樹林帯を登ってゆくと登山者が踏み荒らした赤茶けた裸地に丸太で土どめした登山道が続いていた。登山者の増加による自然破壊に粛然とした。背後の展望が開けて尾瀬ヶ原の先に燧ヶ岳が見えてきた。森林限界を抜け、一歩また一歩と高度を上げて至仏山山頂に着いた。下山は稜線沿いに鳩待峠に向かった。学生時代に逆コースをスキーワンデルングしていて吹雪に遭い、危うく遭難しかけたことを思い出す。緩やかな岩稜帯から樹林帯に入り、鬱蒼とした黒木の森を下ると、人声も賑やかな鳩待峠だった。

下山客はみな鳩待峠からバスに乗るが、武田は道を横切って富士見峠へ向かった。明るいブナの原生林の中を緩やかに登っていくと見晴らしのよい笹原に出た。左手に景鶴山から燧ヶ岳への山並みが見えてきた。実に気持ちのよい所だった。武田が本日のハイライトとして期待していたアヤメ平に着いたとき、武田は唖然とした。かつての瑞々しい高層湿原の姿は跡形もなく、一面赤茶けた裸地に変っていた。みんなにアヤメ平の素晴らしさを見せたくて遠回りしてきたのでがっかりした。何千年という歳月をかけて作られた湿原があっという間に裸地になってしまうことに愕然とした。湿原再生のため苗のような植物が植えられていた。アヤメ平の一日も早い復元を祈るばかりだった。

富士見小屋から富士見下のバス停まで林道を歩いた。今日もけっこう歩いたが、みな最後まで元気でバス停に着いた。

内川と美子も楽しかったといってくれたので武田も面目が立った。武田は内川と美子もいずれ結婚するのだろうと思った。

武田が夏休みを終えて職場に戻ると、八月の定期異動があった。本店検査部検査役に栄転した木村は満面の笑みだった。一年先輩の山井とコーラス部で活躍していた杉田は本店に異動となった。その後の店内異動で田辺が融資係に配置換えとなったのは武田にとっては痛手だった。小池と田辺の両ベテランが相次いで抜けて非常に心細かった。交代要員として大卒新人の金森が配属されてきた。九月末の決算処理を考えると気が重くなってきた。

数日後、木村の後任として庶務部から西条が赴任してきた。西条はいかにも好人物という風貌だった。三〇歳をとうに超えているがまだ独身だった。竹本は庶務部で一緒に仕事をしていたというので喜んでいた。西条が着任した日、武田と竹本は西条を飲みに誘った。寮生同士になったので帰り道は一緒である。銀行近くの居酒屋に寄った。竹本は西条と友だちのように会話をしていた。西条は二期生で前任の木村代理より一年後輩だが、偉ぶるところがまったくないので武田も敬語を使いはしたがあまり気を遣うことなく接することができた。

八月末で紫藤が退職することになった。不銀では出世する者が多いといわれる京大卒でありながら、出世しようという気はまったくないようだった。武田はそんな紫藤と気が合い、親しみを感じていた。サラリーマンは向いていないと見切りをつけ、司法試験にチャレンジする気になったようだ。岡山の実家に戻って勉強するということだった。武田は三村と丸山を誘ってささやかな送別会を催した。その席で昨年木曽駒山荘のクリスマスパーティで一緒だったメンバーの送別の寄せ書きを贈った。紫藤は非常に喜んでいた。二年半の短い付きあいだったが印象に残る人物だった。

九月になると決算を控えて何かと慌ただしくなってきた。決算は期末日に行うのが原則だ。普通預金の決算も本来は期末日に行うべき処理だったが、なにぶん普通預金の口座数は非常に多いので、ただでさえ忙しい期末日に行うのは不可能だった。そのため不銀では三月と九月の第二木曜日に普通預金決算を行っていた。

普通預金は出し入れが自由なので利息計算が面倒だった。理論的には期中の平均残高に普通預金利率を掛けて算出すればよいのだが、不銀では入出金取引の都度、次回決算日までの利息を計算して元帳の残高欄右にある利息欄に記入しておくという方法を取っていた。この処理を「利盛り」といっていた。利盛りを少しでも楽にしようと、本部から期初に、日にちごとの利盛り額が分かる「利盛り表」が送られてきた。それを見れば算盤で決算日までの日数計算や利息計算をしなくて済んだ。

このように決算日の利息は元帳の利息欄に既に計算されているので、決算日の処理はその利息を普通預金に入金することだった。この処理を「元加」といっていた。普通預金は口座数が多いので決算処理はたいへんだった。裕子は最近住宅ローンに付随する普通預金口座が急増しているので決算日が近づくと憂鬱になるといっていた。

九月一四日、普通預金の決算日、預金為替係では朝からNCR四二号会計機をフル稼働させて利息の元加処理を行っていた。すべての普通預金元帳に対し、利息欄にある利息額を今期の利息として入金処理しなければならない。四二号機の操作音が一日中途切れなかった。ときどき担当を代えて終日作業を続けていた。ようやく七時ごろに普通預金決算を終えた。引き続き元加処理後の元帳について利盛りが始まった。これも預金為替係全員で分担して行っていた。

翌日から武田ら計算係は普通預金元帳の元加処理と期初利盛りの精査を開始した。全口座の精査を完了するのに三日を要した。非常に根のいる作業でくたびれた。


九月三〇日の決算日を迎えた。決算は三月と九月の年二回決算で、支店での決算処理は翌営業日の朝までに完了しなければならなかった。今回の決算では田辺がいないので武田は内心不安だったが、この日が土曜日だったことは幸運だった。一二時にシャッターを閉めるので平日の決算より三時間ほど余裕ができた。そのうえ翌日が日曜日なので時間の心配はなかった。土曜日ではあったがやはり月末なので五時になっても伝票は揃わなかった。早めに決算弁当を使った。その後伝票が出揃い、七時半ごろには日次の締め作業を終了した。それから決算処理に入った。武田は今日は一〇時まで残業をして、翌日休日出勤をして仕上げることにしていた。金森には休日出勤を求めた。

八時になると渡瀬は大出を促して机の上を片づけ帰っていった。女子行員は八時以降の残業はしないというのが慣行のようだったが、前期決算のときは小池が自発的に九時半ごろまで残業に付きあってくれた。しかし渡瀬にはまったくそういう気はないようだった。武田自身は女子には八時以降の残業も休日出勤もさせないと決めていた。しかし決算業務は計算係全体の仕事であり、武田も渡瀬も同じ平行員同士なのだから、労働基準法に違反しない限りで、もう少し連帯の気持ちがあってもいいのではないかという思いもあった。武田と金森は予定通り一〇時まで残業して退行した。

翌朝、武田は替え上着を着て金森と一緒に九時に寮を出た。休日出勤するのは初めてだった。休みに出勤するのだからラフな服装で行ってもいいだろうと思った。

薄暗い店内に斜めに陽が射していた。武田は計算係の上の蛍光灯を点け、決算処理を再開した。各係から提出された期間補正伝票をチェックした。決算のときにしか使わない補正科目はなじみがないので決算関係の規定を参照しながら慎重に点検した。それから月末時点の総勘定元帳に補正伝票を加えて決算後の総勘定元帳を作成した。

一〇時過ぎに渡瀬が現れた。差し入れの菓子を持ってきて、お茶も入れてくれた。武田はいささか複雑な心境になったが、渡瀬の心配りは非常にうれしかった。渡瀬は組合員は安易に残業や休日出勤をすべきではないという信条があるのだろう。確かに従業員が自発的に過重な残業をするようになったら、銀行は必要な人員補充をしなくなるだろう。それも一理である。渡瀬はみずからの信条を守りながら、休日出勤する武田と金森に対し渡瀬なりに連帯の気持ちを示したのだろう。

渡瀬が帰り、再び二人で仕事を再開した。決算で確定した損益について、八月末時点の二次予想の数字と比べ、妥当性を検証した。各種の検証作業でタイガー計算器を使った。二次予想とのわずかな差異も説明できたので武田は自信を持って名古屋支店の決算を確定した。それから期初戻し入れの補正伝票を準備して決算処理を終えた。金森には決算の仕組みを一つ一つ説明しながら作業を進めた。金森は日常の業務については十分戦力になっていたので助かった。後片づけをして銀行を出たのは三時過ぎだった。決算日が土曜日だったので、気掛りだった決算も無事乗りこえることができた。

二〇　社内旅行（一九六七年一〇月）

新しい期になって平穏な日が続いていた。一〇月初旬、武田が昼休みに食堂で食事をしていると長老の高橋がやってきて武田の隣りに座った。

「武田さんよ、今度の社内旅行の宴会で君ら同期で何か余興をやってくれないかな」

「余興ですか……」

意外な申し出に武田は戸惑った。毎年一〇月に社内旅行があり、今年は伊勢志摩に行くことになっていた。旅行の企画は支店親睦会幹事の高橋が担当していた。行員は社内旅行のために毎月積立をしていて、銀行も相当の補助金を出していた。支店長以下の役職者がこぞって参加し、平行員も参加するのが当たり前とされていた。武田は入行以来二回の社内旅行を経験していたが、宴会が苦手でできれば参加したくないというのが本音だった。だが男気があって小説をよく読んでいる高橋は嫌いではなかったので、頼まれれば協力しないわけにはいかなかった。

「分かりました。やってみます。男だけでは殺風景なんで女性を加えてもいいですか」

「ああ、いいよ。その方が賑やかになるな」

高橋は満足げにうなずいた。

武田はその日、寮で三村が帰ってくるのを待ち余興のことを相談すると二つ返事で賛成してくれた。三村はどんな趣向にするのか武田が考えろといったので、筋書は武田が考えることになった。女性陣は木曽駒山荘のクリスマスパーティに参加したメンバーに声をかけることにした。

翌日、竹本に事情を説明すると非常に乗り気だった。内川は鑑定士試験の勉強のため社内旅行には参加できそうもないということだった。

武田は筋書作りに取りかかった。学生時代、ワンゲルの合宿最終日にキャンプファイヤが行われ、各隊ごとにスタンツと称する余興を行った。女性部員の顰蹙を買う卑猥でナンセンスなスタンツが多かったが、男性陣は腹を抱えて笑ったものだ。そんなスタンツを見てきたので馬鹿馬鹿しい余興を考えるのにためらいはなかった。ワンゲルでの経験では素人役者は笑いを取るさわりをしゃべるとき、自分が笑いだしてしまって芝居にならないことが多かった。そこで武田は台詞なしで替え歌と踊りで組みたてることにした。

まず替え歌を考えた。三日間かけて五曲の替え歌を作った。最初はザ・タイガースの『シーサイド・バウンド』である。次に山本リンダの『こまっちゃうナ』が続き、三曲目は再びザ・タイガースの最新曲『モナリザの微笑』、四曲目に荒木一郎の『いとしのマックス』と続け、フィナーレはナンセンストリオが歌っている奇妙な歌だった。

替え歌はできたが伴奏なしに声が揃うか心配だった。ふと高城が組合キャンプでハーモニカを吹いていたことを思い出した。高城に伴奏を頼めばスムーズに歌えるだろう。

武田は替え歌を仕上げると昼休みに近くの喫茶店で三村と竹本と会い、台本を渡して説明した。あまりのナンセンスさに反対されるかと心配していたが、二人とも「いいじゃないか」と大乗り気だった。それから演技や振付けについて三人でアイデアを出しあった。三村が「女の子と一緒に踊るんなら俺たちも女装したらどうだ」というと、竹本も「それは面白い」と同調した。

その日の午後、武田は高卒同期と一年下の女性陣に社内旅行で余興を行うので、参加希望者は仕事が終わったら三階の会議室に集まるように伝えた。五時半に武田、三村、竹本が会議室に顔を出すと、急な呼び出しにも拘わらず数人の女性と高城が集まっていた。武田が余興の内容も説明すると、同期の女性の反応は控えめだったが、一年下の片岡や長尾はまだ天真爛漫なところがあって積極的だった。武田は昨年の木曽駒山荘でのクリスマスパーティで踊りが抜群にうまかった片岡に歌に合わせたダンスの振付けを任せることにした。それから男たちの女装用衣装の調達を相談すると、彼女らのお古でよければ持ってくるというので借りることにした。

社内旅行の前週から女性たちは仕事が終わると密かに和室や会議室に集まり練習をしているようだった。武田は歌いながら踊るのは難しいだろうなと思ったが彼女たちに任せていた。ある日、武田たちは女性陣が用意してくれたスカートの試着に呼ばれた。武田は片岡のミニスカートをズボンの上から穿いてみたがきつ過ぎて腰の上まで上げられなかった。片岡は武田のサイズを測り、直してくるといった。女装の衣装は目処が付いたが、髪の毛や胸の膨らみをどうするかは各人が工夫することになった。

社内旅行の前日、和室を閉めきって全出演者が揃って最後の練習を行った。替え歌を歌いながら片岡の振りをまねた。若い子の見まねのうまさに感心した。男性陣は女性陣のように軽快に体を動かすことはできなかったが、それはそれで面白いだろうと武田は楽観していた。最後に武田は、曲と曲の間が間延びしないように、笑い出したり恥ずかしがったりしないように念を押した。


土曜日、みな早めに仕事を終え銀行の前に駐まった観光バスに乗りこみ、賢島の志摩観光ホテルに向かった。ホテルは波静かな英虞《あご》湾に面していた。部屋割りに従い、各自部屋に入った。武田、三村、竹本は一緒の部屋だった。それから浴衣に着替えて一風呂浴びた。

宴会は六時からだった。入口で番号札を引き、その番号の席を探した。すでに半数以上が着席していた。武田の席は廊下側の中ほどだった。笹岡支店長、竹越次長、安河次長がやってきて、舞台に向かって正面の席に座った。男性は浴衣に丹前を羽織っているが、若い女性は私服のままの者が多い。

定刻になって幹事の高橋が開宴を告げ、支店長の挨拶があった。次に竹越次長が乾杯の音頭に立ちあがると中居が一斉にビールの栓をポンポン抜いて手早く注いで回った。竹越が短い挨拶をして「乾杯」と声を上げると一同唱和してグラスを空けた。冒頭儀式が終わると、みな一斉に箸を取り宴会繕に並べられた料理を食べはじめた。大きな伊勢エビを丸ごと一匹使った豪華な料理にはびっくりした。さすが伊勢エビの本場だけのことはある。しばらく酒を飲みながら食事をしていると余興が始まった。最初に歌自慢の庶務係代理が舞台に上がって歌いはじめた。武田たちはさりげなく席を立って着替えのために部屋に戻った。武田たちはスカートに履きかえ、タオルをつなぎあわせたブラジャーを巻き、各自工夫のパッドを入れて胸を膨らませた。片岡と長尾が部屋にやってきてパッパッと白粉を付け、口紅を塗ってくれた。仕上げに武田はネッカチーフで頭を覆った。三村と竹本は金色の色紙を長細く切って作った見るからに滑稽な金髪のカツラを被った。独身寮の三階で隣り同士の二人が密かに制作したようだ。女性陣は白いテニス用ショートスカートに着替えていた。仕度ができるとみんな揃って大広間の舞台裏に集まった。

演歌を歌っていた先輩行員の歌が終わり、いよいよ武田らの出番になった。

高城が舞台横に立ってハーモニカで『シーサイド・バウンド』のイントロを吹きはじめると、武田たちは一列になって舞台に登場した。女装の三人に歓声が湧いた。三村と竹本の奇妙きてれつな金髪を指差し大笑いしている。

お嫁に行こうよ　いい人見つけて
選りどり見どりで　迷ってしまうけど
でっかいバストが　魅力の私なのさ
名古屋の娘は お値打ちなのさ
シーサイド・バウンド　ゴー・バウンド

三村と竹本が大袈裟にバストを持ちあげて笑いを取った。片岡の指導による女性陣の流れるような踊りもなかなかいい感じだった。二番まで歌って、間髪を入れず山本リンダの曲に移った。

こまっちゃうナ　デイトにさそわれて
どうしよう　ホテルに　行くのかしら
うれしいような　こわいような
ドキドキしちゃう　私の胸
彼に聞いたら　何にもいわずに笑っているだけ
こまっちゃうナ　デイトにさそわれて

山本リンダの舌たらずで甘えたような声をまねて歌った。女性陣が曲に合わせてダンサーのように踊る。間近に見ようと自分の席を離れ舞台下に集まる者が増えてきた。
三曲目は一転、静寂の中で上手に立った高城がハーモニカで『モナリザの微笑』のイントロを嫋嫋と奏でた。女性陣がザ・タイガースの最新曲をゆっくりとした振りで歌い始めた。

雨がしとしと日曜日
僕は一人で
君の帰りを待っていた
壁に飾ったモナリザも

なぜか今夜は
　すてきな笑顔忘れてる

ハーモニカの間奏があって次のフレーズが始まると同時に、下手から竹本が両手で掲げた額縁の中に顔を入れて、カニの横ばいのようにして一歩一歩舞台中央に進む。モナリザとは似ても似つかぬ竹本に場内は爆笑の渦に包まれた。

　どんなに遠く離れていても
　僕はあの娘の心が欲しい

竹本が額縁の中でキョロキョロと左右を見渡すと、またどっと笑いが起こった。

　涙ポロポロ　日曜日
　僕はいつでも
　あの娘の笑顔待っている

するとしそうな顔をしていた竹本が一転ニコッと笑った。モナリザの微笑ならぬ竹本の微笑にみな抱腹絶倒の態である。竹本は中々の役者だった。どこで調達したのか大きな額縁を風呂敷に包んで運んできたのが大成功だった。
次は最近流行っている荒木一郎の『いとしのマックス』だった。三村、武田、竹本の三人が前に出てボーカルを担当し、女性陣は後ろでダンスとコーラスに回った。

真っ赤なパンティを君に
穿いて欲しいんだ君に
愛しているんだよ
すてきな君だけを
ヘイ　ヘイ　マックス　ウォナビ　マイラブ
そして君と踊ろう

三村が歌いながらスカートの中に隠していた赤いパンティを取り出して客席に投げこむと、かぶりつきにいた男たちがそれを奪いあう姿に笑いが起こった。

でっかいおっぱいを僕に
捧げて欲しいんだ僕に
わかって欲しいのさ
すてきな君にだけ

ヘイ　ヘイ　マックス　ウォナビ　マイラブ
そして君と踊ろう

今度は武田が歌いながら、ブラジャー代わりに胸に巻いたタオルの中から袋入りのあんパン二つを取り出して会場に撒いた。それをナイスキャッチした若手行員がパンを咥えて見せたのでまたまた爆笑になった。

フィナーレはナンセンストリオが忍者姿で軽妙に動きまわりながら歌っている「親亀の背中に子亀を乗せて　子亀の背中に孫亀乗せて　孫亀の背中にひい孫亀乗せて　親亀こけたら子亀孫亀ひい孫亀こけた」の替え歌だった。

ヒラ行員の背中に代理を乗せて

歌いながら武田、三村、竹本が四つん這いになると女子二人がその上に乗った。運動会でよくやる組み体操のピラミッドである。

代理の背中に次長を乗せて
次長の背中に支店長乗せて
ヒラがこけたらみなこけた

三段目の女の子の上に一番軽い女の子がおぶさるように乗って、何とか四段にして、「みなこけた」と歌いながら一段目の武田たちが両手両足を思い切り伸ばしてピラミッドを崩壊させた。亀の家族を支店の職位に置きかえたところが受け、ピラミッドが崩れると歓声が上がった。

素早く起きあがって全員が横一列に並んでお辞儀をしているとき、武田は誰かが自分に向かって突進してくるような気配を感じた瞬間、丹前を着た男が武田に抱きつき、頬にキスをしようとした。武田はギョッとして後ずさりしたが、バランスを崩して尻餅をついてしまった。

何と武田を襲ったのは支店長だった。転んだ拍子にスカートの中が丸見えになったが用心のため水泳パンツを穿いていたので下着を見られずに済んだ。思わぬハプニングに満場は大爆笑に包まれ、あちこちで腹を抱えて笑い転げている者がいた。

武田たちは拍手の鳴りやまぬ中、舞台横から廊下に出て、部屋に戻った。二週間にわたって密かに練習してきた余興が大好評だったのでみな興奮気味だった。武田も狙いどおりになったスタンツに満足していた。それにしても職場ではパイプ煙草を燻らせて近づきがたい風貌の笹岡支店長が武田に飛びついてきたのには驚かされた。武田たちが一生懸命演じているので、さらに盛りあげようと協力してくれたのだろう。武田は支店長を見直した。

部屋で化粧落としをした武田らは宴会場に戻った。所々に車座ができて、差しつ差されつで盛りあがっていた。幹事の高橋が徳利を持ってやってきて武田の杯に注いだ。

「ご苦労さん。いや最高に面白かったよ。仲居頭が長い間お客さんの宴会芸を見てきたけど今日ほど笑ったことはないと褒めてたよ。俺も鼻高々よ」

依頼主の高橋に感謝されて武田もうれしかった。武田が予想した以上に受けたのは三村や竹本のお蔭だった。三村は丸栄デパートに赤いパンティを買いにいって店員に不審の目で見られたり、竹本は大きな額縁を風呂敷に包んで運んできた。傍から見れば馬鹿馬鹿しいようなことをただ人を笑わせたいという一心で無償の奉仕をする。愉快な仲間たちだった。

二一　結婚決意（一九六七年一〇月）

裕子との付きあいも長くなった。裕子との関係は初めから地に足の着いた恋愛であり、生涯を共にするパートナー選びという側面が強かった。学生時代は思想信条の一致が結婚の絶対条件だと思っていたが、今は裕子に武田の考えを押しつけるつもりはなかった。だが自分の考えはきちんと伝えておこうと思った。それで裕子と付きあい始めたとき、「僕は今の社会を変えたいと思っているから、会社で出世することが人生の目標ではない。銀行を辞めることもあるかもしれない。だから豊かな生活を約束することはできない。もちろん結婚する以上は生活に困らない程度には働くが、それ以上は期待しないでくれ」と断っておいた。裕子は内心どう思っていたか分からないが了解した。

その後、裕子の実家を訪れるようになり、食事をご馳走になり、家族の一員のように歓迎されていた。武田と裕子が結婚することについて裕子の両親に異存はないようだった。

夏休みに尾瀬に行った帰りに武田は裕子を連れて実家に泊まった。武田の両親にも裕子を紹介しておこうと思った。母には以前から裕子と結婚するつもりだと手紙で伝えていたが、父には職場の同僚ということにしておいた。父に突然結婚相手と紹介したら反対されるに決まっていたからだ。武田は母に父の機嫌がいいときに、彼女と結婚するらしいと話してもらうことにした。

しかしこの作戦は失敗した。武田が裕子と結婚するらしいと聞いた父は、「今まで何も俺に話をしないで勝手な事ばかりして」と怒りだしたという。母はやはり武田が直接父に会って話すか、手紙で説得するようにといってきた。母の見立てでは裕子が気に入らないというわけではなく、自分が知らないうちに話が進められて父親としてのプライドを傷つけられたのではないかということだった。

武田は結婚は憲法二四条に書かれているように、「両性の合意のみに基いて」成立するものだと思っているから、父が何といおうと裕子と結婚することにしていた。だが父が反対したままで結婚を強行するのは裕子に申しわけないと思った。武田は母がいうように、直接父に手紙を書くことにした。

　今まで結婚について直接話していなかったので、僕の考えていることを書きます。水嶋裕子さんは仕事をしっかりやる優秀な行員で、性格は素直で控えめな女性です。ご両親と兄と一緒に暮らしていて、みな温厚で純朴な人たちです。彼女とは一緒に山に登ったのをきっかけに付きあい始めました。銀行の仕事はなかなか厳しくてストレスを感じるときが多いですが、心を許して話し合える相手がいるとまた頑張ろうという気になってきます。

　不動産銀行では職場結婚はごく普通のことであり、出世にマイナスになることはありません。相手の仕事振りや人柄を間近に見ることができるので、職場結婚は見合い結婚より失敗が少ないと思います。

結婚して生活していけるのかについては確かに今の給料ではあまり余裕はないですが、社宅が割安に借りられるので最低限の生活はできると思います。毎年ベースアップもあるので、二、三年もすれば安定すると思う。結婚式のような儀式に金をかけるつもりはありません。家庭を持てば自ずと責任感も出てくるし、仕事にもプラスになると思っています。

彼女を生涯の伴侶として決めた以上、結婚を先延ばしにする理由もないので、来年には結婚したいと思っています。


武田が父に手紙を書いたのは初めてだった。そもそも武田は父とまともに話しあったことはないので、父をどう呼べばいいのか分からなかった。今さら「父さん」と呼ぶ気にはなれないし、「貴方」と呼ぶのも堅苦しい。それで二人称代名詞は使わなかった。内容も父の要望についてはゼロ回答で、自分の考えを述べただけだった。それで父が納得しないのなら仕方がないと思った。

数日後、父から短い返信があった。武田の決意が固いのを知ってだいぶ譲歩してきたが、結婚式は簡素でよいから行う、挙式の時期は武田が東京に転勤してきた後にするという条件を出してきた。そして来週、大阪に出張するので、帰りに名古屋に寄って話をしたいと書いてあった。

武田は父が結婚そのものには反対していないのは一歩前進だと思ったが、結婚式を条件とされたことは頭が痛かった。

翌日、追いかけるように母の封書が届いた。父は武田の手紙を見て考えこんでいた、やっぱり結婚式は東京でやりたいようだ、先方のご両親が父が乗り気でないと知ったらどんな気持ちになるか考えて父を説得すること、先方の両親は嫁入り道具を揃えるだろうから、こちらも結納を持参しないわけにはいかない、結納金二〇万円、結婚式三〇万円位は準備しなければならないなどと書き連ねていた。母はあくまでも現実主義者だった。また父が名古屋に行ったとき、父を彼女の家に連れて行ったらどうか、案外喜んで行くかもしれないと書いていた。武田は結婚式や結納はまったく考えていなかった。父を彼女の家に連れて行くという難題も降りかかってきた。

土曜日に父から電話がかかってきて、明日会いたいといって、宿泊する旅館の場所と名前を連絡してきた。武田は裕子に電話して、明日の午前中にひょっとしたら父を連れて行くかもしれないのでよろしく頼むと連絡しておいた。

日曜日、武田は一〇時に名古屋駅近くの旅館を訪れた。玄関を入るとロビーのソファで新聞を見ている父が見えた。武田に気づいた父は立ちあがって玄関にやってきた。精算は済ませていたようでボストンバッグを手にしていた。表に出て取りあえず駅前の喫茶店で話をしようかと思ったが、いっそのこと、このまま裕子の家に案内してみようかと考えなおした。

「実は彼女がぜひ家に寄ってくれないかといっているんだけど、すぐ近くだから行ってみないか」

「そうか。手ぶらでいいのか」

「後でお袋にお礼状を出してもらえばいいんじゃないか」

「そうだな。それじゃ行ってみるか」

父があっさりと行く気になったのには驚いた。母のいう通りだった。駅前の公衆電話から裕子に電話をかけ、今から父と一緒に行くと連絡した。来るか来ないか分からない訪問に裕子も家族もさぞ落ちつかなかっただろう。駅前からタクシーに乗って裕子の家に向かった。一五分もかからなかった。裕子の両親がかしこまって出迎えてくれた。父も如才なく挨拶している。正志も加わりお茶を飲みながら言葉を交わしていると寿司とビールが運ばれてきた。一杯、二杯と飲んでいるうちに賑やかになってきた。父は早くも少し顔を赤くして上機嫌でしゃべっている。武田と裕子の結婚に難色を示していたのにコロッと態度を変えた父に内心呆れていた。二時間ほどして武田は父を促して裕子の家を辞し、タクシーで名古屋駅まで送った。

母のアドバイス通り、父を裕子の家に連れて行ったのは大成功だった。この訪問により裕子との結婚は双方の親の認めるところとなった。わがままな父のことだから、これからも悶着を起こすかもしれないが、ひとまず事態は大きく前進した。武田は裕子の両親が望むなら結婚式を挙げなければならないかなと思った。

昭和四三年の元旦、帰省していた武田は実家に送られてきた年賀状を見ていた。学生時代の親友吉岡の年賀状には細字のペンでびっしりと書きこみがあった。

今年の三月で司法研修所を卒業する。法曹界は思っていた以上に厳しい社会であることを実感した。体制に順応していとも簡単に信念を棄てて考えを変えてゆく人達を何人も見てきた。勿論そうでない人も随分いた。人間の良心を担保するものは何なのか考えさせられた。その中で裁判所ではまだ何かできそうな気がして裁判官に任官しようと思っている。精神的な若さを失わず、青春時代に抱いた理想と豊かな感受性を持ってやってゆくつもりだ。三月に結婚することになった。相手は高校の後輩だ。色々悩んだが結婚に踏み切った。会費制で式を行う予定なので是非来てくれ。

吉岡が武田と相前後して結婚するのはうれしいことだった。やはり人間は一人で暮らすより二人で生活する方が自然なのだろう。

武田は三日の昼過ぎに実家を出た。母はいつものように武田が見えなくなるまで見送ってくれた。この家で正月を過ごすのは今年が最後になるだろうと思うと複雑な気分だった。

二月上旬、武田の両親が結納のために名古屋にやってきた。母は和服を着ていた。運んできた風呂敷を解くと白木の台に結納金封と熨斗、スルメの三点セットが載せられていた。裕子の父親が恭しく受けとって結納の儀式を終えた。武田は古めかしい儀式を馬鹿らしいと思いながら眺めていた。

それから結婚式場を探しはじめた。武田は四月中に結婚式を行いたかった。新婚旅行でスキーに行きたかったからだ。式は東京で挙げることにして、比較的料金が安い学士会館に電話してみたら、もう五月まで予約で一杯だった。母も式場探しを手伝ってくれたが、どこも半年先まで空いていないということだった。さすがに泥縄ではうまくいかないなと意気消沈した。たまたま銀行の食堂で隣りあった高橋に東京で適当な式場はないか聞いてみた。すると昨年東京で結婚式を挙げたばかりだった高橋は自分が利用した品川の「新日本会館」という式場を紹介してくれた。銀行の取引先ということだった。さっそく電話してみると、奇跡のように四月二一日、日曜日が空いていた。すぐ予約して母に下見と申込手続きを頼んだ。

仲人を決めなければならなかった。銀行の上司は避けたかったが、ほかにいないので木村に頼んでみることにした。現在の上司である西条が一番頼みやすかったが独身なので仲人は無理だった。結婚するときは支店長に報告するのが慣習のようなので支店長室を訪れた。笹岡支店長とは仕事上の話をしたことはなかったが、昨年の社内旅行で余興を演じていた武田に抱きついてきた意外な面もあった。ノックしてドアを開けると書類を見ていた支店長は気さくに武田をソファに座らせ、大きな椅子に腰を下ろしてパイプに火を点けた。武田は早口で結婚することを報告した。支店長はうなずきながら聞いてきた。

「それで仲人は誰にするのかね」

「最初に配属されたときの上司だった木村検査役にお願いしようと思っています」

「木村君もいいけど、竹越君にやってもらったらどうかね。僕がやればいいのだが妻がちょっと具合を悪くしていてね」

武田は単なる儀礼的な挨拶のつもりだったが仲人の話になってびっくりした。幸い木村にはまだ依頼していなかったので、支店長のいう通りにしようかなと思った。

「竹越次長に引き受けて頂ければ願ってもないことですが、ご迷惑ではないでしょうか」

「僕からも頼んでおくから引き受けてくれると思うよ」

武田は丁重に礼をいって支店長室を出た。意外な成行きだった。職場結婚だから祝ってやろうということかもしれないが、従業員の結婚にまで目を配るのはいかにも日本的だなと感心した。

竹越は二月の人事異動で本部に転勤していた。木村ほど気安く頼める関係ではなかったが、大学の先輩でもあるのでその日の午後に電話で仲人を依頼した。するとすでに笹岡支店長から話があったようで快く引き受けてくれた。

翌週末、日帰りで裕子と一緒に国立市に住む竹越の自宅に挨拶に行った。竹越夫妻は面倒な仲人を引き受けてもらい恐縮する武田を応接間に温かく迎えてくれた。仲人のスピーチのために武田と裕子の生いたちや馴れそめを聞かれた。武田はあまり長居をしてはいけないと三〇分ほどで辞去した。

式場と仲人が決まると、次に招待客を決めなければならなかった。武田と裕子は親しい友を数人ずつ選んだ。親族については双方の両親に任せた。裕子の両親は親族が多かったが簡素に行いたいという武田の希望を汲んでくれて、最低限の人数に抑えてくれた。裕子側の親族には東京まで来てもらうことになり申しわけないことだった。司会は槙原に頼み、引き受けてくれた。

それから招待状を印刷して発送した。三月になると二次予想、決算準備で一段と忙しくなったが、その合間に結婚式の準備を進めた。

結婚式の準備と並行して新居を探さなければならなくなった。武田が庶務係に社宅を申しこみに行ったら、現在家族用社宅に空きはないということだった。島倉代理は何らかの補助ができないか人事部と相談してみるということだった。社宅を利用できるという前提で家計を考えていたので困ったことになった。裕子が近くの不動産屋に聞いてみたら二部屋で浴室付きだと一万二千円が相場ということだった。武田の月給が五万円ほどだから家賃として払えるのは一万円が限度だった。その条件で探してもらい、裕子と週末に三軒案内してもらった。いずれも木造の古い長屋で、部屋は暗く風呂もないのでさすがに決めかねた。そんなとき裕子の母親が、近所に空き家があり、一、二年なら安く貸してくれるという耳寄りな話を持ってきた。さっそく下見に行ってみると、裕子の実家から五〇メートルほどの所にある、かなり古い平屋の家だった。六畳の部屋が二間と食堂兼台所があって、二人が住むには十分な広さだった。風呂はなかったが、裕子の家の風呂を使わせてもらえる。賃料が八千円でいいというので渡りに船とばかりに借りることにした。

結婚式場との打合せは母が進めてくれていた。引出物とか決めなければいけないことがたくさんあるようだったが、母に任せっきりだった。披露宴の最終打合せだけは来てくれと母にいわれていたが、武田は行けそうもないので裕子に行ってもらった。

三月二四日に学生時代の友人吉岡の結婚式があり、武田は東京の会場に日帰りで出席した。会費制で学生時代の友人や司法研修所の友人たちがおおぜい参加していた。立食パーティ形式で気どらず、みんなで盛りあげて新郎新婦の門出を祝福していた。

裕子は三月中旬に退職届を提出した。女性は結婚したら退職するのが一般的だった。裕子も銀行を辞めるのは仕方がないと考えているようで、落ちついたらアルバイトをするといっていた。

翌週、裕子は退職した。借家を大掃除し、少しずつ布団や台所用品を運んでいるようだった。

家具や家庭電化製品は裕子の両親が揃えてくれた。名古屋では娘親が嫁入り支度に大金をかけるという話は聞いていたが、武田は自分たちで必要最低限の物を揃えるつもりだった。しかし裕子の両親にとっては娘の嫁入り道具を揃えるのが生き甲斐だった。裕子にも説得されて名古屋の風習に従うことにした。結婚式が近づくにつれ、裕子の実家の居間に新調した家具調度が並べられていった。

三月末の決算は武田にとって一番緊張する日だったが、三一日が日曜日だったので、決算日は土曜日だった。前回決算時と同様の幸運に恵まれ、余裕を持って決算処理を終えることができた。

四月上旬、武田は出勤していて立ちあうことはなかったが、裕子の実家から嫁入り道具を積んだ「嫁入りトラック」が、新居まで五〇メートルほどの距離をゆっくりと移動したという。近所の人びとが集まって、「立派な嫁支度だ」と口ぐちに褒めていたそうだ。名古屋の人は日ごろは倹約しているが、結婚式には思いきって大金を費やすそうだ。娘を持つ名古屋の親はたいへんである。

翌日、武田は正志の車を借りて独身寮から荷物を運びだし新居に移った。

武田と裕子は四月二一日、東京品川の式場で結婚式を挙げた。披露宴の前に神前で式があった。武田と裕子は事前に式次第と所作の説明を受けた。式が始まり武田は貸衣装のモーニングを着て、裕子は打掛けで、後ろに仲人と親族が続いて小さな神式の部屋に入った。神主の前に座ると、まず神主のお祓いを受けた。続いて「祝詞」があり、何をいっているのかよく分からないが、「武田の俊樹と水嶋の裕子」が何たらして「相助け」て幸せになれというようなことをいっていた。最後に「かしこみかしこみもうーすー」といって祝詞が終わった。それから巫女が注ぐ神酒で三三九度の盃を口に運んだ。次に玉串を捧げ、「二拝二拍手一礼」をしてようやく儀式から解放された。

それから参加者三〇数人のこぢんまりとした披露宴に移った。武田は自分が「主役」になる式など挙げたくもなかったが、雛壇に仲人と共に並ばされた。槙原の司会で始まり、竹越が武田と裕子のことを過不足なく紹介してくれた。それから参加者のスピーチが続いた。東大「コールアカデミー」出身の内川がシューベルトの『野ばら』を歌ってくれたのには感激した。武田は参加してくれたゼミの加藤教授や高野、銀行の上司木村、西条、同期の三村、竹本には感謝の気持で一杯だった。大学の親友吉岡はちょうど新任地へ移ったばかりなので参加できなかったのは残念だった。

結婚式が終わると実家に戻り、スキーの支度をして新宿駅に向かった。夜行列車に乗って翌朝、八方尾根の麓にある「白馬東急ホテル」に着いた。いつか泊まりたいと思っていた憧れのリゾートホテルだった。スキーシーズンはとっくに終わっていたが、八方尾根の上部ではまだ春スキーができた。オフシーズンなのでホテルは客も少なく静かだった。

スキーウェアに着替え、少し歩いてロープウェイに乗った。終点の兎平で降りると、そこから上は十分な雪が残っていた。ザラメ雪で滑る感触は爽快とはいえないが、数人しか滑っていない広いゲレンデで、ぶつかる心配もなく縦横無尽に滑ることができた。白馬連峰の眺めが素晴らしく、それだけでも十分満足だった。

二日間スキーを楽しみ、最終日は黒四ダムを見物した。タクシーを奮発してホテルから扇沢のバスターミナルまで行き、トロリーバスで後立山連峰をぶち抜いたトンネルを通って黒四ダムに出た。黒部川の渓谷をせき止めた巨大なダム湖だった。よくこんなものを作ったものだと感心した。

その日のうちに名古屋の新居に戻り、新婚休暇は終わった。この半年間、紆余曲折があったが何とか乗りきることができた。一番苦労したのは母だった。武田は口には出さないが感謝していた。当初結婚に反対していた父だったが、最後は武田が頼みもしないのに本店の竹越の所にお礼に行ったりしていた。父なりに社会を知らない武田のフォローをした積りなのだろう。

二一 新婚生活（一九六八年五月）

結婚生活が始まった。独身寮も気楽だったが、裕子が作る朝食を取り、裕子に見送られて家を出るのも悪くない。中川区の借家から二分ほど歩き、五女子《ごにょうし》駅で市電に乗った。尾頭橋《おとうばし》で乗換え、泥江町《ひじえ》で降りて支店まで歩いた。通勤時間は約四〇分だった。

その後、島倉代理から人事部と協議していた社宅を利用できない場合の家賃補助について説明があった。社宅と同等レベルのマンションの家賃を限度に補助金を支給することになったという。それで武田も今の借家より快適なマンションに移ろうかと思った。しかしまた引っ越しするのも面倒なので、今のままにすることにした。それでも家賃八千円分の補助金が出るようになり楽になった。

計算係になって二年目になり、仕事ではストレスもなく平穏な毎日だった。だが三月の決算から結婚式と慌ただしい日々が続き、新婚旅行から戻るとすぐ月末の残業となり、疲れが溜まっていた。五月の飛び石連休はゆっくり家で過ごし、結婚と引っ越しの連絡を兼ねた挨拶状を出したりしていた。

連休明けのある日、武田が帰宅すると母から手紙が来ていた。武田は夕食を済ませると居間で封筒を開いた。内容は父が会社の仕入先である大手特殊鋼メーカーの子会社が松戸市に造成した分譲宅地を買うことにしたという話だった。三百万円で売り出されている八〇坪の物件に決めたという。父は現在勤めている会社から独立して会社を起こす気になっていたので、そちらの方の資金も必要となるので、土地購入資金の半分を武田に出してもらえないかということだった。武田は母の手紙を読みおわると、さてどうしたものかと思案した。

武田は土地を買ったり家を建てることなど考えたこともなかった。学生時代にはそんなブルジョワ的な発想は軽蔑していたものだ。だが就職し結婚した今、本店に戻ったときにどこに住むかは現実の問題だった。社宅が空いていればよいが、空きがなければ借家を探さなければならない。不銀では従業員が増えて本店の社宅は不足していた。それで不銀は社宅を増やすより行員に住宅資金を貸し付ける「行員持家制度」を推進していた。本店勤務になればいずれ自分で家を建てなければならなくなる。だとすれば両親と共同で土地を購入し、共同で家を建てるのは案外良策かもしれないと思った。しかし就職してようやく父から解放されたのに再び一緒に暮すことには抵抗があった。また二人だけの新婚生活を楽しんでいる裕子は武田の両親と同居することに難色を示すだろうと思った。

食事の後片づけを済ませた裕子が居間に戻ってきた。

「お母さんの手紙何だったの」

「親父が土地を共同で買いたいといっているようだ」

武田は母の手紙の内容を説明した。

「それで、どうするつもりなの」

「本店勤務になったら家を探さなければならない。社宅はなかなか入れないようだからね。親父と折半で家を建てられれば資金面は楽になる。しかし貴方にとっては気が進まないだろうな」

「それは仕方ないわよ。だけどお金の方はどうするの」

裕子は武田の両親との同居を望んでいるわけではないが、経済的なことを考えれば仕方ないと思ったようだ。

「行友会の住宅貸付金を借りられると思う。明日詳しく調べてみるよ」

武田は裕子が反対しなかったので土地購入に前向きになっていた。


翌日、武田は従業員持家制度による貸付金について調べてみた。武田はたまたま住宅積立預金に一定期間毎月定額を積み立てるという条件を満たしていたので、貸付を受ける資格があった。勤続年数により貸付限度額が決められていて、武田の場合は上限四五〇万円だった。これだけ借りられれば土地代の半分と家屋建築資金のかなりの部分を捻出できそうだった。金利も一般の住宅ローンより割安で定年までの分割返済だった。月々の返済額は何年かごとに段階的に増えてゆく方式だったので、まだ給料が少ない武田でも返していけそうだった。今までメーカーに就職した者が会社の製品を割引で買えるという話を聞いて羨ましかったが、銀行の場合は貸付という大きな特典があることを実感した。反面、いったん借りたら定年まで勤めなければならなくなるだろう。中途退職することはできるが、そのときは貸付金の残額を一括返済しなければならないので、家を手放すことになるだろう。武田は四〇歳くらいには銀行を辞めて好きなことをしたいと思っていたが、その夢は諦めざるを得ない。

その日夕食後、風呂と電話を借りに裕子の実家に行った。武田は母に電話で住宅貸付を受けられるので半分支払うことはできる。ただし銀行から借りるためには土地を担保に出さなければならないので、分譲業者に土地を半分宛に分筆してもらうように頼んでみて欲しいと頼んだ。母は非常に喜んでいたが、分筆登記についてはよく分からないので、父から業者に聞いてみるといった。

武田の意向を聞いた父は、翌日に分譲業者に連絡して、息子と共同で購入するので二筆に分筆できないか聞いてみると、すぐ了解してくれたということだった。

六月初旬に分筆登記が終了したので武田は人事部厚生課に電話して、住宅貸付金の申込み書類一式を送ってもらった。翌日、使送便で従業員貸付制度の説明書と借入申込書などが送られてきた。従業員への貸付なので抵当権設定は免除され、後日土地の不動産登記済権利証書を提出すればよかった。武田はさっそく必要書類を揃え、四〇坪の土地購入代金一五〇万円の借入申込書を仕上げて、西条のハンコをもらい支店長席に回した。その日のうちに支店長の決裁が下り、人事部に送った。六月一四日の金曜日だった。父は六月末までに業者に代金を納めなければならないといっていたが、十分、間にあうだろうと思った。

武田は一週間もあれば貸付が承認されるだろうと思っていたが、翌週末になっても連絡がなかった。武田は何か問題があったのかなと心配になってきた。落ちつかない気分で週末を過ごし、六月最終週の月曜日を迎えた。昼過ぎに父から電話がかかってきて、いつごろ送金できるのか聞いてきた。支払期日が迫ってきて父も心配しているようだった。武田はいつごろ資金が交付されるのか本部に聞いてみるといって、電話を切った。武田は二年前、融資係で長期住宅ローンの申請を行ったとき、なかなか本部の決済が下りず、申込客がいつごろ資金が出るのか聞きに来たことを思い出した。あのときの客の気持ちがよく分かった。

人事部をせかすのは気が重かったが、ふと人事部に槙原がいることを思い出した。面識のない担当者に聞くより、槙原に事情を話して聞いてもらえないかと思った。だがプライベートなことで槙原を煩わすのもためらわれ、しばらく逡巡したが、意を決して槙原に電話した。幸い槙原は在席していてすぐに電話に出た。武田が名乗ると、「やあ、奥さん元気かい」と気さくに応じた。武田は結婚式での司会の礼を述べてから用件を伝えると、槙原はいとも簡単に引き受けてくれた。それから五分もしないうちに槙原から電話があり、今日中に決済を取り、明日中に武田の口座に貸付金を振りこむということだった。武田は急転直下の解決にびっくりすると同時に、この二、三日心にかかっていた不安が一気に晴れて心底ほっとした。同時に槙原の好意が沁み沁みありがたかった。槙原は人事部の人事課に所属しているが、従業員貸付を担当している厚生課にも顔が効くようだ。さすがエリートの槙原であると感心した。

翌二五日に武田の口座に一五〇万円の入金があった。武田はすぐに父の会社に電話して、明日水曜日に一五〇万円を分譲業者の口座に振り込むと連絡した。父もほっとしたようだった。

裕子は近くにある区役所にアルバイトに行くようになった。時給は安かったが家計の助けにはなる。武田は家事を全部引き受け、そのうえ働きに出るのはたいへんだろうと思ったが、裕子は毎日疲れも見せずに動き回っていた。

一二月一〇日、東京府中で現金強盗事件が発生した。白バイに乗った男が銀行の現金輸送車を止め、爆弾が仕掛けられているとだまして行員を車から避難させ、現金輸送車を乗っ取るという大胆な犯行だった。盗まれた金額は三億円というとてつもない金額だった。新聞、テレビは連日事件のニュースで持ちきりだったが、一向に犯人は捕まらなかった。

暮れも押しせまったある日、武田は全銀協の資金担当者部会に西条の代理として出席していた。定例の議事も終わり、年末恒例の年越しの日銀券発行残高を予想する余興が始まった。各行に予想残高を記入する投票用紙が配られた。次回の新年例会で年末の発行残高にもっとも近い金額を予想した銀行に賞品が与えられることになっていた。真面目に予測する銀行もあったが、武田は昨年末の発行残高に最近三年間の平均伸び率一六パーセントを掛けて、一〇〇億円未満を切り捨てた数字を投票用紙に記入した。幹事が投票用紙を回収して、黒板に貼った模造紙に各行の予想残高を記入していった。三兆六千億円前後の数字が並んでいた。各行とも適当な単位で丸めていたが、一行だけ末尾の数字が三億円となっているのが目を引いた。幹事も不思議に思ったようで、「M銀行さん、この三億円という端数は何か意味があるんですか」と聞いた。すると部会の長老格のM銀行資金課長は、「私も切りのよい金額で提出しようと思ったんですが、例の三億円強盗事件が起こりまして、犯人は当分用心して使わないでしょうから年末には日銀に還流しないとみて、三億円をプラスしました」とすまし顔でいったので大爆笑となった。

大晦日、支店で最後まで仕事をする計算係だったが、六時過ぎに仕事を終えた。武田は帰宅するとすぐ裕子と実家に向かった。裕子の母がコンロに鉄板プレートを置いて焼き肉の準備をしていた。義父母と正志は武田の帰りを待っていてくれた。ビールで乾杯して、カルビやロースを食べた。義母の作った付けダレが絶品だった。武田は裕子の家族がよくしゃべり、よく笑うのに感心していた。武田の家の食事風景とは大違いだった。武田はその原因が自分にあることに気づかされた。武田が父との会話を避けているからだ。

紅白歌合戦が終わるころ自宅に戻った。コタツに入って今年はいろいろあったなと感慨にふけった。銀行の方は計算係の仕事に慣れてきて、最近ではマンネリ感もあった。私生活では結婚、引っ越し、土地購入と何かと苦労もあったが、先輩、友人の助けもあり、何とか乗りこえることができたのは何よりだった。

一三　定期預金証書紛失（一九六九年一月）

武田は結婚してから初めての正月を迎えた。お節料理が並べられた食卓で裕子と向かいあっているとままごとをしているような感じがする。初詣をする習慣のない武田は朝食を済ますと新聞に目を通し、その後は本を読んで過ごした。夕食は大晦日に続いて裕子の実家でご馳走になった。

束の間の正月休みが過ぎ、四日の仕事始めになった。例年の通り若い女性たちが和服で出勤してきた。やはり仕事始めは明るい気分になる。

その日、裕子と実家に風呂を借りに行くと、正志の友人峰雄が遊びに来ていた。峰雄は正志の小学校、中学校の同級生で近くに住んでいる。一緒にスキーに行ったことがあるので武田も顔なじみだった。峰雄は自動車整備工場で整備士をしていて、正志も自動車好きだったから車の話をよくしていた。武田も車が好きで、いつか車を持ちたいと思っていたので峰雄に、「中古の車はいくらくらいで買えますか」と聞いてみた。

「それはピンからキリだけど、一番安いのでは五万円のトヨタパブリカがありますよ」

「ちゃんと動くんですか」

「動くことは動きますよ。ただ新車よりメンテナンスにお金がかかりますけど」

武田は学生時代に免許は取ったが、ペーパードライバーだったので車が欲しくて仕方がなかった。五万円で買えるというので心が動いた。五万円は月給の一ヶ月分に相当する。裕子の手前家計から出すとはいえないので、母に借金して買うことにした。

武田が名古屋支店に赴任してきたとき、寮生は誰も車を持っていなかった。最初に一年先輩の前田がファミリアを購入した。次に一年後輩の橋本が同じファミリアで続いた。それから竹本が先輩と共同でベルリーナを購入した。二年後輩の山下も中古のスバル３６０を手にいれ、寮の前庭には四台の車が並ぶ状況になっていた。

ファミリーカーの価格は四〇万円から六〇万円程度で、独身で数年働いていれば買えるようになってきた。正志もキャロルを買って通勤に利用していた。排気量は三六〇ccだったが水冷四気筒で四ドアという小型自動車並みの機能で、軽自動車トップのスバルを追いこそうとする野心的な車だった。

武田は正志のキャロルを借りて裕子とドライブしたことがあった。市街地を走っている分には静かで乗り心地もよかったが、高速道路で時速八〇㎞を超すとエンジン音と振動が激しくなってきた。一度追いこしでアクセルを目一杯踏みこむと車体がビリビリと振動し、エンジンが壊れるかと思うほどだった。怖くなってそれ以降は走行車線をゆっくりと走った。

多くの自動車メーカーが生きのこりをかけて性能と価格で鎬を削り、一般国民にとっても高嶺の花ではなくなってきた。そして遂に武田も車のオーナーになった。

数日後、峰雄がパブリカを持ってきた。グレーの塗装はだいぶ色褪せていた。内装は実用一点張りで、座席は薄いベンチシートだった。二ドアの四人乗りで、軽自動車に比べればスペースは余裕があった。さっそく裕子を助手席に乗せて走ってみた。アクセルを踏むとバタバタと大きなエンジン音がした。空冷二気筒なのでオートバイと同じような音だった。夜遅く住宅地を走るのはちょっと気が引ける。加速はまずまずだった。

武田は車で通勤することにした。今まで市電を乗りついで四〇分かかっていたが、車だと二〇分で着いた。ただ支店に近い駐車可能な道路はすぐに空きがなくなるので早めに出なければならなかった。帰りは市電に乗るより楽で早く帰れた。

新春気分もあっという間に過ぎ二月になった。武田は毎日の伝票をまとめる「日記帳」を製本していた渡瀬から一月三一日分の中から美和産業の定期預金証書がなくなっているという報告を受けた。武田はドキッとした。定期預金の払出処理では定期預金証書そのものを代用伝票として用いているが、それが見つからないというのである。支払い済みの定期預金証書なので金銭的な損害が発生するわけではないが、重大なミスであることは間違いなかった。伝票は毎日、日締めの後、その日の分を大きなクリップで挟み金網籠に一時保管しておき、翌日以降暇になったときに製本する。当日の日締めは正常に終わっていたのでその時点で伝票は揃っていたはずだ。その後計算係で保管中に紛失したものと思われた。武田は紛失の事実を西条に報告し、係の全員で机の引出し、キャビネの中などを徹底的に捜した。しかし証書は出てこなかった。次に仕事が終わった後に金網籠を保管しておく地下の書庫も調べてみたが見つからなかった。預金係の担当者が何かの都合でその証書を無断で借りだした可能性もあるので聞いてみたが、そういうことはないということだった。その日は諦めて、翌日もいろいろな可能性を考えて捜索範囲を拡げたがやはり捜しだすことはできなかった。結局一週間ほど考えられるあらゆる場所を捜したが遂に発見することはできなかった。やむなく定期預金証書を再発行することにした。

普通の伝票が紛失した場合は簡単に再作成できる。しかし定期預金証書は預金係で管理しているので、武田は預金係代理に頼んで「書き損じ」扱いで再発行してもらった。それから美和産業の経理担当者に電話して、先月末に解約した定期預金証書を破損してしまったので、再発行した証書に署名、捺印して頂けないかと丁重に依頼した。担当者は特に怪しむことなく了承してくれたので、明日訪問することにして電話を切った。ここ数日武田の頭を悩ましてきた問題に何とか解決の目処がついてほっとした。

事務的な用件での訪問だったが、武田は美和産業のことを少し調べておこうと思い、地下の書庫に保管されている融資申請書の中から美和産業の申請書を取り出し読んでみた。美和産業は三重県度会郡にある会社で、四年前に工場建設資金を融資していた。申請担当者はすでに本店に転勤していた。鍵、錠前の製造業者で、独自のシリンダー錠を開発して売上げを伸ばし、業界でかなりのシェアを占めていた。東大工学部卒の和氣《わけ》一郎が戦前大森に兵器製造会社を設立したが、空襲が激しくなってきたので工場を三重県度会郡に疎開させた。戦後社名を「美和産業」とし、昭和二五年に日銀から現金輸送箱の封印錠を受注したのを機に、錠前の専門メーカーとして再出発した。日本住宅公団が各地に大規模住宅団地を建築したとき、美和産業のモノロック型錠前を採用したので売上げが拡大した。創業社長は昭和三五年に亡くなり、中根直が後を継いだというようなことが分かった。武田は美和産業が住宅公団の錠前を作っていたメーカーであることを知りびっくりした。武田が中学、高校、大学時代にいつも持ち歩いていた鍵に「ＭＩＷＡ」というロゴが刻印されていたことを思い出したからだ。

翌日、武田は再発行した定期預金証書と菓子折を持って近鉄に乗った。伊勢市駅からタクシーで美和産業に向かった。ほどなくのどかな田園の中に平屋建ての工場が見えてきた。工場敷地内に入ってすぐに社屋があった。木造の質素な建物だった。入口で受付に来意を告げると事務室の奥にある応接室に通された。担当課長が現れ名刺交換を済ませると、武田は今回の銀行側の不手際を詫びてから再発行定期預金証書を手渡し、署名捺印を求めた。課長はうなずいてすぐ事務室に戻っていった。しばらくすると温厚そうな年輩の男性が署名捺印した証書を手に持って応接室に入ってきた。武田は立ちあがり名刺を交換した。相手が社長だったので武田は非常に驚いた。社長がみずから定期預金証書を持ってくるとは思いも寄らぬことだった。武田は長い間定期預金を継続してくれたことに礼をいってから、「このたびはご迷惑をおかけして誠に申しわけありませんでした」と深々と頭を下げた。中根社長は気にするなというふうにうなずいたので武田はいくぶん気が楽になった。事務ミスの収束のために来た平行員に気さくに会ってくれる社長などそうはいないだろう。武田はこういう社長が率いる会社は従業員も働きやすいだろうなと思った。武田の用件は終わったが、せっかく社長が会ってくれたので武田は少し話をしてみることにした。

「私は就職するまで住宅公団に住んでいましたので、いつも御社製の鍵を持ち歩いていました。MIWAと刻印されていましたからよく覚えています。御社が錠前のトップ企業ということは知っていましたが、あの鍵がここで作られていたんだと思うとちょっと感動しました」

「そうでしたか。こんな田舎で作っているとは思わなかったでしょうね」

社長は穏やかな笑顔で応じた。

「武田さんは東京生まれですか」

「はい、港区の出身です」

「港区のどこですか」

「芝三田豊岡町という所でした」

「ほう、それでは随応寺という寺を知っていますか。私の実家なんです」

「そうなんですか。僕はその随応寺の境内にあった長屋で育ちました」

「それでは小学校は御田《みた》小学校ですね」

「はい、そうです」

「小学校の後輩に会おうとはまさに奇遇ですな」

御田小学校は歴史は古いが小さな学校だったので、武田は学生時代も社会に出てからも同窓生に会ったことはなかった。

「中学校は港中ですか」

「僕は麻布中学に行きました」

「いやいや、私も麻布でしたよ。昭和二年卒業ですからだいぶ時代は違いますが、御田小から麻布に行った後輩に会うのは初めてですよ」

小学校、中学校の先輩であることが分かり武田は取引先の社長というより学校の先輩として気安く話せるようになった。武田は美和産業という錠前では日本一の企業に興味があったので、会社のこともいろいろ聞いてみた。

「先代社長はどのような方だったんですか」

「先代は根っからの技術者でね。東大工学部の卒論で世界に先がけてロータリーエンジン構想を展開していたという人ですよ。私は和氣さんが不二製作所の技師長から独立して軍需会社を創業したときからの付きあいでね。私は商大、今の一橋大学卒だから、経理、財務面で和氣さんの技術開発をサポートする役割だったんですよ。今から九年前に和氣さんが亡くなり、私が美和産業の社長になりまして、東京にある販売会社の美和商事は先代の子息が社長になっています。いずれ美和産業の方も彼に引き継ぐことにしています」

しばらく歓談して、武田はそろそろ切りあげどきだと思った。

「ご多忙中と存じますので、そろそろ失礼させて頂きます」

「武田さん、時間があったらちょっと工場を見ていきませんか」

武田には願ってもないことだった。社長はみずから工場を案内してくれた。不銀の貸付金で建設した工場は最新鋭の製造設備が揃っていた。出会った工員はみな親しげに社長に挨拶している。武田に対しても視線が優しい。武田は素材から鍵や錠前が作られてゆく工程を興味深く見学しながら、この会社はますます発展するだろうと思った。工場には金をかけるが本社事務室は質素な古い建物だった。技術力向上に力を入れ、現場職員を大切にしている。社長は識見に優れ人柄もよい。従業員からも慕われているようだ。こういう会社が伸びないわけはないと思った。

工場見学を終えると社長は会社の車で駅まで送ってくれて、駅近くの和食店で昼飯をご馳走してくれた。

近鉄特急の座席に腰を沈めて、武田は人生には思わぬ出会いがあるものだと感慨にふけった。定期預金証書の紛失という原因不明の事象が起こらなかったら、中根社長と会うことはなかった。まさに奇跡のような出会いだった。

二四　二度目の本部検査（一九六九年四月）

期末決算も無事に終わり、新しい期が始まった。昼過ぎに、先月、長銀名古屋支店に転勤してきたゼミの友人高野から電話があった。社宅の桜が咲きはじめたので夫婦で遊びにこないかということだった。高野が着任してきたとき、近くのレストランで昼食をした。長銀の名古屋支店はすぐ近くにあった。武田は六日の日曜日に訪ねることにした。

日曜日の午後、武田と裕子はマイカーで高野の社宅に向かった。社宅は千種区の閑静な住宅地にあった。一戸建ての古風な日本家屋だった。家の横に駐車して門柱の呼び鈴を押すと、高野が玄関の戸を開けて中に招き入れた。泰子夫人もいて挨拶した。武田は高野の結婚式で泰子と顔を合わせていたが、裕子は初対面だった。廊下を通ると右側のガラス戸越しに満開の桜の大木が見えた。

「これは見事な桜だな」

武田は思わず感嘆の声をあげた。

客間に通され、茶を飲みながら歓談した。「社宅とは思えない風雅な家だね」

「ここは銀行が社宅用に買いとったらしいが、集合社宅でなくてラッキーだった。本来は役席用社宅なんだそうだ」

武田の借家とは雲泥の差だった。隣の部屋も見せてくれたが、そこは高野の書斎にしているようで、いくつか並んだ書棚には書物がぎっしり詰まっていた。本が唯一の趣味といっている高野らしかった。それからしばらく高野と武田は書斎で、女性陣は客間で語りあった。裕子も初対面の泰子と打ちとけているようだった。高野たちも職場結婚だったので共通する話題もあるのだろう。武田も高野と学生時代に戻ったように政治、経済情勢についてしゃべりあった。高野は入行後、希望通り調査部に配属され、先月名古屋支店に異動となり国際業務に携わっていた。仕事の面でも充実しているようで何よりだった。桜を愛でながらの旧友との歓談は楽しかった。

マイカーを持って機動力が増した。武田は今までなかなか行く機会がなかった吉岡の家を訪ねてみることにした。吉岡は昨年三月、武田より一ヶ月早く結婚し、翌月任官、中旬に岐阜地方裁判所に判事補として赴任していた。引っ越しが武田の結婚式の直前だったので結婚式に呼ぶことはできなかった。その後、近いのでいつでも会えると思っているうちに一年が過ぎてしまった。武田が電話して日曜日に訪問することにした。

当日はドライブ日和だった。気持ちよく車を走らせ岐阜地裁の官舎に着いた。木造平屋建ての建物が数棟並んでいた。表札で吉岡の家を見つけ声をかけると吉岡が戸を開けて迎えてくれた。リビングルームに通され、吉岡夫妻と挨拶を交わした。高校時代の後輩という夫人は控えめながら芯のしっかりした女性のようだった。

「当地には慣れましたか」

武田がどちらにともなく聞いてみた。

「岐阜はまったく知らない土地だったから、最初は不安で一杯だったけど、今ではなかなかいい所だと思っているよ」

夫人もうなずいたので、当地での暮しにも慣れてきたのだろう。

「仕事の方はどうだい。着任直後の手紙では翌日から仕事をさせられて裁判所は人使いの荒いところだといっていたが」

「そうだったね。僕らは司法研修所で二年間研修してきたけれど、基本的なことを教わっただけだから実際の事件を任せられると分からないことばかりだった。最初に脱税事件を四件も持たされたのでたいへんだったよ。会計学や税金の知識なんてまったくなかったから一から勉強したよ。四、五年間店ざらしになっていた面倒くさい事件を新米の僕に回してきたんだから参ったよ。僕がいる間に判決しなければならない羽目になって苦労したよ」

武田は裁判官というのはどんなジャンルの事件でも判断を下さなければならないのでたいへんだなと思った。

夫人も同席しているので武田はあまり政治向きの話はしなかった。吉岡は裁判官として誠実に一切手抜きしないで仕事をしていた。また弱い立場の人々の基本的人権を守るというスタンスで取り組んでいることに敬意を禁じ得なかった。

高野と吉岡に相次いで面会し、いずれも学生時代と変らぬ心情を維持して活躍していることに武田も勇気づけられた。だが我が身を振りかえると忸怩たる思いもあった。名古屋支店に赴任してきてから管理係に一年、融資係で一年、計算係で二年を過ごした。計算係の仕事が嫌というわけではないが、いつまでも同じ仕事をしていると飽きが来る。パンを得るために働くという入行時の考えからすれば、どんな仕事でも給料を貰えれば文句はなかった。しかしやはり事務作業より創造力が発揮できるような仕事がしたかった。毎日手作業でやっている仕事もコンピュータで処理した方が効率的ではないかと思うこともあった。不動産銀行では貸付金の回収業務などはコンピュータ処理でだいぶ楽になった。だが原票をコンピュータセンターに送ってバッチ処理を行う方式なので、普通預金の利息計算や日々入出金がある業務はコンピュータ処理ができなかった。いずれそれらもコンピュータ処理する日がくるだろうと思われた。

四月からNHK教育テレビでコンピュータ講座が始まった。武田は講座のテキストを購入し、毎週土曜日の午後六時から一時間の番組を見ることにした。内容は「フォートラン」というコンピュータ言語の講義だった。科学技術用の計算に便利なコンピュータ言語ということだった。直接銀行の業務に役立つものではなかったが、新しいことを学ぶのは楽しかった。

それと併行して名古屋駅近くにコンピュータ専門学校があったので、社会人向けの週三回、午後六時から九時までの講座を受講することにした。月末の繁忙日を除けば遅刻せずに参加できそうだった。講義内容はコンピュータの原理やらオペレーションズ・リサーチなどの利用技術が中心だった。銀行業務のコンピュータ化には直接役立たないなと気が付いたが授業料を払ってしまったのでそのまま通って勉強していた。

五月中旬、支店の食堂で三村と一緒になった。そこへ庶務係代理の名村がやってきて向かいに座った。秘書室から転任してきた名村は血色もよく穏やかな風貌でいかにも秘書室勤務が似あう人物だった。五年先輩だったが独身寮の仲間だった。たまたまゴルフの話題になった。武田と三村は一年ほど前に寮の先輩からゴルフ用具一式を安く斡旋するといわれ、ハーフセットのクラブを一緒に購入した。それから週末に寮の近くのゴルフ練習場に行ってボールを打っていた。武田は結婚してからは時たまマイカーで庄内川の河川敷にある打ちっ放しのゴルフ練習場に通っていた。

名村は気さくに話しかけてきた。

「君たちもそろそろコースデビューしたらどうだい。いずれ取引先とゴルフをするようになるからね。ゴルフは紳士のスポーツだから今のうちにしっかりとマナーを身に付けておいた方がいいよ」

三村は「そうですね」といって口ごもった。武田は「僕はまだそんな身分じゃありませんので」とやんわり断った。練習場にたまに行くのはともかく、ゴルフ場でプレイするほど家計に余裕はなかった。

「いや、名古屋には森林公園ゴルフ場という素晴らしいパブリックコースがあってね、平日なら三千円くらいでプレーできるんだよ」

武田は予想外にプレイ代が安かったので驚いた。名村はさらに続けた。

「僕が案内してもいいよ。平日なら三人一組でゆっくり回れると思うよ」

三村も乗り気になって、年休を取ってゴルフをすることにした。武田の車で行くことになり、ゴルフ場の予約は名村が取った。

ゴルフデビュー当日、武田は独身寮に寄って二人を乗せ、森林公園ゴルフ場に向かった。一時間もしないでゴルフ場に着いた。クラブハウスは木造の質素な造りだった。いよいよスタートになった。四人一組が原則のようだが三人でスタートできた。一番ホールに行くとキャディが待っていた。名村が「今日はビギナーが二人いるのでよろしく」と挨拶してチップを手渡していた。さすがの気配りだ。くじ引きで打つ順番を決め、一番になった武田のドライバーショットは大きく右に曲がって一五〇ヤードも行かなかったが、空振りしなかったのでほっとした。二番目の名村は真っすぐ飛ばしていた。キャディが「ナイスショット」と声を張りあげた。最後になった三村は強烈なゴロになり一二〇ヤードほど転がっていった。名村は打者が構えに入ったら声を出してはいけないとか、打者の後ろに立ってはいけないとかマナーを教えてくれる。

一打目を打ち終わってフェアウェイを歩きはじめると、初心者はアイアンを二、三本持って球まで走れという。プレーが遅れると後ろの組に迷惑をかけるということだった。名村はフェアウェイまんなかの遥か先に飛んでいたからキャディと並んで悠々と歩いて行く。武田は球のある所まで駆け足で行って、三番アイアンを思いきり振ると、球の手前に打ちこんでしまった。球を乗せたまま草鞋のような芝生が二メートルほど先に飛んでいった。練習場と違い実際のラウンドは傾斜している所が多く一筋縄では行かなかった。特に球がバンカーに入ってしまうと二度、三度打ってやっと脱出するのが常だった。

結局、初めてのゴルフのスコアは一三〇だった。三村も似たり寄ったりだった。ずっと走っていたような感じだったが、森林に囲まれたフェアウェイの緑が鮮やかで、こんな広い空間を必要とするゴルフはやはりブルジョワのスポーツだなと思った。

次の日曜日、晴れていたので武田は裕子と明治村にドライブに出かけた。市街地を出ると桃の花が今を盛りと咲いていた。のどかな郊外を走るのは気持ちがよい。明治村の広大な敷地には夏目漱石が住んでいたという住居など明治期の建物が多数移設されていた。大きな池を望む広場のベンチに腰を下ろして休んでいるときだった。一〇メートルほど先を通りすぎてゆく男の横顔に見覚えがあった。

「あの人検査部の渡部さんじゃないか」

裕子は武田の指差す方をみた。

「この前の検査に来ていた人ね」

でっぷりとした体型は見間違いようがなかった。

「東京から一人で明治村に来たのかな」

武田は呟いた。開設したばかりの明治村は東京からわざわざ見物に来るほど有名ではなかった。

「そうか、検査に来たのかもしれないな」

そうに違いないと武田は確信した。そろそろ検査が来てもおかしくない時期だった。検査官は月曜日早朝の抜きうち検査のため前日に現地入りするのが通例だった。渡部は少し早めに名古屋に着いて明治村に来たのだろう。武田は検査に来ているのなら挨拶しない方がいいだろうと思った。検査官としては抜きうち検査の前に支店行員に見つかっては立場がないだろう。それに武田はこの秘密情報を生かさない手はないと思いはじめていた。武田は渡部が視界から消えるのを待って、渡部と鉢合わせしないように気をつけて園内を回った。

その日、家に帰ってから寮にいる西条代理に電話をした。

「今日明治村に行ったんですが、渡部検査役を見かけました。あした検査が入るかもしれませんね」

「ああそう、一人で来てたのかな」

「ええ、一人でした。私に気づかず目の前を通りすぎて行きました」

「なるほど、それじゃ検査に来ているのは間違いないだろうな」

西条はのんびりと話す。普通の役席なら検査が入ると聞いたら多少は緊張するものだが至極落ちついている。武田は少し拍子抜けしたが、いかにも西条らしいなと思った。

「僕は明日一足早く出勤して、キャビネの施錠洩れだけでもチェックしておきます」

「そうだな、それがいい」

武田は電話を切った。

西条はほとんど仕事の指示は出さず、黙って検印を押す。しかしそんなところが武田は気に入っていた。武田としても任されているのだからその期待を裏切ってはいけないと思っている。

翌朝、武田はいつもより一時間早く起きて家を出た。銀行に着いたのは七時だった。銀行の通用口を開けると、守衛室の窓から用務員が顔を覗かせて挨拶した。

「今日は早いですね」

「ちょっと急ぎの仕事がありまして」

武田は用務員に一階事務室入口の鍵を開けてもらい中に入った。用務員には検査官が来るかもしれないということは伝えなかった。照明を点けずに薄暗い室内を入口近くの係から順にキャビネの施錠をチェックしていった。壁際には四段キャビネが、各人の机の横には二段キャビネが置かれていた。キャビネの右上隅に鍵穴があり、鍵を開けると鍵穴が五ミリほど突きでるタイプだった。鍵穴が飛びでていれば解錠されたままである。検査官は朝一番にそれをチェックするのである。武田は広い室内を素早く移動しながらチェックしていった。鍵穴が出たままのキャビネが二つあった。武田が鍵穴を押しこむとカチッと音がして施錠状態になった。ついでに個人の机の袖にある引出しもチェックした。ただ施錠漏れがあっても机の錠の場合は各人の鍵がないと施錠できない。たいていの場合鍵は引出しに置いたままになっているのでそれを見つければ鍵をかけられる。幸い机の鍵はみな施錠されていたので他人の机を勝手に開けずに済んだ。

一階を見終わると二階に行って同様のチェックをした。机の上に申請書などが放置されていないかも見て回った。乱雑に机の上に拡がった書籍などは一カ所にまとめて整理した。椅子は机の下にきちんと押しこんだ。そういう細かいことが全体の印象をよくするのだ。二階にもキャビネの施錠漏れが二カ所あった。

武田はチェックを終えて一階に戻ると入口にある照明スイッチ盤で計算係の照明を点け、自分の席に座ってキャビネと机の鍵を開けて書類を机の上に取り出した。それから新聞を見ながら八時になるのを待った。ちょうど八時になったとき、守衛室の方で人声がした。武田は新聞を引出しに仕舞い、レポートを書いている振りをした。すぐに入口の扉が開き、数人の検査官が入ってきた。彼等はフロアの一番奥の照明が点いていて武田が仕事をしているのを見つけて驚いているようだった。守衛がフロアの全照明を点けると何人かの検査官がキャビネと机の施錠チェックを始めた。渡部が武田のもとにやってきた。

「君、ずいぶん早いじゃないか。いつもこんなに早いのかい」

渡部は疑わしげに武田の顔を見た。

「はあ、今日はちょっと打合せ会議の資料を作っていまして」

「ふむ。まさか検査が入ることを知ってたんじゃないだろうね」

「とんでもないです。僕なんかが知るわけないですよ」

「それもそうだな」

渡部は納得したようだった。自分が明治村で目撃されていたとは思いもしなかっただろう。

「それじゃ、今日から検査を始めるからね」

「はい。お手柔らかにお願いします」

武田は殊勝な顔をして頭を下げた。武田は俺もけっこうな悪だなと思ったが、事実を話したら渡部も困るだろう。

八時三〇分ごろになるとポツポツと行員が出勤してきた。役席者は検査が入ったことを知ると一様に緊張していた。これから一週間、検査官にあれこれ調べられるのは気が重いことだろう。

八時四〇分、支店長が現れた。支店長は落ちついた様子で主任検査役の渡部に、「よく見ていって下さいよ」と鷹揚に声をかけていた。

営業開始時間となり、現金検査を無事終えた竹本は手形交換所に出発した。

武田は手形交換尻の電話連絡が入るまでの間、計算係の業務で何か検査で問題になるようなことはないかと考えていた。ふとコールローン取引を行っている名古屋短資が半年前に本社移転していたことを思い出し、はっとした。住所変更の手続きは行ったが、登記簿謄本を徴求していなかったことを思い出したからだ。管理係にいたころ、取引先の住所変更処理をしたことがあったが、登記簿謄本を徴求して新住所を確認したはずだった。融資係や管理係にいればそれが常識だった。しかし取引先が銀行二行と名古屋短資だけという計算係では、住所変更など滅多にないことだった。それで担当者も武田も謄本を取ることまで気が回らなかったのだ。渡部検査役ならきっと謄本を見せろといってくるだろう。武田はしまったと後悔したが、気を取りなおして、今何をすべきかを考えた。何はともあれ検査官に指摘される前に、名古屋短資に電話して謄本を取って届けてもらおうと思った。渡部だったら謄本を徴求しても発行日付を見て何でこんなに遅れたのかと追及してくるだろう。それでも「謄本徴求漏れ」という指摘より「謄本徴求遅れ」の指摘の方が一段階ミスの度合いが軽くなる。

武田は名古屋短資に電話をかけた。幸い担当の榎木が在席していた。

「今日、本部の検査が入りましてね、うちの係の事務をチェックしているんですが、名短さんが本社移転したときの手続きで、御社の登記簿謄本を頂いていないことに気が付きましてね。それで至急謄本を一通届けて頂きたいんですが」

「ああ、分かりました。謄本はちょっと古いのでよければ、すぐに届けられますが。たまたま移転した後に取った謄本が一通か二通残っていますので」

古い謄本が残っていたとは何という僥倖だろう。武田は思わず顔がほころんだ。

「それはよかった。古い方がいいんです。住所変更の手続きをしたときにちゃんと徴求していたということにできますからね」

「なるほど、それでは今すぐそちらに向かいます」

榎木の行動は迅速だった。二〇分もしないうちに榎木がやってきて武田に紙袋に入った謄本を手渡した。万事事情を察しているようで、出された茶を飲みおわるとそそくさと帰っていった。

武田は謄本を確認すると、担当、照査、検印の枠のある三目判を押した。金森と武田の印を押してから西条の検印をもらうために顛末を報告した。西条はいつものようにウンウンと話を聞いていたが、聞きおわると椅子の横に腰を下ろして謄本を床に押しつけ、雑巾で床を拭くように左右に動かした。呆気にとられている武田を尻目に、西条は謄本を裏返して反対面も床になすりつけてから、満足そうに椅子に座りなおした。

「こうすると少し古く見えるだろ。半年前に処理したんだから、少し古びていた方が自然だろ」

確かに真新しい感じだった謄本に薄く汚れが付いていくぶん古びて見えた。武田は適当に判を押しているだけと思っていた西条を、いたずらに銀行のメシを食っていないなと大いに見直した。

翌日、渡部検査役が名古屋短資の住所変更届に目を付けて武田のもとにやってきた。

「名古屋短資の住所変更手続きで商業登記簿謄本は取ってないよね」

渡部は謄本を取っているわけがないというような口振りだった。

「謄本ですか。ちょっと待って下さいよ、確か徴求したはずですが」

武田は半年前のことを思い出すような振りをしてキャビネを探した。

「ああ、ありました。これですね」

武田は昨日手に入れたことはおくびにも出さず謄本を渡部に渡した。渡部は謄本を穴のあくほど見詰めていたが、やがてがっかりしたように検査官室に戻っていった。

金曜日に臨店検査は終了した。計理関係の事務ミスは前回に続き一件の指摘もなかった。キャビネ施錠などの基本動作でも指摘がなかったことは、武田が早出して施錠チェックをしたおかげだった。計理関係の事務ミスが指摘されなかったことは精査を担当している計算係としては非常にうれしいことだった。その一方で武田は渡部に対して気の毒なことをしたなという感じがした。武田が明治村で渡部と出会わなかったら指摘件数も増えて、検査主任としての面目も立っただろう。名古屋短資の膳本も武田の方にツキがあったに過ぎない。武田は渡部が実に優秀な検査官であることを知っている。武田は好敵手と闘った後のような清々しさを味わっていた。

二五　試験制度反対（一九六九年六月）

六月初旬、業務終了後に三階の会議室で組合委員長を迎えて支部集会が始まった。この日の議題は銀行側が進めようとしている「資格試験制度」についてであった。行員一人一人に影響のある問題なのでいつになく参加者が多く、長方形に並べられた会議用テーブルには支部員の八割近くが出席していた。女性の方が出席率は高く、男性はいつものことだがベテランの出席が少なかった。その中でふだん顔を見せない三六年入行組の二名が出てきたのは同期の委員長を応援しようということだろう。武田は末席の方で内川と並んで座っていた。向かい側に三村が外国為替係の女性と並んでいた。

この春、人事部は突然、行員を対象にした試験制度を導入すると通告してきた。武田は勉強嫌いだったから今さら試験などまっぴらだった。女子行員の多くも試験についての不安を口にしていた。武田は昇格は日ごろの仕事振りをちゃんと見ていればそれで十分だと思っていた。ペーパーテストで何が分かるというのだろうか。

支部長が開会を告げ、委員長に資格試験制度に対する執行部案の説明を求めた。委員長は武田より四年先輩だった。いかにもエリートふうの委員長は颯爽と話しはじめた。

「このたび、銀行側から試験制度の導入について中央執行委員会に説明がありました」

前置きに続いて、これまでの銀行との交渉経過などについて長々と説明した後、結論に入った。

「執行部と致しましては、本制度は人事考課において評価者の恣意的な考課を排除し、客観的で公平な考課に資するものと考えられますので、銀行側提案を受け入れるべしとの結論に至りました。つきましては本日、執行部案についてみな様にお諮りして、ご了承を頂ければと思います」

委員長の説明が終わると、支部長は、「ただ今、委員長より今回の試験制度についての執行部案の説明がありましたので、みなさんのご意見を頂きたいと思います」

武田は真っ先に発言を求めるタイプではない。先にしゃべりたい者がいたらどうぞと待っていたが誰も手を挙げない。しばらく沈黙が続いたので、それではと発言を求めた。

「ただ今、委員長は試験制度が客観的で公平な考課になるという趣旨のお話をされましたが、試験というペーパーテストだけで昇格が決められるのはかえって不公平になるのではないでしょうか。一生懸命仕事をしているが試験の結果が悪かった人と、仕事は大してしないで試験だけはよかった人と、どちらが銀行に貢献しているでしょうか。答えは明らかであると思います。昇格はあくまでも日ごろの仕事振りを評価すべきであって、それで十分だと思います。私は行員に多大な心理的負担を与える試験制度には反対です」

名前も知らないだろう若手からあからさまな反対意見を浴びせられ、委員長の顔がみるみる紅潮した。

「もちろん、日ごろの勤務振りがまったく反映されないというわけではありません。むしろ日常の業務をしっかり行ったうえで、これからの複雑化しつつある経済、金融環境についての幅広い知識を身に付けてゆくことが期待されています。そのような人材を育てていくうえで、試験制度は有効な手段ではないでしょうか」

委員長は平静を装い、武田を見すえて諭すようにいった。

武田は納得せず反論した。

「幅広い知識が求められているということですが、それがただちに試験制度がよいということにはならないと思います。幅広い知識が必要というのであれば、それは本来的には人事部の教育の問題であり、行員の自己啓発を支援するような方策を講ずることが先決ではないかと思います。これからはますます高度で専門的な知識が必要になりますから、一律の試験で評価する幅広い知識より、各職位で求められる高度な専門知識の習得の方が重要だと思います。試験は点数によって優劣をつけることになりますが、仕事はそこそこにして早く家に帰って試験勉強をした方が得だという風潮を招きかねません。現実の職場では職員同士が協力し、カバーしあって成りたっています。試験制度はこのようなチームワークが必要な職場に隙間風をもたらす結果になるでしょう。必要な知識は研修とか、勉強会で全体のレベルアップを図っていく方がよいと思います」

武田が淡々と意見を述べると委員長は顔をしかめた。

司会の支部長は予想外の展開に困惑し、誰か執行部案に賛成する者はいないかという感じで上座に座っているベテラン行員の方を見ながらいった。

「ほかの方のご意見もお聞きしたいのですが」

暗に発言をうながされたベテラン勢は当惑したような表情を浮かべるだけだった。支店長代理一歩手前の入行七、八年クラスの行員が参加していたら人事部の意向を忖度して委員長応援の論陣を張ったかもしれない。だが今回もベテラン勢はあまり参加していなかった。珍しく委員長の同期の者が出席していたがシャンシャンと決めて飲みに行こうという軽い気持ちで参加していたようで、有効な反論は出せないようだった。

支部長の意に反して手を挙げたのは渡瀬だった。

「女子行員は今回の試験制度について非常に不安に思っています。試験を受けなければならないのなら銀行を辞めたいという人もいます。日中一生懸命仕事をして、一体いつ試験勉強しろというんですか。自己研鑽は家に帰ってからやれというのでしょうか。結局それはサービス残業をしろということと同じではないでしょうか」

女子行員の多くが大きくうなずいた。委員長はだんだん追いつめられていた。司会が委員長に恥をかかせてはいけないとみずから執行部案を評価するような発言をしたが、議場の雰囲気を変えるには至らなかった。

それ以上執行部案を支持する意見は出てこなかったので、支部長は採決に移らざるを得なかった。

「それではご意見も出尽くしたようですので採決をしたいと思います。執行部案に賛成の方は挙手願います」

委員長の席近くに陣取ったベテラン男性陣を中心に数名が手を挙げた。

「次に執行部案に反対の方、挙手願います」

女子行員は全員手を挙げていた。三村と内川も手を挙げた。若手男子行員の何人かはおずおずと手を挙げていた。司会者が慎重に数えているので時間がかかった。その間、男性行員の多くは何となくばつが悪そうに中途半端に手を挙げていた。なかには挙げたり下げたりする者もいて余計に時間がかかった。やはり銀行の意向に逆らうときは勇気がいるようだ。

採決の結果、賛成が八名、反対が三七名で、圧倒的多数で中執案は否決された。委員長は茫然としているようだった。委員長みずからオルグに来たのに明確にノーを突きつけられたのである。前例のない事態のようだった。それでも気を奮いたたせてまとめの挨拶をした。

「名古屋支店のみなさんのご意向は分かりました。執行部案についてたいへん厳しい評価となりましたが、貴重なご意見として重く受けとめたいと思います。全店の意向集約のうえ慎重に検討させて頂きます」

委員長は一見真摯に結果を受けとめた。だがその表情には、名古屋支店がいくら反対しても、本部、本店、その他の支店は賛成だろうから結果は変わらないよという気持ちが現れていた。

会議が終わり委員長らが退出してゆくと内川が武田にいった。

「今日の会議の功労者は君だったたな」

「いやあ、僕は試験が嫌いだから反対しただけだが、渡瀬さんの発言が決め手になったね。女性の気持ちを代弁しているからインパクトがあったね。女性陣に試験やるなら銀行を辞めるといわれたら銀行もビビるんじゃないか」

武田は内川に褒められても何となく気分は重かった。委員長にとっては屈辱的な結果だったので、武田に対してわだかまりが残るだろう。それに人事部に喧嘩を売ったようなものだから人事部のブラックリストに載るだろうなと思った。

一ヶ月後、銀行は試験制度の導入を断念した。武田は多少反対があっても銀行は一度決めたことを取り下げることはないだろうと思っていたので意外だった。他の支部でも反対論が多数だったのだろうか。武田は全支部の賛否の状況は分からなかったが、執行部から人事部に名古屋支店で出されたような厳しい意見が伝えられたのではないかと思った。もともと誰かの思いつきで始めたのだろうが、現場の意見も聞かずに走り出してしまったのだろう。いずれにしろ、銀行が現場の反発を知って白紙撤回したことは、この銀行に一定の自浄能力があることを示したと武田は評価した。だが人事部で試験制度導入を推進していた面々や組合執行部は、武田を好ましくない人物として記憶するだろうと思った。

二六　支店最後の日々（一九六九年八月）

支店での生活も四年を過ぎ、新入行員として各支店に散らばっていた同期もそろそろ本店に戻りはじめる時期になっていた。武田はそれほど本店に戻りたいとは思わなかったが、計算係を二年半も続けているとさすがに飽きてきた。多少異動も期待していた八月の定期異動では武田も三村も対象にならなかった。その代わり武田は店内異動により債券事務係兼預金為替係に移ることになった。

武田が入行したころは債券係と預金為替係は独立していたが、その後債券係は債券営業係と債券事務係に分離された。その際、債券営業係には支店長代理が配置されたが、債券事務係の方は預金為替係の代理が兼務することになった。割引債販売強化を目指す体制整備だったが、事務係の方は仕事量が増えているにもかかわらず人員の増加はなかった。そのせいで以前より残業が増えていた。

八月の異動で債券事務係と預金為替係を担当していた代理が本店に転勤となったがその補充はなかった。そこで西条が計算係、出納係に加え債券事務係と預金為替係を見ることになった。西条の負担が増えるので、債券事務、預金為替事務に関しては武田が検印者になって実質的に西条の代わりを務めることになった。「検印者」は管理職でない一般行員に特定の事務の決済権限を与えるもので、支店長が任免することになっていた。武田は計算係で長く精査を担当していたので債券、預金業務についてもある程度知識はあり、新任務にそれほど不安はなかった。

武田は人事異動に関しては銀行が決めることだから従うだけという考えを維持していた。与えられた部署で給料分の働きをする、それが武田の矜持であった。新しい持場にもすぐに慣れた。計算係で預金や債券の精査をやっていたので検印はお手の物だった。

預金為替係は裕子やコーラス部にいた野沢、同期入行の小林がこの一年で相次いで退職し大幅に若返っていた。それだけに若手行員の底上げが急務だった。昨年入行した井村万里子が非常に仕事熱心で係の中心になりつつあった。井村は分からないことがあると武田に教わりにきた。武田はできるだけ根拠となる規定類を持ち出して教えるようにした。原理原則に基づいて教えるのが一番正しく伝わるからだ。井村は不思議な癖があって、教わるとき武田の机の横で両膝を床につけて武田を見上げるような恰好で質問し、武田の説明をノートに書きこんでいる。立ったまま背を屈めてメモするより、膝をついた方が楽なのだろうか。そんな恰好で教わりにくる女性はほかにいなかった。周りの視線も気になったが、井村の瞳は知識を吸収したいという熱意に輝いている。ストッキングの膝が汚れないか気になったが、その真剣さに心を打たれた。

係の中心となっているのは若い女性たちだった。武田はこの春、支店採用者の入行時研修で、銀行業務の基礎を数日にわたって教えていた。その教え子が預金為替係、債券事務係にも配属されていた。みな素直で、どんどん知識を吸収して一人前になっていくのはうれしいことだった。

武田は今まで職場のストレスを癒すためにレクリエーション活動を積極的に行ってきたが、結婚してからはなかなかそういう活動はできなくなっていた。それどころか、自分自身は労働者としての意識を持っていながら、検印者になってからは担当業務の指揮命令を西条から任され、係の者にストレスを与えかねない立場になっていた。そのことを十分認識し、過重労働を課することがないように注意していた。

債券事務係にはベテランの川島公子がいた。川島は東海銀行に入行し職場結婚をして、退職後に不銀名古屋支店に入行した四名の中の一人だった。武田より六、七歳上である。武田は債券事務係は川島が検印者になるべきだと思ったが、今まで女性の検印者はいなかったということで前例踏襲となったようだ。年下の武田の検印を受けるのは決して愉快なことではないだろうと思ったが、川島は不満の色も見せなかった。武田は債券業務の計理処理についての知識はあった。しかし債券の現物管理や保護預り処理については知らないことも多かったので川島に教わりながら覚えていった。川島は面倒くさがらずに丁寧に教えてくれた。度量の広い、よくできた人だなと感心した。川島はショートカットの髪が似合う美人でスタイルもよく服装も垢抜けていた。結婚していることもあり、大人の色香も感じられ、年輩の男子行員に人気があった。武田は外見ではなくその人柄を知って一緒に仕事をしているのが楽しかった。

新しい持ち場になって迎えた九月は、計算係にいたころのような重圧感からは解放された。もっとも計算係でも最近は決算日の七日後に決算処理を行うことになったので、期末日に徹夜をすることはなくなった。武田の新任務では普通預金の決算が第二木曜日に行われたが、これは相変わらず忙しかった。債券事務では二七日前後の債券発行日が取引量のピークになり、さらに預金為替係のピークである月末日を迎えた。残業が続いたがみんなのチームワークで乗りきった。

下呂温泉で秋恒例の社内旅行があり、それからまもなくの一〇月一七日、株主総会がらみの役員人事があり、新頭取が誕生した。早くからプリンスといわれていた正田副頭取が満を持しての就任だった。不銀の前身である旧朝鮮銀行出身で、不銀設立時から中心となって活躍してきた実績と、父親が旧朝鮮銀行頭取を務め、大蔵大臣にもなったという実力者だったので、頭取になるのは既定路線だった。若過ぎるということだけがネックになっていたが、ようやくその時期になったようだ。五七歳というのは都銀、長信銀の中では一番若い頭取だった。

同時に笹岡支店長が総務部長に栄転した。厳めしい風貌にもかかわらず意外に人情味のある人物だった。噂では笹岡は新頭取の正田とは同じ京大卒で、わりと親しい間柄のようだ。後任の支店長は調査部長だった芳澤取締役だった。

その翌週、一〇月二一日火曜日に人事異動があり、武田は着任したばかりの新支店長から、「金沢支店勤務を命ずる」という辞令を手渡された。まったく予想もしていなかった転勤命令に武田は唖然とした。例年、五月と一一月には株主総会に向けての役員異動があり、その関連で部店長クラスの小規模な異動もあった。しかしこの時期に平行員が異動することは極めて稀だった。武田は動揺を抑えて辞令を受けとったが、芳澤支店長も心なしか複雑な表情をしているように見えた。新支店長の初仕事が転勤辞令の交付ということはそうあることではないだろう。武田は入行時の東大新人歓迎会で芳澤に会った記憶がある。学究肌の端正な佇まいで、この人のもとでは働きやすいのではと期待していただけにすぐに別れなければならないのは残念だった。

席に戻ると人事部の異動通達文書が回覧されてきた。全店でも数名の異動で、名古屋支店では安河次長と武田だけだった。安河は役員異動に伴う玉突き人事の一環で、本店営業部への栄転だった。全店でも平行員は武田だけだった。しかも大支店から小支店へのたらい回しである。支店に配属された新人は四年ほどしたら本店に戻るのが通例だったから、何か事情があっての左遷人事だろうと疑われても仕方がない人事だった。武田自身もそのように感じていた。

五ヶ月前に人事部が推進しようとした資格試験制度に名古屋支店は反対し、その急先鋒だったのは武田だった。その後の経緯はよく分からないが、結果的に人事部は白紙撤回に追いこまれた。武田はその報復人事ではないかと疑った。それ以外の事由は思い浮かばなかった。あのときから何らかのリアクションはあるかもしれないと覚悟はしていたがやはりショックだった。

帰宅して裕子に金沢支店に転勤になったことを伝えると多少驚いたようだった。それでも夕食を終えると、さっそく引っ越しの準備を始めていた。武田の方はさすがにその日の夜はなかなか寝つけなかった。

武田も翌日になると、くよくよ考えても仕方がないと気を取りなおし、転勤の準備を始めた。引き継ぎはほとんどなかった。検印は当面西条が行うことになった。挨拶に回る取引先もなかった。翌週月曜日に金沢支店に赴任することにした。

結婚してからの転勤は初めてだった。家財が増えていたので引っ越し作業はたいへんだった。武田は休みを取れそうもないので、荷物の整理は裕子に任せるほかはなかった。ぽんこつマイカーは処分するつもりだったが、丸山が欲しいというので進呈することにした。名義変更だけはちゃんとやってくれと釘を刺しておいた。

水曜日に三村、内川、竹本が銀行近くの小料理店で送別会を開いてくれた。不思議に気の合う寮仲間だった。タイプは違うがみな「俺が俺が」というところはなく、自分の考えを持っているが相手の生き方も尊重するというふうだった。これからもずっと付きあっていけそうな友人だった。

木曜日は地下一階にあるレストラン「フラミンゴ」で預金為替係、債券事務係の合同送別会が行われた。支店長代理の西条が手配してくれたようだ。西条は怒ったりどなったりするところを見たことがない穏やかで春風駘蕩とした人物だった。武田は西条のもとで働いていた二年余の間で嫌な思いをしたことがない。参加してくれた女性たちも西条が代理になって働きやすくなっただろう。送別会は役席者が西条だけだったので気楽な雰囲気で進んだ。武田は支店主催の送別会と違って主役が自分一人なので面映ゆくもあり申しわけないような気もした。それで武田にしては珍しく、ビールやジュースの瓶を持って一人一人に声をかけて回った。若い女性が多く、たった二ヶ月の間だったが楽しく仕事をすることができた。それだけに急に別れることになって寂しかった。

金曜日に支店全体の送別会が午後六時から会議室で行われた。明日の土曜日は休みにしているので支店に来るのは今日が最後だった。テーブルに出前の寿司やオードブルが並べられていた。かなりの人数が集まっていた。武田は安河と並んで正面に立ち、芳澤新支店長の送別の辞を聞いていた。安河の栄転を祝したのは当然として、武田まで「このたび金沢支店へ栄転されることになりまして……」といわれて内心苦笑していた。ほかにいいようがなかったのだろう。それから安河と武田が謝意を表し、次長の音頭で乾杯をした。後は互いにビールを注ぎながらの歓談だった。武田も会場を回って別れの挨拶をした。付きあいに濃淡はあったが同じ職場で働いた同士だから、互いに思い出話などを交わしていた。特に同期と一年下の行員とはハイキングをしたり、木曽駒山荘でのクリスマスパーティや社員旅行の余興など楽しい思い出も多く、名残惜しいものがあった。彼女たちから送別のメッセージを書いた色紙を貰った。

一時間半ほどでお開きとなり、安河と武田は花束を贈られ、拍手で見送られて会議室を出た。階段を降りているとき、安河がちょっと付きあわないかといった。安河とは今まで仕事のこと以外で話をしたことがなかったのでちょっと驚いたが、せっかくの誘いなので受けることにした。

行員通用口から駐車場を通って裏通りに出た所で振りかえった。四年六ヶ月勤務した名古屋支店も今日が見納めかと思うとやはり惜別の情が湧いてきた。

安河は栄町に向かい、裏通りにある小料理屋に入った。テーブル席が四つあり、先客が二組いた。安河はカウンター席に座った。女将が「いらっしゃい」といいながらおしぼりを差しだした。安河はビールとつまみを頼んだ。女将がビールを注いでくれた。安河は一飲みすると女将にいった。

「本店に戻ることになってね。支店の送別会があってその帰りなんだ」

「あら、そうなんですか」

カウンターの横に置いた二人の花束に得心したようにうなずいた。

「安河さんがいなくなると淋しくなるわね」

女将はしんみりといった。

「女将にはいろいろ世話になった」

「もう何年になるかしら」

「名古屋に来たのは昭和三八年だからもう六年になるのかな」

「もうそんなになるのかしらね」

ちょうどそのとき、客が入ってきたので女将はそちらの応対に回った。

「最初は単身赴任だったから、よくこの店に飯を食いにきたんだ」

安河は武田にビールを注ぎながらいった。武田は取引先だけでなく、なじみの小料理屋までさりげなく離任の挨拶に回っている安河に感心した。

「送別会が続いてお疲れでしょう」

「うん、長くいたから関係先が多くなってね」

支店で六年というのは確かに長い。武田が支店に来たときは融資係の支店長代理だったが、その後次長に昇進した。今回本店営業部の次長になったのだから順調に出世の階段を登っているようだ。安河は不銀創業の二年後に中途採用で入行している。それまでは地元九州の相互銀行に勤めていたようだ。年齢は四〇代後半である。新卒採用と違って同期生という気の許せる仲間がいないので苦労も多かったと思う。相互銀行出身なので取引先との人間関係を大切にするタイプだった。最近は融資を増やすのがなかなか難しくなってきた。これからの不銀では安河のような人材が実力を発揮するのではないかと思った。

一時間ほど経ち、安河は財布を取り出し会計を頼んだ。武田も割り勘で払おうと財布を取り出した。安河はそれを制していった。

「取引先からけっこう餞別を貰ってね、どうせあぶく銭だから、払わせろよ」

安河は背広をちょっと開いて内ポケットを見せた。熨斗袋の束が頭を出していた。武田はそれを見ておごってもらおうと思ったわけではない。安河が武田を誘ってくれたのは、都落ちをする心境の武田を多少でも気遣ってくれたからではないかと思ったからだ。武田はその好意をありがたく受けとり、心に刻んでおくことにした。名古屋支店での最後の想い出はほのぼのと忘れがたいものであった。

土曜日の午前中に運送業者のトラックが来て引っ越し荷物を積みこんで金沢に向かった。月曜日の午前中に金沢の社宅に着くことになっていた。

この日の午後、武田は一人で長銀の高野の社宅を訪ねた。武田は転勤辞令が出たときに高野に電話で連絡した。高野は食事でもしようといったが時間が取れなかった。それで土曜日に高野の自宅に行くことにした。

この春に桜を愛でた洋間に通された。夫人がコーヒーとケーキを運んできた。裕子が来なかったことを残念がっていた。せっかく名古屋で一緒になったのに短い間で離れ離れになるのは残念だった。

高野は名古屋から金沢に転勤になったことについては何も触れなかった。武田もあえて話さなかった。

高野は「ちょっと待ってくれ」といって背後の書棚から二冊の本を取り出してテーブルの上に置いた。

中央公論社の『日本の詩歌』という全集の室生犀星の詩集と、筑摩叢書の中野重治が書いた『室生犀星』だった。

「これを持っていってくれ。犀星は金沢の出身だが、僕は犀星の詩を読んで金沢が好きになった。まだ金沢へ行ったことはないんだが、いつか行きたいと思っている。君が金沢に行くのがちょっと羨ましい。犀星の詩は独特のリズムがあってちょっとまねのできない表現をする。金沢への車中にでも読んでくれ」

「これは何よりの餞別だ。こちらの全集の方は一つ抜けたら補充するのがたいへんだろ。金沢に行ったら買って読むよ」

「いや、いいから持っていってくれ」

武田は高野のいうままにその二冊を餞別として受け取った。親友のありがたさを沁み沁みと感じていた。転勤辞令があってからの釈然としない気分がいくぶん晴れた。

それからしばらく、犀星と中野重治の関係など高野の蘊蓄を拝聴することになった。

一時間半ほど語りあって、武田は辞去した。


その日の夜は裕子の実家に泊まった。裕子は結婚してからも毎日実家の風呂を使っていたから、実家を離れるのは初めてだった。当然淋しさもあるだろうが、それを口に出すことはなかった。

日曜日の昼過ぎ、武田は裕子の両親に別れの挨拶をした。娘を遠くに送り出す親の気持ちを察して武田も気が重かった。家の前で正志が運転する車に乗りこんだ。この春に買い換えた正志の日産サニーはパブリカより車内が広くゆとりがあった。裕子の両親は車が見えなくなるまで見送っていた。

名古屋駅まで二〇分もかからなかった。駐車場に車を入れてホームまで見送るという正志に裕子が「もうここでいいから」と帰ってもらった。

少し早く着いたのでしばらく駅のコンコースをブラブラした。発車時刻の二〇分前に特急「しらさぎ二号」の発車ホームに上ってゆくと、西条代理、三村、竹本、内川、丸山や女子行員数名が見送りに来ていた。せっかくの休日にわざわざ見送りに来てもらって恐縮した。それぞれと言葉を交わし、列車に乗りこんだ。指定座席がホームの反対側だったので荷物を網棚に乗せると乗車口まで戻って発車を待った。発車ベルが鳴って扉が閉まった。互いに手を振っているうちに列車が動き出した。すぐに見送りの人々が視界から消えていった。

第二章　金沢支店

一　金沢支店着任（一九六九年一〇月）

一九六九年一〇月二一日、日曜日、金沢支店に赴任する武田と裕子を乗せた特急「しらさぎ二号」は定刻一三時一五分に名古屋駅を出発し、早くも濃尾平野を過ぎて関ヶ原の山あいを登りはじめていた。通路側に座った武田は昨日学生時代の友人高野から餞別代わりにもらった金沢出身の室生犀星の詩集を見ていた。高野が独特のリズムでちょっとまねのできない表現といっていた通りの詩が続いていた。中でも『寺の庭』という詩に武田は衝撃を受けた。

つち澄みうるほひ
石蕗《つわ》の花咲き
あはれ知るわが育ちに

自らの生い立ちを詠んだものだろう。美しい情景の中に悲しみがある。それは犀星独特の感性でまねしようがない。

列車は米原駅で方向を変え北陸本線に入った。右側に伊吹山、左側に琵琶湖が見えてきた。やがて列車は日本列島の背骨を越えて敦賀に着いた。いつの間にか空がどんよりとしてきた。日本一長い北陸トンネルを抜けると、山と海の間が拡がり、刈りとりが終わった水田が連なっていた。福井を過ぎ、石川県の大聖寺に近づくと右側の車窓に雲に覆われた大きな山脈が見えてきた。白山に違いない。大聖寺は『日本百名山』の著者深田久弥の生地だ。白山は深田のふるさとの山だった。

武田にとって白山は憧れの山だった。大学一年の秋、槍ヶ岳の頂上に立ったとき、西方はるか彼方の雲の上に頭を出していた優美な山が白山だった。大学三年の六月、念願の白山に登った。岐阜県側から入山し、翌日、御前峰《ごぜんがみね》、大汝峰《おおなんじみね》を踏破して北竜ガ馬場でテントを張った。一面のお花畑でまさに天上の楽園だった。しかし夕食後、激しい雷雨に襲われた。気が付けば周りに雷を避けるものは何もなかった。稲光と雷鳴の間隔が短くなり、どしゃ降りになってきた。テントの支柱を外し腹ばいになってテントを被った。稲妻と雷鳴が間断なく続き、腹の下を雨水が流れだした。耳をふさいでひたすら雷の通りすぎるのを待った。一時間ほどで雨は止み雷鳴は遠ざかっていった。生きのびたと思ったのもつかの間、再び雷鳴が近づいてきた。第二波はさらに強烈だった。ピカッ、バリバリ、ドカン、ピカッ、バリバリ、ドカンとひっきりなしに落雷する。凄まじい雷鳴と同時に地面が震動した。至近に落雷した。雷雲のまっただ中で稲光が上から、横から、下から走る。武田は生きた心地がしなかった。ようやく雷雲が去って行ったのは一一時ごろだった。翌日、楽々新道と名づけられた歩きにくい道を延々と下り、バスと北陸鉄道を乗り継ぎ、金沢市内の野町に着いたころはすっかり夜になっていた。街のネオンが眩しかった。

六年前の追憶にふけっていると列車は小松を過ぎ、手取川の鉄橋を渡った。商店や住宅が多くなり、列車は金沢駅に滑りこんだ。

武田と裕子がホームに降りたとき、三〇歳前後の背広を着た男性が近づいてきた。

「武田さんですね」

「はい、そうです」

「私、庶務担当代理の長谷川です」

「これはどうも。わざわざお出迎え頂きましてまことに恐縮です」

武田は日曜日なのに出迎えてもらって恐縮した。長谷川がどうして「しらさぎ二号」に乗っていることを知ったのか不思議だった。それにしても平行員の出迎えに役席が来るとは驚きだった。

長谷川は先に立ってホームを歩きはじめた。手に持った傘を見せながらいった。

「金沢では昔からこの時期には『弁当忘れても傘忘れるな』といいます。晴れてると思ったら、急に雨が降りだしたりするんです」

階段を降りてコンコースを改札に向かった。改札口を出ると駅前広場の向かいに大きな金沢ビルがあった。「不動産銀行金沢支店」と書かれた縦看板が取りつけられていた。そのビルの上層階が今夜泊まる金沢都ホテルだった。

長谷川は駅前広場の地下道を通って金沢ビルに入り、二階に上った。シャッターが下ろされた金沢支店の入口があった。長谷川は裏側にある行員通用口に回り、明日の出勤はここから入るようにといった。武田は明日午前中に引っ越し荷物が届くので出勤は午後からにしたいと申し出ると、「明日は朝一番で支店長以下に挨拶して、出勤するのは火曜日からでいいですよ」といった。

それからエレベータに載って上層階にある都ホテルのフロントまで案内してくれた。武田がチェックインを済ませると、長谷川は帰っていった。金沢都ホテルは当地一流のホテルで部屋は広かった。もう五時近くになっていたので市内見物は諦めた。

武田は窓辺に寄って外を見た。バスターミナルを挟んで金沢駅の駅舎が見えた。裕子も並んで外を眺めていた。薄い雲の上を黒い雲が追いこすように流れてゆく。突然、みぞれか雹の混じった雨粒が窓ガラスを叩き、パリパリと音をたてた。武田は思わず裕子と顔を見合わせた。ひとしきり激しく窓を打ちつけた雨が止むと、雲の間に青い空が現れて一瞬陽が射してきた。何という激しい変化だろう。日本海側の厳しい気象に圧倒された。先ほど長谷川がいっていた「弁当忘れても傘忘れるな」という言葉が大袈裟でないことが分かった。同時にたいへんな所に来たものだと暗い気分になった。

翌朝、武田はホテルのレストランで朝食を済ませ、八時半に裕子を部屋に残して支店に向かった。通用口で守衛に挨拶して店内に入った。食堂や会議室、金庫室、ロッカールームの間を通って事務フロアの後方に出た。前方のカウンターの後ろに机を向かいあわせた五つの島があった。左端の庶務係の席に長谷川が座っていた。武田は長谷川を見つけ挨拶した。新聞を読んでいた長谷川は立ちあがり、支店長と次長の机の前を通って、事務室の奥にある支店長室に武田を案内した。

支店長室はかなり広い部屋で奥に執務机があり、その前にガラスのテーブルを囲んで肘かけ椅子と左右にソファが置かれていた。長谷川は支店長と次長が来るまで待つようにいって戻っていった。横の窓から金沢駅が正面に見えた。昨日より天気はよさそうだった。

ほどなく土谷支店長と村川次長、長谷川が現れ、支店長は肘かけ椅子に、次長と長谷川は武田の向かいのソファに座った。支店長は中肉中背でロマンスグレーの頭髪を七三に分けたいかにも銀行マンというタイプだった。次長は大柄で四角い顔をしてエネルギーが体中にみなぎっているようだった。

武田が着任の挨拶をすると支店長は鷹揚にうなずき、「名古屋とはだいぶ気候が違うから、健康に注意して頑張ってくれ」といった。

続いて次長がざっくばらんに話しはじめた。

「君には預金・為替・債券係で検印者をやってもらう。実はね、金沢支店は前回の本部検査で店頭事務のミスが非常に多いと指摘されてね、それで君に事務の立てなおしをやってもらいたいんだ。君は名古屋支店でしっかりと事務を見ていたそうだから金沢支店でもよろしく頼むよ。大いに期待しているからね」

武田はおやっと思った。村川の口振りでは金沢支店が人事部に事務に精通した人材の派遣を要請し、武田に白羽の矢が立ったように聞こえたからだ。武田はてっきり左遷だと思っていたが、そうではなかったのだろうか。今さら左遷であろうがなかろうがどうでもよかったが、村川に頼まれたからにはその期待に応えていこうと思った。

支店長、次長への挨拶が済むと、長谷川の案内で各係に挨拶に回った。金沢支店の全職員は三三名ということで名古屋支店の半分にも満たなかった。男性はまじめそうな人が多かった。女性は加賀美人と称される色白で肌がきれいな人が多いようだった。日本海側の湿潤な気候の賜物であろう。特に窓口に並ぶテラーの長峰と債券窓口の島尾は目立っていた。武田が名古屋支店に赴任したときは支店の女性陣に大いに歓迎されたものだが、今回は妻帯者であることからそれほど期待されているようではなかった。

武田の席はカウンター席と二線の席の後ろで、一年先輩の高橋と向かいあっていた。席に座ると庶務係の女性がやってきて、庶務事項の手続きをした。社宅の鍵を受けとったとき、長谷川が受話器を持ったまま武田を呼んだ。今社宅に引っ越しの荷物が届き、作業員が部屋に荷物を運びこんでいいか聞いているということだった。武田は一〇時に到着予定だったので早過ぎると思ったが、鍵が開いているなら作業を始めてけっこうと伝えてもらった。長谷川は行用車の手配もしてくれた。

武田は急いでホテルに戻り、チェックアウトを済ませ、裕子を連れてビルの裏手にある駐車場に向かった。屋根付きの銀行用駐車場に日産のセドリックとブルーバードが並んでいた。名古屋支店では支店長車はトヨタの最高級車センチュリーだった。行用車の格は支店の格に応じているようだ。毛ばたきで支店長車を掃除していた野島運転手が武田と裕子を認め、後部座席のドアを開けてくれた。裕子がスーツケースを持って乗ろうとすると、「奥さん、荷物はトランクに入れまっし」といって、スーツケースをトランクに入れてくれた。武田もボストンバッグをトランクに入れて、裕子と後部座席に乗りこんだ。

野島は車を発進させた。野島は大柄で話し好きだった。道々地名や建物の案内をしてくれた。武蔵ガ辻の交差点で右折し、金沢市のメインストリートに入った。左側のアーケード入口に「近江町市場」の看板がかかっていた。

「ここが近江町市場がやちゃ。新鮮な魚が安く買えるじー」

裕子は興味深げに眺めていた。

その先が香林坊《こうりんぼう》だった。右側に日銀金沢支店があった。

「北陸三県で日銀の支店があるのは金沢だけやじー」

野島は得々といった。石川県民は加賀百万石のプライドが残っているようで、富山県や福井県は下に見ているようだ。長銀と不銀は金沢に支店を出しているが、興銀は日銀の支店がない富山市に支店を構えている。

右側に大和デパートがあって、その先が片町の交差点だった。

「このあたりは北陸一の歓楽街やさけぇ、富山や福井とは格がちごがいね」

武田は野島のお国自慢を苦笑しながら聞いていた。

片町を過ぎると橋が見えてきた。橋の上部に「犀川大橋」と書かれた銘板があった。頑丈な鋼鉄製の橋で天井にも鋼材が渡されている古めかしい橋だった。犀川の流れは川幅の半分くらいでさほど大きな川ではない。上流に低い堰が二つほど見えたが、流れは穏やかで、その先は背後の山の懐に消えていた。下流はまっすぐ海に流れているようだ。金沢は海と山が近い街だ。室生犀星の育った「雨宝院」はこの川の畔にある。武田は詩集にあった『犀川』が気に入っていた。

うつくしき川は流れたり
そのほとりに我は住みぬ
春は春、なつはなつの
花つける堤に座りて
こまやけき本のなさけと愛とを知りぬ
いまもその川のながれ
美しき微風ととも
蒼き波たたへたり

橋を渡ってすぐ、野町広小路の交差点を左折して坂を登りはじめた。左右に寺院が点在していた。駅から犀川を渡るまではビルが多く古都の面影はまったくなかったが、このあたりでようやく落ちついた風情が感じられるようになってきた。金沢は空襲を受けなかった。武田の父は昭和二〇年六月下旬に満州から金沢師団司令部に転属、七月に富山に転属となり、富山の大空襲に遭遇したが生き延びた。運がよかったとしかいいようがない。

しばらく坂道を直進して右側に見えてきた寺の手前を右折した。バスが通る一本道を進んでゆくと、しだいに建物はまばらになり畑も現れてきた。泉野を過ぎて左側に県立金沢泉丘高校が見えてきた。

その正門前で野島は右折した。四〇メートルも進むとバス通りに並行する裏道に突きあたった。そこを右に曲がるとすぐ左側に二階建ての独身寮と、その先に家族用の冨樫社宅の門柱があった。野島は狭い門を通って独身寮の横の空き地に車を駐めた。支店を出てから二〇数分だった。

武田と裕子は野島に礼をいった。

「なーも、なーも」といって野島は帰っていった。

独身寮の奥にテニスコートがあって、その先に三階建ての冨樫寮があった。裏門の横に引っ越し業者のトラックが駐まっていた。建物一階右側のドアが開けられて、作業員が家具を運んでいた。入口で女性が作業を見ていた。武田と裕子が近づくと、女性は向かいに住んでいる長谷川と名乗った。支店長代理の夫人に違いない。先ほど長谷川に電話をかけてきたのは夫人だったのだろう。それからずっと搬入を見守ってくれていたようだ。武田は恐縮して丁重に礼を述べた。夫人は分からないことがあったら何でも聞いてくれといって家に戻った。

武田と裕子は社宅に入った。入口からまっすぐ廊下が延び、左側に納戸、右側に風呂場、トイレがあった。その先にキッチンと八畳ほどのリビングルームが向かいあい、突きあたりに和室が左右に二部屋あった。

荷物の運びこみは終わり、裕子は家具、調度の置き場所を作業員に指示していた。三〇分もしないで家具は収まり、三名の作業員は引きあげていった。

普段着に着替え、布団を押入に、衣類をタンスや洋服ダンスに収納した。段ボールから食器や本を取り出し、それぞれ食器棚、本棚に整理した。スキーや登山道具は納戸に置いた。昼前にはあらかた荷物は片づいた。一段落したので休憩した。裕子が湯を沸かし茶の用意をした。居間のテーブルで茶を飲みながら部屋の中を見回した。新しくて明るくて清潔で十分な広さがあった。名古屋の借家とは月とスッポンだった。

しばらく休んでから街の様子を見にいくことにした。バス通りに出て郊外の方向に歩いてみた。このあたりは田園地帯が少しずつベッドタウン化しているような感じだった。交差点を二つほど過ぎるとバス終点の円光寺だった。ロータリーがあって、その周りにマーケットがあった。裕子は八百屋や肉屋、魚屋を見て回り、食材を仕入れていた。帰りはバス通りに並行する裏道を歩いた。社宅に戻り、裕子が作ったサンドイッチで昼食を済ませた。

午後になると名古屋で用意してきた手土産を持って社宅の住人に挨拶に回った。向かいは長谷川代理の家で、先ほどお世話になった夫人が出てきた。落ちついた物腰の人で、子どもが二人、小学校に通っているといった。二階には武田と同じ係の高橋と、高橋と同期で債券勧奨係の内藤が住んでいた。高橋夫人も内藤夫人も若くて身なりに気を使っているようだった。年齢は裕子と変わらないようで、話が弾んでいた。高橋には女の子が一人、内藤には女の子が二人いて、立ち話をしている母親の後ろで武田と裕子を珍しそうに眺めていた。まだ保育園にもいかない年ごろのようだった。三階は債券勧奨係のベテラン野崎と高橋の同期で融資係の真利谷が住んでいた。野崎には中学校と小学校に通う男の子がいるということで、真利谷夫人は太っていて明るい性格のようだった。子どもはいないようだった。いずれも夫人が在宅で、一度で挨拶を済ますことができたので武田はほっとした。

それから独身寮の管理人にも挨拶に行った。社宅に電話はないので寮の電話を借りることになっていた。寮の入口で声をかけると品のいい初老の男が管理人室から出てきた。引っ越してきたのでよろしくと挨拶すると、牧田と名乗り、「何かありましたらいつでも来て下さい」といってくれた。

翌日、泉丘高校前のバス停で金沢駅行きのバスを待った。七、八名の乗客が並んでいたが半分は不銀の行員だった。ほとんど渋滞もなく三五分ほどで銀行に着いた。

席について始業時間まで庶務係作成の職員配置図を見て名前を暗記していた。昨日挨拶して回ったが、全員の顔と名前は覚えきれていなかった。出勤してきた行員がどの席に座るかさりげなく観察して、顔と名前を確認した。しばらくして高橋がやってきて向かいの席についた。

「お早うございます」

武田が挨拶すると高橋は挨拶を返してから続けた。

「武田さん、一応担当を分けませんか。僕は預金と為替を見ますから、武田さんは債券を見るということでどうですか」

「はい、分かりました」

武田に異存はなかった。

預金・為替・債券係の担当代理長谷川は、庶務係、計算係も担当していたので、預金・為替・債券は検印者である高橋と武田に任されているようだ。

九時にシャッターが開いて、ポツポツ客が現れるようになり、武田のもとに伝票が回ってきた。武田は債券係の実務については名古屋支店で二ヶ月ほど経験しただけだったが、処理方法が名古屋支店とかなり違うことに気がついた。伝票、元帳は全店共通のものだが、それ以外のさまざまな管理帳票は金沢支店独自のものだった。同じ通達・規則に基づきながら支店によって処理方法が違うことは驚きだった。おそらく支店開設時の担当者が前任店の処理方法を導入し、それがその支店に定着したのだろう。武田は全店統一の事務マニュアルがないことが問題だと思った。武田はしばらく様子を見て、名古屋支店方式と金沢支店方式のどちらが合理的か判断してみようと思った。

金沢支店での仕事にはすぐ慣れた。名古屋で経験済みの業務だったので何の不安もなかった。裕子も引っ越しの整理も終わり、新しい環境に順応しているようだった。

その日の夕食時、武田は裕子に聞いてみた。

「買い物に不便はないかい」

「高橋さんの奥さんがね、いろいろ親切に教えてくれるのよ。八百屋さんは近所にあるし、円光寺に行けばマーケットでお肉やお魚を買えるし、日用品もだいたい揃っているわ」

二人だけで食事をしていると新婚生活の継続のような感じがする。支店にいる間は子どもを作らないことにしているので当分穏やかで平凡な毎日が続くだろう。就職してしばらくは小市民的生活に慣れて行くことに焦燥感を覚えたこともあったが、最近はそんな感覚に陥ることも少なくなっていた。

「それからね、高橋さんの奥さんが支店長や次長のお宅にも挨拶に行った方がいいわよというのよ」

「勘弁してくれよ。そんなに上役に気を遣うことはないだろう」

「そうはいっても社宅の奥さんたちはみんなそうしてきたようなのよ。それが慣例なんだって」

「よそはよそでいいじゃないか。僕はそんなことはしたくないよ」

「あなたはそれでいいけれど、私は社宅でみなさんと毎日顔を合わせるんだから、慣例を破って変な目で見られるのはいやだわ。私はあなたみたいに強くはないから」

「それじゃ、どうすればいいんだ」

「私が手土産を買っておくから、土曜日か日曜日に挨拶に回りましょうよ。場所は聞いてあるから」

結局、武田が折れて、日曜日に支店長以下の役宅を回ることにした。同じ社宅の住人には手土産を持って引っ越しの挨拶をしていた。それは近所同士だから当然のことだ。しかし、場所も離れている支店長などに挨拶に行くのはごまをするのと同じだと思った。武田が一番したくないことだ。いったん職場を離れれば職場の上下関係を持ちこまないというのが武田の信条である。たとえ社宅に住んでいてもである。しかし日中社宅で一人になる裕子は慣れない土地で近隣関係を築いていかなければならない。慣例を無視していろいろ噂を立てられたりしたらストレスが溜まるだろう。武田は裕子の事情を察して譲歩した。

日曜日、武田と裕子は支店長以下の役席社宅を回った。長谷川を除く役席者四名は市内に散在する一戸建ての社宅に住んでいた。午前中に石引にある支店長社宅と三富代理宅を訪問することにした。まだ地理に不案内だったのでタクシーを利用することにした。持参する手土産は裕子が前日片町の大和デパートで買ってきた。富樫町の社宅から寺町五丁目に出て犀川に向かって坂を下り桜橋を渡った。下流に見える犀川大橋より新しく明るい橋だった。広坂から兼六園の横の坂を登り、登りきった高台を右折すると瀟洒な屋敷が並ぶ高級住宅地石引だった。金沢の市街地図を見ながらタクシーを止めた。

タクシーを降りて裕子は横道に入った。地図と表札を見ながら先導していた裕子が、「ここよ」と立ち止まった。

支店長社宅は新しい鉄筋コンクリート造りの二階建てだった。門構えも敷地の広さも付近の住宅と遜色のない屋敷だった。和風の建物が並ぶ中で、コンクリート造りの建物は目立った。武田は一番後発の都市銀行である不銀がこんな立派な支店長社宅を構えているのに驚いた。銀行というのは体面を気にするところだなと思った。武田は門柱の呼び鈴を押した。玄関のドアが開いて土谷支店長夫人が顔を出した。

「このたび金沢支店に転任してまいりました武田と申します」

武田が名乗ると夫人は玄関を出てきて門扉を開いた。

「これはご丁寧に。主人はただ今外出しておりまして」

おっとりとした感じの夫人は裕子に視線を移して話しかけた。

「奥様は金沢には慣れましたか」

「はい。社宅のみなさまがいろいろご親切に教えて下さるのでだいぶ慣れてきております」

武田は支店長夫人と裕子の会話をしばらく聞いていたが、長居は無用と裕子に手土産を渡すように合図して辞去した。

支店長宅への挨拶が終わっていくぶん気が楽になった。五分も離れていない所に融資係担当の三富代理社宅があった。こちらも支店長社宅ほど大きくはないが、鉄筋コンクリート造り二階建ての立派な家だった。呼び鈴を押すと三富代理が出てきた。武田が挨拶の口上を述べるとウンウンとうなずいた。三富は京大出身で一期生である。背丈はそれほどないが恰幅がよく、融資業務のベテランらしく相当な自信家のようだった。当たり障りのない会話をして手土産を渡して退散した。

武田は二軒を効率よく回れてほっとした。後の二軒は武田の社宅近くにあるので一度社宅に戻ることにした。兼六園外周の坂を下り、香林坊に向かう広い通りを歩いた。輪島塗りの店などが並んでいた。香林坊からバスに乗って自宅に戻った。

午後は先ず弥生にある村川次長宅に向かった。社宅から裏道を歩いて市営陸上競技場の横を通り一〇分程で着いた。支店長社宅よりは狭いが鉄筋コンクリート二階建てだった。村川は在宅だった。開けっぴろげで話好きな村川は上がれといってきかない。断りきれずに応接間に通された。ウィスキーでも飲むかと勧められたが、まだ回るところがあるのでと断った。夫人はまだ若く三〇歳になったかどうかという感じだった。夫の村川同様に開放的で明るい人だった。村川夫人宅に冨樫社宅の奥さん連中が集まり、一緒に料理を作ったりしているという。留守を守る女性同士、男には分からない苦労もありますからねと、夫人はその集まりに裕子を誘っていた。小一時間も歓談して次長宅を辞した。

最後に次長社宅からさらに一五分ほど歩いて弥生二丁目の田川代理宅を訪問した。古い木造二階建ての家だった。民家を借りあげたものだろう。どの社宅に当たるかは運しだいのようだ。呼び鈴を押すと田川本人が玄関先に出てきた。訥々とした話しぶりで誠実そうな人物だった。挨拶の口上を述べた後、少し立ち話をして辞去した。

帰りはバスを乗り継ぐのも面倒なので歩いて帰った。雨こそ降らなかったが今日は一日中曇っていた。釣瓶落しの秋でそろそろ暗くなってきた。気の進まぬ挨拶回りだったが、ともかく懸案事項を処理してやれやれだった。

二　歓迎会（一九六九年一一月）

翌週、武田の歓迎会が金沢の一流料亭大友楼で行われた。たった一人の平行員の歓迎会が料亭で行われることに武田はびっくりした。名古屋支店では歓送迎会は会議室で行うのが普通だった。

定時に仕事を終えると行員は三々五々会場に向かった。武田も係の仲間と一緒にバスに乗った。尾山神社のバス停で降りると大友楼はすぐ近くだった。創業天保元年という老舗らしい木造二階建ての建物で、茶屋街や京の町家風の出格子が印象的だった。急な階段を上って二階の大広間に通された。武田は上座に座らされた。泉鏡花や室生犀星がここに座っていたかもしれないと想像すると明治時代にタイムスリップしたような気分になった。しばらくして支店長、次長が到着して武田の隣に座った。

全員が揃ったところで土谷支店長の歓迎挨拶があった。続いて武田が簡単な挨拶と自己紹介を行った。それから村川次長が乾杯の音頭をとった。それをしおに料亭の料理を食べながらの歓談になった。温厚な支店長のもとで行員は伸び伸びとしていた。

支店長が話しかけてきた。

「君は東京出身かい」

「はい。両親は田舎から出てきましたが」

「どちらから来ましたか」

「父は盛岡、母は山梨県の塩山です」

「ほう、私も塩山出身でね。お名前は何といいましたか」

「母の旧姓は永井です」

「そうですか。永井さんという方にはお会いしたことはないようですが、年も違うのかな」

支店長は母より上の年代と思われた。あの時代に生まれて早稲田大学を卒業しているのだから相当の家柄だったのだろう。母は米沢藩士だった祖父が流れ流れて塩山に住み着いた貧乏士族の末裔だったから接点がなかったとしても不思議ではない。

料理をあらかた食べ終わると支店長や次長のもとに酒を注ぎに来る者が増えてきた。武田も歓迎会を開いてもらった身なので積極的にビール瓶を持って回った。独身寮にいる四人は朝の通勤時に顔を合わせていた。成島は長野県出身で武田とは大卒換算同期だった。融資係のベテランで物腰は穏やかだったが周りに左右されないしっかりとした人生観を持っているようだった。鑑定係の大高は北海道大学出身で武田より一年後輩だった。じっくり仕事をするタイプのようだった。仙台支店採用の荒井は武田より一年後輩となる。話しぶりは穏やかだが信念を秘めているような眼差しをしていた。融資係の杉本は昭和四三年入行で慶応大学卒だった。堅実で誠実そうな人物に見えた。

金沢支店採用者では債券勧奨係の西本が最年長だった。商業高校出身で昭和三九年秋に開店した金沢支店の一期生だった。武田とは大卒換算で四期後輩となる。高校時代はバレーボール部のキャプテンだったというだけあってがっちりとした体格だった。西本は去年からスキーを始めたというので、今年は一緒に行こうと意気投合した。西本は釣りが趣味だそうで武田に釣りを奨めた。話を聞いているとなかなか面白そうなので一度釣りに案内してくれと頼んだ。西本は大いに喜び、道具を揃えるところから指導するといった。

代理貸付係の吉尾は高卒で五期後輩となる。おっとりとしゃべる好人物だった。今年採用の駒井はまだ少年の面影を残していた。

女性陣は下座の方に固まって歓談していた。武田は同じ係の島尾と本橋のそばにいってビールを勧めると、二人は愛想よくグラスで受け一口飲むと、近くにあった徳利と盃を持ってきて武田に勧めた。武田が飲みほすと、「もう一杯」、「もう一杯」と交互に注がれ、そのつど盃を空けた。だいぶ酔いが回ってきた。武田はまだヒラなので彼女たちも気楽に話しかけてくる。

「武田さん、金沢の印象はどうですか」

債券窓口担当の島尾が聞いてきた。

「名古屋支店で職場結婚してきて早まったなと後悔したよ。最初から金沢支店に赴任していたら僕の人生変わっていたな」

月並みなリップサービスだったが座は盛りあがった。武田はほろ酔い機嫌で続けた。

「金沢は落ちついた風情のある街だね。僕は室生犀星の詩が大好きなんだけど、その詩にあるような風景がまだ残っているのに感動したよ」

島尾の一年後輩の本橋が訊ねた。

「金沢弁、聞いていてどう感じますか」

「独特の抑揚があって、のんびりしていて、優しい言葉だなあ。『いいじー』とか『しまっし』、『おいねー』なんて聞いていると、ああ金沢に来たんだとワクワクするよ」

「武田さん、もう金沢弁知っとるじー」

女性たちは歓声をあげて、「武田さん、飲みまっし」とさらに酒を飲まされた。

西本がやってきて武田の横に座り、武田がスキーをするのでみんなでスキーに行こうといってまた盛りあがった。

武田は酔い覚ましにトイレに行った。足もとが少しおぼつかなかった。小用を足し洗面台で手を洗い、ふと目を上げると鏡に赤い顔でニヤニヤしている自分の顔が写っていた。何とも締まりのない顔に我ながら苦笑した。鏡の顔に向かって「柄にもなくはしゃいでいるな」と冷やかすと、鏡の男は「ときには馬鹿になって騒ぐのもいいじゃないか」と笑っていた。武田はちょっと飲み過ぎたかなと思いながら部屋に戻った。

西本が二人で歌を歌おうといった。武田は断ったが西本は譲らない。『人生劇場』を歌えるかといった。演歌など歌ったことがないがその歌はテレビで聞いたことがあった。西本はそれなら大丈夫だと武田と一緒に立ちあがり、これから歌を歌うと大きな声で宣言した。武田もその場の勢いで西本と肩を組んで歌いはじめた。

「やると思えばどこまでやるさ　それが男の魂じゃないか……」

聞き覚えのある曲だったので西本に合わせて高歌放吟した。まじめそうに見える武田ががなるように歌ったのが受けたのか盛大な拍手があった。

この日の宴会で武田は金沢支店に受け入れられたような気がした。小さな支店ほど支店長、次長と平行員の距離が近いように感じられた。

翌週末に支店の社員旅行があり、武田も誘われた。武田は一〇月に名古屋支店の社内旅行に行ったばかりで、金沢支店での旅行積立はゼロなので断ったが、それは問題ないといわれ参加することになった。

土曜日の午後、定時に仕事を終えて観光バスに乗りこんだ。人数が少ないのでゆったり座れる。バスは宿泊地の山代温泉に向かった。国道八号を通って一時間半ほどで宿に到着した。武田は高橋、真利谷、内藤と同室になった。浴衣に着がえていると中居頭が「幹事さんはいらっしゃいますか」と部屋に入ってきた。真利谷が「はい、僕が幹事です」と名乗ると、中居頭は酒やビールの本数とか宴会後の麻雀卓や夜食の用意とかの打ちあわせを始めた。名古屋支店では旅行代理店に任せているようなことを金沢支店では幹事が直接旅館と交渉しているようだった。幹事はたいへんだなと思った。真利谷を残して温泉に入るわけにもいかず、武田たちは打ちあわせが終わるまで待っていた。ようやく仲居頭の聞きとりが終わってやれやれと思っていると、仲居頭はちょっと声を潜めて、「宴会が終わった後、女の子を紹介しましょうか」といった。真利谷はとんでもないという感じで答えた。

「僕たちは銀行員ですからそれは遠慮しておきます」

「あらそうですか。でも銀行員の方のご要望が多いんですよ」

中居頭は未練たっぷりにいった。女の子を紹介すれば手数料が入るのだろうか。

「まあ女性も参加していますので、今回は遠慮しておきます」

真利谷はチップを渡しながらやんわりと断った。中居頭も機嫌を直して部屋を出ていった。

内藤が苦笑しながらいった。

「銀行員はよほどスケベだと思われているようだな」

真利谷は仲居頭の商魂に驚いていた。

「いや、びっくりしたな。あんなにあけすけにセールスされるとは思わなかったよ。山代温泉は最近この手のサービスで人気が出ていると聞いていたが、社員旅行まで客引きするとは聞きしに勝る盛況振りだな」

武田は特段銀行員がスケベだとは思わなかったが、銀行員は清廉潔白、謹厳実直というイメージもあるので、スケベな銀行員がよけい目立つのだろうと思った。それにしても北陸の由緒ある温泉地がお色気路線というのも時代の流れかなと思った。

翌日は山代温泉の近くにある那谷寺に行った。那谷寺は真言宗の古刹だった。山門からまっすぐ延びる杉木立で仕切った参道、武士の佇まいを感じさせる書院、小堀遠州の指導で加賀藩が造った庭園など見所が一杯だった。永平寺ほど知られていないがなかなかの寺院だった。

予定の名所巡りを終えて帰途についた。観光バスの前の方からマイクが回され、一人一人歌った。三番目に今年入行の新人女性森川が北島三郎の『加賀の女』を歌った。演歌歌手顔負けの小節を利かせた歌いっぷりに盛大な拍手があった。武田は若い女性が歓楽街の男と女の情念を思い入れたっぷりに歌ったことにカルチャーショックを覚えた。名古屋支店の社内旅行では女性が演歌を歌うことはなかった。歌声喫茶で歌われるような曲が好まれていた。武田は無性に名古屋支店が懐かしくなってきた。

三　事務合理化（一九六九年一一月）

金沢支店に配属されてから一ヶ月経った。村川次長から本部検査で店頭事務のミスが多いと指摘されたと聞かされた。しかし武田の担当している債券業務に限ればそれほどミスが多いという感じはしなかった。武田が気になったのは名古屋支店より残業が多いことだった。名古屋支店では債券発行日や月末などの繁忙日を除けば定時に退行していたが、金沢支店ではいつも六時ごろまで残業していた。武田はまず残業削減を目指すことにした。

債券係の窓口で一線処理を担当しているのは島尾と今年入行の新人女性だった。島尾は金沢支店の一期生で武田と同じ昭和四〇年の入行だった。色白の加賀美人で気立てもよいので顧客の人気も高かった。窓口担当は三時にシャッターが閉まると業務は終了する。一方後方事務を担当する本橋は郵便振替による債券入金処理など午後から夕方にかけての仕事が多かった。本橋は島尾の一年後輩だが仕事熱心だった。仕事を翌日に持ち越すのが嫌いなようで、残業を厭わなかった。そうすると一線の島尾たちも帰るわけにはいかず、付きあい残業をしていた。島尾は性格が優しいので、むしろ勝気な本橋がリーダーシップを発揮しているようだった。

ある日、武田は島尾と本橋を呼んで残業削減への協力を求めた。武田は定時退行するために翌日に処理してもいい仕事は翌日に回し、また当日中に処理しなければならない仕事は一線の島尾たちにも手伝ってもらったらどうかと提案した。本橋は不満そうな顔をした。一生懸命仕事をしているのに自分のやり方を否定されたと思ったようだ。島尾が本橋に忙しいときは手伝うから遠慮なく申し出てといったので、その場は収まった。二人は性格は違うが仲がよく、本橋も島尾のいうことには反対しないようだった。

武田は残業が嫌いだった。銀行も残業を減らせといっていた。行員の中には残業代が増えるので残業をしたいと思っている者もいる。しかし武田はその辺は割りきって合理化を進めて残業を減らしたいと思った。武田が常に定時に仕事が終わるように目を配っていたので、係内の助けあいも進んで少しずつ残業は減っていった。

「定時退行」という意識改革も重要だったが、根本的には事務の合理化による処理時間の短縮が必要だった。武田は金沢支店の事務処理方法と名古屋支店の処理方法がかなり違うことに注目していた。武田は一ヶ月ほどどちらが効率的か比較してきた。そして名古屋支店方式の方が効率的であると確信が持てた。そこで名古屋支店の川島公子に電話して名古屋支店で使用している書式一式を送ってもらった。川島は快く協力してくれた。武田は実際の取引を名古屋支店の書式と、金沢支店の書式に記入してみて、どちらの方が重複がなく、処理時間が短いかを明らかにした。それらを文書にまとめ、長谷川と高橋に名古屋支店方式に変えることを提案した。二人は武田に任せるといった。

武田は島尾と本橋を会議室に呼んで、金沢と名古屋の処理方法を比較し、どの部分の処理が削減されるのかを丁寧に説明し、名古屋支店方式への変更を提案した。本橋は現状を否定され明らかに不満顔だった。今までやってきたことを否定されれば誰でも愉快ではない。本橋の気持ちは理解できた。しかし武田も提案を引っこめるわけにはいかなかった。「これは業務命令だ」といえば通せることだったが、武田は業務命令という言葉は絶対に使わないと決めていた。武田は「今日は取りあえず僕の案を提案したので、ゆっくり検討してほしい。間違っているところがあれば遠慮なくいってくれ。またもっとよい案があれば積極的に提案してほしい」といって説明を終えた。

何となく気まずい雰囲気のまま席に戻った。その日、女性たちがヒソヒソと話しているのを見て武田は不満を述べあっているのかなと思った。武田は金沢支店の女性と仕事をしていくことが少々憂鬱になってきた。名古屋支店はよかったなと感傷的になった。しかしたった一ヵ月で結論を出すのは早いと思いなおした。名古屋支店には四年半もいたのだから愛着があるのは当然だ。金沢支店も去るときはきっと愛着を感じるようになっているだろうと思った。

少し間を置いて、再度島尾と本橋に意見を聞くと、二人は武田の提案を受け入れてくれた。武田は印刷業者に帳票を発注し、一二月から名古屋支店方式に切り替えた。

一連の事務合理化により残業時間は確実に減っていった。その結果、債券発行日から月末にかけての繁忙日を除くとだいたい定時に帰れるようになった。武田も遅くとも六時ごろには退行できるようになり、七時のＮＨＫニュースが始まるころには夕食のテーブルに着いていた。

裕子は社宅での生活が落ちついてくるとアルバイト先を探しはじめた。ほどなく郵便局のアルバイトに採用された。裕子は武田が出勤した後に社宅を出て、武田が帰宅するころには夕食の支度を済ませて待っていた。

そんなある日の夕食時、食卓にブリの刺身があった。魚が苦手の武田は今までブリの刺身を食べたことはなかった。しかし見るからに新鮮そうだったので、一切れ箸に取り、醤油とわさびをつけて飯と一緒に食べてみた。脂の乗ったうまさが口に拡がった。

「これはうまい。ブリの刺身は初めてだけどこれほどうまいとは思わなかったな」

「そうでしょう。今日近江町市場で買ってきたのよ」

「わざわざ買いに行ったのか」

「観光名所にもなっているでしょ。一度行ってみたかったのよ。お店がたくさんあって、安くて新鮮な魚がいっぱいあったわ。今は寒ブリが旬なんだって」

「金沢ではマグロよりブリの方が珍重されるらしいね。お歳暮にブリを丸ごと贈ったりするそうだよ」

「大家族でないと食べきれないわね。でもこちらのブリはマグロに負けないわね」

「そうだな。ズワイガニも並んでいたかい」

「たくさん並んでいたわ。よっぽど買おうと思ったけど、やっぱりちょっと値が張るわね」

「そうか。一度はズワイガニも食べてみたいな」

「ボーナスが出たら考えてみるわ」

武田は地元でとれる新鮮な魚なら案外食べられるかもしれないと思った。

四　マイカー購入（一九六九年一一月）

一一月下旬、名古屋の義兄正志から中古車の出物があるという連絡があった。金沢での生活に慣れてきた武田はまたマイカーが欲しくなってきて、正志の幼友だちである大谷峰雄に一五万円くらいの中古車を探してもらっていたのだ。武田は急遽週末に名古屋に行くことにした。

土曜日の仕事が終わった後、金沢駅で裕子と待ちあわせ、特急に乗った。夕方、裕子の実家に着いた。食事が終わって寛いでいると峰雄がやってきた。峰雄が見つけた出物というのはパブリカだった。年式が新しく状態もいいということだったが、パブリカと聞いて武田はがっかりした。最初に買った中古車がパブリカだったが音がうるさく、エンジンオイルを頻繁に換えなければならなかった。年式が新しいとはいえ気が進まなかった。正直に自分の気持ちを伝えると、それではだいぶ年式は古いが走りに問題はないコロナはどうかと聞いてきた。値段は一五万円でいいという。武田はコロナが買えるのなら文句はない。武田は購入を即決した。峰雄はオーナーに連絡して車を持ってくるといって自宅に戻っていった。

八時過ぎに峰雄が車のオーナーと一緒にやってきた。若いオーナーで峰雄の友人だった。武田は裕子と二人で車を検分した。赤い色の車で、左側後部ドアの色合いが違っていたが、武田は値段が値段なので車の見てくれには拘らなかった。走行距離は二〇万キロに近かった。車に乗ってみることにして、オーナーが運転して近所を回ってみた。エンジン音は静かで加速もいい。乗り心地もよく車内が広いので五人でも楽に座れそうだ。武田は大いに気に入って車を譲ってもらうことにした。

オーナーは同年代の気のいい若者だった。武田が現金一五万円を支払うと、その場で車を引きわたしてくれた。武田が明日金沢に車を持っていくというと、名義変更に必要な書類は郵送するといった。それから使っていたスノータイヤが自宅にあるので、よければ持って行けといった。それでオーナーの家までスノータイヤを取りにいくことになった。オーナーは助手席の峰雄とおしゃべりしながらもの凄いスピードで飛ばした。後部座席からスピードメーターを覗くと時速一〇〇キロを示していた。名古屋の広い直線道路とはいえ武田はハラハラしていた。だが時速一〇〇キロで走ってもエンジンに余裕があるのはうれしかった。この車なら高速道路でも安心して走れるだろう。二〇分ほどでオーナーの家に着き、ガレージからタイヤを運びだしてトランクに積みこんだ。そこでオーナーと別れ、帰りは峰雄が運転して裕子の家に戻った。

裕子が峰雄にいった。

「峰ちゃん、いろいろありがとうね」

「気に入ってもらってよかったよ」

武田も峰雄に声をかけた。

「いい車を見つけてもらって本当にありがとう。何かお礼しなけりゃいけないな」

「そんなこと気にせんでええがね」

みな気のいい人ばかりだった。

翌日、午前中に裕子の家を出た。名神高速に入り、関ヶ原あたりの登り坂もアクセルを一杯に踏まなくても時速一〇〇キロで楽に走れた。塗装は色褪せて赤というより茶色がかって見えたのであまり目立たず、かえって好都合だった。敦賀に近づくと空が灰色になってきた。国道八号を走っているとチラチラと白いものが舞ってきた。だんだん大きな雪粒になってフロントガラスに当たってベシャッと百円玉くらいの大きさに拡がった。ワイパーを動かすとさっと消えてまた張りつく。雪になったらたいへんだなと不安になったが、積もるほどにはならなかった。

無事に社宅に着き、狭い門を慎重に通りぬけた。独身寮の裏手には五、六台は駐められるスペースがあった。長谷川から駐車してもよいという了解を得ていた。


翌週、武田が車を持ち帰ったのを知った高橋が社宅の住人を相乗りさせて通勤用に使ったらどうかといってきた。長谷川、内藤、真利谷も武田が車を出すなら乗りたいといっているという。駐車場料金、ガソリン代を割り勘にすればお互いにメリットがあるということだった。武田もその気になった。駅前駐車場に行って月極で借りられるか聞いてみた。管理人は日曜、祭日に使わないという条件なら月五〇〇〇円で貸すといった。銀行から歩いて一分もかからない駅前一等地の駐車場がこの料金で借りられるのはラッキーだった。武田は同乗者に月一五〇〇円を負担してもらってマイカー通勤することにした。

翌日から八時一五分に社宅を出発することにした。最初はバスと同じ経路を走った。犀川を渡るあたりで少し渋滞したが、二五分ほどで金沢ビルの横に着いた。冬場は寒くてバス停で待つのは辛かったので同乗者はみな喜んでいた。

初めのうちはバスと同じ道を走ったが、一車線の道ではバスを追いこすことが難しく、市街地に入ると渋滞する所もあった。武田は冨樫社宅の近くに住んでいる行用二号車の運転手北島に抜け道はないかと聞いてみた。北島は裏道を通るルートを教えてくれた。

翌日、さっそく新しい道を走ってみた。社宅を出るとすぐ左折してバス通りと併行して走る裏道をまっすぐ走る。細い道だが走る車はほとんどない。一キロ半ほど走ると野町に入り、左に曲がると「六斗の広見」という広場があった。広見というのは火災の延焼を防ぐ火除け地で江戸時代からあるようだ。突然広々とした道になり気持ちのよい所だ。右側には国泰寺の風情のある板塀が続き、高い木々が塀の上に頭を出している。突きあたりを右折すると「忍者寺」として知られる「妙立寺」の側を通る。このあたり右側は寺町で、名前の通り寺が密集していて、江戸時代にタイムスリップしたような感じがする。直進すると蛤《はまぐり》坂の広いバス通りにぶつかった。左折して野町広小路の交差点を突っきり白菊町で右折して犀川大橋の下流にある「新橋」を渡った。この新ルートで犀川大橋から武蔵ガ辻までの渋滞箇所をバイパスできた。そのまま道なりに直進すると長町の武家屋敷跡を流れる大野庄用水に沿った一方通行の道になる。このあたりは江戸時代の雰囲気が残っている。細い道だが気持ちのよい道だ。そのまま用水に沿って走り、長町六橋で用水を渉り、ひたすら北上して広い通りを横切り、なおも進むと金沢駅近くのバス通りに出た。全コースの九割近くが裏道という究極の近道だった。渋滞もなく信号も少ないのでストレスもなく、その上五分以上も早く着いた。毎日古都の風情を味わいながらの楽しい通勤だった。

五　フォートラン作成（一九六九年一二月）

一一月の中ごろ、事務管理部から「フォートランでプログラミングしてみませんか」という行員向けの通知文書が送られてきた。五つの例題が提示されていて、その中から一つを選んでプログラムを作成してみないかというものだった。それを事務管理部に送ればプログラムをコンピュータにかけ、その結果と模範解答を送り返すということだった。

武田は四月に始まったNHK教育テレビの『コンピュータ講座』でフォートランを勉強していたので、今回の事務管理部の企画は願ってもないことだった。事務管理部は昨年三月にバロース社の大型コンピュータを導入したばかりだったから、その活用をアピールし、またコンピュータに興味を持つ行員を増やしたいという狙いもあったのだろう。武田はせっかくの機会なので挑戦してみようと思った。

武田は五つの例題の中から、「利付債券利払い計算プログラム」を選んだ。それは回号、回次、利金額、枚数が入力されたパンチカードを一件ずつ読みこみ、支払利金額、課税額、税引後支払額を計算してプリントし、最後に総合計をプリントせよというものだった。

武田はこの一ヶ月、家に帰ってから毎日プログラムに取り組んできた。手作業で作れば一時間もかからないような簡単な表だったが、プログラムを作るのはなかなか難しかった。

最初の一週間はどのような処理をすればいいのかを考えた。例えば入力データのチェックをどのように行うかである。まだ期日が到来していない利札があったらエラーとしなければならない。だが入力データには支払期日のデータはない。武田はあれこれ考えているうちに、入力データの回号+（回次×六）が、現在発行中の利付債の回号一四五より大きければ「期日前持ち込み」のエラーとすることができることに気が付いた。回次というのは半年ごとに支払われる利札に付けられた一から一〇までの番号である。

次の難題は課税額を計算するために必要な税率を求めることだった。この四年の間に二回も税率が上げられていた。これについては、回号が九〇未満だったら税率は〇・〇五、九〇から一一七未満だったら〇・一〇、一一七以上だったら〇・一五とすることにした。

次に全体の処理の流れをフローチャートに書きあげた。そして最終工程のプログラムを書きはじめた。しかしフローチャートの処理手順をフォートランで書くのは一筋縄には行かなかった。NHK講座のテキストに載っている記述例だけでは書けないことが多かった。慌てて書店でフォートランの解説本を買いもとめた。何とか六〇行弱のプログラムを書きあげたのは一二月の半ばになっていた。


フォートランに悪戦苦闘している最中にボーナスが支給された。一五万二千円だった。車の購入で寂しくなった武田の預金残高も元に戻った。残業がほとんどなかったので月給は以前より減ったが、早く帰れるのに越したことはない。

ボーナス支給日の翌日、武田が夕食のテーブルに着くと、甲羅の大きさが七、八センチの見慣れないカニが皿の上に置かれていた。

「初めて見るカニだな」

「コウバコガニよ。ズワイガニの雌なんですって。近江町市場で買ってきたのよ」

「この前ボーナスでたらズワイガニを食べようといっていたが、これもズワイガニってことか」

「ズワイガニはまだちょっと高いからコウバコガニにしたんだけど、地元の人はコウバコの方がおいしいっていってるわよ」

「そうかね。しかし牡と雌では大きさがずいぶん違うね」

武田はさっそく甲羅をはがした。甲羅の中にカニ味噌があった。箸ですくって口に入れると濃厚なうまみが広がった。

「うん、これはうまいな」

裕子もカニ味噌を口に運ぶと顔をほころばせた。

「本当においしいわね」

「酒を飲みたくなったな」

武田は席を立って徳利に地元の酒「福正宗」を注いで燗にした。酒は気が向いたときにたしなむ程度だったが、せっかくの珍味は地元の酒と一緒に味わうに限ると思った。盃を二つ並べ酒を注いだ。

裕子はほとんど酒を飲まないが、盃一杯程度は付きあう。

「カニ味噌と一緒にダイダイ色の固まりがあるでしょ。内子といってまだ成熟していない卵なんですって」

「へえ、誰に聞いたの」

「店のおじさんが話し好きでいろいろ教えてくれたのよ」

内子はこくがあって白子を少し固くしたような舌触りだった。腹の部分には赤茶色の仁丹ほどの粒の固まりが溢れていた。

「これは食べられるのかな」

「それは外子といってそれもおいしいそうよ」

武田は外子を噛んでみた。ほのかに磯の香りがしてプチプチとした食感が楽しかった。

「カニ味噌と内子、外子の三つの味が楽しめるな。それに脚を加えれば四つの味か」

コウバコの脚肉はズワイガニよりずっと小さいので中身を取り出すのに時間がかかった。味はズワイガニと変わらなかった。コウバコは見映えと容量ではズワイに敵わないが、小さいなりに味は凝縮されていて、食べる楽しさは変わらなかった。近江町市場で安く買えるといってもズワイガニは一般家庭ではおいそれとは手が出ない。コウバコが手ごろな値段で味わえるのは金沢ならではの楽しみだった。

「カニを食べていると時間を忘れるね」

武田は両手を使って脚の中身を取り出して口に運び、ベタベタになった手で盃を傾けた。

いつもより時間をかけた夕食の後、風呂に入ってから和室に入った。武田は炬燵の天板にコンピュータプログラムのコーディングシートを広げ、ほろ酔い気分を引き締めて最終チェックを始めた。何カ所か自信のない部分もあったが、これ以上確かめる術もないのでそのまま提出することにした。

翌日、一ヶ月かけて作成したたった三枚のコーディングシートを封筒に入れて事務管理部に送った。どんな結果がでるのか不安もあったが、期限までに提出できてほっとした。

六　金沢の冬（一九七〇年一月）

昭和四五年、仕事始めの五日は雪が降っていた。それでも和服を着てくる女子行員が多かった。武田は足許が大丈夫なのか心配だったが、家族が車で送り迎えしているようだった。開店すると支店長、次長、融資係は年始の挨拶にやってくる取引先の応対に忙しい。武田は入行以来ずっと事務方だったので、屠蘇を飲みながら歓談している融資係がちょっとばかり羨ましかった。四時から会議室で新年会が始まった。ようやく事務方も酒やビールを飲みながら新年を祝った。武田はマイカー通勤なのでもっぱら酒を注いで回った。

一月一三日、火曜日、夕食を終えて武田は和室の炬燵で寛いでいた。先ほどから雷のような音がしていた。武田は金沢では冬に雷が発生すると聞いていたので、和室の障子とガラス戸を三〇センチほど開けて外の様子を窺った。そのとたん漆黒の闇に稲妻が走り、不気味に盛りあがった黒雲が浮かびあがった。ゴロゴロゴロゴロゴロと雷鳴が長くとどろいた。稲光が走るたびに陰々とした黒雲が見える。風呂から上がってきた裕子が「今雷の音がしなかった」と聞きながら横に並んだ。

「うん、雷が鳴っているよ」

「あっ光った。真冬に雷なんて不思議な感じね」

「東京ではピカピカ、ドカンと雷が落ちるけど、そこまでの激しさはないようだね」

しばらく稲光を見ていたが寒くなってきたのでガラス戸と障子を閉めた。セントラルヒーティングのラジエータから微かな音が漏れてくる。

九時ごろ、武田は奇妙な静けさを覚えた。だいぶ前に雷鳴は収まっていたが、何かふだんと違う感じがした。しばらくして音が消えていることに気が付いた。

「いやに静かだな」

「そういえばずいぶん静かかね。さっきまで雷が鳴っていたのに」

武田はもう一度外を見てみることにした。ガラス戸は曇っていて外が見えない。ガラス戸を引くと、雪がシンシンと降っていた。

「雪だよ。雪が降り出したんだ」

裕子も外を見た。

「本当だ。きれいね」

今年初めての本格的な降りだった。ベランダに出てみると鉄柵に早くも雪が積もっていた。暗闇に目をこらすと社宅の周りの畑は雪で覆われていた。背後から漏れてくる部屋の明かりが軒下近くの柔らかい雪肌をダイダイ色に染めた。近くのバス通りを走る車の音がまったく聞こえない。車の往来が途絶えたのか、あるいは雪がすべての音を吸収しているのか。漆黒の天空から真っ白い大粒の雪が隙間もなく降ってくる。

「これは積もりそうだな」

「何だか幻想的ね」

冷たい空気が忍びこんできてブルッとした。武田は戸を閉めた。

「明日は早く起きて、チェーンを付けなければならないな」

「大丈夫なの？　雪道走ったことないんでしょう」

「誰でも最初はあるんだ。表通りまで出られればバスが走っているから大丈夫だろう」

武田は自信ありげにいったが、内心では不安もあった。

翌朝、武田は一時間早くセットした目覚まし時計で目が覚めた。ガラス戸を開けると雪は止んでいた。ベランダの鉄柵に一〇センチほどの雪が積もり、ベランダにも雪が厚く積もっていた。見渡す限りの雪景色で、根雪になりそうだった。

「きれいね」

裕子が見とれていた。ふっくらと積もった無垢の雪は息を呑むほど美しかった。しかしゆっくり景色を眺めている暇はなかった。武田は洗面を済ませると食事の前にタイヤにチェーンをかけてくることにした。少々の雪ならスノータイヤで間にあうが、これだけ積もるとチェーンが必要だった。長靴をはいて玄関を出た。新聞配達員の足跡が社宅出入口の門柱の方に続いていた。積雪は二五センチくらいだった。武田は踏跡を辿ってマイカーに向かった。雪がすっぽりと車を覆いかくしていた。まず軍手をはめた手で屋根の雪を払いおとし、フロントガラスの雪を払った。それからボンネットとトランクの雪を左右に飛ばした。トランクを開けてジャッキを取り出した。タイヤにチェーンを付けるのは初めてだった。ジャッキアップして後輪タイヤにチェーンをかけ、裏側のチェーンをフックで繋ごうとした。しかし裏側は見えないので手探りでやらなければならない。何度も何度もトライして、ようやくフックがかかった。表側は見えるので簡単にかかった。最後に小さなフックの付いたゴム輪でチェーンを車輪の中心方向に引っ張り固定した。片側を終えたとき、裕子が様子を見に来た。

「食事の用意ができたけどどうする」

「こっちもやってからにするよ」

ジャッキを反対側に運び、同じ作業を繰りかえした。今度は一回で裏側のフックをかけることができた。ジャッキを仕舞い、作業を終えた。

「後は表通りまで車が出るかだな」

武田はドアを開けようとドアノブにある鍵穴にキーを差しこんだが凍っていて差しこめない。武田は裕子に「バケツで湯を運んできてくれないかな」と頼んだ。

裕子が湯を運んできた。鍵穴の周りに湯をかけていると何とか鍵が差しこめた。鍵を回してドアを開けようとしたらドアのゴムシールが凍りついていて動かない。今度はドアの枠に湯をかけてようやく運転席のドアが開いた。車に乗りこみ、エンジンをかけると幸い一発で始動した。エンジンを少し温めてからギアを入れた。そっとアクセルを踏むと、ズズッという感じで動きだした。そのままゆっくりと出口に向かった。入口の門まで何とか進むことができたので、車を元の位置に戻した。準備を終えて家に戻った。

朝食を済ませ、いつもより早く出てエンジンをかけ車内を暖めた。相乗りメンバーも早めに集まってきた。

「武田さん、大丈夫かね。無理をしないでいいですよ。バスに乗っていくから」

長谷川が雪道に慣れていない武田の運転を気づかった。

「バス通りまで出られれば車が通ってますからだいじょうぶだと思います」

みんなが乗りこむと武田は慎重に車を出した。今日は裏道を通らずバス通りを行くことにした。社宅入口から泉丘高校正門前のバス通りに出る四〇メートルほどの道は除雪されていなかったが、ゆっくり走らせるとスリップすることなく交差点に辿りついた。バス通りに出ると雪は踏みかためられていて楽に走れた。チェーンがしっかりと固い雪面を捉えた。どの車もゆっくりなのでいつもより渋滞していた。寺町通りの交差点で何回か信号待ちした。右角にある立像寺の大屋根に積もった雪が今にも滑りおちそうだった。寺町通りの坂道を下ってゆくと道路のまんなかに三〇センチくらいの間隔で穴が開いていて、地下水が水鉄砲のように吹きだしていた。雪は完全に融かされ、アスファルトの地面が露出していた。とたんにチェーンがジャラジャラと音を立て、車体がガタガタ震動した。融雪装置の効果はてきめんだが乗り心地は悪くなった。野町広小路から金沢駅までのメインストリートは所々渋滞した。駅前の融雪装置がない区間では商店の人々がシャベルを振るって雪掻きをしていた。歩道の雪を道路際に放り投げるので堤防のように積みあがっていた。道路は狭まり、片側一車線分になっていた。いつもと違い街並みに不思議な活気があった。だいぶ時間がかかったが駅前に着いた。始業時間には十分間に合った。

支店に入ると長靴で出勤してきて、そのまま席についている者もいた。いかにも雪国という風情だった。

週末になっても雪は消えなかった。社宅の裏手は日本海に向かって緩やかに傾斜している畑だった。今は一面の雪原だった。日曜日の朝、武田はまっしろな斜面を見てスキーで滑ってみたくなった。斜面の付近に人家はない。武田はスキーウェアで裏門を出て、スキーを履いた。畑も畦道も雪で覆われ区別がつかない。武田は勇躍、ストックを突いて滑りだした。湿った雪で傾斜も緩いのでストックでこぎ続けないとスピードがでない。パラレルで滑るのは不可能だった。それではとスケーティングで加速して楽しんだ。滑っては登って三〇分ほどすると、やはりスピードが出ないと面白くないので引きあげることにした。

その日の午後、不機嫌そうな顔をして裕子が買物から帰ってきた。

「あなた、今管理人さんに会ったら、裏の畑でスキーをしないように注意されてしまったわ。畑の持主から苦情があったらしいの。雪の下の野菜が傷むから止めてほしいって」

「えっ、雪の下に野菜が生えているのか」

「それは分からないけど、他人の土地に勝手に入ったらいけないでしょう」

「どうして俺だって分かったのかな」

「畑でスキーをするなんて、あなたくらいのものでしょう」

「長谷川さんもスキーがうまいらしいよ。東北出身だから」

「長谷川さんは畑でスキーをするような非常識な方ではありませんよ。本当に恥を掻いてしまったわ」

「やっぱりまずかったか。地主に謝りにいかないといけないかな」

「それはいいんじゃない。管理人さんが謝ってくれたそうだから」

雪が積もるとすべての境界が消えて自然の原野に戻る。武田にはそれは共有物のように見えた。武田が学生時代に通ったスキー場ではスキーを終えると一面雪に被われた畑の上を滑って麓の民宿まで戻ったものだ。しかし市街地の畑は様子が違うらしい。いずれにしろ突然出現した大雪原にはしゃいだ自分が悪かった。家のすぐ側でスキーができるという楽しみは泡のように消えた。

翌日、武田が食堂で西本と一緒になったとき、今週の日曜日に市内の獅子吼《ししく》高原でスキーをしないかと誘われた。武田が裕子を連れて行っていいかと聞くと、どうぞどうぞということだった。西本は島尾や本橋、長峰ら女性陣に声をかけているといった。寮生の大高と杉本も参加するというので、武田の車で一緒に行くことにした。西本たちは金沢駅からバスで行くということだった。

日曜日の朝、武田は助手席に裕子、後ろに大高と杉本を乗せて寮を出発した。獅子吼《ししく》高原に近づくと雪道になったのでタイヤにチェーンを巻いた。一時間ほどでスキー場の駐車場に着いた。金沢駅からバスで来た西本らと合流し総勢一〇名となった。ロープウェーに乗ってゲレンデに向かった。頂上駅で降りると緩やかなスロープが拡がっていた。遮るものがない眺望が素晴らしかった。曇り空だったが手取川と日本海がよく見えた。石川県唯一のスキー場として一〇年前にオープンしたスキー場で、メインコースは長さ四〇〇メートルの緩斜面で、初心者、ファミリー向きのゲレンデだった。上級者には物足りない小さなスキー場だったが、金沢市に近いのは何よりの魅力で、スキーウェアを着たままバスで来られるので大人気のようだった。

さっそくみんなで一緒に滑りはじめた。まったくの初心者はいなかったのでスムーズにゲレンデの下端まで滑った。武田は滑りたい気持ちを押さえ、みんなの様子を見ながらゆっくり滑った。西本はクリスチャニアで真っ先に滑っていった。女性たちはボーゲンで回る程度で、ときどき尻餅をつきながら楽しそうに降りてゆく。武田はボーゲンの見本を見せたりしながら彼女たちと一緒に滑った。裕子はクリスチャニアの一歩手前で、転ばずに滑っていた。

リフトで何回か滑って、昼食をとることにした。食堂に入るとほとんどの客がテーブルに弁当を拡げているのに驚いた。食堂の方も弁当持ちこみを認めているようだった。志賀高原や苗場などの有名スキー場では見られない光景だった。子ども連れの家族も多く、庶民的な感じのスキー場だった。武田のグループの女性たちも弁当を持ってきていた。武田たちは食券を買ってカウンターからラーメンなどを運んで一緒に食事をした。

午後は武田も何本かノンストップで滑った。三時にスキーを終えてロープウェイで麓に下った。麓まで降りるコースが雪不足で閉鎖されていたのは残念だった。

村川次長が一度スキーに連れて行けと武田にいった。村川は何事にもアクティブで、ゴルフのできない金沢の冬に身体を持てあましているようだった。スキーはまったくの初心者ではなく、本店の旅行部が主催するスキー旅行に参加したことがあるそうだ。武田は村川が行くなら大勢で行った方が楽しいだろうと思い、獅子吼高原スキーに参加したメンバーに声をかけた。またスキーが上手だという長谷川に参加を求めると快諾してくれた。スキー場は最近オープンした大倉岳高原スキー場に決めた。

一月下旬の日曜日、武田は裕子を助手席に、長谷川を後部座席に乗せて社宅を出発した。村川宅に寄ると、スキーをレンタルする村川は小さなザックを持って後部座席に乗りこんだ。国道八号線に出て小松市郊外のスキー場に向かった。スキー場への道は渋滞することもなく、一時間半で駐車場に着いた。西本たちはバスでやってきた。

村川のスキーセットをレンタルし、みんな揃って初級コースのリフトに乗った。村川は豪放な性格通りの滑りで、ボーゲンで曲がれる程度の技術だったがスピード狂で、足腰が強いのかなかなか転ばなかった。長谷川は福島県出身で小さいころから学校でスキーを習っていたようで、クリスチャニアできれいな滑りをしていた。二、三回みんなで滑ってから、村川の世話は長谷川に任せ、武田は西本と一番高い所に上るリフトに乗った。白山連峰の前山に作られたスキー場は最高点でも標高五〇〇メートルほどだった。コースの長さ、斜度ともに武田にはちょっと物足りないが、手軽に来られるので文句はいえない。出だしはかなりの急斜面だったが、その後は尾根筋に開かれた適度な傾斜の斜面で気持ちがよかった。リフト乗場まで一気に滑り降りると、休憩所のテラス席に座っている村川が手を振った。ビールを飲みながらご機嫌の様子だった。晴れているので暖かく、外で飲むのも悪くないだろう。武田はちょうど初級コースを滑ってきた裕子を連れてもう一度上級コースに向かった。裕子は上部の急斜面は怖々滑っていたが、そこを過ぎると武田の後をちょっとテールを開いたクリスチャニアで付いてきた。休憩所まで降りてくると、村川を囲んで長谷川ら数人が休憩していた。武田と裕子も合流することにした。村川が座の中心になって賑やかに盛りあがる。若い行員にも気さくに声をかけ、職場での上下関係を忘れてみな楽しそうにしていた。

一月の末に事務管理部から分厚い大型封筒が武田宛に送られてきた。封を開けるとB４より大きいラインプリンター用連続紙が二組入っていた。一つ目は武田が書いたフォートランのプログラムと、それをコンピュータで実行して打ち出した利付債利払い一覧表だった。武田のプログラムには何カ所かミスがあり、そのままではコンピュータが受け付けないので、事務管理部でその部分を直してコンピュータにかけたものだった。二つ目の綴りは模範解答のプログラムと利付債利払い一覧表だった。比べてみると武田のプログラムで打ち出したものは一行目の見出しの各項目と、二行目以降の出力データの印字位置がずれていた。一方模範解答では項目名に対応するデータがきれいに揃っていた。また模範解答ではエラーと表示されているものが、武田の出力帳票ではエラーとされず、そのまま打ち出されているケースがあった。入力データのチェックについては、武田も支払期日前の分はエラーとしていたが、その他のチェックは行っていなかった。模範解答では回号と利金額の整合性チェックが行われていた。利付債は金利がよく変わるので、その回号の正しい利金額であるかどうかチェックしておくべきだった。武田は模範プログラムを見て、なるほどと非常に勉強になった。武田の未熟なプログラムを添削し、一覧表を打ち出せるようにしてくれた事務管理部に感謝した。正解にはほど遠かったが武田の作った最初のプログラムは想い出に残るだろうと思った。

七　頭取就任パーティ（一九七〇年二月）

昨年一〇月、新頭取が誕生し、その後本店や支店で頭取就任パーティが開催されていた。金沢支店では二月初旬に金沢で一番格式が高い金沢グランドホテルで開催することになった。武田は歌舞伎役者の襲名披露ではあるまいし頭取のお披露目パーティなんて必要なのかなと思っていた。金沢では村川を中心にパーティの準備が進められていた。武田は事務担当なのでパーティに関わることはなかった。しかし小さな支店なので声の大きい村川の言動から支店上層部が異常に神経を使って準備を進めている様子が伝わってきた。会場の設営など庶務事項は長谷川代理が、招待客の選定については貸付先は融資係の三富代理、債券購入先は債券勧奨係の田川代理が担当していた。それぞれに招待客の枠があるようで、本部とも打ちあわせながら招待客の選定を進めていた。年が明けると招待状を持参または郵送で届けはじめていた。長谷川は新頭取以下の本部からやってくる役員の宿泊の手配などを村川と相談しながら進めていた。また頭取はパーティ前後に北陸三県の主要取引先を表敬訪問するので、相手方との調整も行っていた。端から見ていてもたいへんな作業だと思った。

一月中旬、長谷川は武田、内藤、大高、西本、杉本を会議室に集めた。全員が揃ったところに村川がやってきて、席に着くなり用件を切りだした。

「君たちを『金沢支店年次計画作成委員会』の委員に任命するので、さっそく作業に取りかかってくれ。長谷川君に委員長をやってもらう。二週間で報告書を上げてくれ」

急な話でびっくりしている武田らを尻目に村川は会議室を出ていった。長谷川は事前に準備していたようで、「期限も限られているので」と前置きして、年次計画の主要項目とその担当者を発表した。武田は年次計画の前提となる「北陸地方経済の現状と将来」の作成を担当することになった。時間の制約もあるので各自作業を進めながら適宜摺りあわせをしていきたいとのことだった。一週間後に中間報告を行うことになった。

武田は北陸地方の経済などまったく知らないので困ったなと思った。ふとゼミの友人高野からもらった長銀調査部の「中京経済圏」のレポートを思い出した。武田はそのロジックをまねて中京経済圏を北陸経済圏に置きかえ、首都圏の経済力と比較してみることにした。日銀の資料や地元金融機関の調査レポートなどを調べて当地の経済状況を調べていった。資料を社宅に持ちかえって夜遅くまで作業を続けた。

翌週、支店長室に委員会メンバーが集まり村川次長に中間報告を行った。武田が北陸三県の現状と今後の成長予測を報告すると、異論はなく共通認識として受け入れられた。続いて与信業務、受信業務について各担当より目標額や具体的な推進策について説明があった。二時間ほど議論して若干の修正を加え、週末までにまとめることになった。武田は日曜日の夜、ようやく報告書を完成した。

月曜日の午後に武田は支店長応接室で村川と長谷川に青焼きコピーした「北陸地方経済の現状と将来」を提出した。村川は報告書をざっと見て、「よし、これでいいだろう」といった。武田は「年次計画作成委員会」の役割を果たしてほっとしたが、せっかちな村川は続いて頭取の宿泊について長谷川と打ちあわせを始めた。武田は席を外すタイミングを失いその場に居続けた。長谷川は頭取が宿泊するホテルに持ちこむ浴衣を発注したと報告した。巨体の頭取はホテル備えつけのパジャマや浴衣ではサイズが合わないようだ。武田はそんなことまで支店で用意するのかと驚いた。それからホテルの部屋に届ける頭取お気に入りの高級ウィスキー、オールドパー一二年と、モンキーバナナの調達について相談していた。次に村川は頭取の取引先訪問スケジュールについてチェックし始めた。分刻みのスケジュールになっていたから、おそらく実際に車を走らせて予行演習をしているのだろう。訪問先の玄関の見取図を見ながら、どこに車を停車させれば頭取が歩く距離が最短になるか検討していた。

また頭取は後部座席の左に座るので、車の左側が玄関に横づけになるように進入できるかということまで調べていた。その徹底ぶりに武田は感心するばかりだった。

次に大樋《おおひ》焼窯元訪問の話になった。どうやら頭取は大樋焼の窯元を訪問するようだった。村川と長谷川の会話の中で、大樋焼とか大樋長左衛門という言葉がポンポン出てくる。武田が初めて聞く名前だった。頭取が分刻みのスケジュールをやりくりして訪問するほど有名な窯元が金沢にあるらしい。二人は、「大樋焼はろくろを使わず手びねりとヘラで形を作るのが特徴のようだ」とか、「大樋焼は代々飴色の釉薬が基本だったが、九代目大樋長左衛門が黒い楽茶碗で独自の境地を切りひらいたらしい」などと話をしていた。二人は頭取が会いに行くというので大樋焼のにわか勉強をしているようだった。正田頭取は絵画や随筆の才があり、財界の中でも文化人として知られていたから、陶芸にも造詣が深いのだろう。

支店長室のドアは開けっぱなしで、三富や田川もパーティ関係の報告やら相談にやってくる。さながら頭取就任パーティの野戦本部のようだった。支店長は事務フロアの支店長席に座って決裁書類に目を通したり、業界誌を読んだりしている。頭取就任パーティについては村川に任せっきりのようだった。

いよいよ新頭取がやってきた。武田は詳しいスケジュールは知らなかったが、支店長、次長は飛行場で頭取を出迎えてから、頭取と一緒に取引先を挨拶回りしているようだった。翌日、金沢グランドホテルで頭取就任披露パーティが行われ、支店長、次長を始め融資係と債券勧奨係の大部分がパーティ会場に出かけて行った。支店は至って静かで、武田ら事務担当はいつも通り来店客の応対をしていた。武田はパーティに出たいとは思わないが、やはり事務より営業の方が花形業務なんだろうなと思った。

翌日、頭取一行は東京に帰って行った。一度も支店に現れなかったので本部からどのようなメンバーが随行してきたのかも分からなかった。頭取一行を見送って戻ってきた支店長、次長は長い間準備してきた頭取お披露目を無事終了して心底ほっとしているようだった。頭取も満足して帰ったようだ。特注の浴衣にオールドパー、モンキーバナナ、豪放磊落に見える村川が頭取に対して実に細かなことまで気を配っていたのが印象的だった。そういうことができなければこの銀行では出世できないのだろう。

武田は頭取就任パーティ関係の仕事に直接関わることはなかったが、「金沢支店年次計画作成委員会」に駆りだされた。武田は村川が唐突にこの委員会を設置したのは、正田頭取に金沢支店の活動をアピールするためだったのではないかと思った。村川が委員会の報告書を頭取への支店状況報告に利用したかどうかは分からない。だが村川のことだから支店で自発的に年次計画を立てて業績拡大に取りくんでいるとさりげなく頭取にアピールするくらいのことはしたのではないかと思った。武田は店頭業務の検印にやや退屈していたから委員会の作業は気分転換になった。村川は支店の一大イベントである頭取就任パーティに関与しない若手行員のモチベーションが低下しないように「委員会」を作ったのかもしれない。村川は部下のやる気を引き出すのに巧みだった。

一方で村川の頭取に対する異常な気の遣いようをみていて、果たして銀行にとって好ましい姿なのか疑問に思った。頭取の不興を買わないようにするのが一番という内向きの姿勢ではおのずとワンマン体制になってしまう。武田は新頭取の方針が間違っているとは思わない。強いリーダーシップも否定されるものではない。ただワンマンが常に正しいとは限らない。ヒトラー、スターリン、毛沢東などの独裁者はみな最後には悲劇をもたらした。トップに対してもものがいえる組織の方がいいと武田は思った。

二月の定期異動で、新人で金沢に配属になって四年目の大高が鑑定部に異動となった。支店長から辞令を交付されるとニコニコして店内を挨拶回りしていた。本店に戻れるのはうれしいようだ。

人事部の異動通達をみると名古屋支店の三村が外国部へ異動となっていた。国際部門で働くのは三村の希望だったし、新しい職場で心機一転するには絶好のタイミングだった。

その後、三村から転勤の挨拶状が届いた。「外国部は総勢六人で、温和しい人ばかりで居心地はよい」というコメントが書かれていた。

三月になって人事部から、「語学学校派遣者選抜テストの実施について」という文書が送られてきた。国際業務を強化するため語学学校への派遣制度を定め、試験で五名を選抜し、四月から一年間、日米会話学院に派遣するというものだった。武田は試験が大嫌いなので受けるつもりはまったくなかった。ところが金沢支店の受験希望者が少な過ぎたのか、村川から試験を受けてくれと頼まれた。英語は苦手だからと断ったが、形だけでいいから受けてくれといわれ断りきれなかった。

試験は支店の会議室で行われ、六名参加していた。ペーパーテストと録音テープによるヒアリングテストで行われた。武田はヒアリングテストがほとんど聞きとれなかった。

三月も中旬になると日陰に残っていた雪も消え、春の兆しが感じられるようになってきた。日本のどこにいても春はうれしいものだが、初めて北国で冬を過ごして迎える春はまた格別だった。

金曜日に武田は村川に呼ばれた。

「君、明日は休みかい」

「はい、明日は週休を取っています」

「なにか予定はあるかい」

「特にありません」

「実は銀行通信社の進藤編集長が金沢に来ているんでどこか案内したいんだが、君、車を出してくれないか」

「僕の運転でいいんですか。車もポンコツですよ」

「いいんだよ。進藤さんは気取らないタイプで、なかなかの人物だから君も知っていて損はないと思うよ」

村川は業界誌編集長の知遇を得ておくのは将来役に立つといっているようだった。武田は出世に興味はないのでそのような打算はなかったが、進藤を持てなすことは銀行のためになるだろうと思って運転手役を引き受けた。ただ観光案内ができるほどこちらの地理に詳しくなかったが、村川は道案内は俺がするといった。

土曜日の朝、青空が広がりドライブ日和だった。武田は次長社宅で村川を車に乗せ、一〇時前に金沢グランドホテルに着いた。村川がホテルに入ってしばらくすると、村川と進藤編集長が出てきた。武田は車を降りて進藤に挨拶した。

「せっかくの土曜日に申しわけありませんね」

村川と同年代にみえる進藤は気さくに武田に声をかけた。武田はトランクを開けて進藤のボストンバッグをしまった。後部座席に二人が乗りこむと武田は車を出した。村川はまず高岡市に向かってくれといった。武田は国道八号を富山方面に向かうのは初めてだった。津幡を過ぎて上り坂になり、道路脇の雪がだんだん厚くなってきた。倶利伽羅峠を越えると富山県になり、ほどなく高岡市に着いた。

村川の指示に従い最初に高岡大仏を見ることにした。鎌倉の大仏より小振りだったが台座が高く、見上げる大仏像は大きくて立派だった。

次に加賀藩二代目藩主前田利長の墓所である瑞龍寺を見学した。敷地は広く往時の加賀藩の威光が偲ばれた。村川は何度か高岡市の名所を回っているようで観光案内もガイド顔負けだった。

その後、市内の料亭で昼食をとった。村川が選んだ店だけあって料理もうまかった。

食事を終えると国道一六〇号線を氷見市方面に向かった。途中に二上山《ふたがみやま》万葉ドライブウェイの入口があり、二上山に登る細い道には轍の部分を除いて雪が残っていた。村川の指示でドライブウェイに入った。木立に囲まれた日影の道を右に左にハンドルを切りながらゆっくりと登った。行きかう車は一台もない。そのうち轍の部分も雪になってきた。傾斜もきつくなり、スノータイヤではスリップしそうになってきた。

「次長、この先はチェーンを付けないと登れそうもないですね」

武田は後部座席の村川にいった。

「そうか、チェーンを付けるのはたいへんだな」

「一〇分もあれば付けられますけど、頂上はまだだいぶ先ですか」

「よし、引きかえそう。二上山からの富山湾の眺望が素晴らしいんだが、この先どうなっているか分からないので、海岸から見ることにしよう」

武田は内心ほっとして、慎重にUターンした。国道に戻り、新湊市から雨晴《あまはらし》海岸に向かった。雨晴海岸からの眺望は実に素晴らしかった。富山湾の先に立山連峰が白く輝いていた。名古屋支店にいたころ、単独行で踏破した立山から剣岳までの稜線がくっきりと見えた。

その光景を見納めにして帰途についた。来た道を戻るので運転も気が楽だった。村川と進藤の話が聞こえてくる。不動産銀行役員の人物評なども聞こえてきて面白かった。国道八号を戻り、金沢を通り過ぎ、進藤のこの日の宿である片山津温泉の旅館に着いた。村川は進藤と夕食を共にするというので武田はお役御免となった。

休日に駆りだされたが不満はなかった。行務ではないから残業代も請求できないが、その代わりに雨晴海岸から立山連峰の絶景を見ることができた。それにしても頭取就任パーティのときに村川の頭取に対する細かい気配りに感心したが、今回もまた業界誌編集長をドライブに誘った面倒見のよさに驚かされた。銀行の外にもネットワークを拡げている村川は出世するだろうなと思った。

三月下旬に、人事部から先日実施された語学試験の結果が発表された。合格者は五名で、外国部の三村と金沢支店の杉本の名前があった。三村は選抜テストを受けてみずからの力で国際部門で必須の英会話習得のチャンスを勝ちとった。大したもんだと感心した。四月から日米会話学院に派遣されることになっていた。

三村は国際業務への道を一歩前進した。内川は不動産鑑定士になった。それぞれ自分で自分の道を切りひらいた。それに比べ武田は与えられた仕事をしているだけだった。武田にとって就職はメシの種であり、それ以上でもそれ以下でもなかったから、別段不満はない。しかし事務の仕事に飽きてきたのも事実だった。もう少し創造的な仕事をしてみたくなった。コンピュータの勉強を始めたのもそんな気持ちがあったからだ。昨年からＮＨＫ教育テレビのコンピュータ講座でフォートランを勉強していた。昨年末に事務管理部がフォートランのプログラムを募集する企画を発表し、武田はそれに応募して初めてプログラムを作った。このときはごく簡単な表だったのでフォートランでも何とかなったが、銀行業務のコンピュータ化には使えないということは武田にも分かった。ところが幸便にもＮＨＫの今年度のコンピュータ講座はコボルであると発表された。コボルは事務処理用の言語ということなので、武田は引きつづき今年度もＮＨＫコンピュータ講座で勉強しようと思った。

八　組合代議員選挙（一九七〇年四月）

金沢支店で迎えた最初の決算日はさして残業もせずに済んだ。やはり小さな支店なので事務量は少なく楽だった。

新しい年度が始まり、男子一名、女子二名の高卒新人が入行した。武田はもう五年目になった。武田が入行したとき、五年先輩は職場の中堅となって働いていて貫禄があった。今の自分にそれほど貫禄があるとは思えなかった。しかし新人から見たらけっこうオヤジ臭く見えているのだろう。

四月二日の夕刻、武田は長谷川に呼ばれた。

「実は次長がちょっと飲みに行きたいといっているんだけど、今日空いているかな」

「予定はありませんが、車で来てますから酒を飲まなくていいということならＯＫです」

「それなら一度車で帰ってから飲みに来てもらおうかな」

「分かりました」

長谷川は飲屋の地図とタクシー券を一枚渡してくれた。

武田は終業時間になるとすぐに車で社宅に戻った。玄関先で裕子に事情を話し、タクシーで飲屋に急いだ。その店は有松の交差点近くの国道に面したこぢんまりとした金沢おでんの店だった。戸を開けて中に入ると、奥の四人がけのテーブルに村川、長谷川、田川の三人が座っているのが見えた。武田が田川の横に腰を下ろすと、すぐに女将がおでんと徳利を運んできた。三人とも女将と顔なじみのようで気軽に会話をしている。この店は田川の社宅に一番近いが、村川の社宅からも近いので、冨樫社宅の長谷川も含めてちょくちょく利用しているようだ。酒を注ぎあって乾杯し、おでんに箸をつけた。なかなかうまかった。

「どうだい、けっこういい味しているだろ」

田川が武田に聞いた。

「はい、うまいですね。名古屋のおでんは八丁味噌でグツグツ煮込んだものでしたが、久しぶりに東京風のさっぱりしたおでんにありつけました。でも金沢でおでんを食べられるとは思いませんでしたよ」

「金沢には意外におでん屋があるんだよ。東京にはないおでん種もあって、なかなかなもんだよ。このバイ貝や車麩なんて東京にはないだろ」

バイ貝はサザエを小さくしたような形で殻は薄い。らせん状の殻から楊枝で身を引き出すとクルッと回りながら大きな身が出てくる。口に入れて噛めばほどよい柔らかさで、サザエのような苦い部分がないので食べやすくうまかった。車麩は車輪のような形状の大きな麩で出汁の味が染みこんでいて思ったよりうまかった。食感は普通の麩よりしっかりしていた。

「確かに東京では食べられない味ですね」

武田が感心すると、村川が口を挟んだ。

「今日はカニ面がないのが残念だな」

相槌を打った田川が武田に説明した。

「カニ面というのはコウバコガニをおでんにしたものですよ。これが絶品なんだが、もうシーズンが終わってしまってね」

「コウバコガニをそのままおでんにするんですか」

「いや、コウバコの殻に脚の肉や内子、カニ味噌を詰めて蒸したものをおでんにするんだよ。お面のように見えるからカニ面というそうだ。一匹まるごと使った手の込んだもので、出汁のきいた濃厚な味が絶品だよ」

武田は聞いているだけでそのうまさが想像できた。

ころあいを見計らって村川が武田に話しかけた。

「明日の組合代議員選挙で君に代議員になってもらいたいんだ」

武田は仰天した。まったく考えたこともないことで、武田は今の代議員である荒井に投票するつもりでいた。

「僕が出ても荒井君には勝てませんよ」

「いや、荒井君は何かと経営に批判的だから、もう少し労使で協力して職場をよくしていきたいと思っているんだ。その点君は女性陣の信頼も厚いし、代議員として最適任だと思っているんだ」

武田は困惑していた。武田が名古屋支店で組合委員長を吊しあげたことは伝わっていないのだろうか。武田自身が経営側に批判的なのだ。それに経営側の組合選挙介入の陰謀に組みこまれるのは気が進まなかった。

「でも僕の見るところ荒井君は女性陣の要求を汲みあげて信頼が厚いようですから、誰が立候補しても彼に勝つのは難しいのではないですか」

村川はニヤリと笑った。

「君に選挙運動をやってもらう必要はないんだ。ただ、代議員になったらよろしくということだよ」

村川は自信満々だった。どうも武田の知らないところで武田の擁立工作が進行していたようだ。選挙は明日である。今さらいやといってもどうにもならないことだった。そんな武田の様子を見て、村川は用件は終わったとばかりに田川に促した。

「さあ、飲み直そう。料理も追加してくれ」

田川は女将に追加注文して、手許の徳利からみんなの盃に酒を注ぎながらいった。

「次長が金沢にいらっしゃってから支店の雰囲気がずいぶん変わりましたね」

武田は単なるおべんちゃらではないと思った。村川には支店の雰囲気を変えるリーダーシップがあった。

「正田さんに『金沢支店を立て直してこい』ってハッパをかけられて来たんだが、少しは変わってきたかな」

村川も満更でもないようだった。正田に命じられたのは第一には業績の改善であろうし、第二に検査で指摘された事務体制の改善であり、そして第三に荒井が代議員を務める組合の「正常化」だったのではないかと武田は想像した。

不銀の組合は基本的には労使協調路線である。組合の委員長、副委員長、書記長の三役は出世コースの一つになっている。各部室店の支部もおおむね穏健であったが、民青と思われる人々が中心になって、従業員の要求を実現するために活発に活動している支部が少数ではあるが存在しているようだった。名古屋支店もその一つだったが、金沢支店も民青と目されている荒井が代議員になっているので銀行側は警戒しているようだった。村川は今まさに正田から与えられた第三のミッションにも手を打ったようだ。武田はそのための手駒にされたことに内心忸怩たるものがあった。

「頭取は支店長にもハッパをかけていたんでしょうか。あまり問題意識を持っているようには見えないんですが」

長谷川がやや不満げにいった。

「いや、何もいってないと思うよ。金沢支店の支店長ポストは『男の花道』だからな」

村川はあっけらかんといった。プロパー一期生である村川は朝鮮銀行生き残りの支店長にも遠慮はなかった。このところ金沢支店長は定年間近の上がりのポストという例が続いていた。一年か二年の任期を無難に過ごせばいいと思うのも無理はない。支店長は一国一城の主であり、支店長専用車が付き、立派な支店長社宅に住むことができる。本部の部長にはない役得である。また本部の部長は頭取や担当役員が近くにいるので気が抜けないが、遠隔地の支店長は離れているので気楽である。それゆえ「支店長と乞食は一度やったら止められない」とうそぶく者もいるようだ。武田は紳士風の土谷支店長に不満はないが、仕事のことで支店長に声をかけられたことは一度もない。支店を動かしているのは紛れもなく村川だったが、村川もあれこれ口出しされるより何もいわない支店長の方がやりやすいだろう。武田は土谷もその辺を弁えて「男の花道」を演じているのではないかと思った。

お開きになって長谷川が会計をしていた。経費で落とすのだろう。武田は割り勘を申し出る気も失って、「ご馳走さまでした」と礼をいった。

もう一軒行こうということになりタクシーで片町に向かった。多くの飲食店が入居するビルの二階にある店だった。ママと若いホステスが一人のカウンターバーだった。ウィスキーの水割りを飲んだ。ママが村川と田川の話し相手になり、若いホステスが長谷川と武田の話し相手になった。丸顔でえくぼがチャーミングなホステスは長谷川と武田がスキーをすると聞いて「スキーに連れて行って」といった。長谷川が「大乗寺山に雪が積もったら一緒に滑ろうか」といった。大乗寺山というのは社宅の近くの丘だった。そこでスキーができるというのは初耳だったが、長谷川が本気でいっているのかは分からなかった。

バーを出るとき、さすがに武田も割り勘を申し出たが受け入れられなかった。片町は北陸随一の繁華街といわれ、バーなどの料金は高いという話を聞いていた。奢られて少し気が咎めた。

まさか荒井の対抗馬として担ぎだされるとは思ってもみなかった。選挙に勝っても負けてもすっきりしないことになりそうだが、成行きに任せるよりほかはなかった。だが代議員になったとしても銀行側の走狗になるつもりはなかった。


翌日、出勤すると食堂の隅のテーブルに投票箱が置かれていた。投票は二名連記で、武田は荒井と本橋の名前を書いて投票した。自分の名前を書くつもりはなかった。

営業時間終了後、選挙管理委員が開票し結果が伝えられた。武田が二一票で荒井が七票、債券勧奨班の小島晴子が一一票で本橋は八票だった。この結果、武田と小島が代議員に選任された。武田には意外な結果だった。村川ら管理職から男性組合員に武田への投票を働きかけたのは確かだろう。武田は女性陣の大多数は荒井に投票すると予想していた。どちらが勝つにしても僅差になるだろうと思っていたので、予想外の大差に武田は複雑な心境だった。昨夜村川は選挙結果について自信満々のようだった。票読みをして自信があったのだろうか。武田はこれまで組合員の待遇改善のために一生懸命活動してきた荒井が気の毒だった。一年間支部長として活動してきた荒井と、転勤してきたばかりの武田と、どちらが組合員の代表として相応しいかは明白であると思う。だから武田自身は荒井に投票した。今回女性陣のかなりが武田に鞍替えしたことは残念だった。武田は厄介なことになってきたなと気が重かった。

翌日の昼、武田が遅番で食堂に行くと、荒井が一人で食事をしていた。武田は荒井の隣りに座った。

「今日は残業しますか」

「いや、そんなに遅くならないです」

「もし時間があったら僕の家に来ませんか。ちょっとお話ししておきたいことがありますので」

「それじゃ、寮で夕食をとった後に伺います」

荒井は怪訝な顔をしていたが、武田の誘いを断りはしなかった。先に食事を終えた荒井は、「それじゃ、お先に」といって戻っていった。

その日の夜、武田が夕食を済ませてしばらくすると荒井が訪ねてきた。武田は荒井をダイニングテーブルに案内し、向かいあって座った。裕子が紅茶と菓子を出して和室に戻った。荒井は昭和三七年高卒だったから大卒換算では武田より一年後輩となる。武田は荒井がなぜ呼ばれたのか不審に思っているだろうと思い、すぐに用件を切りだした。

「代議員選挙のことなんだけど、僕にとっては不本意なことだったので、その辺のことを荒井さんには率直にお話ししておきたいと思いました。実は僕の代議員擁立工作が行われていたようで、僕はそのことを投票日の前夜に知らされて非常に驚きました。僕は君が一生懸命組合活動をしているのを知っていますから、君の対抗馬として担ぎ出されたことは心外でした。でも選挙直前に知らされたのでどうにもならなかった。僕自身は君に投票しました。今さらこんな話をしても君にとっては何の意味もないだろうが、僕としてはやはり君に事実を話しておきたかった」

荒井は表情を変えずに聞いていた。武田が話し終わると、「そうでしたか」といったきりだった。武田がなぜそのような話をしたのか真意を測りかねているようで、警戒感もあったようだ。銀行側の組合選挙介入に怒っていたのかもしれない。少し気まずい感じもあったので、武田は組合選挙についての話はそれで終わりにして、名古屋支店の組合を話題にした。作年の試験制度導入を巡る支部集会で中執の受け入れ案を否決したことを話すと興味深そうに聞いていた。荒井は物静かでどちらかというと寡黙な質だったので武田が話している時間が多かった。三〇分ほどして荒井はひっそりと独身寮に戻っていった。

荒井に事実を伝えておいた方がいいと思ったのだが、結局武田の自己満足に過ぎなかったのかなという気もしないではなかった。

金沢でも桜が咲きはじめた四月二五日の土曜日、午後二時から本店で従業員組合の代議員総会が開催されることになっていた。

武田は前夜裕子の実家に泊まり、名古屋から本店に向かった。東京駅から地下鉄に乗り、九段下駅から階段を上ると、すぐ横に真新しい一四階建ての本店が偉容を誇っていた。広い前庭に植えられた木々の新緑が爽やかだった。竣工後の新本店に入るのは初めてだった。エレベータで三階に上り、大会議室に入った。高い天井の広い会議室だった。フロア一杯に陸上のトラックのような形にテーブル席がつながっていた。上座に中央執行委員席が並び、その左から本部、本店の各部、各支店の順に一周していた。武田はテーブル上に置かれた部店名のプレートを確かめながら金沢支店の席に辿り着くと、市ヶ谷の厚生施設に宿泊していた小島はすでに着席していた。

「昨日はよく寝られたかい」

「遅くまでほかの支店の方とおしゃべりしてましたが、その後はぐっすり眠れました」

「それはよかった」

だんだんと席が埋まってきた。本部・本店一八部室と八支店の代議員が揃うとなかなか壮観だった。代議員は職員数に比例して決められるので金沢支店は二名だったが、名古屋支店は三名だった。集まった代議員は七〇名近くいるようだった。

定刻に会議が始まった。議題は執行部の選出と今期の運動方針案の討議だった。

新執行部の選出については、定員七名に対し立候補した者が七名だったので全員が当選した。委員の中から互選で三役が決まった。委員長は昭和三五年卒で副委員長は三六年卒、書記長は三七年卒だった。書記長と一番若手の委員が専従となった。組合の役員は出世コースといわれているが、三役はそれぞれの同期のトップクラスが就くといわれていた。専従は一年間銀行業務を離れるので、当然人事部と調整済みだろう。

続いて新執行部による今期運動方針案の長い説明があった。それから質疑応答となり、幾つかの部、支店から発言があり、執行部が回答した。質疑が途切れたとき、武田は手を挙げた。指名されたのでマイクのスイッチを入れた。

「金沢支店の要望を申しあげます。執行部案には生理休暇の要求が含まれていませんが、金沢支店の支部集会では本件につき強い要望がありましたので、ぜひ運動方針に加えて頂きたいと思います」

執行部のメンバーは誰が答えるか顔を見合わせていた。すると向かい側に座っていた本部の代議員が手を上げて指名された。武田が入行した時の東大卒の歓迎会で見たことのある三年先輩の男だった。

「生理休暇の件については、金沢支店の代議員はご存知ないようですが、昨年の代議員総会で議論となり、未だ組合員のコンセンサスを得るには至らず、時期尚早ということになりました。私は昨年の総会で議論は出尽くしたと思いますので、同じ問題を蒸し返すのはいかがかと思います。例年代議員総会は夜遅くまで続き、女性参加者には早く終わってほしいという要望もありますので、速やかな議事進行を求めます」

新参の武田を馬鹿にしたような物いいだった。武田は女性の切実な要求を、早く会議を終わらせたいという女性の声を仕立てて封じようとする狡猾な論理に腹が立って反論しようとした。機先を制するように、「その通り！」、「議事進行！」と合の手が入ったので、武田は馬鹿らしくなって発言を諦めた。昨年のことを知らなかったので完敗だった。本部エリートの代議員は銀行寄り、中執寄りであることを痛感した。結局、金沢支店の要望は無視され、運動方針案は原案通り賛成多数で可決された。総会は夜の八時に終わった。以前は一一時ごろまで会議が続いたという話を聞いていた。時間短縮はけっこうなことだが、その分議論が低調になっているのではないかと思った。

地方支店の代議員の多くはもう一泊しなければならなかった。小島ももう一泊して親しくなった仲間と都内を観光してから帰るということだった。武田は実家に泊まり、明日、名古屋駅で裕子と合流して金沢に帰ることになっていた。

五月になって夏期臨時給与の要求案について意向集約するため支部集会が開かれた。中執から副委員長が参加した。会議室には二〇名ほどの組合員が集まった。五時半、武田の司会で会議が始まった。最初に副委員長が中執案の説明を始めた。要求案は前年同期比五パーセント増だった。副委員長の説明が終わり、武田は出席者の意見を求めた。増額要求でもあり特に異論はなかった。荒井から「要求貫徹」の付帯決議を付けるという提案があった。異議なしの声が多かったので、付帯決議付きの賛成を支部意見として決定した。

その後、女子行員から幾つか要望が出され、副委員長が答えたが、「ご要望として承っておきます」という官僚的答弁が目立った。

支部集会が終わると、長谷川がやってきて副委員長を食事に誘った。武田にも付きあえといった。どうも支店として組合役員を接待するようだ。武田はそれはまずいだろうと思った。だがその辺は曖味にして目をつぶるのが労使協調の実態のようである。武田は気が進まなかったが、長谷川と副委員長の後についてエレベータに乗り、金沢都ホテルの中華料理店に入った。前菜が運ばれてビールで乾杯した。武田は車で帰らなければならないのでウーロン茶にした。副委員長は血色のよい柔和な感じの好男子だった。長谷川とは同期なので打ちとけた会話をしていた。武田はもっぱら聞き役に回ったが、組合執行部の話題などもあり、組合の実態を垣間見ることができた。副委員長は組合の役員になったからには銀行側の論理ではなく、組合員の立場に立って経営に物申してゆくといっていた。武田は副委員長の言葉に嘘はないだろうと思った。銀行側も従業員組合の存在意義をある程度認めているようだ。労使協調とはいえ、不銀の組合はそれなりの役割を果たしているようだ。

九　友来る（一九七〇年五月）

五月一日、支店長が交代した。ゴールデンウィークのまっただ中の異動には驚かされた。土谷支店長は銀行を退職して関連会社の役員になった。村川がいっていた通り、金沢支店長が「男の花道」となった。

後任は検査部検査役の渡部だった。武田が名古屋支店にいたころ、検査官として二度も相まみえた人物だった。その渡部が支店長になれてよかったなと思った。渡部は連休明けに飄々と現れた。最初に顔を合わせたとき、渡部は「おお、君か」といってニヤッと笑った。その後は取引先の挨拶回りに忙しそうで、平行員と話すことはほとんどなかった。

五月中旬、大阪支店の加瀬から一六日の土曜日に金沢に行きたいが寮に泊まれるか聞いてきた。それなら武田の社宅に泊まってくれということになった。武田は同期の中で一番文化の薫りを感じさせる加瀬に親近感を覚えていたので大歓迎だった。

武田は土曜日は出勤日だった。加瀬は一時半に支店に現れた。武田は加瀬を係の女性に紹介し、まだ少し仕事が残っているので応接室で待ってもらうことにした。島野が加瀬を応接室に案内してお茶を出していた。

武田は二〇分ほどで仕事を終え、応接室で加瀬と旧交を温めた。年賀状などの交換はあったが、会うのは新入行員研修以来だった。加瀬は一〇時ごろ金沢に到着し、香林坊、片町あたりを散策していたという。武田は兼六園に寄ってから社宅に向かうことにした。車で兼六園に行き、園内をゆっくり散策した。加瀬はカメラで写真を撮ったり、ベンチに腰を降ろして小型のスケッチブックに筆を走らせていた。

四時半に駐車場に戻り社宅に向かった。社宅の玄関を開けると裕子が出迎え、初対面の加瀬に少し緊張気味に挨拶していた。武田と加瀬は居間のテーブルで向かいあって座った。裕子はお茶を出すと台所で食事の支度を続けた。

武田は加瀬のスケッチ帳を見せてもらった。最初のページに「金沢野町風景」とタイトルを付けたスケッチがあった。犀川越しに野町の坂と家並みが簡潔な素描で見事に描かれていた。

「金沢の街の雰囲気がよく出ているなあ。君は絵画部に入ったんだよね」

「新入行員研修で行友会各部の紹介があっただろ。あのとき絵画部の名村さんの話が一番よかったんで入部したんだ。大阪支店に転勤してから支店の絵画部を立ちあげて、六人の部員で京都や奈良に泊まりこみで写生に行ったりしているよ」

「凄いね。そういえば名古屋支店に転勤してきた名村さんも絵画部を作ろうとしていたよ。僕にも絵をやってみろといって油絵の道具一式を買わされたよ。それでバラの花を描いてみたがまるで絵にならないんで諦めた」

その絵は納戸に置いたイーゼルの上に架けられたままになっている。

夕食の準備ができて裕子の心尽しの料理がテーブルに並べられた。楽しい食事だった。

食事を終えた後も武田と加瀬は話し続けた。武田が加瀬を同期で一番の文化人と評価しているのは絵画の腕だけでなく、文学に対する造詣が深いことだった。この日の会話でも文筆家であり画家でもある岩波書店会長小林勇の随筆の話などがさらりと出てくる。武田も人並みには本を読んできたが、読書量では敵わない。

翌日、朝食を済ませると武田は加瀬を金沢駅まで送っていった。加瀬は三方五湖《みかたごこ》に行くといって飄々と旅立っていった。

翌週、加瀬から絵葉書が送られてきた。月曜日の日付だった。

「どうも大変お世話になりました。本日、余呉駅下車、この絵葉書の湖をぐるりと一周しました。静かな何もない湖です。前方に見える川の左にあるのが駅。ここを八時四〇分発、右側の尾根づたいに七本槍で有名な賤ヶ岳に登りました。ここから琵琶湖が見えます。初めて人に会ったのが頂上直下で、ぞうりをはいた和服のおばあさん。花を片手に一生懸命ノートに俳句を書いているところでした。琵琶湖側からケーブルカーがあるということでした。

再び左側の道を湖岸へ下りて、田植えなどを見ながら駅まで。一時頃到着しました。あとは米原に出て、新幹線で京都まで。二条に近い珈琲店で休憩中です。金沢での思い出をひとつづつ楽しんでいるところです。是非ご夫婦で関西方面へ遊びに来て下さい。

第一印象すこぶるよい窓口嬢達によろしく。イノダコーヒ店にて」

喫茶店で下書きもなくサラサラと認めた文章に誤字も文脈の乱れもない。絵もよし、文もよしの世俗を脱した文人墨客のような佇まいだった。

五月下旬、母からの手紙が届き、自宅建築の見積書が同封されていた。武田は二年前、父と折半して宅地を購入していた。その後、父は前の会社を辞めて小さな鋼材卸会社を立ちあげた。順調に売上げを伸ばしているようで、念願の家を建てることになった。母のＰＴＡ仲間の子息小河原が一級建築士だったので、勤務先の設計事務所を通さず、個人的に設計してくれないか頼んでみると、小河原は快く引き受けてくれた。建築は銀行出入りの有元工務店に頼むことにした。小河原は四月初めに設計を終え、それをもとに有元工務店が作成した見積書が送られてきたのだ。見積総額は六五〇万円だった。幸運にも四月から行員貸付の限度額が引きあげられ、ちょうど六五〇万円まで借りられることになったので、建物については全額武田が支払うことにした。

武田は翌日から行友会住宅貸付の申込に着手した。申請に必要な書類を取りそろえ、住宅貸付申請書を長谷川に提出した。支店長の決裁を得て、人事部の承認も下り、六月末に武田の口座に六五〇万円が入金された。

手付け金を支払い、工事が始まった。武田は後のことは母に任せた。

翌月から行友会貸付金償還額は一万五千円となり給料から天引きされた。手取額で四万円くらいに減ったので、家計への負担はずっしりと重かった。裕子は昨年末から郵便局のアルバイトをしていたが、三月からは税務署の外郭団体で青色申告をする事業主に帳簿付けを指導するアルバイトをしていた。裕子の収入があって暮らしが成り立っていた。

一〇　魚釣り（一九七〇年五月）

釣り好きの西本に誘われ、武田は釣りを始めた。西本に連れられて釣具屋に行き、道具一式を揃えた。

最初の釣行は内灘の海釣りだった。日曜日の朝、裕子に弁当を作ってもらい、マイカーで出発、金沢駅で西本を拾って内灘に向かった。内灘町に入ると車の往来も少なくなり、海岸線に沿って茫々たる砂丘の中を一直線に道路が走っていた。

「内灘は米軍基地反対闘争のあった所だね」

「そんな話を聞いたような気がしますが……」

西本は自信なさそうにいった。昭和二八年に起こった米軍試射場反対闘争は忘却の彼方にあるようだ。今は広い砂浜が果てもなく続いているだけだった。

西本の指示に従って海岸沿いの道路から海に向かう小道に入り、砂浜の手前で車を止めた。トランクからクーラーや釣り竿を取り出し海辺に運んだ。背後の砂丘が高いので、道路は見えず、月の沙漠に迷いこんだような気分だった。釣り人がポツリポツリと小さく見える。武田と西本は波打ち際から二〇メートルほどのところに荷物を置いて釣りを始めた。最初に西本がリール竿の錘の投げ方の見本を見せてくれた。足を前後に広げ、竿を後ろに回し、竹刀を上段から打ち下ろすように前に振った。錘が放物線を描いて飛びだし、錘に引かれて釣り糸がするすると伸び、やがて遙か先の海面に落ちてしぶきが上がった。見事なものである。次に武田がまねた。後ろに回した竿を円を描くように振りあげて竿が真上を向く手前でリールのストッパーを外した。すると錘はほぼ真上に飛びだしすぐ先に落ちた。危うく自分の頭の上に落ちてくるところだった。リールを巻きもどして再度竿を振った。今度はストッパーを外すのが遅過ぎて、錘は低く直線的に飛びだし、波打ち際の少し先に落ちた。三度目は竿が天を向いたあたりでストッパーを外すと錘は四五度の角度で飛びだし、三〇メートルほど先に落ちた。西本ほど距離は出なかったが、まずまずのできだった。

キャスティングができるようになると西本は餌の付け方を教えてくれた。西本が用意してきた餌箱にゴカイというミミズを小さくしたような生き物がうごめいていた。西本はゴカイを取り出し、針先を通してみせた。武田はゴカイに素手で触るのは気持ち悪かったが、思いきって指で摘まみあげ、釣り針の先端を差しこんだ。プシュッと血のような液体が滲みでてきた。何とか針に餌を付けて、竿を振ると錘がかなり先まで飛んでいった。それからゆっくりとリールのハンドルを回して餌を動かした。何の手応えもなく錘は近づいてきて、とうとう足許まで戻ってきた。餌はそのまま残っていたので再度竿を振った。四、五回繰りかえしているうちにゴカイが色あせてきた。体液が洩れてしまったようだ。それでは魚も食いたいと思わないだろうから餌を付け替えた。餌を替えても一向に当たりはこなかった。少し離れた所で竿を振っている西本も釣れた様子はない。三〇分ほど投げ続けたが当たりがないので、武田は竿を置いて砂浜に腰を下ろした。簡単に魚が釣れるとは思っていなかった。人もまばらな砂丘で海を見ているだけで不満はなかった。晴れ渡った澄んだ空にくっきりとした水平線が高く見える。穏やかな波が規則正しくときを刻んでいる。まさに「春の海　終日のたり　のたりかな」であった。

西本が勢いよくリールを巻いていた。波打ち際に白い細身の魚が引きよせられてきた。シロギスだった。スマートな魚だった。

西本は疲れを知らず竿を振りつづけている。武田も再び竿を取って釣りを始めたが、やはり魚はかからなかった。武田は釣りを中断してナップサックから弁当を取り出した。握り飯とアルミホイールに包まれた牛肉の時雨煮、卵焼きがあった。微風に乗って磯の香りが漂ってくる。自然の中で食べる弁当は最高だ。こんなきれいな海岸が市内にある金沢は実に素晴らしい所だと思った。

結局、二時ごろまで釣りをして、武田の釣果はゼロだった。それでも海を見ながらのんびり過ごしたことに武田は満足していた。

それから月二回くらいのペースで西本と釣りに行った。西本は海、川、渓流と場所を選ばなかった。二回目は犀川ダム上流の沢だった。沢に入ってすぐの堰堤の下で釣りを開始した。渓流釣りにリールは不適というので、長さ五メートルほどになるカーボン製の延べ竿を買った。釣り糸は竿先に固定されている。武田は針に餌を付け、竿を立てようとしたが竿は想像以上に重くフラフラ動いて針先を沢の中ほどに落とすのもたいへんだった。二〇分ほど悪戦苦闘して、今日も駄目かなと思っていたら、小さな黒い魚が針にかかっていた。竿を立てると釣れた魚が振り子のように近づいてきた。一度取り損なったが、再び戻ってきたとき、魚をキャッチできた。左手に一〇センチもないグロテスクな魚が収まっていた。西本がゴリだと教えてくれた。この日はゴリが三匹釣れた。西本はうまい魚だといったが、食べる気にはならず西本に進呈した。

三回目は小さな川にかかった木造橋の欄干越しに釣り糸を垂らした。河口に近く流れは淀み濁っていた。ボラが一尾釣れたが、濁った川の魚は食べる気になれず、これも西本に進呈した。西本は何匹も釣っていたが武田の分もニコニコと受けとった。武田は淀んだ川での釣りはあまり好きになれなかった。

武田に釣りの才能がないことははっきりしてきた。釣りには忍耐強さが必要だが武田は淡泊過ぎた。釣った魚を食べたいとも思わない。それでも釣りに行くのは自然の中で無心に時を過ごすことが楽しかったからだ。

六月になって西本が能登中島で一泊する船釣りを計画した。西本の一年後輩の吉尾と、本橋ら三名の女性も参加することになり、武田の車と西本の車に分乗して行くことになった。西本は釣り好きの運転手野島にも声をかけた。しかし野島はその週末、支店長と次長の接待ゴルフの送迎で和倉温泉に泊まることになっていたので参加できないということだった。ところがその話を聞いた村川は、能登中島は和倉温泉に近いので、日曜日に合流したいといいだした。すると渡部支店長も参加するということになった。

土曜日、仕事が終わった後、武田は吉尾と女性二人を駅前の駐車場で車に乗せた。国道八号を富山方面に進み、東金沢で西本と本橋の乗った車と合流し、能登中島に向かった。海沿いを走る国道二四九号線を北上し、押水町で海水浴場に向かう道に入ると、波打ち際の砂浜に出た。海岸線の砂浜にタイヤの跡が続いていた。海辺の砂の上を車が走れるのは驚きだった。黒く湿った砂浜は堅く締まり乗り心地がよかった。ほとんど海面と同じ高さの波打ち際を疾走するのは快感だった。しばらくすると右側の砂丘によしずがけの休憩所が見えてきた。西本が売店の前に車を駐めた。焼き蛤の匂いが漂ってきた。武田は焼き蛤を人数分注文してみんなに配った。

「波打ち際を車で走れるなんてここだけだろうな」と武田が感嘆すると、西本が「ここはなぎさドライブウェイといって長さ八キロもあるんですよ」と誇らしげにいった。

休憩を終え、なぎさドライブウェイの北端を出て、七尾湾に向かう国道五六号線に入り、煙草畑の中を登りきって、七尾湾に下った。能登半島に食いこむ七尾湾は湖のように穏やかな海だった。民家もまばらな海岸沿いをしばらく走り、陽が陰るころ、入り江に面したドライブインに到着した。

手荷物と釣り道具を持って建物に入った。一階は食堂や売店になっていて、二階に畳敷きの大広間があった。地下に広い浴場があったので汗を流した。

六時から食堂で夕食をとった。ほかに客はいなかった。食事の後、海辺に出てみると七尾湾の対岸に和倉温泉の明かりが見えた。

翌日、まだ暗いうちに起きて身支度をした。朝食の弁当を渡され、外に出ると、野島の運転する支店長車が到着した。

ドライブインの横に船着場があった。ポンポンポンポンというエンジン音が聞こえてきて、釣船が近づいてきた。中央に操舵室があり船頭が一人で操船していた。釣船が接岸し、一行は乗船した。武田は船首に乗りこみ甲板に腰を下ろした。全員が乗りこむと船は出発した。わずかに船首を上下しながら全速で沖合に向かう。時折波しぶきがかかった。風も当たって半袖ポロシャツでは寒かった。

七尾湾の西岸と湾のまんなかに浮かぶ能登島の間を進んだ船は、能登島寄りの沖合で碇を下ろした。船頭が用意してきた釣り竿を渡部、村川と女性三名に配った。西本と吉尾は船尾で女性たちの針にゴカイを付けていた。船首では野島が渡部と村川の面倒を見ていた。武田はゴカイに手早く針を刺し、座ったままでリール竿を軽く振った。錘が海底に着くとゆっくりとリールを巻いた。一投目、二投目に当たりはなかったが、三投目に何やら手応えがあった。ビクビクと竿先が震えた。生き物の躍動を感じた。武田は勢いよくリールを巻いた。舷まで引きよせて竿を上げると、灰白色のスマートな魚が見えてきた。長さ二五センチほどのシロギスだった。シロギスを釣ったのは初めてだった。針を外すために左手で魚体を握るとヌルッとした感じがない。今まで釣った魚とはまったく違った清潔感のある手ざわりだった。武田はシロギスが気に入った。それからしばらく当たりがなかったので武田は弁当を拡げた。握り飯を頬張りながら景色を眺めていると船尾の方から女性の歓声が上がった。魚が釣れたらしい。武田の後ろでは村川と野島が賑やかに「来た」とか「餌を取られた」とかいいながら釣りに興じていた。渡部はボソボソと呟きながら竿を振っていた。

弁当を食べ終えて武田は再び竿を振り、シロギスを二匹釣った。

船頭は小一時間もするとエンジンをかけて場所を変えた。半島の西岸近くに船頭が船を止めたときだった。支店長が船首から船尾に移ろうとして操舵室の横の狭い通路を歩きだした。太った渡部の重さで船が大きく傾いた。武田が危ないと思った瞬間、まるでスローモーション映像を見ているような感じで渡部の体がゆっくりと傾いて、低い船縁に足を取られて頭から海に落ちていった。ドブンと大きな音がして渡部はそのまま海中に消えた。大きな波紋がゆっくり拡がっていく。渡部は浮かんでこない。みんな驚いて渡部が落ちた右舷に寄ってきた。船頭が大声で動かないように注意した。村川が船縁に手をかけて渡部が落ちたあたりを見詰めていた。武田は一瞬海に飛びこんで海中を探してみようかと思ったが体が反応しなかった。プロである船頭の指示に従うしかないと思った。このまま渡部が浮かんでこなかったらどうするか。いろいろな思いが錯綜した。何十秒も経ったような気がした。

そのとき四、五メートル先の水面が盛りあがり支店長の頭が飛びだしてきた。武田は心底ほっとした。渡部は泳いで船縁に寄ってきた。船頭と村川が渡部の腕を取って引きあげようとしたが、渡部の重い体はなかなか上がらない。何とか船縁に片足をかけ、船縁に腹ばいになって通路側に転がった。

「大丈夫ですか、支店長」

村川が声をかけた。

「おお、ちょっと濡れたが大丈夫だ」

ちょっとどころではないが、渡部がふだんと変わらずボソボソと答えたのでみんな一安心した。

「なかなか上がってこないので心臓が止まりそうでしたよ」

村川がほっとしたようにいった。

「俺は瀬戸内海で育ったから泳ぎは得意なんだよ」

人を心配させておいて水泳自慢はないだろうと武田は苦笑した。どこか憎めない支店長である。

渡部は全身ずぶ濡れで、髪の毛が額にかかり、ズボンから雫が滴っていた。渡部は上半身裸になり、ズボンも脱いで、濡れた衣類を絞った。女性もいるのでさすがにステテコは脱がなかった。堅く絞った衣類を着直したが、いかにも着心地が悪そうだった。陽射しがないので寒そうにしている。渡部は俺は大丈夫だから釣りを続けろといったが、いったん戻ることにした。船頭はエンジンをかけて乗船地に向かった。

移動中、武田は西本と相談して釣りは打ちきることにした。西本はもう少し釣りをしたかっただろうが反対はしなかった。

桟橋に到着すると全員下船した。渡部と野島は支店長車に向かい、トランクを開けてボストンバッグを取り出し、ドライブインに入っていった。風呂場を借りて着替えをするのだろう。ゴルフ用の衣類があったのは不幸中の幸いだった。

渡部が着替えをしている間、武田らも帰り支度を始めた。村川は支店長車の側で煙草を吸っていた。手持ちぶさたのようだった。武田は近づいて話しかけた。

「支店長無事でよかったですね。だいぶ長い間浮いてこなかったんでハラハラしましたよ」

「本当に肝を冷やしたよ。『銀行支店長　釣り船から転落して行方不明』なんて明日の朝刊の見出しがちらついたよ。俺の銀行での将来もなくなったなと思ったな。支店長のお守りもできないのかってね」

村川ならではの感想に武田は感心した。あの瞬間に明日の新聞記事のことを考えていたとはさすがエリートは違うと思った。支店長が行方不明になったら、出張の帰りに行用車を使って釣りをしていたことが問題になって村川の責任が問われるのはあながち杞憂ではなかったろう。

「支店長も船の上を移動するとき、もう少し慎重に歩けばよかったんですがね」

「まったくだ。渡部さんは妙に運動神経に自信を持っているから困るんだ」

渡部と野島がドライブインから出てきた。ゴルフ用のズボンとスポーツシャツに着替えていた。野島はそそくさと自分の釣り道具をトランクにしまうと、渡部と村川を支店長車に乗せて駐車場を出て行った。

それから武田たちも帰途についた。武田はキスが六匹釣れて、今までで一番の釣果だった。七尾湾での釣りは最高だった。

二時前に武田は帰宅した。クーラーに魚を入れて帰るのは初めてだった。裕子は「魚を捌くのは苦手なのよね」と必ずしも喜んでいる風ではなかったが、夕食のテーブルにはうまそうなキスの天ぷらが出てきた。武田は淡泊で軟らかいキスの天ぷらに大満足だった。


武田がマイカーで金沢の生活をエンジョイしているのに刺激されたのか、村川が中古のコロナを買った。色は白だったが武田の車とまったく同じモデルだった。村川は今年になってから教習所に通い始め、運転免許を取っていた。武田は村川なら新車を買えるだろうと思ったが、免許取りたてなのでまず中古車で運転に慣れようとしたようだ。村川が車を買ってすぐ、テニスをしに寮にやってきたとき、門柱に車の横腹を接触させ、そのまま強引に通り過ぎてボディに擦り傷を付けてしまった。中古にしたのは正解だった。

一一　組合キャンプ（一九七〇年七月）

金沢支店では毎年七月に組合キャンプを行っていた。今年の組合キャンプは支部長である武田が企画しなければならなかった。金沢のキャンプ場事情に詳しくない武田は西本にどこかいい所がないか聞いてみた。西本は医王山にキャンプ場があるといった。医王山は犀川大橋を渡るときよく見える山だった。武田は医王山でキャンプすることにした。それから日程を決め、参加者を募集した。男性六名、女性一一名が参加することになった。結婚した組合員は不参加者が多いので、一七名というのはまずまずの参加者だった。

当日の土曜日、終業後、支店前からチャーターした小型バスに乗って一時間ほどで医王山キャンプ場入口に到着した。そこからしばらく歩いてバンガローに着いた。

一休みしてから夕食を作りはじめた。洗い場とかまどがあったので炊事は楽だった。料理が完成し、賑やかに食事をした。それから歌を歌ったりゲームをして楽しく過ごした。組合らしく労働歌も歌った。

翌日は曇りがちの天気だったが、涼しくてハイキングには好都合だった。最初に三蛇《さんじゃ》ガ滝に行った。落差二〇メートルほどの三段の滝だった。滝壺の周りは浅瀬になっていて、気持ちのよい休憩場所だった。

三蛇ガ滝から細い道をしばらく歩くと道端の白いペンキを塗った柱に「育王仙惣海寺庭園跡」と黒字で書かれた標識があった。低い潅木の間から開けた草むらが見え、中に池のような水溜まりがあった。確かに庭園の跡のようにも見える。しかし一帯は緑の苔に覆われ、踏み跡もなかった。池に倒れかかった木の幹から何本もの枝が垂直に伸び、至る所に小灌木が生いしげっていた。庭園跡なのか自然の地形なのか判然としなかった。昨日、武田はハイキンググルートを偵察中、金沢弁護士会の会長徳田と名乗る仙人のような老人に遭遇した。翁は近くに山小屋風の別荘を建て、毎週末やってきて惣海寺の遺跡調査をしているという。武田は別荘に招かれ惣海寺の故事来歴を聞かされた。惣海寺は八世紀の初めに建立された天台宗の山岳寺院で、一五世紀には四八坊を擁する一大寺院になっていた。ところが一向宗との争いに敗れ、全堂宇を焼き尽くされてしまったということだった。武田は宗教の名の下に行われた惨劇に慄然としたが、本格的な遺跡調査が行われればいいなと思った。

それから緩やかな峠を越えて大沼の畔にある大池平に着いた。沼の背後に高さ百メートルほどの岩山がそそり立っていた。鳶岩である。確かに頂上の岩の形は大沼に棲む魚を狙っている鳶のように見える。大沼は神秘的で、幾多の伝説が語り継がれている。

沼の横を通って鳶岩に登った。かなりの急斜面だったが女性陣もしっかり付いてきた。鳶岩の頂上部分は切りたった岩場だったが、みな臆せずにてっぺんまで登った。眼下に広がる緑の森の中に大沼がエメラルドのように嵌めこまれていた。

武田は支部長として組合キャンプを主催したが、特に組合の理念などを話しあうことはなかった。参加者がそれを求めているとは思えなかった。結局単なるレクリエーションのキャンプだったが、それでも管理職がいないのでみんな気兼ねなく語りあったことは有意義であった。

七月になり、武田は夏休みにどこか山に登りたかった。しかし裕子はアルバイトとはいえ日勤なので長期の休みは取りにくいようだった。また行友会借入の返済が始まっていたので旅行に行く気分ではないようだった。そこで武田は二回に分けて夏休みを取ることにし、最初の休みに能登半島をドライブする計画を立てた。武田が輪島に手ごろな宿を見つけ、一泊だけの案を示すと裕子も行く気になった。

七月中旬の月曜日、晴れわたった空が眩しかった。千里浜海岸のなぎさドライブウェイを走ると裕子も驚いていた。能登半島西側の海岸寄りを走る道路に入った。半島西側は外浦と呼ばれているが、日本海の荒波に浸食された荒々しい断崖が特徴的だった。能登金剛、巌門《がんもん》、ヤセの断崖、関野鼻などの名所を回った。それぞれ一見の価値はあった。

関野鼻の海辺の岩の上に腰を下ろして弁当を拡げた。付近に人影はなく、潮騒を聞きながら握り飯を頬張った。裕子は白いノースリーブのシャツに白い帽子で涼しげである。

「どこも人がいなくて静かでいいね」

「そうね、金沢から来るのはちょっとたいへんだけど、のんびりとこんな景色を独り占めできるのは贅沢ね」

裕子は初めは渋っていた旅行を楽しんでいるようだった。心配性の裕子は貯金もないのに遊びに出たがる武田をいつも牽制していたが、二人で旅をするのは楽しいようだ。

ゆっくりと弁当を食べて車に戻った。

それから内陸部に方向を変えて、總持寺を見物し、輪島市内の旅館に着いたのは三時半だった。半島で一番の市街地で住宅や商店が密集していた。旅館は街中にあり、部屋の窓から見えるのは裏通りの景色だった。それでも食事は地元でとれた海の幸がふんだんに出され大満足だった。

翌日は能登半島の先端にある禄剛崎《ろっこうさき》に行った。海にせり出した断崖の下には千畳敷と呼ばれる海食台地が広がっていた。左側には外浦の白い波が打ち寄せる荒々しい海岸線が延々と続いている。右側は能登半島に抱えられた波静かな内浦である。能登半島の外浦と内浦が見える絶好のロケーションだった。

それから能登半島の東岸を南下して、波静かな七尾湾の海岸を淡々と走り、能登中島からは先月釣りで来たときの道を通って明るいうちに社宅に戻った。


八月中旬、武田は二度目の夏休みを取り、片山津温泉に一泊することにした。宿を予約した直後の八月一七日に人事異動があり、村川が本店に転勤となった。この日、正田頭取の下で策定された「長期経営計画」を推進するため大幅な組織改革が行われ、従来融資と債券に分かれていた業務本部を一体化した業務推進部が新設された。村川はその副部長に抜擢された。もともと金沢支店の次長になったのは問題店舗の建て直しというミッションを帯びたもので、立派に役目を果たしてエリートコースに戻ったということだろう。

この日の異動で債券勧奨係の田川代理と野崎も本店に異動となった。代わりに村川の後任に二谷が、田川代理の後任に福田が赴任してくることになった。

　武田は金曜日に片山津温泉に泊まることにしていたが、村川らの送別会が金曜日に行われることになった。夏休み中なので送別会を欠席しても失礼にはならないだろうが、武田は村川の送別会には出たいと思った。そこで宿泊先から送別会に出席することにした。片山津からは片道一時間ほどだから、送別会を終えてすぐ戻れば九時半にはホテルに戻れるだろう。裕子にそのことを話すと、裕子は非常に心細そうな顔をしていた。

　武田と裕子は金曜日、朝食後、国道八号を西に向かった。最初に丸岡城を見物した。小さい城だが天守閣があってそれなりの風格があった。それから越前松島で海岸の風景を眺めてのんびりと時間を過ごした。片山津のホテルには三時半にチェックインした。本来ならもっと多くの名所を回る予定だったが、送別会に出席するためにカットせざるを得なかった。武田は一風呂浴びた後、背広に着替えた。裕子は恨めしげに、「できるだけ早く帰ってきてね」といった。一人で夕食をとるのは味気ないだろうなと裕子の心中を思い、武田は心の中で詫びた。

　送別会は金沢都ホテル内の中華料理店で行われた。三つの大きな円卓の上座に村川と田川、野崎が座っていた。支店長が送別の辞を述べ、金沢を去る三人が別れの挨拶をした。乾杯して、料理が運ばれてきて、二皿目、三皿目となるころにはビール瓶を片手に村川らに挨拶する者が列をなした。武田は最初に野崎に挨拶に行った。野崎のグラスにビールを注ぎながら、「お子さんの転校がたいへんですね」というと、「転勤は銀行員の宿命だから仕方ないよ」と笑っていた。本店に戻れるのはうれしいようだった。

田川に挨拶してから、村川のもとにいった。「いろいろお世話になりました」と村川のグラスにビールを注ぐと、「休暇中なのによく来てくれたな」と笑顔で応じた。村川には自由に仕事をさせてもらった。村川の実行力は際立っていた。親分肌で親しみやすかった。スキーや釣りを一緒に楽しんだ。いい思い出ばかりだった。

送別会が終わった後、内藤がビル一階のラウンジ「サロンドミヤコ」に村川を呼んで二次会を行うので参加してくれと耳打ちした。帰りの時間が気になったが断れなかった。ちょっとだけ顔を出そうと思った。

サロンドミヤコに集まったのは村川、田川、長谷川、内藤、高橋、真利谷、西本だった。広い窓から金沢駅が見える。話は尽きなかったが武田は一時間ほど経ったところで退席させてもらった。

それから急いで車を走らせ、片山津のホテルに着いたのは一〇時半を過ぎていた。玄関は開いていたがロビーの照明は落とされ、フロントには誰もいなかった。エレベータに乗って三階の部屋に戻ると、鍵を開けた裕子は泣きそうな顔をしていた。帰りが遅いので心配していたのだろう。電話をする時間を惜しんで帰ってきたのだが、やはり二次会に出る前に連絡しておくべきだったと反省した。

一二　債券勧奨係（一九七〇年八月）

夏休み明けの月曜日、武田は店内異動で野崎の後任として債券勧奨係への異動を命じられた。武田は人事は銀行が決めることだから文句をいわず、どこに配属されようと自分の給料分だけは働くということを信条としてきた。だが今度ばかりは気分が重かった。武田は元来寡黙で、自分を売りこむのが苦手である。また人一倍相手の迷惑を気にするから、営業に必要な押しの強さがない。セールスには不向きであることは自覚していた。だからこそ預金集めはしなくていいといわれていた不銀を選んだのである。入行してしばらくはその通りだった。しかし二年ほど前から個人向けの割引債販売に力を入れるようになり、全行員を対象に債券増強運動が実施されるようになった。行員は親戚、知人などに割引債をセールスしなければならなくなった。目標額が設定され、成績上位者が表彰された。目標未達者がただちに人事考課でマイナス査定されることはないようだったが、資産家の親族を持たない行員は増強運動が相当プレッシャーになっていた。さらに個人客を対象とする債券自売班が鳴物入りで本店、大阪支店、名古屋支店に設置された。その他の支店では個人客だけの専担組織を置くほどの売上は見込めなかったので、利付金融債を販売する債券勧奨係に債券自売班の機能を付けくわえることになった。金沢支店でどの程度個人セールスをしなければならないのか分からなかったが、いずれにしろ今回の異動は非常に気が重かった。野崎の本店異動辞令は先週に発令されていたので、武田への引継ぎも十分できないうちに野崎は転勤していった。

債券勧奨係の席は店頭のカウンターから一番離れた奥にあり、支店長席、次長席の横にあった。次長席には恰幅がよくて温厚そうな二谷が座っていた。債券勧奨係の後任代理としてやってきたのは福田だった。福田は武田が名古屋支店にいたとき、融資係で一緒だったので人柄はよく分かっていた。体格がよくて親分肌だった。よい人なのでその点は安心だった。

債券勧奨係は福田代理の席を頂点にして右側に内藤と西本、左側に小島晴子と武田の机が並んでいた。債券勧奨係のメイン業務は金融機関に利付債券を販売することだった。金沢支店の管轄地域は石川県、富山県、福井県だった。地方銀行、相互銀行は従来通りすべて福田代理が直接担当することになった。信用金庫、信用組合は野崎が担当していた富山県西部の福光信金、石動信金、石川県西部の小松信金、石川信金、加南信金、美川信金、福井県の敦賀信金、大野信金、武生信金、丸岡信金、三国信金、鯖江信金、小浜信金を武田が引き継ぐことになった。そして武田は西本とともに割引債の販売を担当することになった。

武田が債券勧奨係に移ったのは八月下旬だったので、八月分の利付債募集は野崎が必要な処理を済ませていた。武田は発行日の二七日に入金を確認するだけでよかった。武田は月末まで野崎から引き継いだ取引先カードや面談記録を読んで過ごした。また帰りがけに書店でセールスマン用の本を買って帰宅後読んでみた。客が煙草を取り出したら火を差し出すのは営業マンの常識と書かれていた。武田は上役の煙草に火を差し出す気にはなれないが、客が相手ならやってみようと思った。

翌日、武田は大和デパートに行ってロンソンのライターを購入した。また武田自身は煙草を吸わないが、客が煙草を切らしたときに差し出すためにシガレットケースと煙草も購入した。それからパンフレットや景品などを持ち運ぶ大きめなカバンも調達した。小道具だけ立派な物を揃えてもどうなるものではないが、まずは形から入っていくことにした。

九月になり武田は引き継いだ一三の信用金庫を最短で回れるように地図と時刻表と首っ引きで訪問計画を立てた。

七日の月曜日、武田は一番遠い小浜信金と敦賀信金を訪問することにした。九時に銀行を出て金沢駅に行った。駅は支店の目の前にあるので最高の立地だった。ホームに停車している始発の特急「雷鳥」大阪行きに乗った。左側の窓際に座ったので列車が動きだしてまもなく白山が逆光にうっすらと浮かびあがってきた。背広の内ポケットから手帳を取り出し、取引先カードから書き写した小浜信金の情報に目を通した。不銀は利付債を信用金庫に販売するとともに、その残高の八割を限度に、信金の取引先に長期貸付を行うという代理貸付受託契約を締結していた。債券引受額が増えれば代理貸付額も増えるという共存関係にあるので、満期になった利付債券は同額の新発債に買い換えられるのが普通だった。

一時間半ほどで敦賀駅に着いた。ここで小浜線に乗換える。地下道を通って小浜線のホームに上り、普通列車に乗りこんだ。小浜線に乗るのは初めてだ。敦賀駅を発車した列車は北陸本線を左に分けて、ひとしきり丘陵を登るとカタンカタンと軽快なリズムを刻みながらむせるような水田や草地の中を蛇行しながら進んでゆく。開けた窓から涼しい風が吹きこんでくる。右側に若狭湾が見えてきた。美浜駅に着いたとき、名古屋支店の社員旅行で三方五湖の宿に泊まったことを思い出した。しばらくして三方五湖らしき湖が見えてきた。やがて岬に沿って大きく迂回すると海辺の街が見えてきて、小浜駅に着いた。

昼に近いので駅前広場から線路に沿った道を二分ほど早足で歩くと平屋建ての小浜信用金庫に着いた。残暑の中を背広を着たまま急いだので額が汗ばんでいた。ハンカチで汗を拭って入口ドアを開けると、カウンターが横に広がっていた。受付で来意を告げるとカウンターの奥から中に入るようにいわれた。ロビーを横切ってカウンターの端に行くとスリッパが置かれていた。上履きの店舗は珍しいなと思いながらスリッパに履きかえ、事務フロアの奥の応接室に通された。すぐに中年の実直そうな職員が現れた。名刺を交換すると資金担当の係長だった。武田は平行員だが長信銀行の看板を背負っているせいか役席が応対してくれた。武田が新任の挨拶を述べ、当地の経済状況などを聞いてみた。係長が煙草のパッケージから一本引き出したとき、武田はポケットからライターを取り出しカチッと点火して差し出した。係長は軽く会釈して火を点けた。武田もシガレットケースから煙草を取り出し火を点けた。武田はふだん煙草を吸わないが客が煙草を吸うときは一、二本付きあうことにした。係長の話が一段落したので、今度は武田が長期金利動向について本部の見通しをもっともらしく話した。最後に今月満期となる利付債と同額の利付債登録申込書用紙を手渡した。金融機関は本券を交付しない記名式の登録債なので期日までに申込書を提出してもらうのだ。時計を見ると一二時半を過ぎていたので早々に辞去した。敦賀行きの列車の到着時間が迫っていたので、昼食を取る時間もなく、そのまま列車に乗った。

敦賀に戻ったのは二時だった。駅前の食堂で遅い昼食を取り、中央通りを海に向かった。敦賀市は昔からの交通の要衝であり、街の規模は小浜市より遥かに大きい。一〇分以上歩くと数階建ての立派なビルの敦賀信用金庫本店に着いた。二階の応接室に通され資金担当の若手課長が応対してくれた。新任の挨拶をしてしばらく地元経済の状況を聞いた。課長は今年三月に日本原子力発電の敦賀発電所が運転開始し、八月には敦賀港から小樽港へのフェリーが就航するなどで、敦賀市の経済は順調で今後の成長も期待できるといった。理論家のようで説明は分かりやすく知識も豊富だった。武田にとっては話しやすいタイプだった。武田は本題に入り今月分の申込書を差し出して引受を依頼すると、課長は「はい、はい」と受けとった。武田は引受額の上乗せを頼んでみることにした。

「敦賀信金さんは今期も順調に業績を伸ばしておられますので、利金債のスポット購入を検討されてはどうでしょうか。昨年九月から金融引締めが続いていまして、利付債も七・五％と高止まりしています。しかし最近設備投資がやや鈍化してきましたので、引締めから緩和に局面は変わっていくのではないかと思います。そうなれば金利は下がりますから、七・五％の利付債は非常にお買い得だと思います」

「そうですね。私も金融政策は変換点にきていると思っていますよ。期末預金には協力して頂けますよね」

「もちろん引受金額に見合った通知預金を期越えでさせて頂きますが」

「それでは検討してみましょう」

債券を引き受けてくれた金融機関には、そのお礼として通知預金を一週間程度預ける「債券勧奨通知預金」という慣行があった。課長の言葉には自信が溢れていた。自分がそう決めたら上司の了解は得られると確信しているようだった。武田はこの課長は出世するだろうなと思った。

面談を終えて敦賀駅に戻ると、一〇分後に到着する特急があった。列車に乗りこみ座席に腰を下ろした。初めての金融機関訪問だったが友好的に面談ができ、上乗せのセールスもできたので自分なりに満足していた。金沢までの一時間半は室生犀星の『杏っこ』を読んで過ごした。昨日書店で買ったが、犀星の小説もなかなか面白かった。

五時に支店に戻った。「お帰りなさい」と小島が迎えてくれた。小島は新米の武田に何かと気を遣ってくれる。

それから毎日担当の信用金庫を回った。全部回るのに一〇日間かかった。信金の訪問は気分的には楽だった。利付債を購入してもらい、代理貸付で還元するというギブアンドテイクの関係にあるので友好的な雰囲気で面談できた。

九月は敦賀信金のスポット購入もあり、武田が担当する信用金庫の利付債売上げは順調だった。当月購入のあった信金に引受額に応じた通知預金の送金も済ませて、無事に上期を終えることができた。

一〇月になり信金回りを開始する中旬までは新規先を開拓しなければならなかった。債券勧奨係は机に座っていては仕事にならない。一年先輩の内藤は債券勧奨係が長く、信金のほかに、富山県庁の職員共済組合など多くの機関投資家を開拓していたので、訪問先を探すのに苦労している様子はなかった。西本は石川県のほとんどの信用金庫も担当し、地元出身なので知人、友人も多く、こまめに外出していた。地の利のない武田は伝もなく「飛び込み」で商店や個人宅を訪問するほかはなかった。飛び込みというのは紹介もなく、予約もなく訪問営業することである。武田が飛び込みをするというと西本は一緒にやろうといった。さっそく二人は手提げカバンにパンフレットと景品のティッシュペーパーを詰めこみ、タクシーで小立野の商店街に行った。二人は道路の両側に分かれて、一軒ずつ訪問を開始した。ほとんどが商店なので店の中には入ることができた。割引債のパンフレットと景品のティッシュペーパーを手渡し、割引債は定期預金より利率がよく、利息にかかる税金も預金が一五％なのに割引債は五％であるとアピールした。しかし不銀のことを知らない店主が多く、毎日集金に来てくれる地元の地銀、信金との付きあいもあるのでと断られた。いざというときには資金を融通してくれる地元の金融機関に対する信頼は厚いようだった。地を這うように営業している地元の金融機関には敵わないと思った。一時間半ほど飛び込みを続けたが成果はなかった。道路の反対側を訪問している西本もほぼ同じペースで回っていたが結果は同じだった。一度昼食を取りに支店に戻り、午後は石引の高級住宅地を回った。こちらはさらに悲惨で、ほとんどインターフォン越しの応対で、「けっこうです」と断られた。予期していたことだったが、飛び込み営業で成果を上げるのは難しいことを再認識した。

武田は個人客の飛び込み営業は諦め、機関投資家を回ってみることにした。機関投資家といってもいろいろあるが農業協同組合に的を絞った。農協は組合員から預金を集めたり貸付けたりする銀行のような機能を持っているので、余った資金の運用先として利付債を売りこもうというわけである。金融名鑑で所在地を調べ、手近なところから訪問し始めた。鉄道やバスで行くのは効率が悪いのでマイカーを利用することにした。出張命令簿には公共交通機関で行くことにしておいた。実際に回ってみると車を利用した方が楽だった。それに車の運転をしていると気分が紛れた。車の中では自分が主人公なので寛げるのだ。自分に向かない仕事をしているストレスを一時忘れることができた。だが農協を精力的に回ってみたが、系統の県信用農業協同組合連合会（県信連）に預けた方が利率がいいようでなかなか成約には至らなかった。

個人客を増やすことに苦戦していた武田にとって、割引債の新聞広告を見て資料請求をしてくる客はありがたい存在だった。新聞広告は本部が全国紙に出していたが、金沢では全国紙の読者が少ないので、資料請求は月に一〇件程度しかなかった。それを西本と折半して成約をめざした。資料を郵送し、届くころに電話をかけたり、直接訪問して割引債をセールスした。資料を請求してきた先なので、訪問しても門前払いされることはなかった。同業他行にも資料請求をしている客もいて、成約に至るのは半分程度だったが、成約したときはうれしかった。

一〇月の初めに輪島市の歯科医からワリフドーの資料請求があった。医師や歯科医は高額購入の可能性が高いので、まずは無記名のメリットを強調した手紙を書き、パンフレットとともに郵送した。数日後、歯科医から自宅まで届けてくれるならワリフドー一〇〇万円買ってもいいという電話があった。武田は福田代理にワリフドーを持参して先方宅で現金と引き換えてくることを認めてもらい、翌日届けることにした。

当日、武田はワリフドーを持ってマイカーで輪島に向かった。武田にとっては初めての大口取引だった。夏休みに通った道なのでドライブも快適だった。カーラジオから物憂げな歌声が流れてくる。藤圭子が歌う『夢は夜ひらく』という曲だった。まだ若い歌手なのに大人びて投げやりな雰囲気が漂っていた。武田は中学、高校のころはパット・ブーンやエルビス・プレスリーなど海外の軽音楽を聴いていた。大学に入ってからは山の歌、革命歌、労働歌を歌っていた。演歌を身近に聴くようになったのは金沢支店に来てからだった。今は藤圭子の歌を聞いていても違和感はなかった。それどころか藤圭子の気怠い曲に何となく共鳴するものがあった。

輪島市に着き、指定の時間に歯科医院の駐車場に車を駐めた。昼の休診時間になっていて、棟続きの居宅の応接室に通された。すぐ現れた歯科医は四〇代のスポーツマンタイプで、「やあ遠い所ご苦労さんでした」といいながら武田の名刺を受けとった。医師は封筒にいれた一〇〇万円の束をテーブルに置いた。武田は慎重に縦読みと横読みで札勘定をして金額を確認した。「一〇〇万円、確かにお預かりしました」といって、一〇〇万円で買えるだけ買った一〇〇万円券一枚と一万円券六枚のワリフドーと計算書、端数のおつりを差しだした。そして来年の償還時の手続きを説明すると、歯科医は「はい、はい」とうなずいていた。武田は三時までには銀行に戻りたかったので、景品を渡し丁重に礼を述べて辞去した。一〇〇万円の現金を運んでいるので事故を起こさないように慎重に運転して三時前に銀行に戻った。

一〇月中旬、武田は富山県西部の石動《いするぎ》信金と福光信金を回ることにしたが、二つだけで帰ってくるのはもったいないので福光信用農協と城端《じょうはな》農協を訪ねてみることにした。その日は秋晴れだった。金沢駅から北陸線鈍行に乗り三〇分ほどで石動駅に着いた。駅近くの石動信金に顔を出し、今月は償還もないのでしばらく情報交換して退出した。石動駅の三つ先の高岡駅で城端線の列車に乗りこんだ。福光駅で下り、駅に近い福光信金を訪問して御機嫌伺いした。その足で福光信用農協を訪ねたが担当者が不在ということで退散した。

駅前の食堂で昼食を取り、城端に向かった。城端という地名に思い出すことがあった。名古屋支店で働きはじめたころ、今池のバー「ひろ」にいた美樹の故郷が城端だった。美樹は体調を崩し実家に帰っていった。

ゴーッとエンジン音を轟かせながら気動車は砺波平野を進む。しだいに登りになってきた、立山連峰の峰々が濃紺の空にくっきりと浮かんでいた。右側には医王山の山並みが間近に見えてきた。終点の城端駅に着いた。ホームの先に蒸気機関車の転車台が残されていた。駅舎は明治・大正期の建物のようだ。武田はメモしてきた地図を頼りに駅前からまっすぐ進み、左折して坂を下り、川を渡ってゆっくり右に曲がりながら登ってゆくと対岸の台地に出た。一〇分ほど歩いて城端農協に着いた。役席者が応対してくれて、初対面の武田の話をきちんと聞いてくれた。もちろんすぐに購入するという話にはならなかったが、不銀と利付債のことは理解してもらった。

面談を終えたとき、役席者が聞いた。

「武田さん、絵画はお好きですか」

「絵を描くのは苦手ですが、鑑賞するのは大好きです」

「実は先代の組合長が絵画好きでしてね。地元の画家の絵を中心に収集しまして、会議室に飾ってあるんです。お時間があればご覧になっていきませんか」

「それは願ってもないことです」

武田は会議室に案内された。体育館のような広い部屋の壁に大小の画が展示されていた。武田が知っている画家の作品は見当たらなかったが、全体的に明るい絵が多く、故郷の風景、街並み、人物が描かれていた。城端という小さな町の農協にこのようなコレクションがひっそりと飾られていることに武田は感動した。拝観させてもらったことに深く感謝して城端農協を辞した。

少し街を散策することにした。ヒョッコリ美樹に出会ったら何と話しかけようかと考えた。そんな偶然はありはしないと苦笑した。美樹が療養のために実家に戻ったのはもう五年も前のことだ。健康を回復して結婚していることだろう。今はどこに住んでいるのか。

農協の近くに瑞泉寺という寺があった。その先に善徳寺というもっと大きな寺があった。二階建ての立派な山門がある。境内に入ってみると、正面に本堂と、左に大きな鐘楼があった。このあたりは浄土真宗が盛んなようだ。

城端駅に戻り列車に乗った。出発してしばらくすると広々とした畑の中に「散居村」が見えてきた。武田が小学校五年、六年のときの担任だった高畑先生から故郷砺波郡の話をよく聞かされた。畑の中に一〇〇メートルくらいの間隔で家が散らばっている。家の周りはこんもりとした杉並木で囲まれている。先生は冬の暴風雪から家を守るためだといっていた。この散居村の中に先生の実家があるのだろう。独身の青年教師だった先生は何事にも張りきっていた。中学一年のときの夏休みに先生は卒業した同級生数人を山中湖のキャンプに連れていってくれた。最終日の午後、富士山の登山口にバスで行って、夕闇の中を山頂に向かった。徹夜で歩いて九合目で御来光を迎えた。早朝の冷気の中で富士山頂に到達した。そのときの感動が登山好きになった原点である。債券勧奨の途中で恩師が愛した故郷の風景を見ることができて何となくセンチメンタルな帰り道だった。

一三　雄琴温泉の夜（一九七〇年一一月）

武田は毎日セールスに歩きまわっていたがなかなか成果が上がらなかった。一日一日が無為に過ぎてゆくことに虚しさを感じていた。どんな仕事を与えられても給料分だけは働くという武田のプライドも粉々に打ち砕かれてしまった。ただ福田代理が個人の成績を競わせたり、ハッパをかけることがなかったのが救いだった。

そんな鬱屈とした気分でいたとき、武田の電話が鳴った。交換手が「資料請求のお客様です」と告げた。武田が代わると小松市でホテルを経営しているという男性がワリフドーの資料を送ってくれといった。武田が小松なら近いので直接資料を届けましょうと申し出ると相手は了承した。

翌日、武田は出勤するとすぐ資料を揃えてマイカーで小松に向かった。国道八号を四〇分ほど走ると国道沿いの小高い丘の上に西洋の城のような真新しいホテルが建っていた。アベック休憩用ホテルだった。国道から駐車場に向かって登ってゆくと国道からは見えない広い駐車場があった。ホテルの入口で受付に用件を伝えると応接室に通された。ダブルの背広を着たオーナーが現れ名刺交換をした。まだ四〇代に見える若手社長だった。

「立派な建物ですね。びっくりしました。車を利用するお客さんには絶好のロケーションですね」

武田が感想を述べると社長は我が意を得たりとばかりに話しはじめた。

「今までこの業界では繁華街の片隅に建てるのが常識でしたが、私は国道の目立つ所に建てようと思いましたよ。最近増えているマイカー族をターゲットにしたんですよ。彼らはこういうホテルを利用するのにそれほど抵抗はないんです。主要国道沿いに作られたのはこのホテルが日本で最初だと思いますよ。国道八号を通るドライバーは走るたびにこの建物が目に入りますから、一度行ってみようかとなるんですよ」

社長の言動には業界のニューリーダーとしての自負と自信が溢れていた。確かにこの種のホテルは従来駅裏か歓楽街の裏手にひっそりと建てられるのが普通だった。顧客をマイカー族に絞って国道沿いに派手なホテルを建てたことは先見の明があったのだろう。武田は名古屋支店にいたとき、当時最新の風俗ホテルをオープンして羽振りのよいオーナーに面談したことがあった。そのオーナーも最新の設備を備えた客室で売上げを伸ばし、名古屋の業界で注目を浴びていた。性風俗関係の業界でも日々革新が行われているようだ。

武田はしばらく社長と雑談した後、本題のワリフドーの説明を始めた。社長は割引債の無記名性に興味を示し、三〇〇万円購入すると即決した。翌日現金を用意するということだった。武田は今月はこれで格好がついたとほっとしていた。

翌日、ワリフドーを持参し、現金を受けとった。風俗産業やパチンコ店オーナーは割引債の有力な売りこみ先だった。無記名債券は財産を隠匿して脱税するのに適している。無記名性を強調した広告には国税庁の目が光っている。しかしワリフドーは法律で認められて発行しているのだから買いたい客がいれば喜んで販売する。そういう客から集めた資金が企業への融資の一部になっている。

その日の午後、武田は福田代理に呼ばれた。

「武田君、自家用車で取引先を訪問しているようだね」

「はい、郊外を回るときは車の方が効率的ですから」

「それは分かるが銀行としては行員が行務で車を運転することは認めていないんだ。事故を起こしたら本人だけでなく銀行の責任も問われるからね」

「はあ。事故を起こさないように安全運転を心がけているんですが」

「君が注意していても相手にぶつけられることもあるだろ。車が必要なときは行用車やタクシーを使うようにしてくれ」

売れるか売れないか分からない新規先訪問に行用車やタクシーを使えるわけもなかったが、銀行が駄目というなら仕方がないとマイカー利用は諦めた。


今年の社員旅行の行先は滋賀県大津市の雄琴《おごと》温泉だった。土曜日の午後にバスで出発し、雄琴の温泉街に着いたときは夕闇が迫っていた。旅館の玄関前で大勢の仲居に出迎えられ、各人割り当てられた部屋に入った。急いで温泉に入り、宴会場の広間に集まった。

宴会が始まった。武田は社員旅行の宴会は苦手だった。いつも通り静かに料理を食べ、歌を披露する者には拍手を送り、内心では早く終わらないかなと思っていた。八時過ぎに御開きとなり、男性陣の大部分は麻雀用の部屋に移動して行った。歓談を続けたい者は宴会場の一角で引きつづき飲食ができるということだった。武田はさりげなく宴会場を出て部屋に戻ると布団が敷かれていた。同室の三人は麻雀部屋に行ったようだ。武田はテレビを点け、奥の布団に横になった。しばらくすると部屋の戸が開いて女性の声が聞こえた。武田が入口に行ってみると融資係の新人木下が立っていた。

「桜木さんが武田さんを呼んで来いといってるんです。ちょっと来てくれませんか」

桜木は庶務係の女性なので話す機会はあまりなかった。「呼んで来い」といわれる理由が思い当たらなかった。しかし呼ばれた以上行かざるを得ない。武田は木下と宴会場に戻った。宴会場の隅で女性陣が数人車座になって歓談していた。盆に握り飯と漬物、徳利が数本並んでいた。本橋と島尾が間を開けて武田を座らせた。本橋が「武田さん、駆けつけ三杯です」といって武田に盃を持たせ徳利の酒を注いだ。武田が三杯続けて飲み干すと女性たちは歓声を上げた。向かい側に桜木が座っていた。

「桜木さん、僕に何か用があるのかい」

桜木は目鼻立ちが整った色白の顔を赤らめて口ごもった。隣に座った木下が代弁した。

「武田さんは債券係の女性ばかり可愛がって、ほかの係には冷たいといってたんですよ」

桜木は恥ずかしそうにモジモジしている。どうやら桜木は武田がさっさと宴会場から消えてしまったので呼んでこいといったようだ。

「債券係の女性とは仕事のうえでいろいろお願いすることがあるんだが、ほかの係の人に用もないのに気楽に声をかけられないよ。だけど今日はいい機会だから無礼講でいいたいことがあったらいってくれ」

「それでは私のお酌を受けて下さい」

木下が徳利を持って武田の前に座った。飛んだ成り行きになり武田は苦笑しながら杯を差しだした。

「うざくらしい、これにしまっし」

木下は手近にあったカニ汁が入っていた大椀の蓋を裏返しにして武田に持たせた。仕方なく椀の蓋を両手で持つと、木下は徳利の酒をトクトクと一本丸ごと注いだ。武田はその場の勢いで大相撲の優勝力士が大杯の酒を飲むようにゆっくりと蓋を傾け飲み干した。やれやれと蓋を置くと、木下は「武田さん、強いですね。私と飲み比べしまっし」といった。武田は呆気にとられたが周りの女性は興味津津のようである。相手が未成年なら断る口実になるが木下は短大卒だった。やむなく木下が差しだした蓋に徳利の酒を注いだ。木下は蓋に口を付けると一気に飲み干した。女性陣が大歓声を上げた。武田はその飲みっぷりに仰天した。相当の酒豪のようだ。高校時代に水泳で国体に出たという木下は体格もよかった。これは勝ち目はないと思ったが、もう一回続けることにした。二杯目を何とか飲み終えると、木下も平然と二杯目を空にした。それを見て武田はギブアップした。

「もう止めておくよ。君にはとうてい敵わない」

「それでは引き分けということにしましょう」

木下は余裕たっぷりだった。武田は木下の実家が忍者寺の近くにある寺だと聞いていたので冗談交じりにいった。

「いや、完敗だよ。お寺さんのお嬢さんがこんな酒豪だとは思わなかったよ。お寺さんは『葷酒山門に入るを許さず』じゃなかったのかな」

木下は住職の父親はまったく酒が飲めないが、母親はけっこういける口だとあっけらかんといったのでみんな大笑いだった。

酔いが回った武田は饒舌になって一人一人に話しかけ賑やかな会話が続いた。やがて宴会場を閉める時間になり、武田は部屋に戻った。廊下を歩いていると足許がフラフラした。若い娘に挑発されて馬鹿なことをしたものだと苦笑した。部屋に辿りついたとたんに吐き気がして慌ててトイレに駆けこんだ。酒を飲んで戻すのは初めてだった。同室者はまだ戻っていなかったので醜態を見られずに済んだ。布団に潜りこんでも気分が悪くて眠れなかった。

翌日も二日酔いが続いていた。朝食もほとんど食べられず、バスに乗ってからも気分が悪かった。比叡山に登って延暦寺を見学するとき、バスに残ろうかと思ったがそれもみっともないのでみんなの後に付いていった。木下は先頭の方でスタスタ歩いていた。武田はフウフウあえぎながら足を運んだ。木下が怪物のように見えた。武田が元気を取りもどしたのは午後になってからだった。

一一月も下旬になると雲が重く垂れこめ、北陸地方特有の気候になる。二谷次長は「金沢の冬はジメジメしていて膝の関節が痛むよ」とぼやいていた。カラカラ天気が続く東京の冬に慣れた者には辛い季節かもしれない。昨年の冬、家の中の壁に汗をかいたように水滴が浮いていたのには驚いた。裕子は押入の布団が湿らないように床にビニールを敷いていた。だが武田はスキーの季節がやってきたと思うとまったく苦にならなかった。タイヤ店に行ってスノータイヤに交換した。山に雪が積もるのが待ちどおしかった。

一一月二五日、武田は昼過ぎに食堂に入った。テレビで三島由紀夫が市ヶ谷の自衛隊に立てこもっているというニュースが流れていた。その日、帰宅後にテレビで事件のあらましが分かってきた。三島は自ら率いる右翼組織「楯の会」の会員四名を引きつれて自衛隊東部方面総監部に乗りこみ、クーデターを呼びかけた。だが呼応する者はなく、三島ら二名が割腹したという凄惨な事件だった。武田はあまりの時代錯誤に唖然とした。三島はボディビルに熱中し、週刊誌にハチマキに褌姿でポーズを取っていた。ボディビルダーとしては貧相な肉体だった。三島は武道にしろ肉体にしろ一流ではないというコンプレックスがあったので、常人にはまねのできない切腹をして優越性を誇示したのではないかと武田は思った。武田は蜂起を呼びかけられた自衛隊員が三島の煽動を拒絶したことに救いを感じた。

一二月はボーナスが支給されるので割引債販売には都合のいい月だった。武田は販売促進のためにダイレクトメール（ＤＭ）を発送することを思いついた。電話帳から一千名を選んでＤＭを送ることにし、封筒の宛名書きや切手貼りにアルバイトを採用するという計画だった。福田代理が了承してくれたので回議書をあげて支店長決裁を得た。アルバイトについては新人の木下が母校の後輩に声をかけてくれて二人を採用することができた。広告チラシの文案は武田が考え、印刷は業者に頼んだ。チラシでは定期預金より高利率で、無記名で買えるワリフドー、毎月積み立てれば融資も受けられる積立フドーなどのメリットを分かりやすく説明した。

女子学生二名がやってきて会議室で宛名書きを始めた。木下も時々顔を出して後輩が働きやすいように気を配っていた。宛名を書き終えると封筒にチラシとパンフレットを封入し、切手を貼った。一週間ほどでＤＭを発送することができた。

数日経って電話や葉書で、申込書を送ってくれとか、もっと詳しく説明を聞きたいという反応が出てきた。また窓口の女性からＤＭをみてワリフドーを買いに来たという客の報告があった。ＤＭの効果があったことが分かり武田はほっとした。やはり広告により地道に銀行の知名度を上げ、ワリフドーの認知度を高めてゆくことが必要であると思った。

一二月の信金回りは銀行のカレンダーや手帳を持参して年末の挨拶も兼ねるので、先方担当者との会話もいつもより弾む感じがした。武田が最後に訪問したのは山中温泉にある加南信用金庫だった。高尾課長は地元経済に詳しく、とりわけ地元旅館業界についての分析は傾聴に値した。片山津温泉は一軒当たりの投下資本が五億円程度で一番多く、設備で勝負している。山代温泉は芸妓が多く、そのサービスで勝負し、山中温泉は温泉そのもので勝負している。資本装備率（従業員一人当たりの資本）は三百万円から四百万円が一番バランスがよく、五百万円以上は人員不足である、などと独自の見解を開陳した。

武田も当地の温泉について感想を述べた。

「私は山代温泉と片山津温泉に泊まったことがありますが、どちらも平地にありあまり温泉の風情は感じませんでした。私はどちらかというと渓流沿いの温泉が好きなので、一度山中温泉に泊まってみたいと思っているんです」

「それは大歓迎ですね。山中温泉ならほとんどが当庫の取引先ですからご紹介しますよ」

「それはありがたいですね。正月でも空いていますか」

「大丈夫だと思いますよ。どんな宿をご希望ですか」

「そこそこの値段で静かな旅館がいいですね。私と妻の二人で一泊したいんですが、元日でも取れますかね」

「分かりました。今日中に武田さんのご希望に合う宿に当たってみますよ」

話の流れで正月に山中温泉に泊まることになってしまった。裕子はびっくりするだろうが、取引先の営業に協力するためと説明すれば納得してくれるだろう。

本年最後の信金訪問を終えて、山中駅から北陸鉄道山中線に乗った。大聖寺で国鉄に乗り換え、銀行に戻った。

五時に高尾課長から電話があり、宿の名前と料金を教えてくれた。


一二月下旬の土曜日の夜、独身寮のロビーでクリスマスパーティが開催された。女性陣が部屋の飾りつけをしてロビーの雰囲気が一変していた。テーブルには寿司やビール、ジュースが並んでいた。支店長以下全員が参加していた。裕子も家族寮の夫人たちと一緒に顔を出していた。

渡部支店長の挨拶でパーティが始まった。その後で来年入行予定者が紹介された。詰襟の制服を着た男子高校生一名と私服の女性二名だった。うち一名は短大卒で黒いワンピースと長い髪が色白のクールな顔を引き立てていた。

ダンス音楽が流れだすと半数近くが踊りはじめた。裕子は壁際の椅子に座って社宅の夫人たちとおしゃべりをしている。武田は椅子に座っている女性を誘って何曲か踊った。若手行員が来年入行の短大卒女性を誘って踊っていた。サンタクロースの帽子を被りレイを首に巻いた二谷次長がベテラン女子行員と踊っていた。名古屋支店ではレストランやホテルでクリスマスパーティを行っていたが、手作り感のあるパーティもいいもんだなと武田は思った。

一二月末に債券残高が一兆円を超え、全行員に金一封が配られた。創業に携わった経営陣にとっては感無量であったろう。武田は単純に金一封がありがたかった。

一四　金沢最後の日々（一九七一年一月）

金沢での二度目の正月を迎えた。今年は三日間しか正月休みがないので名古屋にも東京にも帰らないで山中温泉で一泊することにした。午前中は年賀状を読んだりして過ごし、昼過ぎに車で山中温泉に向かった。道路はガラガラだった。国道八号をスイスイ走って一時間ほどで河鹿荘に着いた。受付で記帳すると高尾課長から話が通じているようで中居が丁重に部屋に案内してくれた。エレベーターで最上階に上り、広い廊下を歩いて通された部屋は広い和室だった。大聖寺川に面していて眼下に鶴仙渓と呼ばれる渓谷が見えた。まさに武田の希望した通りの渓流沿いの宿だった。

中居がお茶を入れて部屋を出て行くと、身分不相応の広い部屋に何となく落ち着かない気分だった。大きな座卓に向かいあって座り茶をすすった。テレビを点けてみたが、埒もない正月番組ばかりだった。といって寒そうな温泉街を散歩する気にもなれなかった。武田は温泉に入ることにした。裕子は後にするといった。武田は浴衣に着替え丹前を羽織って階下の浴室に向かった。脱衣場には誰もいなかった。浴室の戸を開けると大きな浴槽から湯が溢れていた。ちょうどよい湯加減で首まで浸かった。透明泉で伸ばした足が青白く揺らいでいる。静寂の中にチョロチョロと浴槽に注ぐ湯の音をぼんやりと聞いているのは何ともいえぬ贅沢な時間だった。窓辺に寄ってみると間近に迫る対岸との間にせせらぎが流れていた。武田は何度も浴槽を出入りして、松尾芭蕉も愛でたという山中温泉の湯を堪能した。

武田と入れ替わりに裕子が浴室に行った。裕子はそれほど温泉が好きではないようで二〇分もしないで戻ってきた。それでも湯上がりの上気した顔は満足そうだった。

六時に夕食の膳が運ばれてきた。品数の多さにびっくりした。ブリやズワイガニなど日本海の旬の魚介類が並んでいた。日本酒を飲みながら料理を味わった。金沢の名物であるゴリの治部煮もあった。ゴリは昨年犀川の上流で釣ったことがある真っ黒でグロテスクな小魚だった。赤い椀に白味噌仕立てのとろみのある汁に小振りのゴリが入っていた。わさびをつけて恐る恐る口に運んでみると意外に淡泊な味で食べられた。裕子は「とても全部は食べられないわね」といいながらもほとんどの料理に箸をつけていた。食事の仕度をしないで済むのが一番うれしいのかもしれない。

翌日はどんよりと曇っていた。朝食後に付近を散策することにした。温泉街を大聖寺川の上流方向に歩きはじめたが、商店街はほとんど閉まっていた。こおろぎ橋は木造の橋で周囲の風景に溶けこんでいた。橋を渡って大聖寺川の右岸に出た。ここから下流に向かって鶴仙渓遊歩道が続いていた。木々に覆われた山裾に奇岩が連なり清流が岩を食んでいる。遊歩道の中ほどを過ぎると対岸に河鹿荘が見えた。なかなか立派な建物だった。さらに下ると芭蕉を祀った小さな堂があった。その先に鶴仙渓の最下流にある石造りの黒谷橋があった。橋を渡り一時間ほどで宿に戻った。

それからチェックアウトして日本海沿いをドライブして昼過ぎに社宅に戻った。三日に母から速達が届いた。一二月二六日に新居に引っ越したということだった。いろいろあったようだが出来映えには両親も満足していた。

夜半に雷鳴があり寒冷前線が通過したようだ。仕事始めの四日は荒れた天気だった。その日だけはお屠蘇気分で過ごしたが、債券勧奨係はいつまでも机に向かっているわけにはいかない。本格的な冬になり外回りは一層厳しくなってきた。信金回りは一〇日以降となるので、月初は新規先開拓が中心となった。武田は見込み客を求めて雪が降ってもみぞれが降っても出歩いていた。一度だけ行くあてがなくなり、香林坊の喫茶店でサボったことがあった。一見して時間潰しのセールスマンとおぼしき者が何人かつくねんとコーヒーを啜っていた。十分な実績を上げていれば喫茶店で休んでいても文句をいわれないだろう。だが武田はそんな立場ではなかった。後ろめたい気がしてコーヒーも苦いだけだった。二度と喫茶店でサボるのは止めようと思った。

仕事のストレスを発散するのはスキーだった。一〇日に裕子と獅子吼高原スキー場に行った。家でスキーウェアに着替え、そのまま車に乗れば一時間ちょっとでスキー場に着いた。一五日からの三連休は銀行の仲間七名で列車を乗り継いで富山の極楽坂スキー場に行った。ゲレンデの標高差、斜度、長さとも北陸随一だった。武田は久しぶりにスケールの大きなゲレンデで思う存分滑ることができた。二四日には寮生二名と裕子を連れて獅子吼に行った。二月初旬には社宅と寮の三人と一緒に新しくオープンした鳥越高原大日スキー場に行った。金沢の近くにスキー場が次々に生まれるのはけっこうなことだった。

　二月初旬、この日は能登方面の高浜信用組合とその先の能登半島の付け根にある御祖《みおや》農協を訪問することにした。金沢駅から七尾線で羽咋《はくい》駅まで行き、北陸鉄道能登線の一両編成の気動車に乗りこんだ。長いロングシートに黒っぽいジャンパーやオーバーを着た地元の人がパラパラ座っていた。背広にコート、レインシューズの武田はいかにも場違いの乗客だった。能登一ノ宮を過ぎると日本海のすぐそばを走る。鉛色の空の下で海は荒れ狂っていた。北から吹きつける強風が波を起こし、波の上に波を重ねるようにして間断なく海岸に襲いかかってくる。その圧倒的な光景には恐怖さえ覚えたが目をそらすことができなかった。武田は海側のシートに横座りになって手袋の甲で窓ガラスの曇りを拭ってはその光景に見入っていた。夏の間は海水浴場になる海岸線に石けんの泡のような大きな固まりが帯のように連なっている。「風の花」である。冬の日本海に現れる特有の自然現象である。北西の強風に泡の上部が千切れて舞いあがり飛び散っている。気動車が海を離れて能登高浜に着いた。高浜信用組合は帰りに寄ることにして、終着駅の三明《さんみょう》で下車した。雪が降っていた。武田は傘を差して寂しい駅前から人も車も通らない国道を農協に向かった。雪が積もっている。メモに描いた地図を頼りに歩く。人家も途絶え、道を尋ねる人もいない。雪に覆われた田畑の中の道をひたすら歩く。ようやく何軒かの建物が見えてきて、その中に木造平屋建ての御祖農協があった。

　傘に積もった雪を払ってガラス戸を開けた。近くの机で仕事をしていた女性が武田の用件を聞きに来た。資金運用担当の方にお会いしたいというと、奥の方の席にいた年輩の男に相談に行った。男は怪訝そうな顔をしながら武田を自分の机のそばに招き、折り畳み椅子を持ってきて武田を座らせた。名刺交換をすると男の肩書きは「会計主任」となっていた。

「突然お邪魔して申しわけありませんが、資金運用多様化の一助になればと私どもの銀行が発行しております利付債券のご案内に参りました」

「わざわざ金沢から来たんですか。大手銀行の方が見えたのは始めてですよ」

年配の主任は呆れたような顔をしていた。受付をした女性が茶を運んできた。温かい茶を飲んで冷えた身体が温まるような気がした。主任が煙草を取りだしたので武田はライターの火を貸した。武田は利付債の安全性、利回りの有利性を宣伝した。主任は時々うなずきながら武田の話を聞いていた。

「貴方の説明はよく分かりました。せっかく雪の中を来てくれたのでご協力したいんですが、貴方もご存じだと思うけど現状では県信連へ預けた方が利率がいいんですよ」

「確かに現状は系統金利の方が若干有利かもしれませんが、利付債の期間は五年ですから五年間通してみれば現在の七・五％の方が有利になるかもしれませんよ」

「まあ、そういう可能性もあるでしょうね」

「県信連の金利が下がったときはぜひ利付債を検討して下さい」

結局この日も成果は上げられなかったが、主任がわざわざ出口まで見送ってくれたことにわずかに心を慰められた。農協は難しいのかなという思いと、一度訪ねたくらいで諦めるなという思いが交錯した。来たときの靴跡が新雪で消えかかっていた。滑って転ばないように小股で駅に向かった。債券勧奨係でなければ能登半島の小さな村の雪景色を見ることはなかっただろうと思うと少し気が晴れた。

二月中旬、どんよりとした雲に覆われて小雪が舞う寒い日だった。武田は積立フドーの資料請求をしてきた小松市の個人宅を訪問した。小松駅に近い時代がかった木造平屋建ての建物が並ぶ通りにその家はあった。玄関のガラス戸を開けると広い土間があった。「ご免下さい」と声をかけると奥から紺色の和服を着た女性がひっそりと現れた。ほの暗い室内に色白の美しい顔が浮き立っている。一五、六歳のように見えた。世俗を知らぬ少女の眼差しをしている。武田は少女の和服姿に意表を突かれていた。金沢の茶屋街なら珍しくもないだろうが、小松の町家で和服の少女と出会うとは思いもよらぬことだった。建物といい少女の佇まいといいまるで明治か大正時代にタイムスリップしたような気がした。武田は少女に怪しまれないように資料請求の葉書を見せながら、ご要望の資料を届けにきたと説明した。少女は申しわけなさそうに、「父は外出していて夕方まで帰りません」といった。武田は出直すことも考えたが、小松までたびたびは来られないので、積立フドーのパンフレットと申込書、振込用紙を封筒に入れ、名刺を添えて少女に手渡した。

「これをお父様にお渡し下さい。何かご質問があれば私までご遠慮なくお電話下さるようにお伝え下さい」

少女はこくりと頷いた。

武田は駅に戻りながら少女のことを考えていた。平日なのに家にいるのは何故だろうか。高校生なら学校に行っているはずだ。何か学校に行けない事情があるのだろうか。それとも高校を卒業していて花嫁修行中なのだろうか。いろいろ想像をかき立てられる美少女だった。

数日後、少女の父親から積立フドーの申込書が送られてきた。

中旬からの信金回りはだいぶ板に付いてきた。担当者とも顔なじみになり、ベース取引が主なので気楽でもあった。特急列車に乗っているときは暖かくて快適だった。武田は最近気づいたのだが、初めの頃は車内で純文学を読んでいたが、それがいつの間にかミステリー小説になり、最近は梶山季之の官能小説を読むこともあった。セールスに追われていると読む本も軽いものになるんだなと我ながら感心していた。

二月一九日、金曜日の夕方に武田は支店長室に呼ばれた。渡部支店長は執務机の大きな肘掛け椅子に腰かけていた。

「月曜日に正式に発令されるが、君は事務管理部へ異動することになった。金沢支店ではご苦労さんだった。このことは正式発令まで内密にしておいてくれ」

「はい。どうもありがとうございます」

武田はまったく予想していなかったので気が利かぬ返答をしてから一礼して支店長室を出た。今まで異動を事前に知らされたことはなかったのでどういうことかなと考えた。支店長宛に辞令の使送便が早めに着いたので支店長のリスクで知らせてくれたのだろうと思った。最近は言葉を交わすことはほとんどなかったが、いい人なんだなと思った。三日も前に転勤を知らせてくれたので引っ越し作業に余裕ができた。

その日、家に帰って裕子に転勤を知らせると裕子は少し驚いていた。

「アルバイト先はすぐに辞められるかい」

「それは大丈夫だと思うけど、なるべく早く辞めるようにするわ」

裕子はもう引っ越しのことに頭を切りかえていた。武田は自宅が完成していてよかったなと沁み沁み思った。しかし裕子は否応もなく武田の両親と同居することになる。二人だけの金沢の生活を終えなければならないのは残念だろう。武田にしても金沢を去ることについては一抹の淋しさもあった。

夕食後、武田はスキーの支度を始めた。明日は真利谷、成島、吉尾と極楽坂スキー場に行くことになっていた。武田の異動は秘密なのでキャンセルするわけにはいかなかった。

翌日、仕事を終えてからスキー場に向かった。富山から富山地鉄立山線に乗り換え本宮駅で降りた。まだ明るいうちに先月泊まったロッジに着いた。夕食後、ナイターで滑った。気温が下がって雪が締まり非常に滑りやすかった。翌日も昼過ぎまで滑った。金沢支店での最後のスキーになるので名残を惜しみながら滑った。


二二日、月曜日、武田は始業直後に支店長から事務管理部への異動辞令を受けとった。支店生活は名古屋も含めて六年になり、また最近は債券勧奨業務に苦戦していたので、本店への異動はうれしかった。事務管理部はコンピュータに興味がある武田には願ってもない部署だった。さっそく事務管理部の佐藤次長に転任の挨拶をした。佐藤は武田が名古屋支店に赴任したときの次長だった。佐藤次長は急いで来ることはないので十分に引き継ぎを済ませてから来るようにといった。武田は来週の月曜日に出勤すると伝えて電話を切った。

その日から武田は主要取引先に転任の挨拶に回った。武田の後任は未定だったので、金融機関については福田に、個人取引先は西本に引き継いだ。

引っ越しは金曜日に行うように業者に依頼した。裕子は水曜日まで出勤することになった。

引っ越しの準備はほとんど裕子がやってくれた。武田も帰宅後にスキー用具や山の道具を梱包した。続いて書棚の本を段ボール箱に移した。犀星の詩集は思わずパラパラとページをめくった。この詩集にどれほど慰められたことか。わずか一年五ヶ月の滞在だったが金沢は忘れ得ぬ想い出の街になった。

支店には木曜日まで出勤して引き継ぎを終了した。

金曜日の朝、引っ越し荷物を出す日は幸いに晴れていた。手早く朝食を済ませ、食器や布団を仕舞って荷造りを完了した。ガランとした部屋で引っ越しのトラックが来るのを待った。九時半に業者がやってきた。社宅前の裏門にトラックが横づけになっていた。一月末から二月初めの大雪で九〇センチ近く積もった雪はほとんど融けていたが、裏道にはまだ残っていた。トラックが入れるか心配していたのでほっとした。三人の作業員が手早く玄関や出入り口に養生を施すと、家具や段ボール箱をトラックのコンテナに運びはじめた。一時間ほどで作業は終了し、トラックは出発していった。裕子と二人だけで暮らした家の中を名残惜しげに見まわしてからドアを閉めて鍵をかけた。スーツケースとボストンバッグを車に運び、独身寮に回って管理人の牧田に鍵を返して別れの挨拶をした。夫妻に見送られて社宅を後にした。

この日の夜、卯辰山にあるパークホテルで武田の送別会が開かれる。今夜はそのホテルに泊まり、明日名古屋の裕子の実家に泊まり、日曜日に松戸の新しい家に入る予定だった。

夕方まで市内を散策することにした。兼六園下の駐車場に車を駐め、近江町市場まで歩いて場内の食堂で昼食をとった。それから香林坊までブラブラ歩いた。南町バス停近くにこの四月に移転する九階建ての新店舗ビルが完成していた。みんな新店舗に移るのを楽しみにしていた。香林坊から大通りを兼六園に向かい、真弓坂口から兼六園に入った。冬に来たのは初めてだった。所々に雪が残り日影の道は歩きにくかった。坂を登ると展望が開けた。霞ケ池を回ると雪をまとった医王山が見えた。ことじ灯籠はいつ見ても美しい。金沢最後の日に晴れ間に恵まれた兼六園の冬景色を見ることができたのは幸運だった。

車に戻り、そのままホテルに向かった。浅野川を渡ってしばらく坂道を登ると卯辰山の中腹にあるホテルに着いた。新しいホテルで融資先だった。送別会場として使うのは営業協力の一環だろう。チェックインして部屋に入った。ツインの部屋はさして広くはないが新しくて清潔だった。

武田は六時からレストランの個室で開かれる送別会に出かけた。裕子は適当に食事を済ませるから心配するなといった。

送別会が始まった。今回異動で転出するのは武田だけだった。支店長の送別の辞があり、あとは自由に歓談した。小さな支店なのでアットホームな雰囲気だった。組合キャンプやスキーで一緒に遊んだ想い出話などをして過ごした。のんびりした独特のイントネーションの金沢弁を聞けなくなると思うと無性に淋しかった。

送別会が終わり部屋に戻った。裕子はレストランで食事をしたという。窓のカーテンを開けると浅野川越しに金沢駅方面の夜景がぼうっと浮かんでいた。

「きれいね」

「幻想的な夜景だね。金沢に来たときの都ホテルの窓から見た光景を覚えているかい」

「あのときはたいへんな所に来たなと心細かったわよ」

「荒々しい天候だったね。でも帰るときにきれいな夜景が見られてよかったね。住めば都というけれど本当に楽しかったな」

しばらく眺めてからカーテンを引いた。


翌日は小雨が降っていた。九時にホテルを出発した。金沢駅前を通って金沢ビル二階の支店を一瞥して別れを告げた。国道八号も今日が走り納めである。福井を過ぎるころ、チラチラと雪が混じってきた。フロントガラスに小雪が当たる。敦賀で日本海を離れ、長浜へ向かって峠道を上ってゆく。次第に空が明るくなってきた。峠を越えるとその先に青い空が拡がっていた。雲一つない快晴だった。冬の日本海側と太平洋側の極端なまでに対照的な光景だった。それはそこに住む人びとの生活、文化、気質に大きな影響を与えているのだろう。どこに生まれるかは自分で決めることはできない。宿命というほかはない。武田は金沢の冬も嫌いではなかった。だが今、重い空の北陸から陽光輝く太平洋側に飛び出したとき、何ともいえぬ喜びが込みあげてきた。武田は金沢の人びとに後ろめたさを感じながらもその喜びを抑えることができなかった。

その日は裕子の実家に泊まった。久しぶりに義父母や正志の歓待を受けた。

翌日、朝食を済ませると早々に出発した。二年前に全線開通した東名高速道路で一路東京に向かった。終点の東京インターチェンジからはさっそく渋滞に巻きこまれた。首都高速道路は狭いうえに右に左にカーブするので非常に緊張した。まわりの車は車間距離を取らずに猛スピードで走ってゆく。おまけに合流、分岐が繰りかえされるので、たびたび車線変更をしなければならなかった。モタモタしていると後ろからクラクションを鳴らされる。石川ナンバーの田舎者と侮られているような感じがした。箱崎でようやく小松川へ向かう道に合流すると、その先はまっすぐだった。市川インターで、自宅のある造成地までは狭い道が続いた。雛壇状に宅地が並ぶ造成地の中ほどにあるわが家に着いたのは三時であった。首都圏のとんでもない広さに驚嘆した。

駐車場に車を駐めると母が玄関から出てきた。スーツケースなどを持って玄関を入ると一階正面は食堂兼居間の広い部屋だった。両親が使っている和室が二部屋と、風呂場、トイレ、洗面所があった。武田と裕子が使う二階には和室が二部屋と納戸があり、トイレと洗面台があった。引っ越し荷物はまだ届いていなかった。母が客用の布団を二階に運んでくれていた。

夕食は寿司をとって、久しぶりに両親と妹と一緒に食事をした。

武田は長時間の運転でくたびれていたので、風呂に入ると早めに就寝した。

明日から事務管理部での新しい挑戦が始まる。

（第1巻　支店遍歴篇　了）

あとがき

私が八〇歳にもなって本書を上梓したのは、昭和の記憶が薄れていく中で、昭和の記録を一つ残しておきたかったからだ。私は昭和四〇年、日本不動産銀行（後に日本債券信用銀行）に入行した。高度経済成長期の真っ只中だった。それから「ジャパン　アズ　ナンバーワン」といわれた時代まで、日本がもっとも活力に満ち、輝いていた時代だった。その時代の息吹を幾ばくか感じて頂ければ幸いである。

同時に、その時代の私たちの働き方が、現在の日本の働き方のアンチテーゼになるのではないかと思っている。バブル崩壊以降、日本の経営者はもっぱら人件費カットにより自社の延命を図ってきた。アベノミクスがそれを加速させた。働き方改革と称して行われてきた非正規労働者やギグワーカーの急増が労働者を分断し、低賃金を定常化させた。最近の経営者は従業員を人間として扱わず、コストの一部としてしか見ていないように感じられる。こういう政治経済体制では日本は弱体化する一方だと思う。それに比べ昭和の経営者はもう少し従業員を大切にしていて、憲法に基づく労働法制もそれなりに尊重していたと思う。最近の財界のエゴは目に余るものがある。

本書では非常に多くの人びとが登場するが、それぞれにモデルが存在する。勝手にモデルにされて迷惑と思われる方もおられるだろうがお許しを願うほかはない。また、何分昔のことなので私の記憶違いということもあるかもしれないのでその点もお許し願いたい。モデルになった方々の多くが既に鬼籍に入っている。在りし日の姿を思い浮かべ、ご冥福をお祈りするばかりである。

さて『昭和の銀行員』シリーズの今後の発刊予定について触れておきたい。

第2巻「オンライン開発篇」は本年中の発刊を目標にしている。

あらすじ　一九七一年に事務管理部に転勤となった武田は、新設された「オンライン班」に配属され、オンラインシステムの開発に当たることになった。コンピュータの機種選定に始まり、基本設計、詳細設計、プログラミング、テストという開発ステージを経て、一九七七年三月に総合オンラインシステムがスタートした。世界初のIMSを採用した多科目連動の総合オンラインシステムだった。IBM社のIMSはファイル制御と通信制御を行う汎用ソフトで、これを使うことにより開発負担は大幅に減った。武田は貸借別の科目プログラムをモジュール化し、これを自由に組み合わせてどのような仕訳も行える科目連動システム（ACP）を開発した。その後、武田は国際部と共同でニューヨーク支店向けのシステムを開発し、ニューヨーク支店に出張することになった。

第3巻「幻のシステム篇（仮称）」の発刊はさらに一、二年を要するだろう。

あらすじ　大蔵省出身の頭取の強い意向で次期システムの構想が固められ、コストカットの観点からホストコンピュータはIBM一社体制から、国産メーカとのマルチベンダー体制を目指すことになった。その一環として多通貨会計による新外国業務システムを富士通と共同開発し、パッケージ化して地銀等に販売することになった。ある地銀の採用も決まり、富士通のセールスも勢いづいた。しかしその共同開発プロジェクトがスタートした直後に、頭取が交替した。これを奇貨としてシステム部門内のＩＢＭ一社体制派とＩＢＭの巻き返しが始まり、新頭取はそれを支持し、前頭取時代の決定は覆された。開発中の新外国業務システムは頓挫し、導入を決めていた富士通コンピュータもキャンセルされた。新外国業務システム開発を主導していた武田は孤軍奮闘したが敗れ、システム部門を去って行く。

最後に本書は敬愛する作家稲沢潤子さん、花伝社の平田勝社長、編集・制作を担当された近藤志乃さんに励まされてなんとか発刊することができた。心からの謝意を表します。
また常に私を支えてくれた妻にもありがとうといっておきたい。

二〇二三年新春　　上杉幸彦

上杉幸彦（うえすぎ・ゆきひこ）

1943年生まれ、東京大学経済学部卒業。

1965年、日本不動産銀行（1977年、日本債券信用銀行に行名変更、現あおぞら銀行）入行。

名古屋支店、金沢支店勤務の後、事務管理部（その後総合システム部）にて総合オンラインシステム、海外店システム、外国業務システムの開発に従事。

1998年、同行退職。

文芸誌『白桃』同人

著書（筆名：田代恭介）
『日債銀破綻の原罪（上、下）』（東銀座出版社、1999年）
『青いシュプール』（東銀座出版社、2003年）

カバー写真：日本不動産銀行旧本店（東京都千代田区九段南）
表紙写真：旧本店正面玄関（表1）　旧本店と建設中の新本店（表4）
出典：『二十年の歩み』（日本不動産銀行創立二〇周年記念行事推進委員会発行、1977年）

昭和の銀行員　第1巻　支店遍歴篇——1965–1971年

2023年2月5日　初版第1刷発行

著者 ——上杉幸彦
発行者 —平田　勝
発行 ——花伝社
発売 ——共栄書房
〒101-0065　東京都千代田区西神田2-5-11出版輸送ビル2F
電話　03-3263-3813
FAX　03-3239-8272
E-mail　info@kadensha.net
URL　http://www.kadensha.net
振替 ——00140-6-59661
装幀 ——佐々木正見
印刷・製本—中央精版印刷株式会社

ISBN978-4-7634-2047-3 C0095